Johanna Grillmayer

That's life in Dystopia

Roman

müry salzmann

Meinen Töchtern
Anna
Flora
Josefine

And if the world is ending now
Then let's dance, the bad dance
We've been rehearsing all our lives
Sleater-Kinney, Bad Dance

But within every dystopia there's a little utopia.
Margaret Atwood

Es gibt keine vernünftigere Regung als Liebe.
Marlen Haushofer, Die Wand

Von den Toten

Kapitel eins

April Jahr 7

(1) Die Ruhe war betörend, bevor er kam. Regentropfen tickten ans Fenster und verschleierten die Geräusche von draußen; doch etwas ging da vor sich, und es gelang ihr nicht länger, das zu ignorieren. Jola hob den Blick von ihrem Buch und lauschte. Es war später Vormittag und noch immer düster, der Himmel abgesenkt durch eine Decke tief hängender Wolken. Die Männer waren unterwegs, die Kinder in ihrem Zimmer, und Jola rechnete mit einer halben Stunde Ruhe. Im Haus war es warm und still, im Ofen, an dessen gemauerte Wand sie sich lehnte, knackte das Feuer. Laute Stimmen drangen aus dem Vorgarten herein. Widerwillig ging sie ans Fenster. Was sie sah, ließ sie rasch zurück hinter den Vorhang treten. Ein Mann in Motorradkleidung stand auf der Wiese vor dem Haus und redete auf Ali ein. Sie hielt den Kopf gesenkt und drehte sich von ihm weg, als wollte sie einen Fluchtversuch wagen. Ihren Gesichtsausdruck konnte Jola nicht erkennen, aber den des Mannes: er lächelte. Er spuckte aus und zog seine Hose hinauf. Dann schoss seine Hand vor, er packte Ali bei den Haaren, und das machte Jola endlich Beine. Das Jagdgewehr hing im Schrank im angrenzenden Raum, sie tastete nach dem

Schlüssel. Die Waffe war geladen – Anlass endloser Diskussionen in der Hausgemeinschaft, aber oh, wie kam es ihr jetzt entgegen.

Während sie den Weg zurück durch die Küche rannte, bemerkte sie im Augenwinkel die kleinen Umrisse der Kinder: Sie standen alle am Geländer im ersten Stock und starrten zu ihr herunter. Jola versuchte ihnen wortlos zu verstehen zu geben, dass sie leise sein mussten. Die Kinder in ihr Zimmer zurückzuschicken, würde nicht funktionieren, und sie konnte jetzt auch nicht auf sie einreden. Sie durfte keinen Lärm machen. Aber sie begriffen von selbst: Die Größeren nahmen die Kleineren um die Schultern, sie nickten und traten einen Schritt zurück. Ihre Augen waren weit, weit aufgerissen, doch keines der Kinder gab ein Geräusch von sich.

Die Eingangstür war geschlossen. Jola atmete noch einmal tief ein, entsicherte das Gewehr und öffnete die Tür. Sie standen nicht weit entfernt. Der Mann war mittelgroß und gedrungen, nicht mehr ganz jung, aber mit seinen Reflexen war alles in Ordnung: Er packte Ali sofort am Nacken, als er die Bewegung an der Tür wahrnahm, drückte sie zu Boden und tastete nach etwas an seinem Gürtel. Immer noch lächelnd, rief er Jola etwas zu, aber sie gab sich keine Mühe, ihn zu verstehen. Sie riss das Gewehr an die Schulter, zielte und traf ihn in den Hals, ein wenig rechts von der Mitte. Er stürzte auf die Knie, riss den Mund weit auf, seine Hände flatterten auf Hüfthöhe, als schafften sie es nicht mehr hinauf bis zum Hals. Dann kippte er vornüber ins Gras. Ali schluchzte auf, fing sich aber gleich wieder und schaute zu dem Mann hinunter. Die Waffe, die er für sie gehabt hätte, war ein langes Messer, das jetzt neben seiner Hand in der Wiese lag. Ali kickte es weit weg und achtete darauf, sich von seinen um sich tretenden Füßen in den schweren Motorradstiefeln fern zu halten. Einen wie ihn nannten sie „Lederjacke“. Ali sah auf ihn hinunter und machte ein Gesicht, als wollte sie auf ihn spucken. Die Kinder, sagte Jola, und Ali sah von dem Mann zu ihr, nickte und ging langsam, mit nachgebenden Knien, in Richtung Haus. Jola bat sie, die Tür zu versperren, und schaute hinunter die Straße entlang, wo eine zweite Lederjacke – und sie hoffte sehr, dass es nur diese zweite gab – gerade das Motorrad anließ und davonraste. Der Regen ließ nach und wich einem bleigrauen Dunst.

Sie musste sich sehr zusammenreißen, um eine Sicherheitsrunde ums Haus zu machen. Das Gewehr in ihren Händen wurde in jeder Sekunde schwerer, die Kraft, die sie so schnell mobilisiert hatte, ging ihr nun genauso rasch wieder verloren, und das Zittern begann. Niemand war zu sehen. Jola setzte sich auf die Bank neben der Eingangstür und seufzte. Ihre nackten Füße waren eiskalt und nass von der Wiese, kurze Grashalme klebten daran. Sie sah dem fremden Mann, der ein paar Meter entfernt in der Wiese lag, beim Sterben zu. Das Gewehr auf seinen Kopf gerichtet, dachte sie an ihre Mutter, daran, wie diese wohl ihren Schuss beurteilt hätte. Ein Trägerschuss, reichlich verrutschter Haltepunkt, aber unter den gegebenen Umständen … Um die Nerven der Kinder zu schonen, verzichtete sie auf einen weiteren Schuss. Es dauerte nicht mehr lange, bis er still lag. Dann wartete sie, das Gewehr über die Oberschenkel gelegt, auf die Männer. In der Forsythie hockte eine Kohlmeise. Mehrmals wechselte der Vogel seine Position, aber er ließ sie dabei nicht ein Mal aus den Augen.

Sie hatte einen Schalldämpfer benutzt, aber der Lärm der Motorräder hatte den Nachbarn alarmiert. Erich war nicht in Bestform, und er schleppte sich den Hügel herauf, lediglich mit einem Spaten bewaffnet. Jössas, sagte er keuchend, als er vor der Leiche stand. Was hast du gemacht, Mäderl? Jola konnte nur die Achseln zucken, Sprache stand ihr noch nicht wieder zur Verfügung. Ali erzählte ihm, was geschehen war, Erich machte kehrt und holte seinen Wagen. Aus dem Haus kamen die Buben gelaufen, sie stoppten kurz vor der Eingangstür und starrten auf die Leiche. Ali scheuchte sie wieder hinein und schloss die Tür. Danach luden sie den Toten auf den Wagen und wälzten ihn auf der Ladefläche in ein altes Leintuch. Erich und Jola berieten sich kurz und fuhren zur nächstgelegenen Brücke über den Fluss. Die ganze Fahrt über schwiegen sie. Unterwegs mussten sie Halt machen, weil ein Baumstamm quer über dem Weg lag – es hatte in letzter Zeit reichlich Stürme gegeben. Erich spannte das Pferd aus, band ein Ende eines Seils am Geschirr fest und wand das andere um die Krone des Baums. Der große Wallach brauchte mehrere Anläufe, bis er den Stamm weit genug auf die Seite gezogen hatte, dass der Wagen durchkam. Schweiß rann über Erichs Stirn und Nacken, aber er ließ sich von Jola nicht helfen. An der Brücke zogen sie den Toten zusammen vom Wagen – er war schwerer, als er aussah – und kippten ihn über die Brüstung. Gespannt sahen sie zu, wie er aufschlug, und zum Glück blieb er nirgends hängen, denn der Fluss führte viel Wasser; er schaukelte die Leiche friedlich Richtung Meer oder dahin, wo auch immer der Fluss endete. Als Jola den Körper sich entfernen sah, empfand sie Bitterkeit und Erleichterung zugleich. Kurz drückte Erich ihre Schulter, dann fuhren sie den gleichen Weg zurück.

Erich brachte sie nach Hause, wo nun die Männer einer nach dem anderen eintrudelten. Sie waren erschrocken und besorgt. Jakob drückte Jola an sich, schob sie dann ein Stück weg und betrachtete sie eingehend, als fahnde er nach einer verborgenen Verletzung. Ist er …? Im Fluss, sagte sie erschöpft. Der andere ist weggefahren, keine Ahnung. Forschend sah er in ihr Gesicht, die hellen Augen geweitet, damit ihm nichts entging. Geht es dir wirklich gut? Sie nickte. Leg dich hin, sagte er. Wir reden mit den Kindern. Auf der Bank saß Ali zwischen Alex und Gabriel. Sie zitterte und rauchte. Lennart und Boris waren bereits oben im Kinderzimmer. Das Gewehr stand schon lange wieder, gereinigt, gesichert und eingesperrt, im Kasten an seinem Platz. Jola ging ins Bett und schlief durch bis zum nächsten Morgen. Erst dann konnte sie ihnen alles erzählen. Im Traum sah sie die Lederjacke gleich wieder: Diesmal war er es, der auf sie zielte, und er redete mit ihr, bevor er abdrückte, aber sie konnte nicht verstehen, was er sagte.

Mai 7

(2) Sie hatte die Pferde auf die Koppel gelassen und mistete die Boxen aus, als Lennart ihr die Neuigkeiten durch die Stalltür zubrüllte. Er sei, rief er atemlos, eine Runde

mit dem Motorrad der toten Lederjacke gefahren und ihm auf der Straße Richtung Westen begegnet. In diesem Moment sei er oben beim Haus. Marek. Er ist zurück! Jola! Die Mistgabel glitt ihr aus der Hand, sie rutschte an der Boxenwand entlang ins Stroh und blieb sitzen. Okay, sagte Lennart, okay, trat in den Stall und schob die Mistgabel mit dem Fuß ein Stück von ihr weg. Er werde lieber Jakob holen, murmelte er und verschwand wieder.

Als Jakob den Stall betrat, weinte sie, die Arme vor dem Gesicht verschränkt. Er hockte sich zu ihr, und sie drückte das Gesicht an seine Brust. Sein weißes Shirt wies rasch einen dunklen Fleck auf. Er wiegte sie und machte pschsch, pschsch, wie er es auch bei weinenden Kindern tat, wenn er sie tröstete. Es fiel ihr schwer, zu ruhigem Atem zu kommen. Nach einer Weile sagte er, er müsse jetzt wieder hinaufgehen, es sei höchste Zeit, die Kleine hinzulegen, drückte sie noch einmal an sich und ließ sie dann allein. Jola wischte sich mit den Händen die Tränen vom Gesicht, erhob sich ein wenig unsicher und ging auf und ab, um sich zu beruhigen, setzte dann den Hut auf und trat aus dem Stall. Um sich zu beschäftigen, begann sie, die Tomatenpflanzen neben und hinter dem Stall an den Spalieren aufzubinden.

Lena kam über die Wiese zu ihr gelaufen und berichtete, was sie gesehen hatte: Ein fremder Mann, zwar nicht böse, aber auch keiner der Papas, sei gekommen, sie habe aber nicht mit ihm geredet. Der Vorfall mit dem Lederjackenmann war ihr noch sehr frisch im Gedächtnis. Sie schluckte, das kleine Gesicht war blass, die Augen hinter den hellen Wimpern fragend auf Jola gerichtet.

Sie bat das Kind, ihr mit den Tomatenpflanzen zu helfen. Lena gehorchte und erzählte weiter, dass der Mann nach ihr gefragt habe. Vielleicht werde er herkommen. Ja, sagte Jola, das kann sein, aber wo ist denn eigentlich deine Schwester? Die Mädchen sollten immer zusammenbleiben, wenn sie draußen unterwegs waren. Lena wand sich. Judith habe nicht mitgehen wollen, weil sie sich fürchte, sagte das Kind. Noch während sie sprach, veränderte sich Lenas Gesicht, sie fixierte einen Punkt über Jolas Schulter, und Jola begriff, noch bevor sie ihn hörte, dass er bereits hinter ihr stand. Marek sagte ihren Namen, und sie richtete sich langsam und, wie sie hoffte, beherrscht auf und drehte sich zu ihm um. Auch er trug einen Hut mit breiter Krempe, vor Kurzem noch hatte es heftig geregnet. Sie grüßte ihn. In ihren Ohren brauste ein Sturm.

Er streckte die Hände aus, wie um sie zu umarmen, aber sie beugte sich in Richtung des Mädchens und sagte: Das ist meine älteste Tochter Lena. Die Kleine sagte Hallo, und er neigte sich zu ihr hinunter und stellte sich ihr ernst und höflich vor. Jola bat sie, ihre Schwester suchen zu gehen, und Lena ging, sich mehrmals umdrehend, den Hügel hinauf. Jola spürte ihren Herzschlag. Ihr Gesicht fühlte sich vom Weinen schwer an, die Haut unter den Augen spannte. Es gelang ihr nicht, Marek richtig anzusehen, weil seine Gesichtszüge ständig zu verschwimmen schienen. Er redete mit ihr, während sie den Blick lieber auf einen Reißverschluss an seiner Jacke richtete. Erst als er ihre Schulter berührte, konnte sie ihn anschauen. Das war eine neue Narbe über seinem linken Auge, halbmondförmig und ganz schön breit. Dünn war er, das Gesicht kantig. Aber natürlich war er auch ein paar Jahre älter geworden, und er hatte sie, so wie er aussah, wohl weitgehend draußen verbracht. Was er sagte, drang nur allmählich zu ihr durch: Hast du geweint? Meinetwegen?

Statt einer Antwort fragte sie ihn, wo Lennart sei, ob er ihn allein heruntergeschickt habe. Er sei sich da auch nicht sicher, sagte Marek, und in seiner Stimme klang ein Lächeln an. Vielleicht sei er noch mit seinem Motorrad zugange, das sei ihm kurz vor dem Ziel abgesoffen. Kurz vor dem Ziel? Also bist du absichtlich hier, dachte sie. Auf dem Hügel, wo die Wiese Richtung Haus hin anstieg, tauchten jetzt ihre Töchter auf. Judith schien zwischen dem starken Drang, zu ihnen herunterzulaufen, und ihrer Scheu vor dem Fremden buchstäblich hin- und her zu schwanken. Jola schätzte, dass die Mädchen es nicht mehr lange aushalten würden. Dunkle Wolken wie geballte Fäuste rollten schon wieder über den Hügel heran. So oder so, es blieb wenig Zeit für das, was sie ihm sagen musste. Sie fragte ihn, wen von den anderen er schon gesehen habe. Er habe ganz kurz Jakob gesehen, aber kaum mit ihm gesprochen, weil dieser darum besorgt gewesen sei, irgendein Kind ins Bett zu bringen. Dann sei er im Haus verschwunden, und sonst sei niemand da gewesen, sagte Marek. Was haben sie dir denn gesagt, fragte sie verwundert. Nicht viel, nur dass sie alle noch da seien und hier lebten, und dass es sechs (er sagte das Wort, als stünden dahinter mehrere Rufzeichen) Kinder gebe.

Jola nickte und atmete tief ein. Es gebe da etwas, das er wissen müsse, sagte sie, und es bleibe vielleicht nicht viel Zeit, um in Ruhe zu reden. Er schaute sie an und nickte, und jetzt hatte das Lächeln sein Gesicht erreicht. Sie sah auf die Wiese und überlegte, ob sie sich hinsetzen sollten, obwohl es so nass war. Okay. Wir haben sechs Kinder, ja. Zwei sind adoptiert, eines davon ist Lena – sie wies auf die Hügelkuppe, von der sich die beiden kleinen Mädchen nun doch Richtung Haus trollten. Sie legte eine Pause ein, die Worte kamen nicht von selbst. Ali hat ein eigenes, und ich habe drei. Mein Ältester wird im Dezember sechs Jahre alt. Ihre Hände zitterten, und sie verbarg sie hinter dem Rücken. Er ist ungefähr sieben Monate, nachdem du weg bist, zur Welt gekommen. Jetzt schwand sein Lächeln, und es schien an ihm, sich nach einer Sitzgelegenheit umzusehen.

Sein Name ist Aron. Er hat meine Augen, sonst kommt er sehr nach dir. Jetzt saß Marek, und er drückte sich die Hände an die Wangen. Gut. Sie ließ sich neben ihm ins Gras fallen, nahm die Nässe, die sofort ihre Jeans durchdrang, in Kauf und redete einfach weiter. Er ist sehr gescheit, wissbegierig, er hilft gerne, ist lieb zu den Kleineren, und er ist wunderhübsch. Pause. Marek nahm die Hände vom Gesicht und schaute geradeaus, den Hügel hinunter und ins Tal, von wo er gekommen war, auf der gewundenen Straße, die zwischen Bäumen verschwand. Jola spürte einen Regentropfen auf dem Arm. Weiß er etwas von mir?, fragte er schließlich. Ja, sagte sie, Aron kenne seinen Namen, wisse, dass er sein biologischer Vater sei und habe Fotos gesehen und Geschichten gehört – er rechne seit jeher fest damit, dass er zurückkommen und sie einander kennenlernen würden. Er freut sich darauf, sagte sie. Sie schüttelte den Kopf und zupfte an einem Halm. Er glitt aus dem Stängel wie geschmiert, am unteren Ende war er weich, feucht und hellgrün. Sie schnippte ihn weg. Wo ist er jetzt? Marek sah sie vorsichtig von der Seite her an. Mit Boris und mit seinen Brüdern auf dem Feld. Sie säten die Sommergerste aus, aber das schien Jola keine Information zu sein, die er jetzt unbedingt brauchte. Er stützte das Kinn in die Hand; er nahm es ganz gut auf, fand sie. Gespannt wartete sie auf weitere Fragen, aber es kamen keine mehr. Also stand sie auf, klopfte sich nasses Gras von der Hose und reichte ihm die Hand zum Aufstehen. Seine war eiskalt, rau und fühlte sich fremd an. Der Wind saugte an und blies ihm die Haare ins Gesicht, er stand auf, und sie ließ seine Hand los.

Die kleinen Mädchen kamen ihnen nun doch entgegen, anders als sonst nicht laufend, sondern langsam, feierlich schreitend. Sie wussten, dass etwas Ungewöhnliches vorging, denn es gab nur sehr selten Besuch, und auch ihre Mama verhielt sich nicht wie sonst. Marek stellte sich Judith ebenso vor wie ihrer Schwester. Zusammen gingen sie zum Haus hinauf. Die Mädchen liefen voraus, er blieb stehen und wandte sich Jola zu. Mit wem bist du jetzt zusammen? Seine Stimme klang unsicher, als habe er das Gefühl, sie werde ihm die Frage übelnehmen. So ist das nicht, sagte sie. Aber du hast drei Kinder – am Ende des Satzes schwebte ein hilfloses Fragezeichen. Ja, sagte sie. Aber wer …? Jetzt komm erst einmal herein, bat sie und ging voran.

Jola und die Kinder zogen sich im Eingangsbereich des Hauses, wo die grauen Bodenfliesen in den Holzboden übergingen, die Stiefel aus, und Marek tat es ihnen nach.

Es roch nach Frühstück: Brot, Haferbrei, Kräutertee und Ziegenmilch. Sie bat ihn an den Tisch und forderte die Mädchen auf, leise zu sein, weil ihre Schwester schlafe. Sie knieten sich dem Besucher gegenüber auf die Bank, stützten die Ellbogen auf den Tisch und starrten ihn an. Das, sagte Jola ihnen, sei sehr unhöflich, also setzten sich die Kinder auf ihre Fersen und stellten ihm Fragen. Jola richtete Marek etwas zu essen: Brot, Käse, Radieschen, Äpfel. Er war ein Gast, nicht mehr und nicht weniger, sagte sie sich. Sie stellte alles vor ihn hin, dazu ein Messer und ein Glas Wasser, und mahnte ihn, sich mit dem Essen lieber zu beeilen. Diese beiden hier seien nur die Vorhut, die anderen würden bald kommen.

Sie konnte sehen, dass er großen Hunger hatte. Die eingefallenen Wangen sprachen eine ebenso deutliche Sprache wie die hastigen Bewegungen, mit denen er sich das Essen in den Mund stopfte. Trotzdem bemühte er sich, höflich die Fragen der Mädchen zu beantworten: Woher kommst du? Wann fährst du wieder weg? Hast du Kinder? Wo sind die?, und so weiter. Die Fingernägel, die er in das Brot drückte, waren schartig und schmutzig. Die nasse Motorradjacke hatte er anbehalten. Er lächelte und sprach leise, er wollte ihnen keine Angst machen. Von ziemlich weit her, gab er zur Antwort, aber früher habe ich auch hier gewohnt. Er ließ den Blick umherschweifen, als versuche er, etwas Vertrautes wiederzuerkennen. Jola überlegte, was das sein könnte; sie hatten so viel verändert am Haus. Wann er wieder gehen würde, wisse er noch nicht, sagte Marek weiter, und überhaupt, er sei doch gerade erst gekommen. Die letzten beiden Fragen ließ er unbeantwortet. Den Mädchen fiel es nicht auf, sie waren zu aufgeregt. Lena sei fünf und Judith vier Jahre und neun Monate alt, ließen sie ihn wissen, entsprechend viele Finger hochhaltend, und sie könnten beide schon ihre Namen schreiben und die meisten der anderen Leute auch. Andere Leute?, fragte er. Sie sahen sich an und schienen über seine Frage erst nachdenken zu müssen. Die Papas, das waren fünf. Zwei Mamas, drei Brüder und sie selbst, und die Rosa. Und außerdem, ereiferte sich die Kleinere, waren da noch Erich, ein Nachbar und Mann, und seine Freundin, die eine Frau sei. Aber keine Mama und kein Papa. Erich könne sie nicht schreiben. Marek schien sich gut zu unterhalten. Ach ja, dachte Jola, einige Dinge ändern sich nie.

Aus der Scheune waren Stimmen zu hören, und gleich darauf stürzten Ali und Alex in die Wohnküche, gefolgt von Lennart. Sie drückten Marek abwechselnd an sich und brachten ihre Freude laut zum Ausdruck. Alex sah drein, als sehe er einen Geist. Jola wandte sich ab Richtung Küche – was gab es da zu erledigen? Mittagessen richten wäre nicht schlecht, es war elf Uhr vorbei, und niemand machte Anstalten, sich darum zu kümmern. Sie holte Gemüse, Zwiebeln und einen Sack Erdäpfel aus dem Vorratskasten und begann, Suppe zu kochen. Den Holzofen dafür einzuheizen wäre übertrieben, sie konnte die Heizplatte nehmen. Der Hosenboden ihrer Jeans klebte ihr feucht am Hintern, aber umziehen kam jetzt nicht in Frage. Sie musste da sein, wenn die Buben heimkamen.

Neue Schreie wurden laut, als Gabriel eintraf, die Begrüßung und das Schulterklopfen wiederholten sich, und

Jola begann, ernsthaft um Rosas Schlaf zu bangen. Es dauerte auch nicht lange, da stand Jakob mit dem Kind in der Armbeuge am Treppenabsatz. Die Kleine rieb sich die Augen, die roten Locken verschwitzt, und die Form ihres Mundes ließ nichts Gutes erwarten. Doch auch Rosa erlag rasch dem Reiz des Neuen. Sie fixierte Marek mit ernstem Blick und verfolgte jede seiner Bewegungen. Jakob brachte sie zu Jola, um seinerseits Marek willkommen zu heißen. Er hatte Tränen in den Augen, und damit war er nicht der Einzige. Jola legte das Gemüsemesser aus der Hand, zog Rosa die Schlafwindel aus und die Hose wieder an und herzte sie. Unwirsch riss die Kleine sich los und zeigte zum Tisch, wo sie hingebracht werden wollte. Jola setzte sich mit ihr auf die Bank, Marek gegenüber. Fasziniert musterte er das Kind und sah von Jola zu Jakob und dann wieder zu Rosa. Diese starrte den Fremden weiter an, und nach einer Weile wandte sie sich zu ihrer Mutter und flüsterte ihr etwas ins Ohr. Marek erkundigte sich, was die Kleine gesagt habe. Gewehr holen?, wiederholte Jola, um Gelassenheit bemüht. Die anderen lachten, auch die Kinder. Rosa wolle, wie es scheine, dass ihre Mutter ihre Waffe hole, um ihn, Marek, zu erschießen, erklärte Gabriel genüsslich. Marek sah verwirrt aus. Es liegt an der Lederjacke, sagte Jola.

Es war schon später Nachmittag, als sie die Geräusche hörte, die die Ankunft von Boris mit den Buben ankündigten: Traktorenlärm, Kinderstimmen, die aufgehende Tür. Sie stand auf, um ihnen entgegenzugehen, sie womöglich abzufangen und vorzuwarnen. Aber sie standen schon in der Stube und hatten den fremden Mann gleich ausgemacht. Aron schaute ihn an und zog sich dann die Schuhe aus. Er hatte Marek sofort erkannt: Ein Foto von ihm hing neben seinem Bett. Noah und Daniel flankierten ihn, als er zum Esstisch ging. Als Letzter kam Boris in den Raum, trat sich die Stiefel von den Füßen und erstarrte dann in der Bewegung.

Es war still geworden. Aron gab Marek die Hand, der sagte Hallo, du bist Aron, ja? Das Kind lächelte ihn an, drückte sein Kinn in den Hemdkragen und setzte sich schnell gegenüber auf die Bank. Marek begrüßte auch die beiden anderen Buben, und zum Schluss Boris, der ihn lange und sehr fest an sich drückte. Sie sagten Männersachen zueinander wie He Alter, ist das gut, dich zu sehen und so weiter. Alex und Jola reichten den Kindern Teller mit Suppe. Verstohlen schaute ihr Sohn immer wieder durch den Dampf über der Schüssel zur anderen Seite hinüber, wo sein neuer Vater saß. Jola bemerkte es, und auch, dass Marek dem Blick des Kindes nicht auswich. Jetzt, wo sie die beiden nah beieinander sah, fand sie die Ähnlichkeit nicht mehr ganz so stark – plötzlich entdeckte sie mehr von sich selbst in Aron. Niemand sagte etwas. Als ihre Teller leer waren, liefen die größeren Kinder in ihr Spielzimmer. An der Tür machten sie noch einmal kehrt, berieten sich mit Blicken und winkten dann noch einmal höflich in Richtung des Fremden. Wow, machte Jakob und schüttelte den Kopf, und Rosa flüsterte Jola ins Ohr: Gewehr holen? Nein, sagte Jola freundlich. Marek sei ein Freund und ein lieber Mensch, kein böser. Rosa fragte, ob er dann ein Papa sei. Das glaube sie nicht, sagte sie, aber vielleicht könne er es werden, wenn er das wolle.

(3) Das Haus hieß Hotel Sonnenhof, wie ein Schild über der Tür und Aufdrucke auf allen möglichen Gegenständen verrieten, auch auf den Servietten, von denen es immer noch einen großen Vorrat gab. Es hatte früher im Höchstfall um die 50 Gäste beherbergt. Für sie war es eigentlich zu groß, aber sehr viel anderes war damals, als sie rasch eine Unterkunft gebraucht hatten, nicht zur Auswahl gestanden. Sie nutzten nur einen Teil der Gästezimmer und den ersten der beiden Speisesäle, jenen mit dem auf alt gemachten Holzofen mit kombiniertem Kamin und dem langen Esstisch. Im Eingangsbereich hatten sie die Trennwand entfernt und so einen einzigen, großen Raum geschaffen, von dem aus alle Schlafzimmer zu begehen waren, die sie nutzten. Im Erdgeschoß gegenüber dem Esstisch lagen mehrere Zimmer, über eine Holztreppe an der linken Seite gelangte man in den ersten Stock. Hier lag mittig das riesige Kinderzimmer – die einstige „Suite" des Hotels –, das alle sechs sich teilten. Zu beiden Seiten des Kinderzimmers gab es jeweils zwei weitere Räume. Der zweite Stock wies eine ähnliche Aufteilung auf, nur dass sich statt der „Suite" in der Mitte lange und deckenhohe Kästen und Regale befanden, die mit Bettwäsche, Handtüchern und dergleichen bestückt waren. Das Dachgeschoß war nur zum Teil ausgebaut, es gab hier lediglich einen bewohnbaren Raum, den sie nicht regelmäßig nutzten. Man hatte in diesem Hotel mit einigem Erfolg versucht, eine Bauernhaus-Atmosphäre zu schaffen, ohne zu sehr ins Klischee abzudriften. Den in der Rezeption im Eingangsbereich aufliegenden Prospekten nach zu urteilen, hatte man sich neben Familien auch um

Veranstalter von Firmenworkshops, Yoga-Retreats und Seminaren mit Schwerpunkt Achtsamkeit und Selfcare bemüht. Die Wände waren weiß gestrichen, es gab viel Vollholz und einige dekorative historische Arbeitsgeräte, die die Ecken zierten: ein Spinnrad, eine uralte Nähmaschine, sogar ein paar Dreschflegel standen herum oder hingen an den Wänden. Aus der Rezeption hatten sie eine Kredenz gemacht, in der sie Dinge aufbewahrten, die von allen genutzt wurden, wie Straßenkarten, Stifte, Plastik- und Papiersäcke, Zeichenpapier und Spielsachen der Kinder und vieles andere. An den nummerierten Haken hing kein einziger Schlüssel mehr. Es war gut, dass die Menschen, die das Hotel geführt hatten, nicht auf Chipkarten gesetzt hatten, und angenehm, die Türen zusperren zu können, zumindest manchmal. Im Haus war es warm, und es roch nach Essen, Holz und leicht nach Heu und Pferden.

Jola überlegte, wo sie Marek am besten unterbringen sollte, gesetzt den Fall, er würde überhaupt bleiben wollen. Vielleicht im Obergeschoß, da stand ein großes Zimmer mit Bad frei. Em hatte hier zuletzt übernachtet. Aber es war feucht und kühl da oben, sogar jetzt im Mai noch. Also lieber das kleinere Zimmer im Erdgeschoß. Die Männer waren hinausgegangen, um sich Mareks Motorrad anzusehen, Jakob hatte Rosa mitgenommen. Ali musterte Jola. Sie wies mit dem Kopf in Richtung des riesigen Raums, den sie „die Scheune" nannten, denn genau das war er allem Anschein nach einmal gewesen. Die Decke war hier fast doppelt so hoch wie in den anderen Räumen, schwere, dunkle Holzbalken trugen sie. Wer auch immer das Haus zum Hotel umgebaut hatte, war bemüht gewesen, die alten Strukturen so gut es ging zu erhalten und sichtbar zu lassen. Nicht alles war hier alt, zum Glück, wie Jakob sagte. Die Leitungen und Rohre erwiesen sich als gut und neu, und es gab eine Solaranlage auf dem Dach. Jola folgte Ali in die Scheune und in den kleinen Raum dahinter, den sie Frauenzimmer nannten. Sie hatten ein paar Sitzmöbel hereingeschleift und diese mit bunten Pölstern und Decken ausgestattet. Es gab Kerzen und ein Weinregal sowie einige Bücher, und Ali bewahrte ihr Strickzeug hier auf. Im Schrank dahinter versteckten sie die meisten Schusswaffen vor den Kindern. Insgeheim dachte Jola daran als an ihre Waffenkammer, und ihre Sammlung konnte sich mittlerweile sehen lassen.

Sie ließ sich in die weiche, dunkelrote Couch sinken. Ali schaute sie direkt an. Und jetzt? Jola schloss die Augen und zuckte mit den Schultern. Wie sie sich fühle, fragte ihre Freundin, etwas sanfter. Das könne sie gar nicht so genau sagen, antwortete Jola. Erschüttert vielleicht? Sie erzählte Ali vom Weinen im Pferdestall, davon, wie Jakob sie getröstet hatte, und dem ersten Gespräch mit Marek. Was wirst du tun? Nichts. Vielleicht ist er sowieso bald wieder weg. Glaube ich nicht. Er sieht fertig aus. Ja, oder? Hast du diese Narbe gesehen? Ist schwer zu übersehen. Schweigen. Ali zog die Luft durch die Nase ein, sie versuchte, das Richtige zu sagen. Denkst du bitte daran, wie es dir damals gegangen ist, als er weg ist? Jola öffnete die Augen und schaute ihre Freundin an. Ja, daran denke ich, flüsterte sie. Und an meinen Sohn denke ich auch. Also was soll ich machen, willst du auch, dass ich ihn abknalle? Ja, sagte Ali und lachte, froh, sich an einem kleinen Witz festhalten zu können. Haha, die Rosa! Jola musste lächeln. Sie ist der Hammer, sagte sie. Aber schon arg, ich meine, sie ist zwei Jahre alt … That's life in Dystopia, sagte Ali. Es war einer ihrer liebsten Sprüche. An dem Tag im April hatten sie die Leiche des Lederjacken-Mannes so schnell es ging außer Sichtweite gebracht, doch nicht schnell genug, dass die Buben den Toten nicht gesehen hätten. Bei erster Gelegenheit hatten sie ihn dann auch ihren Schwestern detailreich geschildert. Jola dachte, dass die Kinder bald schießen lernen sollten, zumindest einmal Noah und Aron. Es war wichtig für ihre Sicherheit, fand sie, dass sie lernten, wie man mit Waffen umging – ohnehin war davon auszugehen, dass sie eines schönen Tages eine auftreiben würden, und dann war es nötig, dass sie sich auskannten. Ein weites Diskussionsfeld, allerdings. Jola konnte sich vorstellen, was sie sich von den anderen anhören müsste, brächte sie das Thema zur Sprache. Sie selbst hatte mit acht schießen gelernt. Okay, sagte sie und setzte sich gerade hin. Es weiß noch keiner, wie es weitergeht. Wir sollten reden. Vielleicht ein Date einberufen. Es war ihr Wort für Versammlungen, ad hoc oder regelmäßig, an denen alle Erwachsenen teilnahmen. Und er soll uns sagen, was er vorhat. Was denkst du? Ali nickte. Dann können wir drüber reden, sagte Jola. Glaubst du, er wird bleiben wollen? Willst du das denn?, fragte Ali und berührte Jolas Schulter. Sie musste nicht nachdenken. Ja, ich will, dass er bleibt. Und Jakob?, fragte Ali. – Was soll mit ihm sein? – Stellst du dich bitte nicht dumm hier?, schimpfte Ali. Du musst einfach wissen, was du willst. Jola schloss erneut die Augen und fuhr sich mit den Fingerspitzen über die Stirn. Hmmm. Weißt du, ich hab gerade erst erfahren, dass er nicht tot ist. Und jetzt muss ich wissen, was ich mit ihm tun soll. Kurz schwiegen sie beide. Okay. Ich denke, ich will mich um ihn kümmern, sagte Jola nach einer Weile. Sicher, sagte Ali und starrte auf den Boden. Dann stemmten sie sich aus den Pölstern und gingen zurück, um zu schauen, was es zu tun gab.

Jola hatte Marek im kleinen Raum auf ebener Erde untergebracht und ihm Bettzeug und Handtücher gebracht, ihm das Bad gezeigt und den Hausbrauch erklärt; was das Wasser anging, vor allem warmes, waren sie Einschränkungen unterworfen. Dass sie überhaupt Wasser im Haus hätten, sei ein unglaubliches Wunder, entgegnete er. Er bezog sein Bett allein – er habe, sagte er, so lange in keinem echten Bett geschlafen, dass er schon das Herrichten genießen werde. Es gab nicht mehr zu sagen, und sie ließ ihn allein. Sie hatten den ganzen Tag zugehört, was er von seinen Reisen berichtete, bis er so müde wurde, dass er nicht weitersprechen konnte. Er sei es, sagte er entschuldigend, nicht mehr gewöhnt, so viel zu reden, so viele Gesichter zu sehen und so lange im Warmen zu sitzen. Aber er sah aus, als sei er schon seit langer Zeit müde.

Beim Vorbereiten des Brotteigs für den kommenden Morgen musste Jola daran denken, wie er früher ausgesehen hatte. Das Gesicht so viel weicher und die Haare länger. Ihr eigener Zopf fiel immer wieder nach vorne, sie schob ihn mit mehligen Fingern ein ums andere Mal zurück. Als sie fertig war und sich Hände und Unterarme gründlich gewaschen hatte, stieg sie ins Obergeschoß hinauf und ging nicht in ihr Zimmer, sondern in Jakobs.

Er hatte nicht mit ihrem Besuch gerechnet, schien aber darüber erleichtert zu sein. Schweigend putzten sie sich die Zähne. Wie immer war er schneller im Bett und sah ihr im Lampenlicht beim Ausziehen zu. Jola schlüpfte unter die Decke und ließ sich in seine Arme ziehen, die weich und fest und mit Sommersprossen gesprenkelt waren. Er zog sie auf sich und wickelte ein paar ihrer Haarsträhnen um seine Finger. Du bist sehr schön. Sie schaute auf ihn hinunter und wartete, ob er noch etwas sagen oder tun würde. Aber er schloss die Augen, ließ ihre Haare los und schien zu warten, auf etwas von ihr, ein Geständnis zum Beispiel oder eine Entscheidung. Als sie das Schweigen und die Spannung nicht mehr aushielt, küsste sie seine Augenlider, sein Ohr und dann seinen Hals. Er roch nach Salz und nach Stroh. Weil er es nicht machte, legte sie seine Hände an ihre Brüste. Was, ich darf oben liegen?, flüsterte sie, aber er wollte nicht lachen. Sie konnte seine Anspannung spüren, in seinem Atem und in seinen Schultern. Also küsste sie ihn auf den Mund und nahm ihn so, wie er lag, rutschte seinen Penis entlang bis zum Anschlag und zog seinen Kopf zu ihrer Brust heran. Er saugte an einer Brustwarze und drehte die andere zwischen den Fingern, griff dann nach ihren Hüften und schob sie ein wenig auf und ab, damit sie spürte, welchen Rhythmus er brauchte. Sie sagte ihm, was er hören musste, stützte sich an seinen Schultern ab und wiegte sich auf ihm vor und zurück, schneller, als es ihr eigentlich lieb gewesen wäre, weil sie wollte, dass es für ihn gut war. Aber gerade rechtzeitig schob er seinen Daumen unter ihre Klitoris, und so kam sie kurz nach ihm. Danach lag sie lange wach, spürte, wie ihre Oberschenkel feucht wurden, und obwohl sie ihn regelmäßig atmen hörte, wusste sie, dass auch er nicht einschlafen konnte.

In der Nacht musste er aufstehen, denn Rosa war aufgewacht und weinte und wollte sich von Gabriel, der Kindernachtdienst hatte, nicht trösten lassen, also holte Jakob sie zu sich ins Bett. Augenblicklich beruhigte sich das Kind, es schlief auf seinem Polster ein, noch bevor er es richtig zugedeckt hatte. Jola küsste es, strich über Jakobs Rücken, atmete noch einmal den Duft seines Nackens ein und wechselte in ihr eigenes Zimmer. Sie hatte die Kleine erst vor Kurzem abgestillt und mied sie seither in der Nacht. So machten sie es mit allen Kindern seit der Zeit, als die drei Buben klein gewesen waren. Allein im Bett starrte Jola noch lange an die Decke und versuchte vergeblich, an nichts zu denken.

Abschussregeln

Kapitel zwei

Juli 2019/Juli 1

(4) Es gab keine Vorwarnung, keine Gerüchte über Social Media, nichts darüber war in den Nachrichten, denn es kam unvermittelt und sehr schnell. Zunächst war da das Sommerfest mit den gewohnten Geräuschen und Gerüchen, vertrauten Gesichtern, Stimmen und Ritualen. Schweinsbratenduft zog durch das Festzelt, hunderte Menschen redeten, lachten und riefen gleichzeitig, was man hören konnte, weil die Blasmusik eine Pause einlegte. Es gab Unmengen Wein. Neu war nur, dass Jola ihre beiden Wiener Mitbewohnerinnen zu dem Fest eingeladen hatte. Das rätselhafte Ereignis begann um zehn nach sieben, noch vor der Festrede. Jola sah, wie ihre Mutter und ihre Tanten umgerissen und niedergetrampelt wurden. Menschen drängten zum Ausgang, um aus dem Zelt zu entkommen, während gleichzeitig andere hereinwollten. Jola zog es zu ihrer Mutter, aber es hielt sie jemand am Ärmel zurück. Es war Marek, er sagte: Komm, und sie folgte ihm. Der Lärm war infernalisch, Bänke wurden geworfen, Menschen kreischten, jemand schoss. Schüsse? Jola wunderte sich milde, wie man sich über eine besonders unwahrscheinliche Wendung in einem Film wundert, fast ärgert. Kurz überlegte

sie, ob sie vielleicht schlief und träumte. Aber als sie sich noch einmal umdrehte, sah sie etwas, das selbst für einen Traum zu absurd gewesen wäre: Menschen im Zelt verschwanden, lösten sich in Luft auf. Sie waren in dem einen Moment noch da und im nächsten weg. Nichts von ihnen blieb übrig, nicht der kleinste Rückstand in der Luft oder auf dem Boden. Noch während das große Festzelt kollabierte, nahmen Marek und Jola in dem Weinkeller Zuflucht, in den man durch einen der seitlichen Zeltausgänge gelangte und aus dem das Fest hunderte grüner Flaschen bezogen hatte. Einige Überlebende waren schon dort unten, und weitere stolperten ihnen nach.

Es machte es später nicht einfacher, sich an die Zeit im Keller zu erinnern, dass alle mehr oder weniger ständig betrunken waren. Alles, was es dort gab, war Wein in nicht etikettierten Flaschen, die auf den Holzregalen lagerten, und die Auswirkungen waren in der Mehrzahl höchst unerfreulich. Sich unter die Erde zu verziehen, war ein unlogischer und nicht durchdachter Impuls, und sie konnten es nicht wissen, aber etwas rund um diesen feuchten und düsteren Ort schützte sie. An den Moment, da Marek und sie den Keller erreicht haben und hinuntergestiegen sein mussten, hatte Jola später keine Erinnerung. Auch was kurz darauf passierte, warum er sie allein ließ, konnte sie nicht mehr rekonstruieren.

Die Erinnerung setzte wieder ein, als sie neben ihren Freundinnen, Mascha und Anne, an eine feuchtkalte Mauer gelehnt saß. Irgendwann, nach Stunden, wie es sich anfühlte (aber sicher war sie nicht), hörten die Geräusche auf, aber keiner wagte sich hinaus, ebenso wenig drängte jemand von draußen mehr herein. Es war sowieso schon beklemmend eng. Leute stolperten über die Beine der anderen, es war laut, weil so viele gleichzeitig sprachen, stöhnten und weinten – und es stank auch bald, da es keinen Ort gab, an dem man sich erleichtern konnte, als den Keller selbst. Durch die Ritzen zwischen den Brettern in der Tür drang nur wenig Luft in den langgezogenen Raum. Jola hatte ihren Cousin im Halbdunkel ausgemacht. Lennart saß in einer Ecke an der gegenüberliegenden Seite und gab ihr mit Handzeichen zu verstehen, dass er sie gesehen hatte. Sie sah auch Marek wieder und ihren anderen Ex-Freund, Gabriel, und am liebsten wäre sie zu ihnen gegangen. Aber sich wegzubewegen hätte bedeutet, den Platz an der Mauer aufzugeben, und das wollte sie nicht riskieren. In der Mitte des feuchten, mit Ziegelboden versehenen Kellers sah es noch viel unbequemer aus. Sie blieb bei den Freundinnen sitzen, und sie unterhielten sich leise, während sie eine Weinflasche herumreichten. Es war stickig, und Jola musste gegen die Panik ankämpfen, die der Sauerstoffmangel, die Dunkelheit und die schlimmen Geräusche bei ihr verursachten. Wo ihre Schuhsohlen die Begrenzung ihres Körpers markierten, begann schon der nächste. Niederösterreichische Weinkeller sind eben sehr schmal, dachte Jola.

Tage vergingen und Nächte, drei, vier oder mehr – die Zeit schien nicht mehr zu funktionieren wie bisher, vielleicht, weil es sie ohne Licht nicht gab. Die wenigen Nachrichtenportale, die man kurz nach dem Ereignis noch aufrufen konnte, meldeten Widersprüchliches und Verwirrendes. Schon nach einem Tag wurde keine der Seiten, die noch erreichbar waren, mehr upgedated. Irgendwann erlosch auch der blässliche Schein des letzten funktionierenden Telefons. Spekulationen darüber, wie es weitergehen würde und ob draußen noch jemand am Leben sein mochte, waren auch schon seit einiger Zeit verstummt. Dann und wann weinte jemand laut, ein anderer schrie: Ruhe! Schimpfworte wurden gewechselt, es gab ein paar Schlägereien, aber stets weit genug weg, als dass Jola und ihre Freundinnen sich direkt bedroht hätten fühlen müssen. Immer neue Weinflaschen wurden herumgereicht, einige Paare wälzten sich übereinander und stöhnten, im dumpfen Bemühen, damit die Welt um sich herum für kurze Zeit auszublenden.

Jolas Freundinnen wollten einen Versuch machen, durch die Ritzen der alten Holztür hinauszuschauen, und ließen sie allein. Ihre vergleichsweise gute Ecke verteidigten sie nun schon seit einigen Nächten, sie schliefen abwechselnd, eine hielt immer Wache. Sie unterhielten sich, meistens im Flüsterton, versuchten, das, was sie gesehen hatten, irgendwie einzuordnen, einen Sinn daraus zu filtern und eine Strategie zu entwickeln, darüber, wie es weitergehen sollte. Mit jedem Tag, der in Ungewissheit und Dämmerlicht verging, zerbröselten die Umgangsformen mehr. Jola hatte mittlerweile Mühe, die Gesichter der Leute hier herunten auseinander zu halten, nicht nur wegen der Dunkelheit, sondern weil ihr auch der ständige Alkoholpegel zu schaffen machte. So ging es allen hier, und entsprechend benahmen sich die Leute auch. Es war schwer, sich bei all dem Röcheln, Stöhnen, Würgen, Schreien und Fluchen zusammenzureißen und sich nicht Apathie und Verzweiflung zu ergeben. Es war nicht die Hölle, ebenso wenig wie draußen die Welt unterging, aber es war beides ziemlich nahe dran.

Schlafen schien das Einzige, das half. Jola war eingedämmert und erwachte, weil sie fremde Hände auf ihren Brüsten spürte, jemand keuchte ihr fauligen, nach Wein stinkenden Atem ins Gesicht. Schlaftrunken machte sie eine schwache, abwehrende Bewegung, versuchte, die Hände wegzuwischen, aber der Mann, zu dem sie gehörten, war viel stärker als sie. Er drückte mit dem linken Unterarm gegen ihre Kehle, sodass ihr die Luft wegblieb, mit der rechten Hand öffnete er seine Hose. Erst jetzt war sie richtig wach und warf sich mit dem Becken nach oben, versuchte, mit den Knien seine Beine wegzuschieben, aber damit erreichte sie nur, dass er den Druck auf ihren Hals erhöhte, bis sie Angst bekam, zu ersticken. Panik füllte sie völlig aus, und sie blieb liegen. Vielleicht, dachte sie, würden ihre Freundinnen gleich zurückkommen und sie befreien, irgendwer musste ja die Kampfgeräusche gehört haben. Aber niemand kam, der Mann zog ihr das T-Shirt hinauf und quetschte brutal ihre Brust; sie unterdrückte einen Schrei, ließ zu, dass er ihre Jeans aufmachte und herunterzog. Sie wagte einen weiteren Versuch, ihn abzuschütteln, aber er schlug ihr die Faust ins Gesicht. Sie hielt still, und er tat ihr noch mehr weh, aber sie dachte, andernfalls würde es noch schlimmer werden. Das ist es, dachte sie, darum lassen Frauen das also zu. Stillhalten ist Schadensbegrenzung. Ich hab das so nicht gewusst.

Sie fürchtete sich davor, was passieren würde, dass er sie mit seinem ekelhaften Sperma schwängern oder krank machen könnte. Der Gedanke verursachte ihr Brechreiz, und in einer Aufwallung von Wut und Hass biss sie ihn in die Lippen, so fest sie konnte. Er brüllte, warf sich noch schwerer auf sie, und in dem Augenblick, da sie glaubte, er werde sie ganz einfach erdrücken, tauchte hinter seiner linken Schulter ein Gesicht auf, das ihr noch mehr Angst einflößte. Sie hatte diesen anderen Mann hier unten schon mehrmals gesehen, jetzt war er aber kaum wiederzuerkennen: Die Augen aufgerissen und glasig, die Haut dunkelrot vor Zorn, riss er den Mann auf ihr herum, schrie etwas und drosch ihm die Faust auf die Nase. Jola konnte nicht verstehen, was er ihr zurief, denn der einzige Ton in ihrem Kopf war ein hohes Summen, das erst Tage später wieder verschwinden sollte.

Mai 7

(5) Auch mehrmaliges Studium des Dienstplans änderte nichts an der Tatsache, dass Jola die Wäsche erledigen musste. Sie machte das an sich nicht ungern, aber es war nach Langem wieder ein klarer Morgen, der sich ideal fürs Jagen eignen würde. Sie hatten schon länger kein Fleisch mehr im Haus. Bedauernd sah sie aus dem Fenster auf die Hügel, über denen schon die Sonne stand. Sie hoffte, dass das Wetter noch ein wenig halten würde, denn der Mai neigte sich seinem Ende zu und damit die beste Zeit, um unbeschwert auf Rehjagd zu gehen. So etwas wie Abschussregeln gab es nicht mehr, zumal das Wild sich ungehemmt zu vermehren schien. Aber sie wollte auf keinen Fall riskieren, eine führende Ricke zu schießen und damit ein oder zwei Kitze auf dem Gewissen haben, die ihretwegen kläglich in irgendeiner Senke

verhungern müssten. Trächtige Tiere zu zerlegen (bitte Schatz, das heißt zerwirken, mahnte die Stimme ihrer Mutter in ihrem Kopf), machte ihr noch immer sehr zu schaffen, und die Unterscheidung selbst zwischen jungen Böcken und Ricken fiel ihr schwer, ganz zu schweigen von Teenager-Rehen (sag bitte Schmalwild). Zum wohl tausendsten Mal bereute Jola, während sie sich die Zähne putzte, ihrer Mutter nicht den Wunsch erfüllt zu haben, den Jagdschein zu machen. Nun musste das reichen, was sie bei widerwillig absolvierten Waldspaziergängen und den wenigen Gelegenheiten, bei denen sie auf einer Jagd dabei gewesen war, von ihr gelernt hatte.

Diensttäusche waren zwar möglich, doch gerade Wäsche war sehr schwer loszubekommen. Ohnehin war noch niemand außer ihr wach, mit dem oder der sie hätte verhandeln können. Schlecht gelaunt schob Jola die mit Teig gefüllten Brotformen in den Holzofen. Das Frühstück gehörte heute nicht zu ihren Pflichten, doch der Zuständige, Lennart, hatte offensichtlich verschlafen. Das passiert ihm neuerdings oft, dachte sie, während sie noch ein dickes Scheit nachlegte, er ist ganz schön viel unterwegs in letzter Zeit. Sie ging ihn wecken und stieg dann hinunter in die klamme Waschküche, wo sie mit dem Befüllen der großen Waschmaschine begann und, als diese rumpelnd ihre Arbeit aufgenommen hatte, trockene Handtücher vom Vortag zusammenfaltete. Lennart brachte ihr nach etwa einer Stunde, recht dankbar, noch warmes Brot mit Marmelade und Tee, und sie sprachen über die Ereignisse des Vortags. Er war noch immer euphorisch über Mareks Heimkehr. Die aschblonden Haare, die in ihrer Familie so häufig waren, fielen ihm in die Stirn, während er Teller und Tassen sorgsam zusammenschob. Die Haare von Jolas Mutter hatten genau dieselbe Farbe gehabt. Lennart erzählte, dass er tags zuvor bei Erich und Ania gewesen war. Jola sorgte sich, wie ihr Nachbar das Verhältnis aufnahm, das sich da etabliert hatte. Ania war erst 19 und lebte zwar seit zwei Jahren mit Erich zusammen, aber sie schlief seit einiger Zeit mit Lennart und, wie Jola vermutete, auch mit Gabriel. Es könnte Komplikationen geben. Erich war Ex-Alkoholiker (Das Ex kannst gleich streichen, das bleibst du immer, sagte er selber), um mehrere Jahrzehnte älter als seine Lebensgefährtin und, wie Jola seinen Andeutungen entnahm, meistens impotent.

Als sie wieder allein war, räumte sie die Waschmaschine aus und gleich wieder ein. So würde es bis Mittag gehen, und danach noch ein paar weitere Stunden, bis die ganze Wäsche erledigt war. Die Tür öffnete sich erneut, und Marek kam herein. Sie hatte ihn gebeten, seine schmutzigen Sachen herunterzubringen. Viel hatte er nicht, und auch dieses Wenige hätte sie am liebsten gleich entsorgt: Das meiste würde nie mehr sauber werden, und der Rest war den Versuch nicht wert. Saubere Männerkleidung gab es im Haus stapelweise, aber sie sagte nichts, um ihn nicht zu kränken. Sie legte Hemden zusammen und spürte, wie er näher kam und seine Hand neben ihrer aufstützte, sodass sie einander fast berührten. Mehr hast du nicht?, fragte sie, um irgendetwas zu sagen. Doch, das auch, bitte. Er zupfte am Kragen des neu, aber sehr schmutzig aussehenden Hemds, das er trug, zog es sich über den Kopf und reichte es ihr. Der plötzliche Anblick seines nackten Oberkörpers ließ sie scharf die Luft einziehen. Er war Haut und Knochen und von vielen Narben in unterschiedlichen Heilungsstadien übersät. Ihn anzuschauen, tat ihr weh.

Es entging ihm nicht. Er murmelte etwas von ein, zwei Unfällen mit der Maschine, bei denen er noch Glück gehabt habe. Sie starrte auf etwas, das nur eine schlecht vernähte Stichwunde sein konnte, und schüttelte den Kopf, reichte ihm vom Stapel der zusammengelegten Sachen ein sauberes, blaukariertes Hemd und faltete weiter Kleidungsstücke zusammen. Er zog das Hemd an und bot seine Hilfe bei der Arbeit an, aber sie lehnte ab. Jola spürte, dass er etwas loswerden wollte. Er schaute in den Wäschekorb und sagte: Du musst mich ja gehasst haben. Du warst ganz allein, schwanger und mit einem Kind und – sie unterbrach ihn und sagte, nein, sie sei keinen Augenblick allein gewesen, und Aron auch nicht. Es tut mir trotzdem leid, sagte er, ich … Sie stoppte ihn: Es ist alles sehr gut. Er hat fünf Väter. Und einen Haufen Geschwister und wächst sehr glücklich auf, nach allem, was ich weiß. Und du?, fragte er. Du hast es ja gesehen, sagte sie, ich komme klar. Er nickte, stützte seine Hand wieder auf dem Arbeitstisch auf, wobei er ihr seine Vorderseite ganz zuwandte und sich noch mehr in ihre Richtung lehnte. Jola merkte, dass er gerne nachgefragt hätte: Mit wem bist du zusammen? Er schien nach den richtigen Worten zu suchen. Sie schüttelte ein Wäschestück aus, strich es glatt und legte es auf den Stapel. Hör zu, sagte sie. Wir müssen reden, wie es jetzt weitergeht, und wir müssen wissen, was du vorhast. Davon hast du nämlich noch nichts gesagt. Willst du diesmal bleiben? Wie lange? Und sie dachte: Wo zum Teufel warst du eigentlich? Er schien über die Wendung, die das Gespräch nahm, überrascht. Er löste endlich seine Hand vom Tisch und blickte zum Plafond, als müsse er über ihre Fragen gründlich nachdenken. Da ist er, dachte sie, er ist es wirklich. Es ist sein Gesicht, sein Körper, und er ist wirklich hier. Willst du denn, dass ich bleibe? Das war nicht die Frage, sagte sie. Ich entscheide das doch nicht allein. Also muss es erst entschieden werden? Ob ich bei euch bleiben kann? So habe sie das nicht gemeint, sagte sie. Aber es werde eine Versammlung geben, wie sie immer eine abhielten, wenn es etwas Wichtiges zu besprechen gab. Und davor wolle sie bestimmte Dinge wissen.

Okay, murmelte er. Ja, ich war viel zu lange und zu weit weg, zum Teil wegen schlechter Planung, aber auch aus anderen Gründen. Einer davon – er deutete auf die Stelle, an der er die Stichnarbe hatte – hat mit dem da zu tun. Jola ließ ihr letztes Wäschestück auf den Stapel fallen. Was soll das heißen? Marek sah sie waidwund an. Deine Tochter wollte mich erschießen, weil ich wie ein gefährlicher Feind aussehe. Wie nennt ihr das, Lederjacken? Ja, sagte sie. Dann begriff sie: Es war jemand hinter dir her? Ich konnte nicht riskieren, dass mir jemand folgt, sagte er vage. Hierher. Deshalb habe ich einen Umweg genommen. Und dann ist mir noch etwas anderes dazwischengekommen. Er wich ihrem Blick aus. Aha, seufzte sie, und sagte dann milder: Es tut mir leid, dass du es so schwer gehabt hast, und dass du verletzt worden bist. Ich will das alles ganz bald in allen Einzelheiten von dir hören. Aber heute brauche ich ein paar Infos, ja? Darüber, wie du dir das Weitere vorstellst. Ich will natürlich bei euch bleiben, sagte er. Aber ich habe ehrlich nicht weitergedacht. Ihr wart mein Ziel, seit so langer Zeit. Und es war großartig, euch alle wieder zu sehen. Marek machte eine Pause. Jola sah ihn aus dem Augenwinkel an, sie erkannte den Ausdruck wieder – die Augen geschlossen, der Kopf leicht in den Nacken gelegt: Er versuchte, die richtigen Worte zu finden. Wenn es geht, will ich natürlich bei euch bleiben. Er hob die rechte Hand und drehte die Fläche mit einer Bewegung nach oben, als wolle er einen sehr kleinen Ball einen Zentimeter hoch werfen. Auch diese Geste war ihr vertraut. Jola spürte, wie sich die mühsam gedrosselte Wärme für ihn in ihrer Brust ausbreitete. Sie hätte ihn gern an sich gedrückt. Stattdessen nickte sie und räumte die Waschmaschine aus und gleich wieder ein. Den vollen Korb unter den Arm geklemmt, forderte sie ihn auf, sie hinauf in den Garten zu begleiten. Sie ließ sich den Korb von ihm nicht abnehmen, und er folgte ihr mit halb ironisch in die Hosentaschen gesteckten Händen.

Sie schickte ihn nicht weg, aber da er beim Aufhängen der Wäsche auch nicht helfen durfte, wandte er sich bald zum Gehen. Warte, sagte sie. Sie bereute es, so abweisend gewesen zu sein. Wenn er wolle, würde sie ihm später alles zeigen, was er noch nicht kannte. Ja gern, sagte er mit heiserer Stimme. In ungefähr einer Stunde sollte ich fertig sein, sagte sie, und er nickte und ging ins Haus zurück. Es war windig, steife, hohe Wolken trieben über ihnen wie eine Flotte von Schlachtschiffen, aber die Sonne hatte mehr aufzubieten als zuletzt. Jola schätzte, dass die Chance bestand, die Wäsche draußen trocknen zu lassen.

Darauf gefasst, eine Weile auf ihn warten zu müssen, kam sie nach der vereinbarten Zeit über die Kellerstiege in den Garten, aber Marek saß schon da, unter der sich bauschenden Bettwäsche. Bist du fertig?, fragte er. Ja, Jola steckte eine Wäscheklammer neu fest, fürs Erste schon. Sie führte ihn in den Obstgarten, zeigte ihm den Ziegen- und den Hühnerstall, die sie im Lauf der Jahre erneuert und vergrößert hatten. Es gab derzeit sechs Ziegen und zwei Böcke und viel mehr Hendln, erst vor ein paar Tagen waren neue Küken geschlüpft. Der Garten selbst war auch gewachsen. Sie hatten einen Weidezaun darum herum bauen müssen, um wenigstens einen Teil der Wildtiere abzuhalten, die sich für ihr Obst und Gemüse interessierten. Jola registrierte ein paar Stellen, an denen er ausgebessert werden musste. Zäune gehörten zu ihren permanenten Baustellen: War man an einer Ecke fertig, konnte man gleich bei einer anderen weitermachen.

Die Kirschblüten waren zum Großteil bereits abgefallen, gerade blühten die Birnen- und Apfelbäume. Bei den Zwetschken standen die Blüten so dicht, dass Jola erwog, sie bald auszudünnen. Das würde die noch mühevollere Entfernung überzähliger Früchte ersparen, konnte sich aber auch als Fehler entpuppen, falls es späten Frost gab. Sie zeigte Marek die jungen Obstbäume, die sie im Gewächshaus vorgezogen und im Herbst eingepflanzt hatte: Von sieben waren nur zwei eingegangen, das wertete sie als Erfolg. Auf dem Weg zum Pferdestall griff er nach ihrer Hand. Ich kann nicht, sagte sie, und er ließ wieder los.

(6) Beim Hinausgehen schleifte der Mann den anderen hinter sich her über die Kellerstiege, trat mit dem Fuß die Tür auf und warf ihn wie einen schweren Sack auf die Straße. Wenig später kam er allein wieder herunter. Er wandte sich an Jolas Freundinnen; sie wichen vor ihm zurück, denn er sah furchterregend aus, aber er wollte sich vergewissern, dass Jola in Sicherheit war. Dann zog er sich in eine Ecke zurück – ihm wurde von allen Seiten bereitwillig Platz gemacht –, vergrub den Kopf in den aufgerissenen, blutbefleckten Händen und rührte sich lange nicht mehr. Jola registrierte all das kaum, sie igelte sich ein und sagte kein Wort. Versuche der Freundinnen, ihr Trost zu spenden, kamen nicht recht bei ihr an. Sie wollte nicht reden; die Freundinnen hingegen wollten endlich handeln. Jola fühlte sich von ihnen abgetrennt, isoliert in Schock und Schmerz.

Dieser Typ, Mascha deutete mit dem Kinn in die Richtung des Mannes, der Jola geholfen hatte, war draußen und ist wieder reingekommen. Er lebt noch, er hat sich nicht aufgelöst, also das kann doch nur bedeuten, dass es vorbei ist, oder? Anne, eine Weinflasche zwischen den Knien, plädierte dafür, es auch mit Rausgehen zu versuchen; schlimmer als hier könne es nicht werden. Sie schienen beide auf Jolas Meinung zu warten, aber die äußerte sich nicht; sie hatte sich in ihrer Ecke zusammengekrümmt. Ihr Gesicht war geschwollen und tat weh von dem Faustschlag. Wir schauen mal raus, ist das okay, sagte Mascha – es war nicht wirklich eine Frage. Anne holte Marek. Jola konnte im Halbdunkel sehen, wie die

Freundin mit ihm redete, gestikulierte, wie er die Hände hinter dem Kopf verschränkte und sein Gesicht zur Decke richtete und dann zum Boden. Er ging zu ihr, kniete sich nieder und schaute auf sie herunter. Dann murmelte er etwas und schnalzte ein paarmal mit der Zunge – sie wusste, dass er am liebsten geschrien hätte. Stattdessen bettete er ihren Kopf auf seinen Schoß, streichelte sie und flüsterte ihr etwas ins Ohr, das sie kaum verstand. In ihren Ohren summte es noch immer. Die Freundinnen gingen zum Licht. Mit den beiden jungen Frauen wagten sich auch einige andere Leute über die Kellerstiege hinaus. Es war später Nachmittag. Von unten sah man sie sich dem Himmel entgegenstrecken und dann langsam, vorsichtig weggehen. Niemand sah sie je wieder.

Frühling 7

(7) Alex sprach als Erster. Man müsse, begann er, jetzt entscheiden, wie mit der neuen Situation umzugehen sei. Das Wichtigste sei wie immer, die Familie vor Gefahren zu schützen. Seine Gebärden unterstrichen, was er sagte, bestimmte, hackende Gesten mit der Handkante, präzisierend zusammengelegte Finger. Jola hasste es, wenn er sich so aufführte – wie ein Politiker. Welche Gefahren er denn meine, fragte Boris. Er sah überrascht aus. Rede Alex etwa von Marek? Alex setzte einen nachsichtigen Blick auf, einen, den er für Frauen reserviert hatte, und für Boris. Ja, von Marek, der immerhin sieben Jahre weg gewesen sei. Sechs Jahre!, fiel ihm Jola ins Wort. Sie wurde nervös. Was zum Teufel sollte das?

– und von dem man schlicht nicht mehr wisse, wer er sei und was man von ihm zu erwarten habe. Man möge ihn bitte nicht falsch verstehen. Alex' Stimme wurde tiefer. Marek sei sein Freund, er bedeute ihm sehr viel, aber man müsse jetzt vorsichtig sein und sich gut überlegen, wen man sich da ins Haus hole. Der letzte Lederjacken-Überfall sei ihnen wohl allen noch im Gedächtnis. Protestgemurmel erhob sich, Boris machte eine wegwerfende Geste, von Lennart kam ein unwilliges Grunzen. Jola warf einen Blick zu Jakob hinüber, der sich nicht regte. Gabriel räusperte sich und wollte sprechen, Alex erteilte ihm das Wort. Zuerst habe er sich einfach nur gefreut, als er Marek gesehen habe, aber er sei auch nachdenklich geworden. Es stimme, sagte er und schien sich dabei nicht ganz wohl zu fühlen, dass man ihn eigentlich nicht mehr richtig kenne und nicht abschätzen könne, wozu er vielleicht fähig sei. Lennart ergriff das Wort; er war sauer. Was für eine Scheiße ist denn das jetzt? Er könne einfach nicht begreifen, was in einige hier gefahren sei, schimpfte er und stand auf, im Begriff, den Raum zu verlassen. Ali kam herein, sie hatte die Kinder hingelegt. Sie warf Jola einen fragenden Blick zu, erhielt aber nur ein resigniertes Achselzucken zur Antwort. Was ist los?, fragte sie. Es gebe allem Anschein nach, sagte Jola, um einen neutralen Tonfall bemüht, Bedenken hinsichtlich Mareks Verbleibens hier. Lennart setzte sich wieder hin. Alex versuchte noch einmal, seinen Standpunkt klarzumachen. Alis Augen wurden schmal, sie setzte sich zu Boris und legte einen angewinkelten Arm auf seine Schulter. So etwas machte sie üblicherweise nicht.

Dann habe sie, sagte Jola, eine Frage an Alex und – sie sah zu Gabriel hinüber – alle anderen. Wenn man Marek nicht aufnehmen wolle, was sei dann der Plan? Nicht böse sein – Gabriel hob die Hand und hielt ihren Blick fest –, aber glaubst du nicht, dass du in der Sache zu … befangen bist? Sie erwiderte den Blick, sagte jedoch nichts, denn sie ahnte, dass ihre Stimme vor Wut zittern würde. Weiß man denn, was er selber will? Das war nun endlich Jakob, dessen Wort, wie Jola wusste, im Zweifelsfall schwerer wog als das aller anderen. Er will bleiben, sagte sie. Schweigen. Dann bat Ali ums Wort. Würde echt einer von euch ihn wegschicken? Im Ernst? Alex verdrehte die Augen, er wolle einfach die Familie beschützen. An die Kinder denken, Herrgott, sei er denn der Einzige, der sich sorge? Er schaute fragend zu Jola, die seinem Blick auswich. Worum geht es dir denn aber, fragte Lennart hilflos. Glaube er, glaube Gabriel, dass Marek ihnen nächtens die Kehlen aufschlitzen würde? Die Vorräte rauben, die Kinder stehlen? Oder was sonst? Es gab Rufe und wütende Gesten. Jakobs Kiefer arbeiteten. Er hob die Hand und erhielt das Wort. Es sei, sagte er, nicht gut, Bedenken und Sorgen irgendwelcher Art nicht ernst zu nehmen. Ob er sie nun teile oder nicht, sei nicht von Belang. Aber sie müssten angehört und abgewogen werden. Jola sah ihn konsterniert an. Das war nicht ganz die Unterstützung, auf die sie gehofft hatte. Dann meldete sie sich noch einmal. Sie habe einen Vorschlag, sagte sie und schluckte. Marek habe die letzten Jahre ganz anders gelebt als sie hier. Es werde ihm nicht leichtfallen, sich mit allen Konsequenzen und Pflichten einzufügen. Daher wäre vielleicht eine Übergangslösung das Beste. Er könnte sich eine Unterkunft in der Nähe suchen, es gebe ja genug unbewohnte Häuser im Umkreis weniger Kilometer. Er könnte dann, wann immer er das wolle, herüberkommen, um sich einzuleben, die Kinder kennenzulernen, bei der Arbeit zu helfen und so weiter. Das wäre, glaube sie, eine gute, menschliche Lösung, mit der sie alle leben könnten. Als Jola es wagte aufzusehen, merkte sie, dass die anderen damit etwas anfangen konnten. Sie wischte die feuchten Hände an ihrer Hose ab und ergänzte, sie sei bereit, mit Marek zu reden. Und ja, sagte sie, und bemühte sich, nüchtern und bestimmt zu klingen, ich bin auf jeden Fall befangen, weil er mir etwas bedeutet, und es gibt nicht mehr viele Menschen auf der Welt, auf die das zutrifft. Ja, sagte Boris leise. Alle hoben die Hand, die Versammlung endete mit einer einstimmigen Entscheidung und, was Jola anging, einem recht schwachen Kompromiss.

Wie versprochen redete sie am folgenden Tag mit Marek. Sie berichtete ihm von der Versammlung und dem, was sie besprochen hatten. Wie gewöhnlich hörte er ihr aufmerksam zu und nickte, als sie fertig war. Er finde das eine sehr gute Idee. Sie konnte nicht ergründen, wie aufrichtig er war, doch es war nicht zu ändern. Eure Besprechung, war das ein Date?, fragte er, und sie lächelte. Ja, sagte sie. Sie bot ihm bei der Suche nach einer Unterkunft Hilfe an, aber er winkte ab. Er habe sich längst umgesehen und ein passendes Haus gefunden, sagte er und schilderte ihr ein Objekt, bei dem es sich nur um den Rohbau auf dem angrenzenden Grundstück handeln konnte. Damit war sie nicht glücklich – es sei feucht, kalt und dreckig da drin, gab sie zu bedenken, voller Ungeziefer und Schimmel, denn das unfertige Einfamilienhaus habe nicht einmal alle nötigen Wände, von Fenstern ganz zu schweigen. Marek beteuerte, das störe ihn nicht. Er habe die letzten Jahre meistens in noch viel ungemütlicheren Unterkünften gehaust, dieser Rohbau sei genau das Richtige für ihn. Jola sah ihn forschend an. Er hielt dem Blick stand. Jakob, Lennart und Jola halfen Marek, sich einzurichten. Sie nagelten die fensterlosen Vierecke in den Wänden mit Sperrholz zu, entfernten kübelweise Unrat und mehrere Mäusenester und stellten einen Holzofen in eine Ecke des Erdgeschoßes. Jola hoffte, dass Marek damit nicht das Haus und sich selbst in Brand stecken würde.

(8) Am frühen Morgen lag noch Nebel über den Wiesen, glatt und weiß wie ein Rest von Waschlauge. General Apraxin schnaubte im Trab. Der Wallach schien über den Ausritt genauso froh zu sein wie Jola, sie genoss die Bewegung, die Kühle und die Stille. Sie erreichten ihr Ziel rascher, als ihr lieb war. Unten am Hochsitz hingen noch die Drahtklammern vom Aufbrechen des letzten Stücks. Tiers, verbesserte sie sich selbst. Es war nicht nötig, etwas zu beschönigen, auch nicht mithilfe von Jägerlatein. Sie ließ das Pferd grasen und stieg hinauf; lang musste sie nicht warten. Ein junger Bock schritt aus dem Wald heraus auf die kleine Lichtung. Er stand breit und witterte, das Morgenlicht glänzte auf seinem dichten, graubraunen Fell, und es war ein Leichtes, auf sein Blatt zu schießen. Fast zu einfach. Sie hatte sich auf eine ruhige, lange Wartezeit eingestellt, Zeit zum Nachdenken.

Leicht missmutig kletterte sie den Hochsitz hinunter. Falls sie doch den Pansenmagen getroffen haben sollte, war es besser, das Tier gleich auszunehmen, bevor ein Teil des Fleischs verdorben sein würde. Doch der Schuss war sauber. Ihr scharfes Messer glitt mühelos durch die Decke des Bocks, und sie wandte nur kurz das Gesicht ab, als die Eingeweide herauszuquellen begannen. Jola musste dabei schon lange nicht mehr würgen, sie sah in dem Körper nur noch die Fleischstücke und Innereien, die sie in Beuteln nach Hause bringen würde. Essen für die Familie. Während des Heimritts, den sie durch ein paar Schlenker ein wenig verlängerte, hielt sie nach weiterem Wild Ausschau, aber es ließ sich keines blicken. Sie beschloss, einen Umweg zum Haferfeld zu nehmen, um dort nach dem Rechten zu sehen. Das Feld war im Jahr zuvor ein Erdäpfelacker gewesen. Die alte landwirtschaftliche Regel des Fruchtwechsels beachteten sie gewissenhaft.

Jola beugte sich über den Hals ihres Pferdes nach vorne und lobte es mit festem Streicheln. Sie stieg ab und ließ es in der Wiese grasen, bückte sich und berührte ein paar der kleinen, grünen Pflanzen, die Mitte August reif zur Ernte sein würden – jedenfalls hoffte sie das. Sie brauchten den Hafer nicht nur für die Pferde, er war auch wichtig für die Ernährung der Familie, vor allem, wenn es wenig Weizen gab wie vor zwei Jahren. Hafer war unkompliziert. Unkraut gab es natürlich zu Hauf, und sie begann mit der mühseligen Arbeit, es mit einer langstieligen Hacke von Hand zu entfernen.

Für die Feldarbeit benötigten sie ihre vier Pferde nicht, noch hatten sie einen funktionierenden Traktor. Aber sie brauchten sie immer dringender, um sich fortzubewegen. Nicht nur waren die meisten Straßen mit liegen gebliebenen Fahrzeugen und anderem Müll verstopft, allmählich wurde auch der leicht verfügbare Treibstoff knapp; er musste außerdem erst gefiltert und gereinigt werden, bevor man ihn verwenden konnte. Die Zahl der Dinge, die es nicht mehr gab, schien Tag für Tag zu steigen.

Wie zum Beispiel Verhütungsmittel, dachte Jola. Sie verwendeten meistens Kondome, obwohl sie wussten, dass diese ihr Ablaufdatum schon überschritten hatten. Mit Schwangerschaft war ständig zu rechnen, auch wenn Ali und sie gelernt hatten, gut auf ihren Monatszyklus zu achten, um die fruchtbaren Tage identifizieren zu können. Trotzdem sind drei Kinder innerhalb von sechs Jahren keine sehr überzeugende Bilanz, dachte sie, während sie das hartnäckige Kraut aus dem Boden riss, das ihren Haferpflänzchen die Nährstoffe raubte. Sie würde noch sehr lange fruchtbar sein. Der Gedanke an weitere Schwangerschaften war nicht angenehm. Jola wischte die Hacke am Gras ab und ließ es für den Tag gut sein. Bald würde sie wiederkommen und weitermachen, und danach wieder von vorne anfangen, und dann wieder.

Sie saß auf und lenkte das Pferd in Richtung des Hauses von Erich und Ania. Ein Besuch war aus mehreren Gründen angebracht: Zum einen hatte sie gern ein zweites Paar Augen für die Fleischbeschau, wegen möglicher Parasiten. Zum anderen wollte sie den Nachbarn einen Teil des Bocks zum Geschenk machen. Und schließlich war ein Hufeisen ihres Wallachs locker, und das sollte Erich sich ansehen. Abgesehen von allem anderen hatte sie Lust, ihn zu sehen und mit ihm zu reden.

Als sie das Haus erreichte, sah sie Erich auf der Bank sitzen und Pfeife rauchen. Entsetzlich schlechte Angewohnheit, rief sie ihm im Absteigen zu. Willst du nicht fünfzig werden, alter Mann? Er war 48, Tierarzt, geschieden, Alkoholiker und einst wegen Körperverletzung an einem Polizisten vorbestraft. Noch genauer wollte und musste Jola es nicht wissen. Jetzt hatten sie in Erich das, was am ehesten an einen Arzt herankam, und nicht zuletzt auch einen Hufschmied. Sie beugte sich zu ihm, küsste ihn auf die Wangen und nahm das Glas Schnaps entgegen, das er ihr hinhielt. Wenn du mir Vorträge halten willst, das kann ich auch, polterte er. Die Ania ist schwanger, das Kind kommt im Winter. Jola brauchte einen Moment, um das zu verdauen, und kippte den Schnaps auf einmal hinunter. Und darum saufst du jetzt schon am Vormittag?, sagte sie dann. Sie nahm die Flasche und stellte sie außerhalb seiner Reichweite ab. Innerlich wog sie die Wahrscheinlichkeiten ab. Das Kind konnte von ihm sein. Bei allem, was sie wusste, aber auch – nicht.

Sie sagte nichts mehr und wartete ab. Schließlich nahm Erich einen tiefen Zug aus der Pfeife, stieß Rauch aus und die Worte: Ja wenn du deine Burschen nicht im Griff hast! Kurz war Jola sprachlos, dann sagte sie leise: Verdammt. Kommst du zurecht damit? Es sei schon in Ordnung, schnaubte er, Ania könnte leicht seine Tochter sein. Und der Bursche, der Cousin, sei immerhin ganz annehmbar. Lennart also. Jola fragte sich, ob Erich auch von Gabriel wusste. Wo ist Ania?, fragte sie. Er deutete hinter sich auf die Hausmauer. Schläft. Fix und fertig, den ganzen Tag. Das kennst du ja. Jetzt drehte er ihr den an die sonnenwarme Mauer gelehnten Kopf zu und lächelte sie an. Die Augen in dem Netz aus tiefen, weißen Fältchen waren blau, seine Haut braun und leicht fleckig. Die welligen Haare trug er schulterlang, und noch immer benutzte er eine Art Pomade. Sie erwiderte das Lächeln. Er schien sich zu freuen, über Jolas Besuch, aber auch über das Kind. Erich hatte bei der Entbindung ihrer Töchter geholfen, und er war bei jedem Notfall und jeder ernsteren Erkrankung für sie da.

Im Winter, ja?, sagte sie. Na das ist gut, dann kann es im Sommer in der Wiese krabbeln lernen. Dann schwiegen sie. Nach einer Weile deutete sie auf ihr Pferd, und er nickte. Ja, ich werde bald raufkommen und mir alle anschauen. Bringe die nötigen Eisen gleich mit. Erich betrieb eine Schmiede in der ehemaligen Scheune seines Bauernhauses. Sie bezahlten ihn mit Nahrungsmitteln und Gebrauchsgegenständen. Jola ließ ihm alles vom Bock da, was er annehmen wollte, und drängte ihm auch noch die Leber auf. Werdende Mütter, dozierte sie, brauchten Eisen. Wann lässt du deine schöne Stute endlich decken?, fragte er beim Abschied, nachdem sie ihm Grüße und Glückwünsche für Ania aufgetragen hatte. Na wie denn?, fragte sie zurück. Ich hab zwei Stuten und zwei Wallache, da geht nicht viel. Er kenne Leute, die Hengste hätten, sagte er beiläufig. Wen?!, schrie sie fast. Wohnen so eineinhalb Tagesritte weit weg, sagte er. Und sind die okay?, fragte sie besorgt. Sie hatte die Hand schon am Sattelknauf und den Fuß im Steigbügel. Erich kratzte sich am Kopf. Na ja, er kenne sie noch nicht so gut, räumte er ein, er habe kürzlich bei einem Ausritt einen Mann getroffen und sich gut mit ihm unterhalten.

Dessen Leute hätten einen Bauernhof in der Nähe von – er nannte den Namen einer Ortschaft, die Jola im Burgenland vermutete, aber sicher war sie nicht –, es lebten drei oder vier Familien dort oder in der Nähe. Drei oder vier!, rief Jola. Wow, und das sagst du mir nicht gleich? Sie schüttelte den Kopf, zog sich in den Sattel und griff nach den Zügeln. Es war erst vorgestern, gestand Erich grinsend, er freute sich, dass er interessante Neuigkeiten für sie hatte. Und wie geht es weiter? Triffst du den wieder? Wie viele Leute sind es insgesamt? Sie stellte ihm noch viele Fragen, die er bereitwillig beantwortete. Ein Treffen wurde vereinbart, um die Neuigkeiten auch mit den anderen besprechen zu können. Und Jola erzählte Erich, ebenfalls fast beiläufig, von Mareks Heimkehr. Er schaute sie prüfend an, sagte aber nichts außer: Gratuliere. Als sie davonritt und winkte, schwenkte er seine Pfeife über dem Kopf.

Daheim half Boris ihr mit dem Fleisch, es musste gut abgetrocknet werden und dann in die Wildkammer zur Kühlung. Sehr viel war es nicht, Jola schätzte, dass am Ende zehn bis zwölf Kilo übrigbleiben würden. Hörst du was?, fragte Boris, als sie sich das Blut mit Seife und Nagelbürste abwuschen. Erst wollte sie antworten: Nein, wieso?, aber dann verstand sie, was er sagen wollte. Sie waren allein im Haus, und sie bat ihn in ihr Zimmer. Ihr Bett war sehr breit, ein Kingsize-Ungetüm mit vielen kleinen Spots in der Decke darüber, die längst nicht mehr funktionierten. Jola ging zuerst unter die Dusche und kam dann im Bademantel zu ihm ans Bett. Es war noch immer ein merkwürdiges Gefühl, die weißen Hotelbademäntel zu tragen, als sei man Gast im eigenen Haus.

Sie ließ ihn den Gürtel aufknoten und strich über seinen dunklen Hinterkopf, als er sein Gesicht in ihren Bauch drückte. Ist lange her, flüsterte sie, während er sich zu ihrem Kopf hinaufküsste und seine großen Hände ihre Schenkel streichelten. Er fragte gar nicht erst, ob er ein Kondom verwenden sollte, und er wusste auch, in welcher Schublade er eines fand. Sie liebten sich wie ein altes Ehepaar, das hoffte, dass die Kinder nicht hereinplatzten: ein bisschen ausgelassen, ein kleines bisschen schuldbewusst. Boris war nicht gesprächig, sowieso nie, und heute wollte er gar nicht reden, stattdessen zog er ihren Kopf auf seine tätowierte Schulter und streichelte ihre Haare, bis sie eindämmerte.

Sommer 7

(9) Erich hielt Wort und kam bald mit Ania zu Besuch. Vom Rehbock war noch ein großer Topf Gulasch übrig, es gab frisches Gemüse und die ersten Früherdäpfel und als Nachspeise Erdbeeren. Die Kinder waren verrückt danach und schwer daran zu hindern, ständig auf die Pirsch zu gehen, um welche aufzustöbern. Ania stand im Mittelpunkt der Aufmerksamkeit, sie wurde beglückwünscht, ohne dass jemand die Frage nach dem Kindsvater anschnitt. Sie gab zu, dass sie sich überfordert fühlte. Jola dachte nach, ob sie ihr von den Tabletten erzählen sollte, die Ali und sie horteten, für den Fall, dass einmal wirklich alles gegen ein weiteres Kind sprach. Aber es kam ihr jetzt unpassend vor. Sie nahm sich vor, Ania nach der Geburt mit einigen der Pillen

zu versorgen. Es war nicht so, dass sie gar keine Wahl hatten.

Lennart war verliebt und glücklich. Er ging eindeutig davon aus, dass er derjenige war, der Vater wurde. Jola überlegte, wie es Gabriel damit gehen mochte. Wenn es ihn verletzte, ließ er es sich nicht anmerken. Sie betrachtete ihn und versuchte, seinen Blick einzufangen, aber es gelang ihr nicht. Seine Hände steckten in den Hosentaschen, und daran, wie die Muskeln an seinen Unterarmen hervortraten, las sie ab, dass er sie zu Fäusten ballte. Schon eigenartig, dass er wieder einmal das Nachsehen hat, dachte sie. Er ist so schön. Unter anderen Umständen hätte er sich die Frauen aussuchen können. Jola musste an das Urteil denken, das Ali einmal über ihn abgegeben hatte: Gaby musst du genießen wie eine Cremeschnitte, du möchtest dich darin eingraben, aber zu viel ist ungesund. Vielleicht sah auch Ania das so, überlegte Jola. Sie teilte Essen aus, wischte einem Kind das Kinn oder die Finger ab, hob Gegenstände vom Boden auf und wusch Geschirr ab, und sie fragte sich, wo Marek blieb. Er war ausdrücklich eingeladen worden und hätte schon lange hier sein sollen. Schwer zu sagen, ob das neue Arrangement ihm zusagte, er hatte sich seit seinem Einzug im Rohbau kaum blicken lassen. Kein Wunder, fand Ali: Man habe ihm im Grunde genommen die Tür gewiesen. Beide Frauen redeten zurzeit kein unnötiges Wort mit Alex. Mit einem Stapel schmutziger Teller in den Händen erreichte Jola die Arbeitsfläche in der Küche. Das Fest, das Essen oder wie auch immer man es nennen wollte, war im Ausklingen. Kein Marek.

Er kam viel später über genau den Weg die Wiese herauf, den sie an seinem ersten Tag gemeinsam genommen hatten – erst, als die Gäste weg waren und fast alle schon schlafen gegangen waren. Du hast ja alles verpasst, sagte sie in bemüht leichtem Ton. Sie beseitigte noch die ärgsten Spuren im Garten. Marek hielt ihr etwas hin und entschuldigte sich – er habe seine Fallen überprüft und darüber die Zeit vergessen. Etwas besser sah er aus, entspannter und auch sauberer, aber er war noch immer sehr dünn. Er deutete auf seine Beute: Fasane. Die Schwanzfedern eines Hahns hingen bis auf den Boden herab, der blaurote Kopf des Vogels glänzte. Die Sonne ging unter. Kannst du die brauchen?, fragte er. Sie nahm ihm die Fasane ab, um sie in die Kühlkammer zu hängen. Früher wäre beides ein No-go gewesen, dachte sie, Fasane im Mai zu jagen ebenso wie seine fiesen Fallen. Nur, wenn du morgen mit uns isst, sagte sie. Er lächelte und nickte; sein Blick glitt von ihrem Gesicht ab, und sie merkte, dass er sich schon wieder zum Gehen wandte. Magst du jetzt noch etwas, ich kann dir was holen, sie deutete mit dem Daumen hinter sich Richtung Haus. Nein, nein, ich hab schon, winkte er ab und machte kehrt. Gute Nacht. Als er den Hügel hinunterging, um in seine Bruchbude zurückzukehren, fand sie, er sehe sehr einsam aus.

(10) Am Tag darauf gab es zum Frühstück nur Reste, denn niemand hatte sich um Brotteig gekümmert. Jola schaute nach dem Sauerteig, der in Gläsern unterschiedlicher Größe aufbewahrt wurde, fütterte ihn und stellte die Rührschüssel heraus, damit sie oder jemand anderer

am Abend daran denken würde. Jetzt hatte sie keine Zeit dafür. Sie zerdrückte Erdäpfel und weich gekochtes Gemüse, mischte ein bisschen Öl dazu und gab Rosa den Brei. Die Kleine sah müde aus, sie war spät schlafen gegangen und nach Kinderart trotzdem früher als üblich wach geworden. Das ist gut, dann schläft sie am Vormittag länger, dachte Jola und wischte das Tischchen von Rosas Hochstuhl nach beinahe jedem Löffel Brei ab, den das Kind zu sich nahm. Sie zu füttern kam schon lange nicht mehr in Frage, womöglich übertrafen Rosas Freiheitsdrang und ihre Sturheit noch die ihres großen Bruders. Aron war als Erster mit dem Essen fertig – man konnte ihn kaum je zum Aufessen seiner Portion bewegen. Er freute sich auf die Schule.

Die Größeren wollten nicht warten, bis Rosa wieder schlief, also nahm Jola sie in die Scheune mit, in deren einer Ecke das Klassenzimmer eingerichtet worden war. Die Kinder stimmten darüber ab, womit sie beginnen wollten, und die meisten sprachen sich für Rechnen aus. Also wurde der Abakus herausgeholt, Jola schrieb Aufgaben an die Tafel. Später würden die Kinder schreiben und einander vorlesen und danach vielleicht Musik machen. Jola hielt sich für keine besonders gute Lehrerin. Meistens unterrichtete Ali, aber sie achtete genau darauf, dass alle Erwachsenen drankamen – die Kinder könnten auf kein einziges mögliches Vorbild verzichten, erklärte sie. Und so musste jeder und jede, auch Boris und sogar Jakob, sich von Zeit zu Zeit mit Buntstiften, Malkästen, Papierscheren, Lesebüchern und der grünen Spielzeugschultafel beschäftigen. Alis neueste Errungenschaft aus einem nahegelegenen Kindergarten waren Orff-Instrumente: ein Glockenspiel, Holzblöcke, eine Triangel und so weiter, das Glanzstück der Sammlung war ein großes Xylophon. Ali hatte vor dem Ereignis die Pädagogische Hochschule fast abgeschlossen, mit Schwerpunkt Kulturpädagogik und musikalische Früherziehung. Wie Lennart konnte sie Gitarre spielen, außerdem Flöte. Im Haus gab es eine Musikanlage mit einem Plattenspieler, dazu eine Sammlung Platten mit klassischer Musik und ein paar Alben aus dem ausgehenden 20. Jahrhundert, von denen sie die meisten nicht kannten, aber die wurde selten eingeschaltet, weil Batterien und Strom für Wichtigeres gespart werden mussten. Musik war ohnehin gefährlich: Eine Melodie konnte ungeahnte emotionale Verwüstungen anrichten. Mit der Musikanlage waren sie deshalb fast so vorsichtig wie im Umgang mit Waffen. Jola dachte über den Stundenplan nach: Turnen fiel bei Schönwetter aus, aber sie wollte am Nachmittag noch eine Reitstunde unterbringen, falls jemand dazu Lust hatte. Noah und Lena rechneten mit Abstand am schnellsten, und bei Lena war auch alles richtig. Aron war bald fertig und wieder am Lesen: Er hatte bereits jedes einigermaßen für sein Alter geeignete Buch im Haus gelesen und versuchte sich nun an den vorhandenen Jugendromanen. Oft stellte er Jola Fragen zu den Inhalten, nicht nur, weil sie für sein Alter zu anspruchsvoll waren, sondern auch, weil ihm vieles darin so hoffnungslos unvertraut war. Was war eine U-Bahn? Warum hatten die Leute in diesem Buch keine Zeit für ihre Kinder, und was war eine Oma? Was bedeutete Krieg? Was war Schokolade? Jola fand es anstrengend, diese Fragen zu beantworten, weil auf jede Antwort mehrere Fragen folgten. Wie einem Kind ein Lama erklären? Früher hätte sie es einfach in den Tiergarten mitgenommen. Dazu kam noch, dass Jola manchmal das Weinen unterdrücken musste, wenn Aron seine Fragen stellte. Sie hasste es, wenn es so weit kam: Es half ihren Kindern nichts, wenn ihre Eltern ihnen dauernd etwas vorheulten. Nicht alles war früher gut gewesen, nicht alles heute war schlecht.

Nach einiger Zeit steckte Alex den Kopf zur Tür herein und fragte Jola, ob er ihr Rosa abnehmen sollte. Sie nickte, und er nahm die Kleine mit in den Ziegenstall. Die älteren Kinder wollten jetzt singen und auf die Instrumente eindreschen, wozu Jola wenig beizutragen hatte. Lange hielt sie das nicht durch, und früher als geplant schlich sie aus der „Klasse" in die Küche, wo sie sich den neuen Büchern widmete. Jemand hatte sie kürzlich aus einer Bücherei mitgebracht, und sie wartete schon seit Tagen auf eine ruhige Stunde dafür. Eine sechsfache Mutter, dachte sie, hätte früher auch nicht mehr Zeit gehabt. Vielleicht weniger. Während sie einen Band über nachhaltige Landwirtschaft durchblätterte und sich Notizen in ein Heft machte, hörte sie mit einem Ohr dem Kinderlärm zu. Noch klangen sie friedlich, wenn auch musikalisch gesehen unglaublich unharmonisch. Die Kinder waren im Großen und Ganzen sehr verträglich, aber gerade in solchen Situationen – Energieausbrüche in Innenräumen – konnte es sehr wohl krachen. Jola hatte vor, sie ins Freie zu schicken, bevor es dazu kam.

Erich hatte bei seinem Besuch nicht nur die Pferde durchgecheckt, sondern auch alle Kinder und jene Erwachsenen, derer er habhaft wurde: also die Frauen und Lennart, der sich in keiner guten Position befand, um

Erich etwas abzuschlagen. Womöglich lag hier auch die Erklärung dafür, dass Marek nicht aufgekreuzt war. Jola würde dafür sorgen, dass er sehr bald zu Erich ging; gerade er hatte es wahrscheinlich nötig. Noch hatte der Nachbar die Möglichkeit, HIV-Tests vorzunehmen, beispielsweise, oder auf Parasiten zu testen. Notfalls würde sie Marek persönlich hinbegleiten.

Die Kinder stürmten johlend an ihr vorbei und aus der Tür, zogen im Windfang ihre Gummistiefel an und verschwanden. Sie musste ihnen vertrauen, dass sie aufeinander aufpassten. In mancher Hinsicht war die Welt für Kinder mit einem Schlag viel sicherer geworden: keine Autos zum Beispiel, aber auch: kein Kindergarten, keine Schule, kein Theater, kein Museum, kein Fernsehen, keine Handys und Computer, kein Sportplatz, kein Schwimmbad. Keine Arztbesuche, Zahnspangen, Impfungen, die sie vor Krankheiten schützten, von denen sie die meisten nicht mehr bekommen würden. Kaum Fremde. Außer den Geschwistern keine Freundinnen und Freunde. Keine Großeltern, Tanten, Onkel.

Alex brachte Rosa ins Bett, was er selten tat. Jola bekam das Gefühl, er versuche, ihr ein Friedensangebot zu machen.

(11) Was ist los?, fragte Jola. Wie lange willst du ihm das noch nachtragen? Ihm tut das mit Marek längst leid, sagen kann er es halt nicht. Ali atmete durch, lehnte den Hinterkopf an die Sitzlehne der Couch und schloss die Augen. Das ist es doch gar nicht, nicht nur. Es ist schon lange so, eigentlich seit dem zweiten Mal, weißt

du, sagte sie leise. Sie sprach von ihrer Fehlgeburt im Jänner – nicht ganz so entsetzlich wie die erste, aber schlimm gerade dadurch, dass es eben schon die zweite war. Ali hatte sich bald nach Daniels Geburt ein weiteres Kind gewünscht, und sie war auch bald ein zweites Mal schwanger geworden. Als sie spät, bereits im zweiten Drittel der Schwangerschaft, eine Fehlgeburt hatte, war sie in keiner Weise darauf vorbereitet gewesen. Jola schloss die Augen und sah es vor sich: Ali in der Wiese beim Hühnerfüttern, Blut rann aus ihren Shorts heraus an ihrem Bein entlang. Nur ein ganz kleines bisschen Blut. Ali hatte es noch nicht gemerkt und lächelte mit geschlossenen Augen in die Sonne, und einen verrückten Augenblick lang dachte Jola: Wenn ich es ihr nicht sage, wenn ich nicht mehr hinsehe, hört es vielleicht auf. Es ließ Ali trostlos zurück; sie erholte sich nur langsam, und als sie wieder schwanger wurde, verlor sie auch dieses Kind, diesmal gleich am Anfang. Sie sprachen nicht oft darüber, weil sie es gewohnt waren, lieber nicht zu sehr an Wunden zu kratzen, denn es gab einfach zu viele.

Jola wartete, bis Ali wieder zu sprechen anfing. Er kann nichts dafür, aber ich halte ihn seither kaum mehr um mich herum aus. Ich schlafe nicht mehr mit ihm. Ich weiß auch nicht, wieso. Lieber bin ich beim Boris oder beim Gaby, die lenken mich wenigstens ab und wollen nicht ständig darüber reden und … Du willst nicht mit ihm über die Fehlgeburten reden? Jola fiel es schwer, das Wort auszusprechen. Es steckte „Fehler" darin, ein Versagen, und etwas, das fehlte. Aber Ali schien dankbar dafür. Nein!, rief sie, und jetzt rannen Tränen über ihr Gesicht. Es fühlt sich fast an, als ob ich ihn hassen würde, er geht mir so auf die Nerven, und ich kann mit niemandem darüber reden, weil das so gemein ist und er mir nichts getan hat, Jola. Verstehst du das? Jola nickte, legte einen Arm um Ali und drückte ihren Kopf an ihre Schulter. Es tut mir leid, murmelte sie. Eine Zeitlang sprachen beide nicht mehr. Danke, sagte Ali dann und schluchzte. Ich weiß nicht, vielleicht ist der Daniel ja genug, und die anderen Kinder. Ich glaub nur, mit dem Alex, das wird nichts mehr. Sie solle abwarten, riet Jola, es brauche eventuell einfach noch Zeit. Die Worte klangen genauso hohl, wie sie sich beim Aussprechen anfühlten, aber sie fand keine besseren. Der Körper ihrer Freundin bebte neben ihr, und sie streichelte ihr noch lange den Rücken und kämmte mit den Fingern ihr Haar.

Marek kam zum Abendessen. Jola hatte es angekündigt, also war niemand überrascht, aber sie bemerkte eine gewisse Nervosität, als die anderen am Tisch die Plätze tauschten, damit er sich auf die Bank setzen konnte. Die Kinder spürten es, und wie um ihn zu unterstützen, setzte Aron sich neben Marek, sorgte dafür, dass Jola auf seiner anderen Seite Platz nahm und dass er eine Serviette bekam. Die Spannung löste sich nach kurzer Zeit, das Gespräch drehte sich um das Essen, die Ziegen, das Wetter. Gaby hat die armen Fasane ein zweites Mal gekillt, seufzte Ali, während sie trockenes Fleisch von den winzigen Knochen schabte. Marek half beim Abwaschen. Bald danach wandte er sich zum Gehen. Warte. Jola stand auf, brachte ihn zur Tür und schlang die Arme um ihn. Gute Nacht, sagte sie, küsste ihn auf die Wange und ging durch ein Spalier aus Blicken zum Esstisch zurück.

(12) Ein paar Tage später suchte sie Mareks Rohbau auf und sah in den Verschlag hinein, den er sich zum Schlafen errichtet hatte. Er war nicht da, also suchte sie ihn im Hintergarten. Im Vorbeigehen besah sie sich die Apfelbäume und Ribiselstauden. Es war ihr freier Tag, und sie hatte eine Entscheidung getroffen. Dort stand er in der Sonne vor einem mit Wasser gefüllten Schaff und wrang ein Wäschestück aus. Wieso gibst du mir das nicht zum Waschen? Das ist so unnötig, dass du das hier machst, und richtig sauber wird es auch nicht, rügte sie ihn. Hallo, entgegnete er freundlich. Ach, ich wollte dir keine Arbeit machen. Jola fragte, ob er sie zum Himbeerpflücken begleiten wolle. Er zwinkerte, wie er es oft tat, und sagte: Gleich? Sie lachte. Wenn du nichts anderes vorhast, natürlich nur. Er lächelte, hängte das triefende Wäschestück über einen Ast und holte seine Jacke und den Helm. Sie beschrieb ihm den Weg zum nahe gelegenen großen Himbeerschlag, und sie besprachen, welche Straße er nehmen konnte, weil sie zumindest vor Kurzem noch passierbar gewesen war.

Jola sagte im Haus Bescheid und war froh, dass Jakob nicht zu sehen war. Sie sattelte Bora, nahm den direkten Weg durch die Felder und ließ ihn die meiste Zeit traben, sodass sie vor Marek beim Treffpunkt war. Sie band das Pferd an einen Baum, breitete eine Decke auf der Wiese in der Mitte der Lichtung aus und begann, mit Luftpolsterfolie ausgelegte Metalldosen mit reifen Himbeeren zu füllen. Wenn sie ganz voll waren, wurden nur wenige Früchte beim Transport zerquetscht.

Die Insekten brummten so laut, dass sie Marek erst hörte, als er direkt hinter ihr stand, was sie zusammenfahren ließ und ihr einen Schrei entlockte. Er lachte und berührte sie an der Schulter. Jola drückte ihm eine Dose in die Hand, und sie pflückten eine Weile Himbeeren, ohne zu reden. Es war heiß und schwül, und ihre Haare klebten bald feucht an den Schläfen. Nicht die hellen, belehrte sie ihn, schau, solche wie die da sollst du nehmen, und sie schob ihm eine zwischen die Lippen. Er kaute und sah sie wachsam an. Jola wartete, bis er geschluckt hatte, griff nach seiner Wange und küsste ihn auf den Mund. Sie zog ihn zur Decke und knöpfte sein Hemd auf, es war das blaukarierte, das sie ihm in der Waschküche gegeben hatte. Ihre Finger strichen über seinen blassen, mageren Körper, er löste ihren Zopf und drückte sich ihre Haare an die Wangen und an die Lippen. Seine Hand glitt über ihre Brust hinunter zwischen ihre Schenkel, und als sie dort angekommen war, seufzte er tief in ihre Halsbeuge hinein. Alles, was sie taten, war vertraut und neu zugleich; alles fühlte sich richtig an, auf einzigartige Weise sinnvoll. Zu den Baumkronen hinaufschauend, lauschte sie seinem schweren Atem und streichelte seinen Rücken, mit den Fingerspitzen spürte sie seinen Narben nach. Jetzt konnte sie auch die Fragen stellen, die sie zurückgehalten hatte: Wie hast du dich da so verletzt? Und: Hast du viele andere Frauen gehabt? Er ignorierte die eine Frage und ließ sich mit dem Beantworten der anderen Zeit. Nicht viele. Drei insgesamt, und nur mit einer war ich länger zusammen. Hat sie dir das verpasst?, fragte Jola und deutete auf die Stichwunde in seiner Seite. Nein, die war nicht gefährlich. Nicht so wie du. Sie lachten, Jola schob sich unter ihm hervor und legte ihren Oberkörper auf seinen. Seine Hände bildeten Schalen für ihre Brüste, er zwickte die Warzen leicht zwischen den Fingern zusammen, und sie dachte an das zweite Kondom in ihrer Jeanstasche.

Aber wer dann? Er verzog das Gesicht. Ein Typ halt. Ich werd dir alles erzählen, aber nicht jetzt. Bitte. Er wisse nicht, wie oft er sich das hier vorgestellt habe, mit ihr zusammen zu sein und mit ihr zu vögeln und so weiter. Igitt, rief sie, hast du dir das so vorgestellt, wie ich denke? Marek kicherte. Nein. Nicht nur. Doch, auch. Sie kreischte und rollte von ihm herunter. Er umschloss ihre Hüften, zog sie auf sich zurück und tastete nach ihrem nassen Schoß. Sie küssten sich lange, und diesmal blieb sie oben. Es war besser als beim ersten Mal, und sie richtete es so ein, dass sie fast gleichzeitig kamen. Erschöpft blieb sie auf ihm liegen, den Kopf an seiner Schulter. Die Waldgeräusche und die Hitze machten sie träge, und sie wollte nicht mehr reden, aber nun begann er, Fragen zu stellen. Und du, wie viele Männer? Sein Lächeln wirkte gezwungen. Auch drei. Nachdenklich starrte er sie an und sagte: Jakob. Gaby. Sie nickte. Er fluchte leise. Und …? Boris, ein paarmal, ergänzte sie, und er zog die Luft ein. Aber mit wem du jetzt gerade zusammen bist, sagte er, weiß ich noch immer nicht. Er strich über ihren Mund, ihren Nasenrücken, sogar ihre Zähne, als müsse er sie Körperteil für Körperteil neu kartografieren. Jola legte sich auf die Seite, auf einen ausgestreckten Arm, und betrachtete sein Gesicht. Sie hatte so oft versucht, es sich vorzustellen, dass es in ihrer Erinnerung zu ein, zwei Ausdrücken gefroren war. So ist das nicht, sagte sie, drehte sich auf den Bauch und schaute auf ihre Finger hinunter, die das Muster auf der Decke nachzeichneten. Nicht so ... exklusiv. Marek fragte nicht weiter nach. Falls er schockiert war, zeigte er es nicht. Du warst lange weg, sagte sie schlicht. Ich habe fast geglaubt, du kommst nicht mehr zurück. Du hast mich für tot gehalten, sagte er, aber es war eine Frage. Nein, sie hob den Kopf und sah ihm in die Augen, dann rollte sie sich zurück in seinen Arm. Es war schwer, sich anzuziehen und mit dem Pflücken weiterzumachen. Wolken winziger Mücken tauchten aus den Büschen auf und flogen ihnen in Augen und Mund. Er küsste sie immer wieder, griff ihr ins Haar oder hielt sie auf andere Weise von der Arbeit ab. Schließlich schickte sie ihn voraus und machte allein weiter, bis sie eine vorzeigbare Menge Himbeeren hatte. Sie wollte nicht lügen müssen, wenn es sich vermeiden ließ. Vor dem Heimreiten flocht sie ihre Haare neu. Marek versprach, zum Abendessen zu kommen.

Zitronen

Kapitel drei

(13) Nach dem Essen, das noch lauter und wüster als üblich verlaufen war, weil die Kinder ungewöhnlich aufgekratzt waren, schlug Jola vor, Marek solle ihnen in aller Ruhe von seiner Zeit unterwegs erzählen; sie wollte einen ausführlichen Bericht mit einer Schilderung der Strecken, die er zurückgelegt, und der Menschen, die er getroffen hatte. Sie setzten sich in der Scheune zusammen, die Kinder durften dabei sein. Dann aber vielleicht nicht mit *allen* Details, sagte Ali. Marek nickte.

Jakob holte eine Österreich- und eine Europakarte hervor und hängte sie über die Schultafel, und sie setzten sich alle im Halbkreis darum hin. Nacheinander stellten sie Fragen, und Marek beantwortete sie, wies auf die Karten und zeigte ihnen seine Fahrtrouten. Jola machte sich Notizen. Sie fragte ihn nach Zahl, Größe und Art der Ansiedlungen der Gruppen, denen er begegnet war, denn sie plante, nach seinen Schilderungen eine Bevölkerungskarte anzufertigen. Für die Umgebung gab es so etwas bereits, aber die Einträge waren noch schütter. Bei manchen Fragen zögerte Marek, und Jola merkte, dass er Dinge ausließ. In diesem Ort hat es einen großen Brand gegeben, erzählte er und tippte auf einen Punkt auf der Karte. Und hier hat vor etwa vier Jahren eine Gruppe gewohnt, es waren acht Leute. Sie haben Getreide und

Gemüse angebaut, waren in Ordnung. Bei der Rückfahrt sei er wieder an ihrem Haus vorbeigefahren, sagte er, er habe sie aber nicht mehr angetroffen. Sein Zwinkern wurde so stark, dass er eine Pause einlegen musste. Ich wette, du hast sie sehr wohl angetroffen, dachte Jola. Jemand brachte ihm ein Glas Wasser, und er fuhr fort und wies auf die Karte: Dort habe ich einen Mann getroffen, aber wir haben nicht miteinander geredet. In dieser Art ging es eine Zeitlang weiter, wobei er Details und Ausschmückungen vermied; er berichtete von Straßen und Wegen, die von Fahrzeugen und herangewehtem Müll blockiert, und von Gegenden, die wie ausgestorben gewesen seien. Solche, sagte er, seien die Regel gewesen. Aber es gebe auch Siedlungen sowie Gruppen, die noch immer herumzögen und sich von dem ernährten, was sie unterwegs finden konnten. Was war der am weitesten entfernte Punkt, an dem du warst?, fragte Alex. Marek tippte auf einen Ort an der italienischen Küste. Wow, machte Ali. Cool. Er schüttelte den Kopf und sagte: Nicht sehr, nein. Der ehemalige Badeort habe zu den deprimierendsten Plätzen gehört, die er gesehen habe. Warum, das konnte oder wollte er nicht sagen. Wieso bist du dort hingefahren und nicht wieder nach Hause?, fragte Aron. Mhm, gute Frage, sagte Marek. Die Leute, mit denen ich unterwegs war, die wollten da hin. Und ich hab gedacht, ich würde viel schneller zurück sein, weißt du. Jola verschränkte die Arme und senkte den Blick. Nachdem er mehrere Stunden lang erzählt und Fragen beantwortet hatte, signalisierte Marek, genug zu haben, und setzte sich auf den Teppich. Aron und Noah rutschten neben ihn und wollten beide bei ihm sitzen und weiter zuhören. Die Erwachsenen gewährten den Kindern noch einen Moment, obwohl längst Schlafenszeit war. Bevor Jola sich zurückzog, nahm Marek sie zur Seite. Verwundert sah sie ihm zu, wie er eine kleine Schachtel aus der Hosentasche zog wie der Liebhaber in einer Hollywood-Schmonzette beim Heiratsantrag, sie aufklappte und ihr den Inhalt präsentierte als die Kostbarkeit, die er war: sechs kleine, gelbweiße Zitronenkerne.

(14) In der Früh war es noch kalt. Jola zog den Kindern Jacken und Stiefel an, schickte sie hinaus und ermahnte sie zur Vorsicht. Jemand hatte in der Nähe ein Wildschwein gesehen, und Jola hatte nun den Verdacht, dass die Kinder genau dieses aufstöbern wollten. Sie dachte an die glühenden Sommer ihrer Studienzeit in Wien, als die Menschen über die Hitze stöhnten, die vom Asphalt aufstieg, und vom Klimawandel sprachen. Den Wildschweinen immerhin ging es jetzt hervorragend, man musste sie vergrämen, bevor sie zu keck wurden und sich über das Gemüse hermachten. Der Garten sah so weit gut aus; blieb noch das Gewächshaus. Es war Jolas liebster Rückzugsort, hierher begleitete sie selten jemand. Sie hatte eine große, weiß gestrichene Kommode aus einem der unbenutzten Zimmer ins Gewächshaus gestellt und bewahrte nun Werkzeug, Samenbeutel und Spezialdünger darin auf. Im Winter hätschelte sie Tomaten, Paprika, Gurken und verschiedene Kräuter, sie experimentierte mit Sprossen und allem, was sie in den Garten- und Baumärkten der Umgebung, in verwilderten Gärten, Wohnhäusern und Geschäften fand. Jetzt nahm sie sechs

kleine Töpfe aus Keramik von einem Bord, füllte sie mit Erde, steckte die Zitronenkerne jeweils wenige Zentimeter tief in die Mitte, goss sie und stellte sie auf die Fensterbretter. Sie wusste, dass es so gut wie keine Aussicht auf Erfolg gab, denn die Kerne waren viel zu alt, aber sie musste es versuchen. Nachdem sie alle Pflanzen versorgt hatte, wollte sie noch ein paar Felder abklappern und Unkraut jäten. Wegen des guten Wetters gab es keine Schule, und Rosa war bei Jakob. Sie streifte die Handschuhe ab und legte sie auf die Kommode. Soll ich mitkommen? Jola stieß einen Schrei aus und sah Gabriel vorwurfsvoll an. Er hob die Hände und lächelte. Sorry. Kannst du mich brauchen? Bin durch mit der Wäsche. Sie holten Kyra und den General von der Weide. Die Stute war nicht leicht zu reiten, sie war noch jung und hatte durch die Umstände keine gute Erziehung bekommen, aber Gabriel kam mit ihr zurecht. Es war nicht weit zu den Feldern, die Jola im Sinn hatte: Dort wuchsen heuer Kürbisse, Erdäpfel, Karotten, Zwiebeln und verschiedene Rübenarten.

Zu bewässern gab es nichts, es hatte eher zu viel geregnet in letzter Zeit, also widmeten sie sich dem Unkraut. Es von Hand auszureißen war mühsam, aber sie hatten gutes Werkzeug: Baumärkte gab es in der Gegend sogar noch mehr als Kirchen. Gabriel machte als Erster Schluss und setzte sich auf einen leeren Sack ins Gras. Jola zerquetschte Schnecken unter ihrem Stiefel. Eigentlich könnte man die Hendln einmal zu einem Ausflug hierher mitnehmen, überlegte sie. Die würden sich über die Schnecken freuen. Es waren Sulmtaler, denen schmeckte fast alles. Bist du mir noch böse?, fragte er.

Sie schaute auf die ekelhafte braungraue Masse an ihrer Stiefelsohle und wischte sie fest am Wiesenrand ab. Dann setzte sie sich zu ihm. Nein, nicht wirklich, sagte sie. Ich muss dich ja nicht immer verstehen. Er nahm einen ihrer Zöpfe und zwirbelte ihn zwischen den Fingern. Sie fragte direkt, wie es ihm mit Ania und der Schwangerschaft gehe, und er antwortete, es sei okay. Das Kind sei übrigens nicht von ihm, das meine jedenfalls Ania. Jola nickte, ich weiß. Ist das gut oder schlecht? Gabriel legte sich zurück ins Gras und seufzte. Ich kann es eh nicht ändern. Sie gab zu, dass es die Dinge vereinfachte, wenn dieses Kind nicht Judiths Halbgeschwister war, und er quittierte es mit einem Nicken. Er frage sich, ob Lennart jetzt zu Ania ziehen wolle, oder vielleicht sie zu ihnen herauf. Was sie davon halten würde? Sie glaube, es wäre schrecklich für Erich, sagte Jola. Denkst du denn, dass sie den liebt?, fragte Gabriel. Ungläubig zog er die Augenbrauen hoch. Jola zuckte mit den Achseln. Warum nicht. Er ist ein guter Mensch, vielleicht ein bisschen auch wie ein Vater für sie, und er bringt ihr viel bei. Sie wollte ja immer Ärztin werden. Und sie hat ihre ganzen Leute verloren, da war sie was, zwölf? Ich habe keine Ahnung, was sie alles durchgemacht hat, bevor sie bei ihm gelandet ist, aber seither hat er sie immer beschützt.

Gabriel grunzte etwas Zustimmendes. Jola nahm ihm den Zopf weg, stand auf, säuberte die Geräte, packte sie den Pferden auf und kickte mit der Spitze ihres Stiefels gegen seinen. Komm, Aufbruch. Gibt noch viel zu tun vorm Schlafengehen. Er legte sich auf die Seite und schaute zu ihr auf, gegen die Sonne blinzelnd. Wenn es mich stören würde, das mit Ania, würde es dich stören?

Sie schnappte nach Luft und sagte, wenn es dich stören würde, würde es mich stören, aber nur weil es dich stört, nicht, weil ich eifersüchtig wäre, falls du das meinst. Er rollte sich wieder auf den Rücken und schaute in den Himmel. Du bist so anders als früher, Jola. Du auch, sagte sie. Aber du bist anders anders, sagte er. Geh bitte!, rief sie und stieg auf.

Die Kinder waren vernarrt in Marek. Meistens hing mindestens eines an seinem Arm, oder sie verfolgten ihn alle gleichzeitig und buhlten um seine Aufmerksamkeit. Jetzt hatten sie ihn aufgestöbert, damit er mit ihnen spielte, und er folgte gutmütig ihren Anweisungen. Sie wollten, dass er ihnen eine Hütte baute, so wie er manchmal unterwegs eine für sich selbst errichtet hatte, um nicht ganz im Freien schlafen zu müssen. Er schnitt frische Bambushalme, bog sie wie Zeltstangen, band sie zusammen und baute mit ihnen das Gerüst für eine Rundhütte. Aufgabe der Kinder war es, Zweige mit Blättern, Ruten und Büschel langer Gräser zu finden, mit denen sie die Lücken zwischen den biegsamen, grünen Stangen verkleiden konnten. Sie arbeiteten einen ganzen Tag lang, dann zogen sie ein. Die Hütte hatte nur etwa zwei Quadratmeter Grundfläche, aber das genügte den Kindern für tagelanges Spielen. Lena und Judith belagerten Marek bald darauf erneut: Sie wollten eine eigene Mädchenhütte haben. Wir sind schuld, sagte Ali zu Jola. Sie wollen auch ihr Frauenzimmer. Sie sahen von der oberen Wiese aus zu, wie die Mädchenhütte entstand. Wo hat er denn Bambus aufgetrieben?, wunderte sich Gabriel. Er stützte sich auf den Griff einer Schaufel; sie wendeten das Heu, das sie ein paar Tage zuvor geschnitten hatten. Den Traktor mussten sie sparsam einsetzen, denn es war nicht einfach, an brauchbaren Treibstoff heranzukommen, deshalb machten sie leichtere Arbeiten von Hand. Noch sah das, was Jola wendete, viel eher wie Gras aus als Heu, mit Blumen und Disteln dazwischen. Sie hoffte, dass es während der nächsten Tage trocken bleiben würde.

Jahr 1

(15) Lennart war es, der beschloss, dass sie raus mussten. Er ging im Keller umher, rüttelte an Schultern, hockte sich zu den Leuten nieder und versuchte, sie zu mobilisieren. Er glaubte, auch weil er es wollte, dass das, was geschehen war, vorbei war. Es waren noch an die zwanzig Leute hier, alle in unterschiedlichen Stadien der Trunkenheit, einige fast verrückt vor Verzweiflung, Trauer und Angst. Aber Lennart gelang es, zu allen durchzudringen, und nach und nach stellten sie sich vor der Kellertür auf. Marek hielt Jola im Arm, hinter ihnen standen Gabriel, Alex und Ali, die einander flüchtig kannten. Sie unterhielten sich leise mit Boris, den sie im Keller kennengelernt hatten. Zum Schluss stand Jakob auf, mit Bewegungen wie ein Mann, der gerade aus einer Narkose aufgewacht war, und reihte sich schweigend ein. Als Lennart die Tür aufmachte und das Licht hereinfiel, schrien einige auf, aber als er die hölzerne Stiege hinaufging, geschah gar nichts. Er trat auf die Kellerstraße, beschirmte die Augen mit einer Hand und hielt die andere zur Seite ausgestreckt, mit dem Handteller nach oben,

als wolle er prüfen, ob es regnete. Außer dem Mann, der tot neben dem Eingang lag, sah er niemanden.

Es regnete tatsächlich, die Stadt war unter einem zarten, perlgrauen Schleier vor ihren Blicken verborgen, was vielleicht ein Segen war. Denn irgendwann, sie kannten den Zeitpunkt nicht, waren die Toten nicht mehr verschwunden. Die Leiche des Vergewaltigers vor ihren Füßen, das Gesicht dem Boden zugewandt, bewies das. Instinktiv blieben sie zusammen, Alex übernahm die Führung, als er in Richtung Rathaus deutete. Da sind am ehesten noch Leute, sagte er. Auf dem Weg, den sie so schnell einschlugen, wie ihre vom tagelangen Herumsitzen und -liegen ungelenken Gliedmaßen es erlaubten, hielt Jola nach ihren Freundinnen Ausschau. Im Rathaus war niemand. Sie suchten alle Gänge ab, schauten in die verwaisten Stuben und Zimmer, riefen. Ebenso war es in jedem anderen Gebäude, in das sie hineinsahen. Zuletzt schauten Jola und Lennart unter das zusammengefallene Festzelt. Unter den schweren Planen und Tauen durchzukriechen, ging fast über ihre Kräfte. Aber hier hatten sie ihre Angehörigen zum letzten Mal gesehen, sie mussten es versuchen.

Jola hatte ihren Stiefvater nicht sterben gesehen, er war in dem Getümmel verschwunden. Lennart hatte die Hoffnung, eines seiner Geschwister könnte vielleicht überlebt haben. Sie fanden nichts; sie hatten es auch nicht wirklich erwartet. Als sie erschöpft, dreckig und niedergeschlagen unter den Resten des Zelts hervorkrochen, war der Großteil der Gruppe weitergezogen. Alex hatte versucht, die Leute aufzuhalten, aber alle wollten ihre Angehörigen suchen. Übrig blieben nur die, die keine mehr hatten, die sie suchen konnten: Boris, Ali, Alex, Gabriel, Lennart, Jakob, Marek und Jola.

Der Regen ließ nicht nach. In die gespenstisch leeren Gebäude, die sie durchsucht hatten, wollten sie nicht zurück. Hunger und Durst waren überwältigend, daher wandten sie sich zu dem Supermarkt im Einkaufszentrum. Sie mussten nicht einbrechen: Zwar war die automatische Eingangstür blockiert, aber es gab einen Angestellteneingang, der offen stand. Auch hier war niemand, und es war ein seltsames Gefühl, die stillen Regalreihen entlangzugehen, als wollte man schnell ein paar Einkäufe auf dem Heimweg mitnehmen. Der Eindruck verflüchtigte sich rasch: Alle frischen Lebensmittel waren verdorben oder auf dem besten Weg dazu, die Kühlanlagen ausgefallen, es stank nach faulendem Gemüse und verrottendem Fleisch. In den Kühltruhen und -fächern gärte es. Jola schaute lieber gar nicht erst hinein. Sie suchten nach genießbaren Lebensmitteln und Getränken und setzten sich an die Theke des kleinen, an den Supermarkt angeschlossenen Cafés. Der Wanduhr zufolge war es kurz nach Mittag. In einer Sache waren sie sich einig: dass sie aus der Stadt raus wollten, in der niemand mehr zu leben schien. Sie nahmen haltbare Lebensmittel mit, Toastbrot, Dosensuppen und Nudeln.

Straßen und Gassen waren mit Autos, Motorrädern, Bussen und Fahrrädern verstopft, Kinderwägen standen auf den Gehwegen, einer umgekippt, alle leer. Das Tor zum Autohaus am Ende der Hauptstraße war versperrt, aber nicht blockiert. Man konnte einfach über den Zaun klettern. Sie nahmen Motorräder und suchten sich den besten Weg hinaus aus dem leblosen Getümmel aus Blech und Glas, dessen Anblick noch bedrückender war als der des menschenleeren Rathauses, und verließen die Stadt.

Als es dunkel wurde, machten sie in einer kleinen Ortschaft Halt. Im Eingangsbereich der ersten beiden Häuser, die sie betraten, roch es so schrecklich, dass sie gleich wieder umdrehten. Schließlich entschieden sie sich für den örtlichen Kindergarten: Hier würde, wie sie inständig hofften, am Wochenende niemand gewesen und also auch niemand gestorben sein.

In der Küche konnte man Nahrungsmittel aufwärmen. An den puppenkleinen Tischchen auf den winzigen Sesseln zu kauern und zu essen, brachte einige von ihnen zum Lachen, dann zum Weinen. Sie übernachteten auf für das Mittagsschläfchen der Kinder vorgesehenen Ausrollmatten, sie brauchten jeweils vier, in Boris' Fall fünf der kleinen Dinger, um sich ausstrecken zu können. Jola presste sich in dieser Nacht fest an Marek, und er hielt sie im Arm, solange er es aushielt, während sie so leise wie möglich weinte und immer wieder für kurze Zeit einschlief. Während der nächsten Wochen zogen sie von Ort zu Ort, von Supermarkt zu Tankstelle, ohne je einen Plan zu haben, der länger als einen Tag in die Zukunft reichte, und ohne einen weiteren Menschen zu Gesicht zu bekommen. Ihre Unterhaltungen darüber, was passiert und was jetzt zu tun war, hatten etwas Unwirkliches. Es kam vor, dass sie einander mit falschen Namen ansprachen. Dass sie irgendeinen Unsinn redeten, zusammenhangloses Zeug. Es kam vor, dass einige von ihnen oder alle vollkommen betrunken waren. Nicht selten nahmen die Gespräche einen unvorhergesehenen Verlauf, weil jemand zu weinen begann oder plötzlich verstummte, oft mitten im Satz. Es waren Zerrbilder richtiger Unterhaltungen. Weiterziehen war leichter. Die Einfamilienhäuser, Gemeindeämter, Gaststuben, Polizeiposten und Schulen schienen auf die Rückkehr ihrer Menschen zu warten, als seien diese nur kurz weggegangen, auf Urlaub gefahren vielleicht. In manchen brannte noch Licht.

August 8

(16) Die Männer arbeiteten schon frühmorgens auf dem Dach. Jola wachte von dem Krach, den sie machten, auf und erfuhr von Ali, was los war: Gleich mehrere Solarpaneele hatten den Geist aufgegeben, in der Nacht waren während des Gewitters Hagelschloßen auf das Haus niedergegangen, und das hatten die meisten Paneele nicht verkraftet. Jakob wollte sie reparieren, er hatte aber nicht genug Ersatzteile und versuchte es mit einer Notlösung. Er arbeitete den ganzen Tag ohne Pause durch.

Er kenne keinen Ort mehr, an dem er die nötigen Teile finden könnte, sagte Jakob am Abend zu Jola; sie hörte am Klang seiner Stimme, dass er sich ernsthaft sorgte. Sie brauchten den Strom im Sommer nicht unbedingt zum Überleben, auf Waschmaschine und Kühlschrank könnte man, auch wenn es mühsam wäre, verzichten, doch im Winter ging es nicht ohne: Zwar konnten einige Räume des Hotels mit dem Kamin mitgeheizt werden, aber bei Weitem nicht alle. Und es wäre auch nicht gut, nur wenige Stunden am Tag Licht zu haben, und kein Warmwasser. Bei so einem System, sagte er, heißt es use it or lose it. Also wir müssen das schnell in den Griff kriegen, sonst wird es bald überhaupt nicht mehr gehen. Müde rieb er sich mit Daumen und Zeigefinger die Nasenwurzel. Jetzt komm ins Bett. Sie nahm ihn bei der Hand, und er folgte ihr.

Jakob bewohnte ein ehemaliges Einzelzimmer, klein, aber mit einem eigenen Balkon. Sein Bett war schmaler als ihres. Trotzdem war es ihm lieber, wenn sie sich in seinem Zimmer trafen; nebenan befand sich das Kinderzimmer, und Rosa kam noch oft in der Nacht zu ihm. Jola vermutete, dass er außerdem die Gefahr scheute, an ihre Tür zu klopfen und festzustellen, dass sie nicht allein war. Als sie ans Bett kam, blieb sie zuerst noch auf der Kante sitzen, um sich die Zöpfe aufzumachen und die Strähnen zu trennen und auszuschütteln. Sie wusste, dass er ihr gern dabei zuschaute. Er zog sie auf sich, als sie fertig war, und küsste sie auf den Mund. Dann drehte er sie auf den Rücken, drückte in einer fließenden Bewegung ihre Hände über ihren Kopf und hielt sie mit einer Hand fest, die andere schob er in die Haare an ihrem Hinterkopf und zog leicht daran, während seine Lippen sich ihren Brüsten widmeten. Sie spürte, wie das Blut stoßweise in ihren Schoß pulsierte und sie feucht wurde. Er tastete nach einem Polster und schob ihn unter ihr Becken, wobei sie ihm entgegenkam. Seine Finger glitten prüfend, reibend zwischen ihre Schenkel. Sie drehte den Kopf zur Seite, schloss die Augen und seufzte tief und laut. Das ist gut, flüsterte sie. Er legte sich ganz auf sie und schob ihre Beine mit dem Knie auseinander. Seine Füße drückten ihre auf die Matratze, sodass sie nahezu bewegungsunfähig unter ihm lag. Dann lockerte er den Griff um ihre Handgelenke, streichelte sie weiter mit der freien Hand und fragte: Ist es gut so? Was willst du, dass ich mache? Seine Augen waren schmal, die helle Iris im Halbdunkel kaum vom Weiß zu unterscheiden, seine Lippen leicht geöffnet. Sie sagte es ihm, und er hielt sie wieder fester, küsste sie, und mit einer kalkuliert wirkenden Verzögerung kam er ihrer Aufforderung nach. Es dauerte nur wenige Minuten, bis sich alle Anspannung in ihr auflöste; er unterdrückte ihren Schrei, indem er ihr leicht die Finger über den Mund legte. Das eher wegen der Kinder. Nachher streichelte sie seinen Rücken, bis er an ihrer Schulter einschlief. Sein Kopf wurde ihr bald zu schwer, und sie hob ihn vorsichtig von sich herunter und legte ihn auf seinen Kopfpolster. Von draußen kam noch immer Licht herein, hell wie ein Scheinwerfer, dabei konnte es nur Mondlicht sein. Lange betrachtete sie sein Gesicht.

(17) Marek erzählte von einem Werk etwa eine Tagesreise entfernt Richtung Westen. Er war mehrmals daran vorbeigefahren, hatte sich auch einmal darin umgeschaut, aber nichts gefunden, was er hätte brauchen können. „Solarzellen, Windräder und Zubehör“ oder etwas Ähnliches stand über der Einfahrt. Er schilderte den anderen das Gelände in allen Details, die ihm noch einfielen, und sie waren sich einig, dass es den Versuch lohnen würde, Leute hinzuschicken. Während der Erntezeit war es nicht optimal, aber sie brauchten die Ersatzteile bald, und es war auch leichter zu reisen, solange das Wetter gut war. Die Versammlung, bei der beschlossen werden sollte, wer fahren würde, gestaltete sich turbu-

lent: Marek stand fest, weil er den Weg und auch den Zustand der Straßen, die hinführten, am besten kannte, aber über die zweite Person – und es mussten mindestens zwei sein, schon um die Ersatzteile nach Hause zu befördern – gab es eine heftige Diskussion. Jolas Herz schlug schnell, als sie aufstand, aufzeigte wie früher in der Schule, und von Jakob, der Protokoll führte, das Wort erhielt. Sie würde gern gehen, sagte sie, und schon ihre nächsten Worte wurden von Protestrufen übertönt. Jakob hob die Hand, und es wurde still.

Sie habe, sagte Jola mit fester Stimme, gute Argumente dafür: Zum einen glaube sie, es sei besser, wenn man sich trenne und auf unterschiedlichen Wegen zum Ziel zu kommen versuche; also einer per Motorrad, der oder die andere per Pferd. Das würde der leider nie auszuschließenden Möglichkeit nicht passierbarer Straßen eine Alternative entgegensetzen. Sie merkte, dass sie sich unnötig gespreizt ausdrückte, machte eine Pause und schluckte. Dass sie, von Gabriel abgesehen, am besten geeignet war, so weit und so lange zu reiten, müsse sie nicht dazusagen, fuhr sie fort. Zum anderen habe sie, auch wenn einige von ihnen – Jola schaute in die Runde der Männer – das Bundesheer absolviert hätten, mehrmals unter Beweis gestellt, dass sie die beste und geübteste Schützin sei. Kalkuliere man also einen Angriff unterwegs ein, wäre es nur vernünftig, sie zu schicken, da sie in der Lage sei, sich und andere zu verteidigen.

Nein. Alex schnitt ihr das Wort ab. Kommt nicht in Frage, dass wir eine unserer Frauen – und Mütter! – schicken, ausgerechnet. Unsere Frauen?, wiederholte Jola ungläubig. Gabriel hielt diesmal wohlweislich den Mund, dafür erhoben Boris und Lennart Einwände. Denke sie daran, dass sie noch viel stärker Gefahren ausgesetzt sei als die Männer? Welchen denn?, fragte sie gereizt. Sag es ruhig, Lenny. Na ja, Boris räusperte sich, sie könnte, er sagte es ganz leise, vergewaltigt, verschleppt und weiß Gott was werden. Anders als ihr? Jola fragte sich, wann ihr endlich Ali zu Hilfe kommen würde. Die aber schwieg und schaute zu Boden. Denk doch an die Kinder, hatte sie vor der Versammlung zu Jola gesagt. Einen der Väter könnten sie eher verschmerzen als eine Mutter. Jola registrierte die Blicke, die sich jetzt auf Jakob richteten. Abstimmung, sagte er mit heiserer Stimme. Wer ist dafür, dass Jola und Marek fahren? Jola zeigte auf, dann Marek, Gabriel, ohne jemanden anzusehen, zögernd schließlich Ali und zuletzt auch Jakob.

Sie vereinbarten einen ungefähren Zeitraum für die Abreise, man würde sich auch nach dem Wetter richten müssen. Jakob, Marek und Jola wälzten Straßenkarten und Kataloge mit technischen Ersatzteilen. Sie mussten ganz genau wissen, was sie mitnehmen sollten. Jakob stellte eine Liste zusammen; er schnitt sogar Fotos gewünschter Gegenstände für sie aus, und sie besorgten alles Nötige für den Ausflug, für den sie drei Tage veranschlagten, jeweils einen für die Hin- und Rückreise und einen zum Ausforschen, Bergen und Verpacken der Ersatzteile, sowie zum Ausruhen, nicht zuletzt auch für das Pferd. Jola musste nicht lange nachdenken, welches sie nehmen wollte: Der General war ihr das liebste, er war zuverlässig, ausdauernd und stark, ihm traute sie die beiden Ganztagesritte vollumfänglich zu. Marek, assistiert von Lennart und den Kindern, schraubte an seinem

Motorrad herum und machte sich Notizen über die mutmaßlich besten Tankstellen auf dem Weg. Am Abend vor der Abreise verabschiedeten sie sich von allen; sie wollten sehr früh aufbrechen, um die morgendliche Kühle auszunutzen.

August/September 1

(18) Das Naturschutzgebiet innerhalb einer sanft ansteigenden Gebirgskette war Jola von Schulwandertagen und Ausflügen vertraut. Die Gegend wurde hügeliger und grüner, es gab mehr Wald, dafür weniger Geschäfte und Tankstellen. Einige Bäume verfärbten sich bereits. Sie machten Halt in einem kleinen Ort, in dem man auf Plakatwänden mit Ferien im Grünen, Wanderwegen und viel Wellness um Touristen warb. Es gab genug Häuser, Hotels und Pensionen, in denen sie übernachten konnten. Die Wasserleitungen und die Abflüsse funktionierten noch, elektrisches Licht hingegen nirgends mehr. In einer dieser Unterkünfte gab es fünfzig Zimmer. Sie schliefen trotzdem alle zusammen im Frühstücksraum auf dem Fußboden. Es roch komisch, aber sie verspürten wenig Lust, dem auf den Grund zu gehen. Die Spätsommertage waren seltsam ausgefüllt mit der Suche nach Lebensmitteln, etwas zum Anziehen, Treibstoff und diesem und jenem. Erstaunlich war auch, wie rasch ihre Vorräte immer wieder zur Neige gingen.

Oft blieb Jola schlaflos, und in einer kühlen Nacht Ende August stand sie von ihrem Lager auf, um an die frische Luft zu gehen. Die nahen Berge schienen Kälte abzustrahlen. Sie stellte sich an die Brüstung des Balkons an der Front des Gebäudes, von wo aus sich ein Blick ins Tal und auf die Berge dahinter bot. Die Pelargonien und Begonien in den Blumenkästen waren verdorrt. Das eisige Flackern der Sterne ließ Jola frösteln. Sie zitterte und schlang die Arme um sich, aber sie wollte auf keinen Fall wieder hineingehen. Beim Gedanken an ihren Schlafsack auf dem beige-grün gemusterten Klinkerboden des Frühstücksraums wurde ihr schlecht. Sie konnte von ihrem Schlafplatz aus unter eine der Sitzbänke sehen. Staubflocken und kleine Essensreste, vor Monaten schon vertrocknet, lagen darunter. Es war ekelhaft, auf diesem Fußboden zu atmen, aber sie sah sich außerstande, etwas dagegen zu unternehmen. Nach wenigen Minuten trat Marek neben sie und fragte, was los sei. Ihr schien, er habe es sich zur Aufgabe gemacht, sie zu überwachen. Das und seine Frage machte sie zornig. Nichts, nur halt das Ende der Welt, schnappte sie. Er sah sie ernst an: Jola, die Welt steht aber noch. Sie legte die Handflächen auf das Gesicht, machte zwei, drei Schritte zurück ins Dunkel und kauerte sich auf den Balkonboden. Denkst du denn nie an deine Eltern?, flüsterte sie. Oder an irgendwen sonst? Jola begann, Namen aufzuzählen, ihn an Menschen zu erinnern, die sie gekannt hatten, und von ihm ein Zeichen von Bestürzung, Trauer einzufordern. Ein Weinkrampf bahnte sich an: Die Luft blieb ihr weg, sie begann zu zittern. Der Mond war eine hauchdünne Sichel, und das Licht der Sterne reichte nicht aus, um Mareks Gesicht auszuleuchten. Er stand still da und schien nachzudenken. Dann, ihre Fragen, die keine waren, ignorierend, zog er seine Shorts hinunter und urinierte über die Balkonbrüstung. Was machst du da bitte, du Arsch?, rief sie, aber sie musste lachen, sehr sogar, bis ihr die Rippen weh taten und sie nach Luft schnappte. Sie war nicht sicher, ob das besser war als das Weinen. So, sagte er und zog seine Hose wieder hinauf, du kannst jetzt da sitzen und weiter trauern, oder… aber es schien ihm nichts Gutes mehr einzufallen, womit er seine Aktion abrunden konnte. Er wischte seine Hand an den Shorts ab und streckte sie ihr entgegen. Ich geh da nicht mehr hinein, sagte sie. Nein, er schüttelte den Kopf. Sie ließ sich von ihm auf die Beine helfen und folgte ihm in den ersten Stock, dann in den zweiten und schließlich ins oberste Geschoß des Hotels. Die Stiegen waren mit einem flauschigen Läufer belegt, der unter ihren nackten Füßen nachgab. In den Ecken der Treppenabsätze standen Ziergegenstände, alte bäuerliche Geräte wie Spinnräder und Nähmaschinen, deren Umrisse im Dunkeln bizarr und unheimlich wirkten. Eine der Türen war nur angelehnt, und sie prüften vorsichtig, ob in dem Zimmer etwas war, das sie lieber nicht sehen wollten. Er zog sie neben sich auf das Bett, streichelte ihr Gesicht und murmelte: Es wird alles gut, und Ähnliches mehr. Sie ließ ihn versprechen, dass er niemals verschwinden würde, bevor sie ihn so wild küsste, dass ihre Zähne zusammenkrachten, und ihn dann ebenso heftig wieder von sich stieß. Es kann wieder passieren, fauchte sie. Und nichts wird gut. Nichts ist sicher. He, ist ja gut, flüsterte Marek. Sie legte sich hin, die Hände zu ihren Seiten in das klamme Bettzeug gekrallt und schwer atmend. Mach's mir, flüsterte sie mit kaum hörbarer Stimme. Damit ich mich dort wieder spüren kann. Tränen liefen über ihre Wangen und Schläfen. Bist du ganz sicher?, fragte er. Jola nickte, wischte sich das Gesicht ab und zog sich aus, und er versuchte sich zu erinnern, wie sie es gern hatte. Es war Jahre her. Schließlich streichelte er sie einfach überall, und wenn sie ihm entgegenkam, machte er da weiter, wo er gerade war; sie atmete schwer und murmelte etwas. Er rutschte höher, um ihre Brüste küssen zu können, und erst als er die drängenden Laute wiedererkannte, die ihm das Gefühl gaben, dass sie jetzt soweit war, liebte er sie vorsichtig. Die Wärme im Inneren ihres Körpers war überwältigend, und er hatte ein schlechtes Gewissen, so als ob er sie ausnutzte dadurch, dass er es schön fand. Er konnte fühlen, wie sie kam, bevor er es hörte. Noch mit ihm verbunden, strich sie danach seine Wange entlang, über Hals und Schlüsselbein bis hinunter zu seinem Bauch, der, anders als früher, dunkel behaart war, und wieder zurück. Du darfst niemals verschwinden, wiederholte sie. Er stützte die Unterarme neben ihrem Kopf auf, streichelte zwischen zwei Küssen ihre Schläfen und machte damit weiter, bis sie eingeschlafen war.

Sie zogen weiter in einen anderen Gasthof, danach wohnten sie eine Weile in einem Einfamilienhaus, aber dort war zu wenig Platz. Die Dosennahrung begann sie anzuwidern, und sie suchten in den umliegenden Gärten nach reifem Obst und Gemüse. Jeden Tag wurde es kälter. Jakob, der fast nie redete, wenn er nicht direkt angesprochen wurde, schlug vor, ein festes Quartier für den Winter zu suchen – ein Haus, das man heizen konnte. Es war Ali, die das richtige Haus fand.

Das Hotel Sonnenhof stand frei auf einem Hügel. Das Grundstück war leicht abschüssig, mit einem Plateau von ein paar Metern Durchmesser rund ums Haus. Oberhalb stieg eine Wiese erst flach, bald steil in Richtung eines Wäldchens an, dort und um das Haus herum standen Obstbäume. Dicht an die Ostseite angebaut befanden sich ein Ziegengehege und ein Stall, wenige Meter davon entfernt ein Hühnerhaus mit Auslauf und Drahtzaun. Voller Stolz, als habe sie sie persönlich erschaffen, zeigte Ali den anderen vier Ziegen, die sich an den Zweigen gütlich taten, die sie ihnen gebracht hatte. Sie waren so mager, dass man ihre Rippen und Hüftknochen durch das Fell sah. Dass sie überlebt hatten, verdankten sie wohl nur dem Brunnengrander in ihrem Gehege, in den beständig frisches Wasser rann.

Im Hühnerhaus sah es traurig aus: Die meisten Legehennen waren gestorben, nur einige wenige und ein dürrer, nervöser Hahn stelzten noch taumelnd umher. Sie mussten erst überlegen, was man den Tieren zu fressen geben konnte, und versuchten es mit Weißbrot; die Hühner stürzten sich auf alles, was man ihnen hinwarf. Boris plädierte dafür, sie rauszulassen, er glaubte sich zu erinnern, dass Hendln sich selbst versorgten, wenn man sie ließ. Aber als sie das Gatter öffneten, reagierten die Vögel gar nicht. Ali schöpfte Wasser aus dem Becken der Ziegen und goss es den Hühnern in die beiden dafür vorgesehenen Behälter. Unterhalb des Hauses, etwa hundert Meter entfernt, gab es einen weiteren, viel größeren Stall, daran schloss sich eine umzäunte Weide, in deren Mitte ein zweiter, an einer Seite offener Stall stand.

Pferde, sagte Jola unglücklich, denn sie hatte keinen Zweifel, dass sie auch hier tote oder verendende Tiere finden würden, und diesen Anblick wollte sie sich gern ersparen. Als die vier Pferde die Menschen witterten, stießen sie verzweifelte Laute aus, mehr Schreien als Wiehern. Sie hatten Wasser in ihren Boxen, aber kein Heu mehr, und auf der kleinen Weide war längst jeder Grashalm abgefressen. Ali und Jola fanden Heu auf einem Boden unter dem Stalldach. Als die Pferde fraßen, las Jola laut die Namen vor, die an den Boxentüren standen: Bora. Milli. Kyra. General Apraxin. Was ist denn das für ein Name?, fragte Ali. Jola nahm sich vor, es nachzuschlagen. Zwei Stuten, eine davon ein Haflinger, die andere ein sehr junger Fuchs, und zwei Wallache, stellte sie fest. Und was sollen wir mit denen?, fragte Boris. Ungeduldig sagte Jola: Transportmittel. Die brauchen kein Benzin und auch keine Straßen, und sie kommen fast überall durch. Übrigens seien sie wunderschön, und sie sei heilfroh, dass sie noch lebten, fügte sie hinzu und versuchte, eines der Tiere zu berühren, aber es scheute vor ihr zurück. Das wird schon, flüsterte sie ihnen zu, ihr seid jetzt sicher.

Die Hühner hatten sich in der Zwischenzeit dazu durchgerungen, ihr Gehege zu verlassen, und pickten nun in der Wiese. Die kleinen Hennen waren hellbraun bis fast weiß, mit rotbraunen Köpfen und hellen Schwanzfedern, ihren Kopf zierte ein weißer Federschopf. Der Hahn sah so aus, wie Hähne in Bilderbüchern aussahen. Zum Entfernen der toten Tiere verwendeten sie Schaufeln aus einem Gartenhäuschen etwas unterhalb des Hauses, und einen Henkelkorb. Sie warfen sie auf einen

Haufen, in der Absicht, sie später mit Benzin zu übergießen und zu verbrennen. Dann gingen sie ins Haus.

Es war keine große Diskussion darüber nötig, ob sie bleiben wollten oder nicht. Etwas Besseres würden sie so schnell nicht finden. Sie teilten die Zimmer nach Vorlieben auf, nur die große „Suite“ im ersten Stock ließen sie leer stehen – es wäre schwer gewesen zu entscheiden, wer sie bekommen sollte, und die meisten anderen Räume waren in etwa gleichwertig.

Jakob begann sofort mit der Arbeit am Haus. Bei den verschiedenen Reparaturen und Checks an Heizung, Wasserleitungen, Stromversorgung und dem Abwasserkanal brauchte er Hilfe, also war er zu einem Mindestmaß an Kommunikation gezwungen. Darüber hinaus blieb er am liebsten für sich. Der September war warm und sonnig, aber an den Abenden schlich sich eine alpine Kühle ein. In den noch grünen Wiesen staken braune Blätter, und eines Nachts sprossen hunderte lila Herbstzeitlosen aus der Wiese, die zum Wald hin steil anstieg. Sie begannen, sich über den Winter Gedanken zu machen. Heu gab es ausreichend, die Pferde konnten zudem bis in den Winter hinein auf der Weide grasen. Vielleicht würden sie eine zweite Koppel brauchen. Es waren auch Holzvorräte vorhanden, die sie ergänzen konnten. In der Gegend waren Lebensmittelgeschäfte dünn gesät, was ausgedehnte Ausflüge nötig machte.

Ali beschäftigte sich mit den Tieren. Zwei der Ziegen waren trächtig und traten sie weg, aber die beiden anderen gaben nach ein paar spektakulär gescheiterten Versuchen, sie zu melken – ich gäbe wirklich was für ein paar gute alte YouTube-Tutorials, sagte Ali – tatsächlich

Milch. Im Hühnerhaus entdeckte sie ein Nest mit Eiern, die offenbar von keiner Henne bebrütet wurden – und keine war dazu zu bewegen. Darüber, ob sie es ablehnten, weil es sich nicht um ihr eigenes Gelege, sondern um das einer toten Gefährtin handelte, oder ob die Tiere in Krisenzeiten einfach nicht brüteten, konnten sie nur spekulieren. Nach einigen Tagen mit ausreichend Futter fanden sich neue Eier im Stall.

(19) Vom Fenster ihres Zimmers im ersten Stock konnte Jola das Gewächshaus sehen, das an einen kleineren Aufenthaltsraum angebaut war, verbunden durch eine einfache Holztür. Hier war eine Art Wintergarten geplant gewesen, zum Entspannen für die Hotelgäste ebenso wie zum Überwintern empfindlicher Gewächse. Die Pflanzen in beiden Räumen waren alle eingegangen. Jakob half Jola, sie hinauszubefördern. Die Töpfe und einen Teil der Erde bewahrten sie auf. Das Häuschen schien neu zu sein und wie die Tür aus einem Baumarkt zu stammen, es gehörte zu den wenigen Elementen des Hotels, die nicht den Anschein von edler Gediegenheit erwecken sollten, vermutlich, weil man es vom vorderen Garten aus kaum sah. Es war geräumig, mit einem Tisch in der Mitte, Holzregalen ringsherum, und Jola fand Gartenwerkzeug, aber keine Samen oder Zwiebeln.

Sie machte im Gewächshaus sauber und putzte die Fenster von innen und außen. Dann überlegte sie, wie sie an Informationen über Gartenbau kommen konnte. Zu Hause in der Siedlung hatte sie im Garten freiwillig nichts angerührt, und auch ihre Eltern waren keine ambitionierten Gärtner gewesen. Um in einen größeren Ort zu gelangen, der über eine gut sortierte Buchhandlung verfügte, gab es zwei Optionen: Sie konnte Marek darum bitten, sie hinzufahren, oder eines der Pferde nehmen und es alleine versuchen. Der Sinn stand ihr nach Letzterem. In den ersten Tagen hatte sie sich bemüht, die Pferde an sie zu gewöhnen, indem sie ihnen Futter brachte, sie streichelte und leise mit ihren Namen ansprach. Der dunkelbraune Wallach schien ihr am friedlichsten und zugleich aufgewecktesten zu sein, also wählte sie ihn für den ersten Ritt aus. Er ließ sich satteln und aus dem Stall führen, und als Jola aufsaß, wartete er geduldig und rührte sich nicht. Herr General, rief sie in Richtung seiner pelzigen, aufmerksamen Ohren, ich wäre soweit.

Der nächste größere Ort lag etwa zwanzig Kilometer westlich. Jola benutzte vor allem Wald- und Feldwege. Eine Landkarte hatte sie nicht dabei, aber einen Kompass und eine ungefähre Erinnerung an den Weg. Das Gefühl, nach so vielen Wochen wieder allein zu sein, war befreiend und beängstigend zugleich. Der Raum um sie herum fühlte sich grenzenlos an, wild und voller Unwägbarkeiten. Auf dem Weg durch ein Waldstück sah sie etwas Braunes zwischen den Fichten und Buchen huschen. Gänzlich unbewaffnet und allein durch die Gegend zu reiten, war wohl leichtsinnig von ihr; dass sie bisher keinen anderen Menschen begegnet waren, hieß nicht, dass da niemand war. Der Ort war leicht zu finden und schnell durchmessen. Er hatte beides, eine kleine Buchhandlung und eine öffentliche Bücherei, was Jola als glücklichen Zufall verbuchte. Die Hauptstraße, als sie sie entlang ritt, wirkte wie in Aspik gegossen. Kein

Blatt regte sich an den kleinen, dünnen Bäumchen, die in Baumscheiben im Asphalt steckten.

In der Buchhandlung war es dunkel und feucht. Bevor Jola ihren Rucksack mit Büchern über Gärtnerei, Landwirtschaft, Tieraufzucht und allem, was entfernt damit zu tun hatte, füllte, sah sie sich in einigen anderen Geschäften um. Alle automatischen Türen waren für immer verschlossen, aber jedes Gebäude hatte einen oder mehrere Seiteneingänge, und einer davon oder zumindest ein Fenster war fast überall offen. Schließlich fand sie, wonach sie gesucht hatte: Die Tür zum „Waffen- und Jagdsport-Center", wie auf einem Schild an der Fassade stand, war offen. Mit einem Mal empfand Jola ein Gefühl von Bedrohung, so als werde sie beobachtet. Seitlich schlich sie hinein, mit heftig klopfendem Herzen. Und da war tatsächlich jemand. Der korpulente Mann in weißem Hemd und dunkelblauer Krawatte war mit dem Kopf voran auf den Tresen gestürzt, nachdem er sich mit einer Faustfeuerwaffe, ganz gewiss der besten, die sein Geschäft zu bieten hatte, in die Brust geschossen hatte, gekonnt und direkt, wie es aussah, ins Herz.

Jola atmete zitternd ein und musste gleich darauf husten und würgen von dem überreifen Geruch der Leiche. Den Pullover über das Gesicht gezogen, stürzte sie hinaus; doch sie konnte nicht auf die Waffen verzichten. Von draußen versuchte sie einzugrenzen, was sie holen wollte, damit sie schnell wieder draußen wäre. An Munition zu kommen, würde das Schwierigste sein, denn diese musste extra versperrt aufbewahrt werden, soviel sie wusste. Jola überlegte, wo der Schlüssel sein mochte, den sie brauchen würde, gesetzt den Fall, sie fände den

Aufbewahrungsort für die Patronen überhaupt. Aber es war weniger kompliziert als befürchtet: Der Mann hatte das Schränkchen unter der Theke für seinen eigenen ultimativen Zweck geöffnet und sich nicht die Mühe gemacht, es wieder zu verschließen. Warum auch, dachte Jola. Sie stattete einem Modehaus quer über den Platz einen Besuch ab, wo sie ein dickes Halstuch fand, das sie um Nase und Mund band, bevor sie sich im Waffengeschäft holen ging, was sie brauchte.

Sonne und Wind

Kapitel vier

August 8

(20) Jola wählte Wege, auf denen ihr Pferd sich leicht tat. Marek musste auf den Straßen bleiben. Eine Weile konnte sie auf dem Streifen neben den Leitplanken neben ihm herreiten, bis der Weg zu eng für das Pferd wurde. Die Föhren entlang des Weges hatten zahlreiche Ableger produziert, und auch diese behinderten sie. An einer Böschung verließ sie die Straße und ritt fortan querfeldein. Der Himmel war weißgrau und zart gemustert und erinnerte an teuren Marmor. Jola sah Raubvögel, aber sie konnte sie nicht benennen. Habichte, Bussarde, Falken? Sie hatten einen Treffpunkt vereinbart, eine Anhöhe, die sie etwa zu Mittag erreichen würden. Er war schon da, als sie ankam, und saß auf einer Decke. Jola band das Pferd an einem Baum fest. Sie aßen Sandwiches und Eier und schauten über das Tal. Nach dem Essen lehnte sie ihren Rücken an seine aufgestellten Knie; die Hitze machte sie träge, und sie schwitzte in ihrem Flanellhemd. Die Stiefel hatte sie gleich abgestreift, und der Gedanke, sie nachher wieder anziehen zu müssen, behagte ihr nicht besonders. Marek begann, ihren Nacken zu streicheln und ihren Scheitel, der die beiden Zöpfe trennte, mit einem Finger auf und ab zu fahren.

Ihren tiefen Seufzer interpretierte er in seinem Sinn, und sie kam ihm entgegen, obwohl sie daran denken musste, dass es schon spät war und sie es noch weit hatten. Seine Frage nach Verhütung vermerkte sie positiv; aber sie war zu angespannt, um es zu genießen, und selbst wenn sie es nicht gewesen wäre, hätte er ihr kaum die nötige Zeit dafür gelassen. Scheiße, flüsterte er an ihrem Hals. Macht nichts, sagte sie. Rasch zog sie sich wieder an, packte zusammen, stieg aufs Pferd und brach auf. Sie wollte am Ziel ankommen und das Zelt aufstellen, ehe es dunkel wurde.

Als sie bei dem Werk eintraf, drehte sie eine Runde – es war nichts Auffälliges zu sehen. Sie hörte Marek nachkommen, er ließ das Motorrad auf dem Fabrikgelände stehen und folgte ihr zu Fuß auf den sanft ansteigenden Hügel dahinter. Sie schlugen ihr Lager an einer ebenen Stelle in der Nähe eines Bachs auf. Der General durfte weiden; Jola brachte ihm Wasser und kratzte seine Hufe aus. Als Nächstes befestigte sie ein Netz mit großen Steinen quer über den Bach. Als sie zu ihm zurückkam, umarmte Marek sie und flüsterte ihr eine Entschuldigung ins Ohr. Sie küsste ihn und begann, das Zelt aufzustellen, skeptisch, ob sie darin auch schlafen würde. Enge Räume waren ihr unangenehm, insbesondere heiße. Die Sonne stand schon schräg. Sie verschlangen zwei weitere Sandwiches. Für alle drei Tage hatten sie nicht genug Proviant dabei. Das Fischnetz war noch leer; sie stiegen zum Waldrand hinauf und schauten sich dort um. Es gab auch dort nichts für sie. Jola hatte Lust, gleich zu dem Werksgebäude hinabzusteigen, aber es wurde schnell dunkel, und so gingen sie ins Zelt.

Drinnen war es, wie erwartet, heiß und stickig. Er machte Anstalten, seinen Schnitzer auszubügeln, aber durch die Enge war es ihr unmöglich, sich zu entspannen, und sie wies ihn ab. Die Wände des Zeltes schienen ihr immer näher zu kommen, als ziehe sie sie atmend zu sich heran. Ein. Aus. Ein. Trotz Meditation und Atemübungen gelang es ihr nicht, einzuschlafen, und sie wechselte nach draußen auf die Decke. Die Nachtluft war frisch, aber nicht kalt, durch den Nebel drang nur wenig Mondlicht. Jola ging zum Pinkeln hinter einen Busch und verwendete Blätter zum Abwischen. Marek, der schon geschlafen hatte, folgte ihr nach einer Weile hinaus. Ich wollte dich nicht stören, geh doch wieder hinein, flüsterte sie, als wäre sonst noch jemand hier, der sie nicht hören durfte. Er blieb. Vergeblich versuchten sie, sich einen Schlafsack zu teilen. Schließlich zippten sie beide Schlafsäcke ganz auf, legten sich auf den einen und deckten sich mit dem anderen zu. Sie sprachen auch weiterhin ganz leise, und ein- oder zweimal hörten sie ein Tier nah vorbeischleichen. Der Himmel war bedeckt, vielleicht würde es in der Nacht noch Regen geben.

Stattdessen wurde Jola von Hitze und Sonne geweckt, und im Netz hatten sich zwei Bachforellen gefangen – zumindest deutete sie die rötlichen Punkte an ihren Seiten so. Sie sahen beleidigt aus, mit kräftigen Unterkiefern und spitzen, winzigen Zähnen. Marek war nicht da. Jola baute aus dürren Zweigen ein kleines Feuer. Fische töten, entschuppen und ausnehmen war etwas, womit sie wenig Erfahrung hatte, also wurde es ein rechtes Debakel, aber man konnte sie noch auf Spieße stecken und über der Glut braten. Vom Hügel aus sah man kleinere Ansammlungen von Häusern und ein paar größere Gebäude, Silos und eine Kirche. Gerade als die Fische fertig waren, kam Marek aus dem Wald, den Hut voll Heidelbeeren, und setzte sich zu ihr. Sie waren beide nackt. Jola las seinen Körper wie eine Landkarte und ließ sich jede seiner Narben genau erklären. Und die da?, fragte sie mitleidig, während sie sich das letzte Stückchen Fisch in den Mund schob, und strich mit der anderen Hand über die grob vernähte Stichnarbe. Marek schaute in den Hut, zog ein braunes, zappelndes Insekt heraus, zerdrückte es zwischen den Fingern und wischte es im Gras ab. Später, sagte er. Sie betrachtete ihn und versuchte, seine Gedanken zu erraten. Es war wie mit einem Kippbild: Einmal war er der, der er immer gewesen war, und nur wenig später schien sie ihn kaum noch zu kennen. Sein Profil zeichnete sich schartig vor dem Blau des Morgens ab, und sein Gesicht kam ihr genauso fern vor wie der Gebirgszug dahinter. Sie tastete sich zu seiner Körpermitte vor, aber er stoppte ihre Bewegungen, indem er seine Hand abwehrend auf ihren Kopf legte. Nein, sagte er. Jetzt nicht. Er meinte es ernst. Na gut, arbeiten wir was. Jola versuchte, ihre Irritation zu verbergen. Rasch zog sie sich an, dasselbe Gewand wie gestern, bis auf Unterhose und Socken – sie reisten mit leichtem Gepäck. Sie trug ihre Lieblingssachen, ein braun-weiß kariertes Flanellhemd und braune, schon recht verblichene Jeans. Vielleicht konnte sie sich später im Bachbett waschen, jetzt hatte sie keine Lust dazu. Sie wehrte seine Erklärungen ab: Ist schon gut. Ist gut. Den Weg hinunter begleitete sie ein Schwarm Stare. Weiter weg sah Jola ein paar Rehe.

Die waren jetzt in Sicherheit vor ihr, es zahlte sich nicht aus, nur für sie beide eines zu schießen.

Marek griff nach ihrer Hand und schaute sie von der Seite an. Seine Haare waren wieder länger und immer noch fast schwarz. Maschendrahtgitter umzäunten das Werkgelände und das riesige Hauptgebäude; hier waren die großen Windräder hergestellt und getestet worden. Jola war so hohe, von Menschen errichtete Räume nicht mehr gewöhnt. Wenn sie es genau bedachte, war der letzte vergleichbare Ort, den sie betreten hatte, das Festzelt in ihrem Heimatort gewesen. Sie kämpfte gegen die Beklemmung an, die der Vergleich ihr bescherte, und suchte nach einem Einstieg. Marek hatte ein Brecheisen dabei, bald waren sie drin. In meterhohen Regalwänden standen Schachteln und Kisten, beschriftet und zum Teil mit Piktogrammen versehen, die Aufschluss über ihren Inhalt gaben. Jakobs Liste immer wieder konsultierend, mussten sie lange suchen, bis sie beisammen hatten, was er ihnen aufgetragen hatte. Sie sammelten noch ein paar Gegenstände extra ein, Ersatzteile, Kabel und alles, was ihnen nützlich erschien. In einem der Mitarbeiterspinde fand Marek Zigaretten und ein Feuerzeug. Ich hab gedacht, du hättest aufgehört, sagte Jola. Jedes ihrer Worte hallte nach. Der von ihren Schritten aufgewirbelte Staub floss im hereinfallenden Sonnenlicht in hohen Säulen hinauf in Richtung der verglasten Decke. Von den Wänden bröckelte graugrüner, feuchter Verputz. Jola hätte sich fast wie in einer Kathedrale gefühlt, wären da nicht Porno-Kalender und Familienfotos an den Wänden gehangen, in stiller, verstaubter Eintracht. Dann ging sie erneut auf die Suche, bis sie fand, was nur auf ihrer persönlichen Liste stand. Es gab Windräder in verschiedenen Größen. Sie entschied sich für das zweitkleinste, weil sie sich zutraute, das gerade noch tragen und ihrem Pferd aufpacken zu können. Ein aufladbarer Akku war im Paket, sie suchte nach einem weiteren. Wenn Marek sich über ihre Sonderunternehmung wunderte, ließ er es sich nicht anmerken. Sie schleppten alles ins Lager hinauf, wofür sie viermal gehen mussten. Trotz ihrer Erschöpfung tränkte Jola danach gleich ihr Pferd. Sie streichelte seinen samtigen Hals, klopfte ihm auf die Flanke und versprach ihm, dass er heute den ganzen Tag faulenzen dürfe, und morgen werde es dann nach Hause gehen.

Im Netz zappelten wieder Fische, diesmal drei kleinere. Marek kümmerte sich darum, während Jola das Feuer neu entfachte. Nach dem Essen wollte sie baden und forderte ihn auf, sie zu begleiten. Das Wasser war eiskalt, sie lagen nebeneinander in dem drei Handbreit tiefen Bachbett wie in einer Badewanne. Mit ihren Hintern verschoben sie kleinere Steinchen, die bachabwärts trieben und sich ein Stück weiter unten neu anordneten, Sand zog eine Spur durch das Wasser. An wen von früher musst du am meisten denken?, fragte er sie unvermittelt. An dich, sagte sie, ohne nachzudenken. Er lächelte mit geschlossenen Augen, er habe Leute gemeint, die nicht hier seien, sagte er. Sie betrachtete ihre blassen, verzerrten Finger, die sich unter der Wasseroberfläche berührten. Leute, die nicht hier waren. Unsere Toten. An meine Mutter, sagte sie, und an meinen Daddy. Meine Freundinnen. Und du? Sein Gesicht wurde ernst. Ja, meine Mutter meistens. Sie zählten die Namen von Leuten auf, die sie beide gekannt hatten: Freundinnen, Schulkollegen. Das Wasser wirbelte gegen ihre Beine. Es wurde ihnen zu kalt, sie rannten zur Decke und wickelten sich, noch nass, von den Seiten her hinein. In der Mitte begegneten sie sich. He Jola, sagte Marek. Ja?, fragte sie. Nichts, sagte er, ich wollte es nur sagen. Er holte ihren Kopf zu sich heran und küsste sie heftig, als müsste er Worte, die sonst vielleicht aus ihrem Mund gekommen wären, zurückschieben. Diesmal ließ er sich nicht bitten, er war eher zu stürmisch für ihren Geschmack, doch sie ließ ihn, und weil alles, was er machte, sich so gut anfühlte, dass sie ihn bald stoppen musste, hätte es fast wieder eine Irritation gegeben. Aber sie sagte ihm sanft, dass sie ihn in sich spüren wolle, dass sie nicht alleine kommen wolle, dass er ihn ihr jetzt bitte, bitte reinstecken solle, und er gehorchte. Die vom Bach geliehene Kühle schmolz von ihren Körpern wie eine dünne Schicht Eis, als sie einander umschlangen und endlich den Rhythmus fanden, den sie gesucht hatten. Als sie kam, fühlte es sich an, als würde sie sich um ihn herum auflösen.

Später erzählte er ihr von der Stichwunde. Er stützte einen Unterarm auf die Decke, die sich, weil sie dunkel war, rasch aufheizte. Das war noch in Wien, sagte er. Ich bin mit diesem Typen herumgefahren, eine ganze Weile. Und ich hab mir schon gedacht, dass er ordentlich… merkwürdig ist. Er zog an seiner Zigarette. Manchmal, nicht oft, klang Mareks R, als rolle es auf eisernen Schienen durch seinen Mund. Also wir sind in dieses eine Geschäft in der Innenstadt rein, weil es viele gute Messer hatte. Es war kein Waffengeschäft, sondern so ein edles für Haushaltswaren, du weißt schon. Sie nickte. Na, und als wir drin waren, hat er gleich ein kurzes, gezacktes Messer gefunden, das ihm gefallen hat, aber er meinte: Ich muss das ausprobieren, kann ich das an dir ausprobieren? Und ich hab gelacht, weil ich gedacht habe, er macht einen Witz. Er dämpfte die Zigarette in der Wiese aus und drehte sich auf den Bauch. Jola war nicht sicher, ob er weiterreden würde, und bemühte sich, flach und leise zu atmen. Marek schaute weg und lachte. Du kannst dir gar nicht vorstellen, was für Irre es da draußen gibt. Was für ein Irrer. Er wollte, weißt du, er hat immer gesagt, dass er mein Freund sein will, dass ich sein einziger Freund auf der Welt wäre. Wenn ich ehrlich bin – ich wollte ihn gleich wieder loswerden. Aber so ist das halt, wenn du so lang allein warst und immer unterwegs bist, dann ist dir jeder recht, mit dem du ein bisschen reden kannst, das Essen teilen und so weiter. Ich war da eigentlich schon auf dem Heimweg zu euch, aber… Er schüttelte den Kopf. Sie streichelte seinen Rücken. Der hat dich absichtlich verletzt?, flüsterte sie. Marek wandte ihr den Kopf zu und lächelte. In ihrer Brust zog sich etwas schmerzhaft zusammen. Ja – er hat noch ein bisschen rumgequatscht, mit dem Ding herumgefuchtelt, und dann hat er mir das Messer reingerammt. Er wies auf seine Seite. Es hat stark geblutet, und er hat Panik gekriegt. Hat sich entschuldigt, versucht, mir mit der Wunde zu helfen. Aber ich hab ihn weggestoßen und gebrüllt, dass er verschwinden soll. Ich war mir nicht sicher, ob er mir nicht doch folgt. Deshalb bin ich nicht zu euch gefahren, sondern in die andere Richtung. Hast du ihn wiedergesehen?, fragte Jola. Er schüttelte den Kopf. Genäht hab ich die Wunde später selber, mit dem kleinen Nähzeug, das du mir gegeben hast, weißt du noch?

Sie machte große Augen. Nein, flüsterte sie, das habe ich völlig vergessen. Aber ja, so etwas gab es in den besseren Zimmern ihres Hotels, neben Mini-Shampoofläschchen und einzeln verpackten Wattestäbchen. Bei der Erinnerung an den Tag, an dem er wegging, um herauszufinden, was von der Welt noch übrig war, als er sich anschickte, für mehr als sechs Jahre aus ihrem Leben zu verschwinden und sie ihm das winzige Plastikkästchen in die Hand drückte, als wären abgerissene Hemdknöpfe das Gefährlichste, das ihm unterwegs drohte, brach sie in Tränen aus. Nicht doch, sagte er unglücklich.

Am Morgen aßen sie ihre verbliebenen Vorräte auf und teilten sich den letzten Fisch. Das Pferd war unruhig, es spürte den nahenden Aufbruch. Jola gab ihm noch einmal Wasser, sattelte und zäumte es und stieg auf. Marek reichte ihr alle Gegenstände, die sie mitnehmen würde. Zum Schluss schulterte sie den großen Rucksack und legte das gut verpackte und verschnürte Windrad – falls es einen Unfall gab, wollte sie wenigstens nicht von scharfkantigen Metallteilen aufgeschlitzt werden – vor sich auf den Sattel und zurrte es mit fester Schnur seitlich an den Bauchgurten fest. Sie musste darauf achten, dass das Pferd nicht wundgerieben wurde, und regelmäßig überprüfen, dass alles richtig saß. Marek packte seinen Anteil ein und verstaute die Pakete und Schachteln am Motorrad. Zu Mittag trafen sie sich an derselben Stelle wie zwei Tage zuvor, doch da sie nichts mehr zu essen hatten und müde waren, blieben sie nicht lange. Jola drückte die Nase zwischen zwei seiner Hemdknöpfe und atmete seinen Geruch tief ein; sie umarmte ihn noch einmal so, wie sie es vor den anderen zu Hause nicht tun würde.

Die Kinder waren glücklich über Jolas Rückkehr, aber noch mehr schienen sie sich auf Marek gefreut zu haben. Alle kamen in den Vorgarten und stellten Fragen, nahmen ihnen Gepäckstücke ab, und Gabriel erbot sich, das Pferd zu versorgen. Jola wollte duschen und sich umziehen – nach drei Tagen sehnte sie sich danach, und insgeheim fürchtete sie auch, sie könnte nach Sex riechen. Die Muskeln in Rücken und Beinen schmerzten vom Reiten. Sie versuchte, Mareks Blick noch einmal einzufangen, aber er schaute nicht her. Einstweilen bauten die anderen alles auf dem Tisch vor dem Haus auf, was sie mitgebracht hatten. Sie mussten viele Fragen beantworten und einige anzügliche Bemerkungen über sich ergehen lassen. Über das Windrad gab es Verwunderung. Es sei eine spontane Eingebung gewesen, es mitzunehmen, da sie noch Platz gehabt habe, log Jola. Sie hatte den Eindruck, dafür belächelt zu werden, aber Jakob verteidigte sie auf seine Weise: Er nahm das Ding aus der Verpackung, überflog den Bauplan und begann an Ort und Stelle, es zusammenzubauen. Das Windrad war klein, kaum höher als ihre Buben, aber es sei ein Anfang zum Testen, wenn man einmal Alternativen zur Solarenergie suche, sagte er. Jola hatte nach dem Duschen ein Kleid angezogen, von dem sie wusste, dass er es gern mochte. Marek war verschwunden.

Jakob wollte das Windrad gleich aufstellen, und er bestimmte einen Platz auf der Anhöhe hinter dem Haus dafür, wo es oft windig war, und weit weg genug vom Haus, damit der Lärm der Rotorblätter sie nicht stören würde. Die Kinder liefen voraus, Noah und Daniel nahmen Rosa in die Mitte. Sie sind so fürsorglich, sagte

Jola. Wie ihre Papas, sagte Jakob mit einem warmen Lächeln, das ihre Schuldgefühle verstärkte. Er befestigte das Windrad im Boden und spannte Drähte auf, die es selbst bei einem Sturm senkrecht halten sollten. Er warnte die Kinder davor, in die Nähe des Rads zu kommen, zeigte ihnen, wie scharfkantig die Blätter waren und wie leicht man über die Befestigungsdrähte fallen konnte. Sie hörten ihm gut zu und bestaunten das Windrad noch eine Weile. Bald rannten sie den Hügel wieder hinunter, um die letzten hellen Stunden des Tages zum Spielen zu nutzen. Jola war sicher, dass sie vorhatten, ein eigenes Windrad zu bauen, und Jakob hielt es für sehr wahrscheinlich. Sie überlegte, wo sie die kleine Schachtel mit Pinzetten und Nähnadeln hatte; wenn die Kinder Holz verwendeten, würde es ohne Späne nicht abgehen. Eine Blutvergiftung war nichts, was sie leichtfertig riskieren konnten.

Sie waren allein. Jolas Haare klebten feucht und offen am Rückenstoff des Kleides. Er sei froh über das Windrad, sagte Jakob. Es sei etwas, das sie nachbauen könnten, zur Not sogar aus Holz. Die Solaranlage werde nicht ewig halten, außerdem seien die Bestandteile, die man brauchen würde, um eine neue zu bauen, weit außerhalb ihrer Reichweite. Selbst wenn wir es könnten, sagte er. Zum Beispiel Silizium … Ich muss dir was sagen, unterbrach sie ihn und löste ihre Hand aus seiner. Irgendwas, das ich nicht schon weiß?, gab er zurück. Sie blieb stehen und schaute zu ihm auf. Er wirkte gefasst; die letzten Sonnenstrahlen färbten seine Haare kupferrot. Jola atmete ein und wieder aus, wieder ein und sagte: Ich habe unterwegs mit Marek geschlafen.

Und auch schon vorher einmal. Steif ging sie weiter, die Ellbogen in den Händen, und er folgte ihr, griff wieder nach ihrer Hand und bat sie, stehen zu bleiben. Ich weiß, sagte er und schaute zurück Richtung Windrad. Es hob sich schwarz vor dem gelbgrünen Horizont ab, und es sah lächerlich winzig aus. Sein Schweigen schien ihr eine Ewigkeit zu dauern. Was ist, sagte er endlich. Willst du mich denn noch? Sie nickte heftig; er ließ ihre Hand los und steckte seine in die Hosentasche. Ich weiß, murmelte sie und schaute in die Wiese, sah, wie die Halme scharfe, blaue Schatten warfen, dass ich kein Recht darauf habe. Jetzt nickte er. Ja. Er legte eine Hand auf ihre Schulter. Solange sie mit ihm zusammen sein wolle, werde er da sein, sagte er; und solange sie ehrlich zu ihm sei, ergänzte er nach einer Weile. Sie nickte wieder, und nachdem sie kurz so dagestanden waren, gingen sie Hand in Hand zum Haus hinunter. Nur glaubte sie es ihm nicht. Marek kam zum Abendessen herüber, es gab Bohneneintopf mit Zwiebeln und Gemüse und dazu Brot, und Jola vertilgte drei Schüsseln davon. Ali suchte ihren Blick. Alles in Ordnung, signalisierte Jola stumm. Ich erzähl dir alles. Aber morgen. Sie schlief auf der Elternmatratze im Kinderzimmer, tief und ohne zu träumen.

September 8

(21) Die Kinder knackten auf dem Gartentisch unreife Haselnüsse mit Steinen auf. Sie taten das mit jener Verve, die den sinnloseren Aktivitäten vorbehalten war. Die weichen, weißen Kerne sammelten sie auf einem Hau-

fen, einige aßen sie gleich so. Jola ließ sie gewähren, auch wenn sich dadurch die Menge der lagerbaren Nüsse verringerte. Sie hatten nur den einen Haselnussstrauch. Sie entsteinte die gelben Früchte des Steinobstbaums, für den sie keinen verbindlichen Namen fanden. Einige von ihnen nannten die wässrigen, von einer durchscheinenden, glatten Haut zusammengehaltenen Früchte einfach Zwetschken. Jola glaubte, dass ihre Großeltern einen solchen Baum besessen und ihn Ringlottenbaum genannt hatten. Aber Alex war der Meinung, Ringlotten seien vorwiegend rot, nicht gelb. Hierbei handle es sich um etwas, das im Volksmund Kriecherl heiße. Und im offiziellen Mund?, fragte Jola. Er musste zugeben, dass er es nicht wusste. So blieb der Baum ohne Namen, denn sie wussten beide, dass keiner von ihnen nachgeben würde und dass Diskussionen und Argumente leicht zu Streit führen konnten. Es gehörte zu dem Burgfrieden, den sie vor Jahren stillschweigend geschlossen hatten, auf solchen Kleinigkeiten nicht zu beharren. Was habt ihr mit den Haselnüssen vor, wenn ihr fertig seid?, erkundigte sich Jola, als sie bei den Kindern Anzeichen von Sättigung und Ermüdung feststellte. Du kannst sie haben, verfügte Noah großzügig und schob ihr die restlichen Kerne hin. Die Mädchen waren damit nicht einverstanden.

Em kam zu Besuch; sie traf sie bei der Feldarbeit an. Der Großteil des Getreides war reif. Es musste geerntet, gedroschen und in Körner und Stroh getrennt, das Stroh gebündelt und trocken verstaut werden. Das geerntete Getreide brachten sie in eine nahe gelegene Halle, wo verschiedene Maschinen ihnen die meisten Arbeiten – reinigen, spleißen, polieren, mahlen – abnahmen. Von Zeit zu Zeit mussten diese Maschinen überprüft, geölt und in einem Fall auch schon repariert werden. Sie waren zu groß und schwer, um sie zu bewegen, deshalb wurden sie vor Ort gewartet und benutzt. Der Traktor benötigte mehr Sprit, als leicht aufzutreiben war, und sie kümmerten sich um ihn mit der großen Fürsorge, die aus völliger Abhängigkeit resultierte. Niemand von ihnen verstand etwas von Maschinenbau; wie so oft beklagten sie die Wahl, die sie bezüglich ihrer Ausbildung getroffen hatten: Jus, Wirtschaft, Sprachen, Gender-Studies. Beim Aufstellen der Strohballen halfen die Kinder. Sie achteten darauf, dass die Erwachsenen sie ordentlich aufstapelten, damit sie später eine Rutsche darauf bauen konnten. Krähen waren überall. Keine Vogelscheuche, die sie bisher ersonnen und konstruiert hatten, war je in der Lage gewesen, die Vögel zu beeindrucken. Die Kinder jagten sie mit Steinschleudern. Jola küsste Em auf beide Wangen und nahm den Hut vom Kopf, um sich Stirn und Nacken abzuwischen. Hallo, du kommst gerade richtig. Sie reichte ihr eine Flasche Wasser und schob sie aus der Schusslinie.

Em war wie gewohnt per Motorrad angereist, aber auf einer anderen Route als sonst, weil, wie sie berichtete, der übliche Weg blockiert gewesen sei: Ein Sturm hatte im Frühjahr quer liegende Bäume und Äste zu riesigen Haufen zusammengeweht. Die unpassierbaren Stellen trug Jola auf ihrer Österreichlandkarte ein. Em lebte seit etwas über einem Jahr in einem Ort im ehemaligen Burgenland, in einer Gegend, die flacher und wärmer war.

Sie teilte sich ein Haus mit Bruder und Schwägerin, und Silvia erwarte ein Kind, erzählte sie. Es lebten jetzt mehr Menschen in ihrer Nähe, berichtete Em weiter, Leute, die versuchten, über die Runden zu kommen, etwas aufzubauen und dabei nett miteinander umzugehen. Für eine richtige Community seien es aber noch zu wenige, und dafür würden sie auch zu weit auseinander leben. Jola überlegte, ob darunter die Leute sein könnten, von denen Erich ihr erzählt hatte. Sie hatte nicht mehr von ihm erfahren können, als dass sie nicht weit entfernt lebten und dass es eine größere Gruppe sei. Em meinte, das halte sie für möglich, es habe ihr allerdings niemand von einer solchen Begegnung berichtet.

Jola fand es schön, sie da zu haben. Marek und Em mochten einander gleich. Er verbrachte jetzt mehr Zeit im Haus und übernachtete gelegentlich im kleinen Raum im Erdgeschoß. Nun wurde Em dort einquartiert, und das war das Einzige, was Jola an dem Besuch bedauerte – es war gut gewesen, ihn in der Nähe zu wissen. Sie war vor zwei Tagen nachts zu ihm gegangen und hatte sich sehr bemüht, leise zu sein, aber Aron hatte sie ertappt, als sie in der Morgendämmerung in ihr eigenes Zimmer zurückschleichen wollte. Der Kleine sah sie forschend an. Sie bat ihn im Flüsterton, wieder in sein Bett zu gehen: Alles in Ordnung. Aber damit gab er sich nicht zufrieden, er wollte reden, also setzte sich Jola mit ihm auf die Küchenbank.

Im Sommer fühlten sich die Ofenwände eigentümlich kalt an. Aron fragte, ob Marek jetzt ein richtiger Papa sei, nun, da sie bei ihm geschlafen habe. Jola zögerte, sie wollte die richtigen Worte finden. Ob er sich das wünsche, fragte sie ihn. Ja, sagte Aron, er sei ja sein biologischer Vater, sollte er da nicht auch sein Papa sein, und auch der der anderen Kinder? Sein Schlafanzug, registrierte Jola, wurde ihm schon wieder zu klein, er ließ die sonnengebräunten Hand- und Fußgelenke frei. Sie meinte, das müsse nicht unbedingt immer das Gleiche sein. Ein Papa könne man werden, wenn man die Kinder lieb hatte und sich gut um sie kümmerte. Also Vater ist man einfach und Papa muss man erst werden?, fragte er ernsthaft und fixierte sie mit grüngrauen Augen, die denen ihrer Mutter glichen. Vielleicht kann man das so sagen, antwortete sie vorsichtig. Und dann schlafen die Mamas bei ihnen?, erkundigte Aron sich Sie atmete tief und lange ein und ließ sich Zeit mit der Antwort. Zuallererst, sagte sie, sind Mamas Frauen. Und Frauen möchten mit Männern und manche auch mit anderen Frauen schlafen, sie küssen und so weiter. Ungeduldig winkte das Kind ab; das kannte er schon, er hatte eine recht genaue Vorstellung davon, was sie mit „schlafen“ meinte. Was ihn interessiere, sagte er geduldig, sei der Zusammenhang zwischen beidem.

Jola strich ihm eine viel zu lange dunkelbraune Stirnfranse aus dem Gesicht und gestand, dass sie das auch nicht genau wisse. Es gebe aber einen Zusammenhang, da habe er schon recht. Allerdings sei auch Boris ein Papa, und Lennart, obwohl sie nicht die biologischen Väter der Kinder hier waren. Und die Eltern von Lena und Noah kannten sie gar nicht, bestätigte ihr Sohn. Aber, insistierte er, was ist jetzt mit Marek? Warum wohnt er nicht richtig bei uns, wenn er ein Papa ist und du sogar bei ihm schlafen willst? Mag er uns nicht? Hat er was Schlechtes gemacht? Seine Stirn zog sich in Falten, er wollte, musste das verstehen, sofort. Frag mich was Leichteres, dachte sie, und sagte: Nein, er hat nichts Schlechtes gemacht. Und er mag uns. Er war nur so lange weg, weißt du, dass wir uns an ihn und er sich an uns erst wieder gewöhnen muss. Nur deshalb. Es ist nicht so, dass wir ihn nicht mögen, das tun wir schon. Ja?, fragte Aron und zog altklug die Braue hoch. Erwachsene, sagte Jola mit einem breiten Lächeln, sind komisch, oder? Aber du hast ihn lieb, Mama, das merkt man, sagte er. Das kannst du also ruhig zugeben. Ja, antwortete sie verwundert, ich gebe es zu – ich habe ihn lieb. Und du, wie ist es mit dir? Er zog ein komisches Gesicht, so als müsse er scharf nachdenken und habe gleichzeitig die Backen voll mit etwas Flüssigem. Ziemlich exzentrisch, dachte sie. Jaaa, ich hab ihn auch lieb. Ich will, dass er ein Papa ist, befand er schließlich. Magst du ihm das sagen, Ari? Er fand die Idee gut und nahm es sich für bald einmal vor.

Am nächsten Abend blieben die Frauen noch sitzen, nachdem Männer und Kinder sich zurückgezogen hatten oder schlafen gegangen waren. Das Gespräch drehte sich zunächst um die Herstellung von Bier, Wein und Schnaps – sie experimentierten damit, aber gerade Wein und auch Hochprozentiges würden ihnen nicht so rasch ausgehen, also blieben ihre Experimente etwas lustlos. Em erzählte von ihren Nachbarn. Es seien mehrere Frauen darunter, zwei davon, beide etwa in ihrem Alter, lebten mit demselben Mann zusammen, und es sei ihr nicht recht klar, in welchem Verhältnis die drei zueinander stünden. Em gestand, in eine der beiden Frauen verliebt zu sein, allerdings ohne große Hoffnung auf Gegenliebe. Ich habe keine Ahnung, wie die drauf sind, was das angeht, sagte sie.

Das Gespräch kam auf die Männer. Ali und Jola erzählten Em von ihren besten, schlimmsten und skurrilsten Erlebnissen. Sie lachten, senkten ihre Stimmen, kicherten erneut und kreischten so gedämpft wie möglich. Es war befreiend; es war gemein und illoyal, und es war großartig. Irgendwann kam Jakob herunter. Er müsse sie, sagte er, jetzt wirklich bitten, leiser zu sein, denn es sei alles schon viel weniger spaßig, wenn man oben im Kinderzimmer liege und sich frage, wann es so weit sei, dass eines der Kinder aufwache. Sie entschuldigten sich, nahmen eine Weinflasche und verzogen sich ins Frauenzimmer. Er ist der Beste, sagte Em unvermittelt. Wer?, fragte Ali, die versuchte, die Flasche durch Hineindrücken des Stoppels zu öffnen; den Flaschenöffner hatten sie in der Küche vergessen. Jakob, sagte Em. Sie saß neben Ali auf der größeren Couch und fuhr sich träge durchs Haar. Das ist dein Mann, Jola, das weißt du hoffentlich, die anderen Typen hin oder her. Sie musste Jolas Gesichtsausdruck dahingehend gedeutet haben, dass sie zu weit gegangen war, denn sie entschuldigte sich sofort. Sorry, das geht mich wirklich nichts an, zu viel Wein, sorry.

Ali schaffte es endlich, die Flasche aufzumachen, und goss schwungvoll nach. Oh, sagte sie zu Em, du hättest ihn mal vor ein paar Jahren sehen sollen. Bevor Jola ihn wachgeküsst hat, war er der reinste Zombie. Sie grinste. So war das nicht, sagte Jola, setzte sich im Schneidersitz zurecht und nahm ihr Weinglas in die Hand. Ali zuckte die Achseln. Langsam kreiste Jola die Schultern in den

Gelenken. Der Muskelkater kündigte sich bereits an. Em hakte nach: Und was ist das mit Marek – ich versteh das nicht ganz. Er ist doch dein Ex, oder? Der vor Jahren weggegangen ist? Nein, sagte Jola. Wir haben nie Schluss gemacht. Und obwohl das jeder hier anscheinend vergessen hat: Dass er weg ist, haben wir gemeinsam beschlossen, alle zusammen. Oder?, fragte sie, zu Ali gewandt. Die nickte, ja, wir wollten, dass jemand sich umschaut. Ob es noch … was gibt. Ob es noch eine Gesellschaft gibt, so in der Art, eine Regierung, was weiß ich. Sie drehte die Handflächen nach oben. War eine echt schlechte Idee. Er war sechs Jahre weg statt einem halben, und was ihm alles passiert ist, weiß zumindest ich noch immer nicht. Zum Beispiel, ob er in Wien war? Jola nickte und schwieg. Er muss uns endlich alles erzählen, wenn die Kinder nicht dabei sind, sagte Ali. Was hat ihn so lange aufgehalten?

Jola schüttelte den Kopf; das, was sie wusste, konnte sie nicht sagen, und sehr viel war es ja auch nicht. Em ließ nicht locker. Wenn du dich zwischen den beiden entscheiden müsstest, was dann? Diesmal zögerte Jola nicht. Ich werde mich nicht entscheiden, sagte sie, den Blick ins Glas gerichtet. Ali war jetzt sehr aufmerksam. Sie saß auf der Kante der Couch und starrte Jola an. Es, Jola schloss die Augen, und mit einem Mal spürte sie, wie der Alkohol ihre Zunge hemmte, ist einfach so. War schon immer so. Marek war nämlich früher ihr Babysitter, Ali kicherte boshaft. Jola schnaubte. Blöde Kuh. Nein, er war mein Nachbar in der Siedlung. Und wir haben noch fast niemanden da gekannt, wir waren die zugereisten Wiener … kannst du dir ja vorstellen. Seine

Mutter war sehr nett, und meine hat sich mit ihr angefreundet. Mareks Mutter ist…war aus Polen, und sein Vater, der war aus Bosnien. Also denen ging es ähnlich. Vielleicht. Jedenfalls war seine Mutter meistens zu Hause, sie hat Übersetzungen gemacht und so. Ich war oft bei ihnen, wenn meine Mutter gearbeitet hat, aber Marek hat nie auf mich *aufgepasst* – sie zischte das Wort in gespielter Wut. In Wahrheit erzählte sie die Geschichte gern. Schon eher umgekehrt, oder? Ali versuchte, die Erzählung voranzutreiben, die sie zum Teil schon kannte. Er war katastrophal schlecht in der Schule, seine Eltern waren ziemlich verzweifelt, erzählte Jola. Sie haben beide studiert, aber er… na ja. Er ist zwei Jahre älter als ich, aber zweimal sitzen geblieben, sodass er schließlich in meiner Klasse gelandet ist. Na ja. Was, immer na ja?, Em gab nicht nach. Ja nix, sagte Jola. Wir haben manchmal zusammen gelernt. Er hat eine Lernstörung, ich hab aber nie verstanden, was für eine genau. Ich habe ihn immer gern gehabt und er mich. Wie ein Bruder? Em schaute skeptisch. Nein. Also. Nein. Er war… Jola dachte nach und schaute an Ali und Em vorbei an die Schrankwand, ich fand ihn natürlich wahnsinnig cool. Und er war sehr beliebt, auch bei den Mädchen. Ali verdrehte die Augen, aber Jola bemerkte es nicht, daher ließ sie es wieder. Irgendwann wollte ich was von ihm, und wir waren eine Zeitlang zusammen, in der Sechsten. Und in der Achten auch nochmal. Sie schenkten sich neuen Wein ein und schwiegen eine Weile. Die Flasche war leer. Das war's? Das ist die ganze Story?, fragte Em. Hm, Jola strich sich müde über die Augen und murmelte: Als ich nach Wien zum Studieren bin, war es sehr bald aus. Er hat in einer

Autowerkstatt in der Nähe gearbeitet und wir haben uns fast nicht mehr gesehen. Also war er dein high school sweetheart, resümierte Em. Sie gähnte und streckte sich auf der Bank aus. Jola war es nicht recht, die Beziehung so reduziert zu sehen. Er war das, sagte sie, aber nicht nur.

September 5

(22) Mit dem Drilling stimmte etwas nicht. Sie mochte diese Waffe nicht besonders, weil sie schwer und unhandlich war. Aber wenn man nicht genau wusste, was einem vor den Lauf kommen würde, war sie unbestreitbar praktisch. Mit dem dreiläufigen Gewehr konnte man auf Hoch- wie auf Niederwild schießen, und es gab zusätzlich einen Einstecklauf, um unterschiedliche Kaliber einzusetzen. Ihre Mutter hatte ihr gezeigt, wie man damit umging. Aber nun klemmte der Abzug. Jola hatte zum ersten Mal nach der Geburt ihres jüngsten Kindes für ein paar Stunden Ausgang. Sie war zu einem der benachbarten Orte geritten, wo es verwaiste Gemüsegärten gab, um sich nach neuen Pflanzen umzusehen. Im Garten eines großen Einfamilienhauses fand sie Bohnen; sie waren schon recht überwuchert vom Unkraut, aber noch kämpften sie um Platz und Licht. Beim Ausgraben einer Pflanze nahm sie etwas Großes in der Hecke wahr und werkelte nun gehetzt an der Waffe herum. Ihre Hoffnung, dass es ein Tier sei, wurde durch einen menschlichen Ruf vernichtet: Hallo? Es war eine Frauenstimme. Wer ist da? Nicht schießen! Jola legte an und zielte in

Richtung der Thujenhecke, von wo der Ruf kam. Kann ich rauskommen, oder werd ich dann erschossen? Die Stimme klang eher ernst als ängstlich. Okay, komm raus, rief Jola und hob das Gewehr einen Zentimeter von der Schulter weg. Aber langsam.

Die Frau trat aus dem Gebüsch, ihre Hände nicht erhoben, aber sichtbar vor sich ausgestreckt. Bist du allein?, fragte Jola lauter als beabsichtigt. Nein, entgegnete die Frau, aber die anderen sind weiter weg. Sie suchen was zu essen, genau wie du, oder? Jola nickte. Wie viele? Mein Bruder und seine Freundin, sonst niemand, wirklich. Und du? Sie zögerte; es war vielleicht unklug, zuzugeben, dass sie allein hier war. Doch die Frau schien es ohnehin zu wissen. Wie heißt du?, fragte sie freundlich. Sie war älter als Jola, vielleicht Mitte dreißig. Ihre Haare trug sie zu Dreadlocks zusammengezwirbelt und in einem losen Knoten auf dem Kopf befestigt, ihre großen grünen Augen waren wach und lebhaft. Ich heiße Jo, also Jo ... ihre eigene Stimme hörte sich fremd an, sie stotterte vor Nervosität. Hallo Jo, die Frau sprach es englisch aus. Nein, sagte Jola, Jola, nicht Tscho. Unwillkürlich musste sie lächeln. Und ich bin Eva Maria, sagte die Dreadlocks-Frau. Jola sicherte das Gewehr und stellte es neben ihrem Fuß ab, behielt es aber gut im Griff.

Was willst du hier schießen?, fragte die Frau. Was auch immer, aber ich bin vor allem deswegen hier, antwortete Jola und zeigte auf die Bohnenranken. Wir können teilen, es ist genug da. Ich wollte ein paar ausgraben für daheim. Wo ist daheim?, erkundigte sich Eva Maria, die sich zu entspannen begann. Die Frage kam zu plötzlich, und sie schien das selbst zu spüren. Also, sagte sie rasch, ich geh mal nach den anderen schauen und sage ihnen, dass ich dich getroffen habe, wär das okay? Jola nickte, rückte aber ein Stück weiter in die Wiese hinein, wo sie einen dicken Baumstamm als Rückendeckung nutzen konnte und einen besseren Blick über das Grundstück hatte. Ich warte hier. Die Borke drückte sich durch das T-Shirt in ihren Rücken, sie schwitzte so, dass es ihr schwerfiel, das Gewehr fest im Griff zu behalten. Die fremde Frau verschwand im Gebüsch, und Jola fragte sich, ob sie gerade einen Riesenfehler machte. Ihr Herz galoppierte, als sie die Handteller abwechselnd an der Hose abwischte. Die Frau kam schnell zurück, einen jünger aussehenden Mann und eine weitere Frau im Schlepptau. Sie sahen erschöpft und besorgt aus. Jola hatte das Jagdgewehr wieder auf Schulterhöhe angehoben und achtete darauf, dass die drei das Entsichern mitbekamen. Nun war sie über sein martialisches Aussehen nicht unfroh.

Die Dreadlocks-Frau stellte sie einander vor: Der Name ihres Bruders sei Stefan, und seine Freundin heiße Silvia. Jola nannte erneut ihren Namen und fragte die drei, woher sie kämen. Derzeit hätten sie keinen festen Wohnsitz, sagte Stefan. Er sah seiner Schwester ähnlich, wirkte aber ruhiger. Silvia sagte nichts und hielt sich hinter ihm. Sie hätten, erzählte er weiter, eine Zeitlang in einem Haus in der Nähe gelebt, aber dort seien ihnen die Vorräte ausgegangen, und sie hatten weiterziehen müssen. Nun versuchten sie, einen Ort zu finden, an dem man etwas anbauen konnte. Jola kniff die Lippen zusammen und nickte. Das fällt euch ja früh ein, dachte sie. Sie hatte jetzt zwei Möglichkeiten: Sie konnte sich verabschieden, ihre Bohnen einpacken, aufs Pferd steigen und verschwinden. Oder sie konnte die drei am Sonnenhof anschleppen, was für allerlei Komplikationen sorgen könnte.

Eva Maria sah aus, als vollziehe sie diese Überlegungen zeitgleich mit und warte auf das Ergebnis. Ihr Blick war aufmerksam, aber es lag auch etwas Bittendes darin. Diese Leute hatten seit Langem wenig gegessen, sie waren permanent unterwegs, auf der Suche nach Nahrung, Unterkunft, Wärme. Und der Herbst stand vor der Tür. Genau das machte sie, auch wenn sie nette Menschen zu sein schienen, brandgefährlich. Wie sie unterwegs seien, wollte Jola wissen. Wir haben zwei Motorräder, antwortete Stefan, erkennbar froh, dass das Gespräch noch nicht beendet war. Wir hatten drei, aber … Jola fasste einen Entschluss, und sie machten einen Treffpunkt für den nächsten Tag aus, an einer Kreuzung zwei Reitstunden vom Sonnenhof entfernt. Langsam senkte sie das Gewehr, nickte zum Abschied und wandte sich zum Gehen. Auf dem Weg zu ihrem Pferd wäre sie am liebsten gerannt, aber das verbot sie sich. Beim Aufsteigen ließ sie die drei nicht aus den Augen, dann erst sicherte sie ihre Waffe und gab dem Pferd die Fersen.

Nur die zwei Frauen und ein Mann?, fragte Jakob eindringlich nach, bist du ganz sicher? Jola zuckte mit den Achseln. Genau wissen konnte man es nicht, es war schon möglich, dass die Leute gelogen hatten. Es komme ihr, sagte sie, so vor, als seien sie in Ordnung. Er kratzte sich am Kopf, oben, wo das rotbraune Haar sich schon zu lichten begann, und schaute zu Ali hinüber, die, mit vor der Brust verschränkten Armen und überkreuzten

Beinen an die Wand gelehnt, auch nicht den Eindruck von Aufgeschlossenheit vermittelte. Also gut, Jakob ließ die Luft durch die zu einem Kreis geformten Lippen entweichen, so als wolle er eine Kerze ausblasen. Jolas Gefühl, eine Dummheit gemacht zu haben und sich dafür rechtfertigen zu müssen, verstärkte sich. Jakob hakte noch einmal nach: Und du hast ein gutes Gefühl? Bei der älteren Frau auf jeden Fall, sagte Jola und nickte, bei ihrem Bruder eigentlich auch, die andere Frau hab ich fast nicht gesehen und auch nicht mit ihr gesprochen. Okay, sagte er, also gut. Reden wir mit den anderen. Aber du gehst da jedenfalls nicht alleine hin. Ja, sagte sie, ist gut, Chef. Jakob zeigte ihr den Vogel. Er meint, er macht sich Sorgen um dich, gab Ali vor, übersetzen zu müssen. In der großen Runde wurde beschlossen, dass sie zu viert zu dem Treffpunkt fahren würden. Der Vorschlag, Augenbinden für die Fremden einzusetzen, sollten sie wirklich zum Haus eingeladen werden, fiel mit Alis lakonischem Hinweis, es werde den Leuten nicht ganz leicht fallen, mit verbundenen Augen ihre Motorräder zu manövrieren. Sie verdrehte die Augen oft und gern, aber diesmal brach sie jeden Rekord. In dieser Nacht schlief Jola außerordentlich schlecht, was weniger mit ihrem friedlich schlummernden Säugling zu tun hatte als mit der Sorge, ihre Familie leichtsinnig in Gefahr gebracht zu haben. Bevor sie losfuhren, stillte sie Rosa noch einmal und übergab sie in Jakobs Obhut.

Als sie mit Boris, Lennart und Alex an der vereinbarten Stelle ankam, warteten die Leute bereits. Es gab vorsichtige Begrüßungen, dann auch Händeschütteln, ein etwa halbstündiges Gespräch und eine nur leicht verbrämte Drohung, geäußert von Alex – sollte sich etwas in eine unerfreuliche Richtung entwickeln, werde man die eigene Sicherheit in den Vordergrund stellen. Die Fremden schienen mit allem einverstanden, sie gaben ihre (man musste hoffen, alle) Waffen bereitwillig ab und bestiegen ihre Fahrzeuge. Jola, die sich ausnahmsweise zum Motorradfahren hatte breitschlagen lassen, klammerte sich unbehaglich an Boris‘ breitem Rücken fest.

Vor dem Haus warteten die anderen mit Ausnahme von Ali, die im ersten Stock mit den Kindern und einer Waffe im Anschlag vom Fenster aus aufpasste. Jakob und Gabriel trugen Gewehre. Ihr Anblick ließ Jola schaudern. Was sie sah, war eine Gruppe gewaltbereiter Siedler, die alles tun würden, um sich und ihre Familie zu verteidigen. So ist das, und muss es wohl auch, dachte sie, als sie abstieg und die Fremden anwies, sich auf der Bank vor dem Haus niederzulassen. Dankbar sanken die drei auf die Sitzpolster und tranken das bereitgestellte Wasser. Die jüngere Frau, Silvia, hielt den Blick gesenkt, die langen, schwarzen Haarsträhnen verdeckten ihr Gesicht fast völlig. Jola ging ins Haus, um etwas zu essen zu holen. Ali kam ihr entgegen. Sind sie okay?, fragte sie atemlos. Sie hasste Schusswaffen und war froh, ihre wegstecken zu können. Ich weiß jetzt auch nicht mehr als ihr, schauen wir doch einfach mal, entgegnete Jola. Sie bemerkte, dass sie stark geschwitzt hatte, unter ihren Armen breiteten sich dunkle Flecken im Flanellstoff ihres Hemdes aus, und ihre Hände zitterten noch vom Klammergriff während der Fahrt.

Die Gäste vertilgten alles, was sie vorgesetzt bekamen – Brot, Erdäpfelschmarren und Obst – in einer mitleiderregenden Geschwindigkeit. Jola wechselte einen Blick mit Ali, ging in die Küche und holte noch mehr. Eva Maria bedankte sich und pries das Brot. Sie stellte laut Überlegungen darüber an, wann sie zuletzt so etwas gegessen hätten. Höflich erläuterte Alex das Rezept dieses speziellen Brotes. Eva Maria lauschte aufmerksam, sie schien an seinen Lippen zu hängen. Aber es kam Jola so vor, als glimme da ein Funken Ironie in den grünen Augen, als sie ihn bat, es ihr – bitte – noch einmal ganz genau zu erklären. Immerhin, Alex zumindest schien sich ein wenig zu entspannen. Jola schaute zu Jakob, er erwiderte den Blick, und erforschte auch die Gesichter der anderen. Schweigend wurde eine Entscheidung getroffen, mit Blicken und Gesten, mit einem unmerklichen Nicken, und wechselseitig bestätigt. Ja, sie konnten bleiben. Erst einmal. Ach!, rief Eva Maria und beugte sich so plötzlich zu ihrem Rucksack hinunter, dass zwei der Männer einen Satz machten und nach ihren Waffen griffen. He, ist gut, sagte Jola und hob die Hände. Als habe sie nichts davon gemerkt, kramte Eva Maria lange im Rucksack herum, bis sie gefunden hatte, wonach sie suchte, und hielt dann einen Stoffsack hoch. Du hast die da ganz vergessen, sagte sie und strahlte Jola an. Deine Bohnenpflanzen!

Sie quartierten Eva Maria in dem kleinen Zimmer im Erdgeschoß ein, ihren Bruder und seine Freundin in dem größeren unter dem Dach. Dort war es im September sehr warm, aber sie waren mehr als zufrieden. Schon am ersten Tag bat Eva Maria darum, bei ihrem Spitznamen, Em, gerufen zu werden. So sei sie, sagte sie, schon von Jugend an genannt worden, zumindest von

Menschen, die ihr nahestünden. Die macht das nicht schlecht, dachte Jola anerkennend. Em konnte gut zuhören und packte ohne Aufforderung bei jeder Arbeit mit an: Sie schleppte Wäschekörbe und wischte die Böden, half mit den Tieren und bei der Ernte und erzählte den Kindern stundenlang Geschichten. Stefan war ebenfalls umgänglich und fleißig, wenn auch nicht annähernd so unterhaltsam. Silvia hingegen hielt sich gerne abseits, sie schien ihre Scheu nicht ablegen und sich für niemanden so recht erwärmen zu können. Jola bemühte sich, sie zu mögen, aber es fiel ihr schwer. Ali und sie erforschten sich selbst, ob Konkurrenzdenken da eine Rolle spielen könnte – die feenhaft zarte, komplizierte Silvia konnte gewiss vielen Männern gut gefallen. Was Em anging, war das überhaupt kein Thema. Etwas verlegen fragte Jola eines Nachmittags, als die vier Frauen zusammen im Garten saßen und Tee tranken, wie es ihr, Em, seit der Auslöschung mit Liebeskontakten gehe. Seit der was? So würden sie manchmal das Ereignis nennen, das damals... Ach so, sagte Em nachdenklich. Wir benennen es gar nicht. Meistens sagen wir „seit damals“ oder „früher“ oder so. Wenn überhaupt. Aber Auslöschung trifft es ziemlich gut, fand sie. Jedenfalls sei es schon davor nicht immer leicht gewesen, andere lesbische Frauen kennenzulernen, seither sei sie schlicht keiner begegnet, sagte sie. Sie habe sie bereits länger etwas fragen wollen, meldete sich Silvia zu Wort, nämlich wie das hier sei mit den Beziehungen. Es scheine ihr, als habe jeder etwas mit jedem. Jola und Ali wechselten einen Blick. So ist das nicht, sagte Jola. Ali knackte mit den Fingerknöcheln. Ach, sagte sie leichthin, das hat sich einfach so ergeben, weißt du. Silvia schien nachzudenken, was sie dazu sagen sollte. Em legte ihr eine Hand auf die Schulter, als wollte sie die Schwägerin bitten, zu schweigen. Jola hatte das Gefühl, noch etwas präzisieren zu müssen. Wir haben schon Beziehungen. Aber sonst, wir sind einfach Freunde, die... Ali lehnte sich vor und suchte Ems Blick, nicht Silvias. Wir, sagte sie, kümmern uns umeinander. In der Hinsicht, und in jeder anderen auch.

September 8

(23) In der Wohnküche war es dämmrig. Das dünne Herbstlicht kroch über die Wiese im Vorgarten, hatte aber die Fenster noch nicht erreicht. Jola schob den Brotteig für das Frühstück in den Ofen und weichte Haferflocken ein. Alex betrat den Raum von der Scheune her. Er werde „in die Stadt" fahren, sagte er. Es war ihre Formulierung dafür, dass er weiter weg liegende Geschäfte und Wohnhäuser abklappern und nach Brauchbarem durchsuchen würde; das taten sie alle von Zeit zu Zeit, alleine oder zu zweit. Manchmal nannte es jemand auch „einkaufen", und meistens besprachen sie vorher, was nach Möglichkeit besorgt werden sollte. Beim Abtrocknen der Hände überlegte Jola. Seife, sagte sie, und Putzmittel wären gut. Sie verwendeten, was sich gerade fand, viele der flüssigen Mittel hatten bereits einen eigenartigen Geruch angenommen. Und Waschschwämme, Müllbeutel, sowas. Danke. Brauchst du auch was für dich? Shampoo vielleicht, Zahnpasta...?, erkundigte er sich zuvorkommend. Nein, alles noch da, danke. Aber vielleicht,

falls du ein Kindergewandgeschäft findest – die wachsen schon wieder aus allem raus. Jeans, Hemden, Unterhosen. Jola schrieb die passenden Größen auf einen Zettel. Alex lächelte, als er ihn nahm. Sie lächelte zurück. Er tat ihr leid, seit sie von Alis und seiner Entfremdung wusste. Alex war nicht gerade ihr bester Freund, aber er *war* ein Freund. Wohin er wolle, fragte sie noch, während sie ihm einen Stoffbeutel für die Jause, die er mitnahm, und eine Trinkflasche reichte. Er nannte ihr den Ort, den er anpeilte, immer gesetzt den Fall, die Straßen dorthin waren passierbar. Jola kannte die hübsche, an der Donau gelegene Kleinstadt von Ausflügen in ihrer Kindheit. Warum genau da hin?, wollte sie wissen. War lange nicht dort, sagte er, weiß nicht genau. Ist schön dort. Sauber. Schöne, kleine Geschäfte. Dann ging er, sie hörte, wie er das Motorrad anließ und davonfuhr, und sie hoffte, dass sie ihn wiedersehen würden, wie stets, wenn jemand von ihnen weiter wegfuhr.

Der Tag ging wenig vielversprechend weiter. Am Vormittag nieselte es, und zu Mittag war es noch diesig, aber gegen ein Uhr klarte es auf. Ali hatte die Kinder unterrichtet und schickte sie nun mit Essensabfällen hinaus, um die Hühner zu füttern. Lena wollte nicht mit. Eine der Bruthennen hatte neulich nach ihrem bloßen Fuß gehackt, und darüber war sie noch nicht hinweg. Jola nahm sie mit ins Gewächshaus und dann in den Obstgarten, wo sie Äpfel, Birnen und die ersten reifen Zwetschken aufsammelten. Im Blaugrün der Wiese glitzerten winzige silbrige Tautröpfchen, die Feuchtigkeit verfärbte die Kuppen ihrer Turnschuhe dunkel, und Jolas Finger wurden klamm und schrumpelig. Das Bäumeschütteln machte Lena großen Spaß, und ihr Lachen lockte ihre Geschwister an. Jola teilte sie alle zur Arbeit ein, und bald hatten sie sechs Körbe gefüllt. Danach machten sie eine Pause. Auf dem liegen gebliebenen Fallobst krabbelten Wespen übereinander.

Marek schlenderte heran und schnappte sich einen Apfel. Sie werde ihn gleich auch einspannen, drohte Jola. Die Kinder hängten sich sofort an seine Arme und wollten ihn zum Spielen überreden, aber als er einfach nicht darauf einging, ließen sie von ihm ab. Noah und Daniel kletterten in die Bäume, um an die Äpfel ganz oben heranzukommen, Aron und seine Schwestern versuchten sich im Weitspucken von Zwetschkenkernen. Ganz genau suchten sie die Früchte nach möglichen Wurmlöchern ab. Sie wetteiferten darin, wer die meisten, den ekligsten, den buntesten Wurm fand. Besorgt dachte Jola, dass sie ihnen bald Einhalt gebieten würde müssen, sonst würden sie vielleicht Durchfall bekommen. Die Kinder wuchsen fast ohne Süßigkeiten auf, weshalb sie ihr manchmal leidtaten. Obst und gelegentlich ein Stück schwach gesüßter Kuchen oder Marmelade und Honig waren die einzigen Naschereien, die sie bekamen. Sicher war das sehr gut für ihre Gesundheit; dennoch hätte sie es ihren Kindern vergönnt, den Geschmack von einem Eis im Sommer zu kennen. Ein großes Eis mit drei Sorten. Zuckerwatte im Prater. Schokokugeln mit weichem Nougatkern zu Weihnachten. Gummizuckerl. Lutscher. Jola seufzte. Ihre blutjunge Mutter hatte ihr, als sie noch in Wien lebten und sie vaterlos aufwuchs, viel zu viel von dem Zeug erlaubt. Als sich ihr ernährungsbewusster Daddy bei ihnen eingestellt hatte, waren gesündere Zeiten eingezogen. Ihre zahlreichen Plomben blieben dennoch ein ständiger Quell der Sorge.

Marek setzte sich auf einen umgedrehten Korb neben sie. Jola lag auf der gleichen karierten Decke, die sie bei ihrer Reise zur Solarzellenfabrik verwendet hatten, und sie sah, dass er es bemerkte. Was er machen solle, fragte er. Ach jetzt gar nichts, sagte sie, verschränkte die Arme hinter dem Kopf, streckte die Beine aus und schloss die Augen. Nach einiger Zeit spürte sie seine Lippen auf ihren und schlug die Augen auf. Spinnst du …?, flüsterte sie. Aber die Kinder spielten woanders, und sie waren allein. Er lächelte auf sie herunter, hab ich dich erschreckt, entschuldige. Du hast so schön ausgesehen und so entspannt. Seine Lippen waren dunkel und weich, er hatte sich seit Tagen nicht rasiert und fühlte sich etwas kratzig an, aber sie dachte zum ersten Mal seit seiner Rückkehr, dass er gut aussah.

Er rutschte herunter zu ihr, und sie setzte sich auf und legte den Arm um seine Mitte. Was ich dir da erzählt habe, unterwegs … Ich hab es keinem gesagt, unterbrach sie ihn, hab ich ja versprochen. Ich will, sagte Marek und sah dabei die Böschung hinunter, auf der Stauden und Sträucher den Blick auf den Rohbau versperrten, dass du die Wahrheit weißt. Worüber genau?, fragte sie. Während der drei Tage, die sie allein gewesen waren, hatte er ihr von seinen Reisen berichtet, aber bei seiner Art zu erzählen fehlten gewöhnlich entscheidende Details. Fakten passten schlecht zueinander, und manchmal brach er mittendrin einfach ab und war nicht mehr zum Weiterreden zu bewegen. Seit Monaten schon sammelte Jola seine Geschichten wie Puzzleteile, in der Absicht, sie irgendwann zu einem Bild zusammenzufügen. Aber einige der Teile fehlten ihr, während es einige andere doppelt und dreifach zu geben schien, sodass sie allmählich fast wünschte, er werde keine neuen mehr liefern.

Warum ich in Italien war, sagte er. Jola legte sich zurück und wartete. Ameisen fanden ihren Weg auf die Decke und strebten auf ihre klebrigen Finger zu. Ich habe ihn dort suchen wollen, meinen Vater. Marek seufzte. Dann schwieg er. Aber, fragte Jola, war der nicht …? Ist wieder nach Hause gezogen, ja. Nach Bosnien. Aber sogar Leute von dort machen Urlaub, weißt du. Er zog die Brauen hoch. Na ich hab gewusst, wo er war, mit seiner neuen Familie. Natürlich habe ich ihn nicht gefunden. Und gar nichts, überhaupt nichts, weil dort nämlich nichts war. Sie fragte, wo genau, und er nannte ihr den Namen eines beliebten Ferienorts an der italienischen Küste. Was meinst du, gar nichts?, hakte sie nach. Wenn er schon einmal am Reden war, wollte sie so viel aus ihm herauslocken wie möglich. Sein Blick schien einzufrieren; so hatte sie ihn jetzt schon ein paarmal gesehen, und es gefiel ihr überhaupt nicht. Er sprach weiter: Gut. Ich versuche, es dir zu erklären, aber es ist nicht leicht. Also hier – er wischte mit der Hand durch die Luft – sind die Menschen verschwunden. Fast alle. Und dort genauso. Nur dort auch alles andere. Wie, alles andere?, rief sie, aber Marek legte einen Finger auf ihren Mund und schaute sie warnend an. Die Kinder waren noch immer in der Nähe. Ja, fuhr er fort, ich sage ja, es ist kaum zu erklären. Dann fang von vorn an, bat sie ihn. Als du da angekommen bist … Er sehe nicht ganz, was das bringen solle, sagte er, aber dann legte er den Kopf in den Nacken, schloss die Augen und sprach weiter. Also gut. Ich war mit dieser Gruppe unterwegs, die waren zu zehnt. Der Chef von denen war ein Riesenarschloch, aber ich wollte eben in die Gegend und sie auch, also war es besser, mich ihnen anzuschließen. Hab ich gedacht. Marek beschrieb den Weg, dabei nannte er Orte und Routen, die ihr wenig sagten, und er verlor sich in Details über Schwierigkeiten, an Treibstoff zu gelangen, ebenso wie die Schwächen des Motorrads, das er damals gehabt hatte. Kein Wort über die Leute, mit denen er unterwegs gewesen war. Jola wusste, dass das nichts Gutes bedeutete.

Auf jeden Fall, dort – er nannte den Namen des Badeorts – war kein Stein mehr auf dem anderen. Er schwieg und schaute zwischen seine Knie; sie sah, dass er mit den Zähnen knirschte, wie er es auch im Schlaf manchmal tat, und legte eine Hand auf seinen Arm. Was?, flüsterte sie. Wir sind jedenfalls, sagte er, bald wieder umgedreht. Ich habe ihn nicht gesucht. Es war dort nichts, wo ich suchen hätte können. Er zuckte die Achseln. Die Häuser, sagte er, waren alle weg. Das verstehe ich nicht, warf Jola ein. Wie weg? Eingestürzt, abgebrannt? Nein, Marek schüttelte den Kopf. Sie waren nicht mehr da. So, erklärte er, als sei in diesem Ort mit den Häusern dasselbe passiert wie hier mit den Menschen. Weg. Er zuckte die Achseln. Wo sie gestanden haben mussten, sei schlicht nichts gewesen. Verwirrt fragte Jola noch mehrmals nach, aber er konnte es nicht besser erklären. So etwas habe er seither auch an manchen anderen Orten gesehen, auf dem Heimweg. Es sei, als habe das, was sie hier das Ereignis nannten, dort erst geübt. Oder umgekehrt, sagte er: Vielleicht ist es dort gründlicher gewesen. Jola wusste nicht, was sie sagen sollte; sie empfand eine Mischung aus Angst und Ungläubigkeit. Nach einer Pause redete er weiter. Und die Gruppe. Ich glaub, ich hab einen oder zwei von denen getötet, als wir uns ... getrennt haben. Von dieser Geschichte kannte sie bereits den Anfang. Auf jeden Fall den einen, den ... Sie nahm seine Hand. Aber genau wisse er es nicht mehr, er habe keine Ahnung, wen er noch getroffen habe, sagte er mit einem langen, zittrigen Seufzer.

Jola sagte nichts und streichelte seinen Rücken unter dem weißen Shirt. Es war ihm zu kurz, und sie nahm sich vor, passende Sachen für ihn zu suchen. Er schilderte ihr, wie er sich auf das erstbeste Fahrzeug gesetzt hatte – er nannte Typ und Baujahr des Motorrads – und davongefahren war, ohne zu wissen, ob sie ihm folgten oder nicht. Seine Stimme wurde leiser, je länger er sprach, seine Hände zitterten. Die Schüsse hätten noch in seinen Ohren gedröhnt, sodass er eine Weile überhaupt nichts mehr gehört habe. Es ist vorbei, flüsterte sie, du bist jetzt sicher. Vielleicht, er schien eher laut zu denken, als mit ihr zu sprechen, hat sie auch fliehen können, in dem ganzen Durcheinander, jedenfalls hoffe ich das. Das kann sein, und ich hoffe es auch, sagte Jola hilflos. Er habe ihr nur noch sagen wollen, sagte Marek, dass er wirklich versucht habe, ihr, der Frau, zu helfen; und er habe sie nie angerührt. Natürlich nicht, sagte Jola und runzelte die Stirn. Aber das sei ihm eben nicht gut bekommen, erzählte er weiter. Die anderen hätten ihm das übel genommen. Er redete von Schlägen und Tritten, die ihm die Gangmitglieder verpasst hätten, und deutete auf die Narbe an seiner Schläfe. Na und am Ende, er drehte sich von ihr weg in Richtung der Obstbäume, um sich zu vergewissern, dass keines der Kinder ihn hören konnte. Jola bettete seinen Kopf auf ihre Schulter und zog ihn zurück auf die Decke. Sie wartete, ob noch etwas von ihm kommen würde. Was haben sie dir getan?, flüsterte sie. Was hast du getan?, dachte sie. Aber er sagte ihr wieder nicht, was am Ende passiert war. Marek, sagte sie und streichelte seinen Kopf, glaubst du, ich würde dich deshalb nicht mehr lieben? Jetzt weinte er. Nein, glaub ich nicht… ich weiß es nicht. Sie drückte ihn an sich, so fest sie konnte, küsste ihn auf die Stirn und schüttelte den Kopf. Später trugen sie die Obstkörbe in den Keller, und Aron kam zurück, um ihnen zu helfen.

(24) Em rezitierte ein Gedicht: Es ging um einen Seemann aus alter Zeit, und auch das Gedicht war schon ein, zwei Jahrhunderte alt. Sie hatte eine schöne Stimme, mit der sie Worte und Leerstellen zurechtbog und an den richtigen Platz beförderte. Jola fragte, woher sie es kannte. Aus einem Buch, das ich in unserem Haus gefunden habe, antwortete Em. Ich glaube, die Leute hatten etwas übrig für Gedichte. Die stehen dort reihenweise, von Shakespeare abwärts. Gerade widmeten sie sich dem Feld mit den Rüben und Kürbissen. Die Kürbisse musste man nur aufheben, aber Rübenziehen war Knochenarbeit. Bald waren Kleidung und Gesichter mit Dreck verschmiert. Die Kinder halfen und waren für etwa eine halbe Stunde auch voll bei der Sache. Jola wertete das als Erfolg.

Em hatte ihre Dreadlocks abgeschnitten, sie trug ein Hemd und Jeans, die sie sich von Jola ausgeborgt hatte. Sie hatten in etwa die gleiche Größe. Mit Ali konnte Jola kaum Gewand teilen, sie war kleiner und zierlicher. Die Männer hatten einen Fundus an Kleidungsstücken, die sie teilten und die in den Schränken im Gang des zweiten Stocks neben Bettzeug und Handtüchern aufbewahrt wurden: stapelweise weiße T-Shirts, Jeans, Pullover. Es besaß auch jeder persönliche Sachen, aber die Kästen in den ehemaligen Hotelzimmern waren schmal, und der Wäschedienst tat sich außerdem leichter so. Die allgemeinen Kleidungsstücke wurden nach Größen und Farben gestapelt. Auch die Kinder teilten sich ihr Gewand. Lena war zwar etwas älter als Judith, aber dünner und ziemlich gleich groß, und die Buben waren sowieso fast genau im selben Alter. Sie trugen alle mehr oder weniger die gleichen Sachen, derzeit vorzugsweise Fußballtrikots.

Auf dem Heimweg zogen Jola und Em den Leiterwagen mit den orangefarbenen und den kleineren grünweißen Kürbissen, und die Kinder saßen auf den hölzernen Sprossen. Es war nicht leicht, den breiten, schweren Wagen in den Spurrinnen des Feldwegs zu halten, und mehrmals kippelte er. Die Kinder kreischten jedes Mal. An steileren Stellen mussten sie aussteigen und anschieben. Nur wenige Kürbisse waren reif geworden. Es sei nicht ganz ihr Klima hier, sagte Jola. Eigentlich ist so eine Ernte die Mühe nicht wert, aber … Es geht ums Erhalten, vervollständigte Em ihren Satz. Sie könne sich vorstellen, sagte sie schnaufend, während sie den Wagen auf einem abschüssigen Stück bremsen mussten, indem sie sich gegen die Achse stemmten, dass die Kürbisse es im Burgenland leichter hätten. Jola murmelte etwas vage Zustimmendes. In Gedanken war sie immer noch bei Mareks Geschichte. Sie wollte Ems Rat, ihre Einschätzung, aber sie wagte nicht, es ihr zu erzählen. Die Kinder turnten hinter ihnen auf dem Gemüse herum, und das machte Jola nervös. Absteigen!, rief sie nach einer Weile und ein ganzes Stück, bevor der Feldweg wieder anstieg. Sie legten eine Pause ein und sahen den Kindern nach, wie sie Richtung Haus liefen. Es gibt auch Tiere da, sagte Em, trank einen Schluck Wasser und reichte die Flasche an Jola weiter. Wie meinst du das, fragte Jola. Na es wächst alles leichter dort, weil es wärmer und sonniger ist. Und es gibt auch Tiere, zum Jagen, murmelte Em.

Allmählich dachte Em über ihre Heimfahrt nach. Sie wollte zu Hause auch bei der Ernte helfen, und ihre Schwägerin würde noch weniger eine Hilfe mit den schweren Arbeiten sein als sonst. Jola suchte für ihre Freundin Samen und Zwiebeln zusammen, auch Erbsen, Bohnen und Kürbiskerne. Was ist das?, fragte Em. Süßkartoffeln. Wow. Em wünschte sich auch ein Glas mit Sauerteig-Anstellgut. Und sie bat eindringlich um Gegenbesuche. Es ist schon einsam dort, manchmal, sagte sie traurig. Jola verzichtete auf die Fragen, die sie schon sehr oft gestellt hatte: Magst du nicht hierbleiben? Oder ihr zieht etwas mehr in die Nähe? Aber Stefan und Silvia wollten in einer wärmeren Gegend leben, und Em wollte bei ihrem Bruder sein. Besuche würden nicht so einfach zu bewerkstelligen sein. Die Straßen wurden Jahr für Jahr, Monat für Monat schwerer passierbar; ungehindert sprossen Schößlinge in den Rissen im Asphalt, die niemand mehr reparierte, und ihre zarten Wurzeln verrichteten langsam und stetig ein zerstörerisches Werk. Die Siedlungen, die die verbliebenen Menschen errichteten, drifteten wie von selbst auseinander. In Jolas Augen waren Pferde die beste Lösung, aber mit ihnen konnte man nur wenige Lasten transportieren, außerdem hatten sie selbst nur vier. Und die wurden älter. Sie musste wieder an den Mann denken, den Erich getroffen hatte, den, der angeblich Hengste besaß. In Ems Siedlung hatte niemand ein Pferd.

An diesem Abend tauschte Jola ihren Kinderdienst mit Lennart, denn sie wollte eine Grundlage für ein Abschiedsfest schießen. Sie musste lange warten, und als ein junger Keiler unter ihr das Feld kreuzte, um zu dem von ihr ausgelegten Futter (zur Kirrung, sag es richtig, mein Schatz, sonst nehmen sie dich nicht ernst, sagte die Stimme ihrer Mutter in ihrem Kopf) zu gelangen, war sie dankbar, denn es wurde schon dunkel. Das Tier nach Hause zu befördern, war kein Zuckerschlecken, es wog selbst ohne Decke und die meisten Innereien, die sie an Ort und Stelle zurückgelassen hatte, gut und gern 50 Kilo. Ihre Mutter hatte in den Wald und auf die Jagd stets ihre beiden Dackel mitgenommen, Willi und Lenka. Willi war schwarz und Lenka goldgelb. Starb ein Willi, wurde er durch einen neuen, möglichst ähnlichen Hund ersetzt, und ebenso erging es der jeweiligen Lenka. So hielt Elisabeth es, seit sie Hunde dieses Namens und dieser Fellfarbe von ihrem Vater geerbt hatte, der wie sie Reviermeister in ihrer Heimatgemeinde gewesen war.

Auf Sauen mit Dackeln zu gehen, mochte eine Extravaganz sein, aber wenn ihrer Mutter etwas egal war, dann die Meinung anderer Leute, und dies besonders, seit ihre beste Freundin Vizebürgermeisterin im Ort geworden war. So konnte sie sich sogar ihren vierzehnjährigen Aufenthalt im verhassten Wien leisten, ohne an Ansehen zu verlieren, und selbst als sie mit ihrem sonderbaren Ehemann und einer Tochter – von wieder einem anderen – zurückkehrte, konnte das ihrem Ruf keinen Schaden zufügen. Elisabeth war und blieb die Ausnahmefrau, die die Regelgattinnen der Kollegen (Kolleginnen gab es im Revier keine) bestätigte. Also eröffnete ihr Mann Alfred sein Gymnastik- und Yogastudio in der niederösterreichischen Kleinstadt, aus der seine Frau stammte: In Wien wäre ihm das wegen der hohen Mieten nur schwer möglich gewesen. Jola war mit Reitstunden geködert worden, sie war mit dreizehn gerade noch nicht so weit, den Verlust umfassender Ausgehmöglichkeiten in der Hauptstadt zu betrauern.

Erinnerungen entfalteten sich, während sie im Schritt durch die dichter werdende Dunkelheit nach Hause ritt, den hin- und herschlenkernden, blutigen Sack mit dem Schwein vor sich auf dem Sattel balancierend. Das Reihenhaus in der Siedlung, so neu, dass es wie von einem Kran direkt in die Wiese abgestellt schien. Nichts hier war gewachsen oder gar überwuchert, alles war wie mit dem Lineal klar abgegrenzt. Grüner Rasen wie Plastik. Gezierte Miniaturbäumchen, die kaum Schatten warfen. Ein Gefühl, als wäre sie, genau wie das Haus, im Leben einer anderen abgesetzt worden. Am Land. Aber es gibt einen Garten! Einen Wald!, versuchte es ihre Mutter.

Tatsächlich, den gab es, und es gab Pferde, aber auch gruselige Geräusche, die nachts aus dem nahen Gehölz drangen. Die Leute, die Gleichaltrigen, sprachen anders, und Jola musste rasch lernen, ihr Wienerisch anzupassen, um Freunde zu gewinnen. Tadasana, sagte ihr Stiefvater an der Türschwelle, die Augen weihevoll geschlossen, die Handflächen nach vorne gedreht. Der Nachbarssohn öffnete ihr die Haustür, nachdem sie drüben geläutet hatte, um sich vorzustellen. Dazu hatte ihre Mutter sie gezwungen, und sie war sehr verlegen. Lang und dünn, die Stirn ein Himmelszelt aus Pickeln, zwinkerte er sie gegen das Licht an, kratzte sich am Kopf und rief seine Mutter. Er war das Schönste, was sie je gesehen hatte.

(25) Erich steckte seine Nase förmlich in das aufgebrochene Schwein. Er suchte nach Anzeichen von Parasiten, bohrte den Finger zwischen die Organe und wühlte darin herum. Nach einer Weile befand er das Fleisch für gut. Danach wusch er sich die Hände unter dem Wasserhahn im Hof, wo der bereits abgezogene Kadaver aufgespannt zwischen zwei Stangen hing. Schüsseln mit Salat und Gemüse wurden herausgetragen und auf den im Garten aufgestellten Tischen abgeladen, und der riesige Grill wurde geputzt. Es war ein Abschiedsfest für Em, ein Nachbarschafts- und auch ein Fest zum Ende des Sommers, der ihnen eine gute Ernte gebracht hatte – einstweilen, denn sie würde weitergehen bis in den Winter hinein, wenn die letzten Dezemberäpfel gepflückt wurden. Jola erinnerte sich an die Erntedankfeiern ihrer Kindheit, die sie fad und unverständlich

gefunden hatte; aber in ihrer Situation ergab ein solches Fest Sinn.

Anias Bauch war noch immer kaum zu erkennen, sie trug ein weißes Trägerkleid und sah darin sehr schlank und noch jünger aus, als sie war. Die langen, dunklen Haare hatte sie zu einem Zopf geflochten. Ali und Jola hatten sie gleich nach ihrer Ankunft in ihr Frauenzimmer gezogen, ihr Fragen zu ihrem Zustand gestellt und noch mehr Fragen beantwortet: Selbst wenn man Erich als Arzt durchgehen lasse, sei es etwas ganz anderes, über Schwangerschaft und Geburt mit Müttern zu reden, die wirklich wussten, wovon sie sprachen, wurde Ania belehrt. Sie gaben ihr Ratschläge, beschworen sie, sich unbedingt auch mit peinlichen Fragen an sie zu wenden, denn das seien meistens die wichtigsten. Ania schien sich zu freuen und versprach, öfter vorbeizukommen. Erich und sie besaßen ein Pferd, einen alten Wallach, und noch traute sie sich zu reiten. Jola und Ali fragten sie nicht nach Lennart oder Gabriel, aber Ania fing von selbst damit an; das mit Lennart sei ihr ernst, sagte sie, aber sie wolle trotz allem bei Erich wohnen bleiben, sie hätten ein gutes Verhältnis, wenn auch kaum mehr, und er brauche sie.

Nach dem Essen, das sie zum Teil auf Bänken, zum Teil in der Wiese einnahmen, wollten die Kinder etwas vortragen. Sie hatten mit Ali ein Musikstück einstudiert, wofür sie die Instrumente aus dem Haus trugen und in der Wiese aufstellten oder vor sich in den Händen hielten. Jola wusste, dass sie das unweigerlich mitnehmen würde, und ihr war so gar nicht danach. Aber die Kinder waren aufgeregt und freuten sich auf ihren Auftritt, also gab es keine Möglichkeit, zu entweichen. Die Melodie, die sie spielten, war schlicht und doch wirkungsvoll, sie hauten selten daneben, und selbst Rosa hatte etwas zu tun, sie schlug äußerst konzentriert den Takt mit einer Rassel. An Jakobs aufgestellte Knie gelehnt, die eigenen Beine lang in der Wiese ausgestreckt, fühlte Jola die Musik in ihren Körper sinken, und bald schon rannen ihr die Tränen über die Wangen. Sie wünschte sich, ihre Mutter könnte die Kinder sehen, und ihr Daddy. Wieder einmal übte sie sich in stillem und reglosem Weinen. Während Jakob ihren Nacken streichelte, überlegte sie, ob sie je wieder ohne schlechtes Gewissen glücklich sein würde.

Beim Aufräumen halfen alle außer die Kinder, für die es Zeit zum Schlafengehen wurde, und Jakob, der mit dem Hinlegen dran war. Die anderen stellten die Bänke und den langen Tisch zurück in die Scheune und packten die Reste in den Kühlschrank. In Grüppchen saßen sie noch eine Zeitlang zusammen und tranken Wein oder Schnaps. Jola unterhielt sich mit Erich über medizinische Themen, er hatte Bücher über Naturheilkunde und Pharmakologie mitgebracht. Sie registrierte kaum, dass nach und nach auch die Erwachsenen ins Bett gingen. Ania gähnte, sagte Gute Nacht und ging ins Haus, und in einem Abstand, den er wohl für unauffällig hielt, folgte Lennart ihr. Erich quittierte es mit einem Bösewicht-Lächeln und nahm noch einen Vogelbeer. Jola hatte Ania und Erich in der Scheune einquartiert, wo sie auf Matratzen schlafen sollten, aber das war wohl naiv von ihr gewesen – nun sah es so aus, als müsse Erich allein dort übernachten. Das würde sie ihm nicht zumuten. Jola entschuldigte sich kurz und ging nachschauen – ja, die

Scheune war leer, Ania musste in Lennarts Zimmer sein. Etwas mehr Sensibilität hätte sie den beiden schon zugetraut, aber nun gut, sie waren verliebt.

Marek räumte noch im Garten auf, er hob fallen gelassene Gegenstände und Essensreste vom Boden auf und stopfte sie in einen Müllsack. Bitte setz dich zum Erich, flüsterte sie ihm zu, ich mach da weiter, und dann muss ich ein Zimmer für ihn richten, weil … Er nickte, gab ihr den Sack, wischte sich die Handflächen im Gras ab und schlenderte zu dem Tierarzt, der ihm freundlich entgegenprostete. Jola trug den Sack zur Hauswand, ging sich die Hände waschen, holte Mareks Zeug aus dem Dachzimmer, das sie ihm zugedacht hatte, und brachte Erichs Sachen hinein. Sie ging wieder zu den beiden hinaus, die jetzt als Einzige noch im Garten waren und rauchten. Erich prostete ihr zu, gratulierte zu dem Fest und ihren tollen Kindern. Sein eigenes werde ihm ja leider, wie es ausschaue, nicht ähnlich sehen, ergänzte er. Vorsichtig fragte Jola, wie er damit umzugehen gedenke, aber Erich wischte die Frage mit der Hand weg: Sie kann machen, was sie will, und solange sie bei mir bleibt, ist es auch mein Kind. Er werde sich um Ania und das Baby kümmern, murmelte er, und Lennart – er nannte ihn immer noch „dein Cousin" – dürfe das gerne auch tun. Jola legte den Arm um seine Schulter und bettete für einen Moment den Kopf darauf. Er roch nach Pferd, Holzrauch und Schnaps. Manchmal stellte sie sich vor, Erich sei ihr biologischer Vater. Das richtige Alter dafür hätte er.

Aber du, rief Erich auf einmal so laut, dass Marek und sie zusammenfuhren, wie schaut's aus mit *deinem* Glück? Wie geht's dir mit den ganzen Kerlen? Jetzt habe sie sich ja noch einen weiteren zugelegt, wie er sehe – er hatte die Hand bemerkt, die Marek auf Jolas Schenkel gelegt hatte. Mein Lieber, säuselte sie und deutete auf die Flasche in seiner großen, haarigen Faust, du hast zu viel von dem da gehabt, jetzt siehst du überall nur mehr Konkurrenz. Erich lachte auf, es freute ihn immer, wenn sie ein klein wenig mit ihm flirtete, aber dann kniff er die Augen zusammen und sah sie listig an. Den liebst du, ich merk das. Das ist der Eine, ich hab doch recht. Armer, guter Jakob! Jola wand sich, sie hoffte, Marek werde das als besoffenes Gefasel auffassen. Mäderl, du brichst ihm noch das Herz. Aber na ja, Erich stand unsicher auf und patschte auf Mareks Schulter, der ist auch ein guter Kerl. Glaub ich. Jetzt geh ich schlafen.

Jola sprang auf, aber Marek kam ihr zuvor und half dem schwankenden Erich, in das richtige Zimmer zu finden, und sie setzte sich wieder auf die Bank. Sie zog die Knie an die Brust, legte den Kopf in den Nacken und schaute in den klaren Nachthimmel. Hatte man in Wien einmal den Abendstern gesehen, hatte man gar nicht gewagt, daran zu glauben, und stattdessen überlegt, ob es nicht doch nur ein Flugzeug gewesen war. Oder ein Satellit. Fast so, als würde man in der Großstadt keinen Stern verdienen. Schau, sagte sie mit gedämpfter Stimme zu Marek, als er wieder heraustrat, jetzt haben wir unseren Sternenhimmel. Aber du hast kein Zimmer mehr, du wirst bei mir schlafen müssen. Statt sich auf die Bank zu setzen, zog er sich ihr gegenüber auf die Tischplatte hoch, stellte die langen Beine rechts und links neben sie und beugte sich vor. Sein Gesicht lag fast ganz im Dunkeln, aber sie spürte das Lächeln darauf; sie kannte es. Er streichelte mit den Daumen ihre Wangen. Du bist auch die Eine, raunte er, und obwohl sie lachte und den Kopf schüttelte, machte er damit etwas tief in ihrem Inneren wieder ganz.

Kapitel fünf

Die Bedingungen

Dezember / Jänner 1

(26) Es war sehr kalt. Jola konnte den Heizkörper in ihrem Zimmer glucksen hören, ein willkommenes Geräusch; dennoch zitterte sie, als sie aus dem Bett stieg. Unten im Erdgeschoß verbreitete tagsüber der Holzofen angenehme Wärme und, je näher man ihm rückte, auch Hitze. Aber heute nicht, denn noch war niemand außer ihr wach. Leise zog sie die Sachen vom Vortag an, die über dem einzigen Sessel im Raum hingen, sie wollte Marek nicht aufwecken. Die Stiege knarrte, in der Wohnküche war es dunkel und eiskalt. Von Schiurlauben mit den Eltern in einer Selbstversorgerhütte war Jola mit dem Anheizen von Holzöfen vertraut. Sie zerknüllte Zeitungspapier und legte es in das Ofenloch, darüber schichtete sie kreuz und quer, wie bei einem winzigen Tipi, mehrere dünne Holzspäne. Spandlholz hatte Daddy dazu gesagt. Reise- und Studienjahre in Indien und Marokko mochten seine Seele geformt haben, doch Alfreds Zunge vergaß das Oberösterreichische seiner Kindheit und Jugend nie ganz. Das Zündholz flammte erst beim vierten Versuch auf, die Reibfläche war feucht geworden. Jola hielt es an mehreren Stellen dicht an das Zeitungspapier, ließ es in den Ofen fallen und schloss

die Klappe. Man konnte sowohl die Hitze als auch die Luftzufuhr mit mehreren Reglern einstellen. Jola stellte auf vollen Durchzug, damit der Sauerstoff dem kleinen Feuer beim Anbrennen half. Nach kurzer Zeit legte sie ein paar mitteldicke Holzscheite nach. Es brannte gut, also stellte sie die Regler auf geringere Luftzufuhr, um das Feuer nicht zu schnell niederbrennen zu lassen; stattdessen würde es sich langsam in gute, orange-blau züngelnde Glut verwandeln.

Holz war fürs Erste genug da. Im Hotel war offenbar auch im Sommer der Ofen befeuert worden, wohl zum Kochen. Es gab einen Holzschuppen hinter dem Haus, der bis unters Dach mit Scheiten gefüllt war. Zum Zerkleinern der großen Holzstücke standen dort und im Garten unter dem Dachvorsprung Hackstöcke, es fanden sich Hacken in verschiedenen Größen und einige Sägen: Zugsägen und ein Fuchsschwanz. Die Lade unter dem Ofen war mit Scheiten gefüllt, die sie kontinuierlich nachfüllen mussten, damit das Holz trocken genug zum Anfeuern war. Es gab auch Zeitungspapier und Zunder. Zündhölzer und Gasfeuerzeuge wurden zu zwei ihrer begehrtesten Güter; die durften ihnen nie ausgehen.

Sie rieb sich die eiskalten Hände und wandte sich der Küche zu. Das Brotbacken ging ihr nicht leicht von der Hand. Alex hatte am Anfang mit Sauerteig, Germ und dem Mehl aus der Speisekammer gutes Brot zuwege gebracht. Seit einigen Tagen gab es aber nur noch den feuchten, von ihm selbst angerührten und vergorenen Sauerteig, und damit funktionierte es bei Weitem nicht so gut. Das liege daran, war Jola von Alex belehrt worden, dass der Sauerteig noch frisch war, er werde mit der

Zeit immer besser. Auf das graue, zähe Zeug an ihren Fingern starrend, dachte sie, dass es da noch viel Luft nach oben gebe.

Geräuschvolles Kratzen und Klopfen an der Tür ließ sie zusammenfahren. Sie dachte an ihre Waffen, aber die standen im Kasten oben im Zimmer. Zu den unheimlichen Kratz-Klopf-Lauten gesellte sich nun ein hohes, durchdringendes Winseln. Ihr noch müdes Gehirn puzzelte die Anhaltspunkte langsam zusammen: Es musste ein Hund sein. Oder ein Wolf? Sie schüttelte den Gedanken weg, Unsinn. Das Tier schien Angst zu haben, das Winseln wurde lauter und flehentlicher. Jola wischte sich die Hände ab, ging langsam zur Tür und blieb unschlüssig stehen. Vielleicht war das Tier da draußen ja krank oder aggressiv. Sie sprach zu ihm, und sofort verstummte das Winseln, um sich in freudiges Bellen zu verwandeln. Wer bist du und was willst du hier?, fragte sie mit ihrer Hundestimme, und der Hund bellte wieder. Es klang jetzt zuversichtlich und voller Vertrauen.

Zögernd öffnete sie die innere Tür und blieb im Windfang kurz stehen. Dann schloss sie die Innentür und verriegelte sie hinter sich. Sollte der Hund bösartig sein, würde so wenigstens sonst niemand gefährdet. Sie sperrte die Außentür auf, öffnete sie wenige Zentimeter und sah nichts als Dunkelheit, aber jetzt flog ein schwerer Körper gegen die Tür, und sie konnte sie nicht mehr halten. Der Hund warf sich förmlich in ihre Arme. Er war dunkelgrau, mittelgroß und flauschig, mit dem Vordergestell und der Frisur eines Berggorillas. Winselnd und jaulend leckte er über ihr Gesicht, und sie musste lachen. He! Lass das!, rief sie, aber er ließ erst von ihr ab, als drinnen das Licht anging und jemand mit lauter, besorgter Stimme fragte, was hier los sei.

Ich glaube, das ist ein Neufundländer, sagte Lennart später und kraulte dem Hund den Nacken. Er trug kein Halsband, war mager, und sein Fell strotzte vor Dreck und Kletten. Jola hatte ihm Wasser gegeben, aber er hoffte eindeutig auf Futter, also ging sie eine Konservendose mit etwas Fleischhaltigem suchen. Die anderen bestaunten den Hund, sie ließen ihn Pfote geben und sich hinlegen, Männchen machen und bellen – er machte alles mit, sichtlich glücklich, wieder bei Menschen zu sein, es warm zu haben und endlich wieder etwas zu fressen zu bekommen.

Natürlich behalten wir ihn, beantwortete Ali kategorisch eine Frage, die niemand gestellt hatte.

(27) Kannst du das brauchen? Ali betrachtete das Kleid, das Jola ihr zeigte, und schüttelte den Kopf. Sie richteten sich ein, suchten in den Zimmern Möbel und Teppiche zusammen, die ihnen gefielen, und teilten die Räume unter sich auf. In den Kästen lag und hing nur wenig Gewand, hauptsächlich Arbeitsdirndln und Kleidung für das Küchenpersonal, und das meiste davon entsorgten sie im Keller. Jola dachte, dass ihnen eigentlich kaum eine andere Wahl blieb, als Freundinnen zu werden. Ali war klein, ihr hellbraunes, dickes Haar kräuselte sich und stand vom Kopf ab, wenn sie es nach dem Waschen nicht stark bearbeitete oder zusammenband. Am liebsten trug sie Jeans und Shorts, ungern Kleider oder Röcke; sie hatte eine rasche Auffassungsgabe, hasste Lügen und Ziererereien und nahm selten ein Blatt vor den Mund. Sie

konnte ungerecht sein, aber war in der Lage, ihre eigenen Fehler einzugestehen – eine wertvolle und seltene Eigenschaft, fand Jola. Sie hielten einander, sehr zu Unrecht, für grundverschieden.

Als Ali das winzige Zimmer – in Wien hätte man „Kabinett“ dazu gesagt – mit dem großen Einbauschrank entdeckte, bestimmte sie es zum exklusiven Frauenzimmer. Sie brauchten es dringend. Jola fand es überwältigend, mit so vielen Männern zusammenzuleben. Es überraschte sie, was für einen Unterschied es machte: Wie viel Lärm die Männer machten und wie viel Raum sie einnahmen, allein schon durch ihre großen und breiten Körper und ihre lauten Stimmen. Aber nicht nur das: Sie bewegten sich auch anders, ungezwungener, mit raumgreifenden Gesten und Armbewegungen, mit polternden Schritten. All das schien sich, wenn mehrere von ihnen gleichzeitig in einem Raum waren, noch zu potenzieren. Neben sechs von ihnen zu bestehen, etwa in einem Gespräch zu Wort zu kommen, war kräftezehrend. Die Männer waren überall im Haus, ihre Stimmen, ihre Gerüche, ihre Ideen und Meinungen. Das galt auch für ihre Sachen, die sie auf Möbeln und Fußböden liegen ließen. Nicht alle sind schlampig, schränkte Ali ein, als Jola sich darüber beklagte, der Alex ist schon fast zwanghaft ordentlich. Er faltet sogar am Abend seine Unterwäsche, und meine auch. Die dreckige! Stimmt, er ist die Ausnahme, gab Jola zu. Von Alex einsortierte Holzscheite in der Lade unter dem Ofen lagen streng in Reih und Glied. Und vom Jakob sieht man auch fast nichts. Und hört man auch nichts, ergänzte Ali. Wieso der überhaupt hier ist. Eigentlich müssten sie froh sein, dass er, aus welchen Gründen auch immer, bei ihnen blieb, dachte Jola, denn er hielt fast im Alleingang alles im Haus am Funktionieren. Als Erstes hatte er im Hotel den Sicherungskasten aufgeschraubt. Sie dachte an seinen Gesichtsausdruck: Wie ein Mann, der nach längerem Suchen seinen Schlüsselbund wiederfand. Alis Umgang mit den Männern beschäftigte Jola: Sie schien eine gewisse Schwäche für Alex zu haben, aber sie war ihm nicht treu und machte daraus auch kein Geheimnis. Was soll ich tun, sagte sie, als Jola es ansprach, und zog die Augenbrauen hoch. Ein bisschen Trost braucht jeder. Der Lenny ist ja fast noch ein Kind. Jola fand diese Argumentation etwas schräg. Und ich bin mit keinem verheiratet, also?, fügte Ali hinzu. Jola musste zustimmen, aber insgeheim dachte sie darüber nach, was für eine Art Kleinstadt-Volksschullehrerin aus Ali geworden wäre, hätte es das Ereignis nicht gegeben.

Marek war lieb, aber oft geistig abwesend. Er sprach so gut wie nie von der Auslöschung oder von früher. Nur in seinen Träumen suchte ihn all das heim. Jola wachte fast jede Nacht davon auf, wenn er sich neben ihr herumwälzte, stöhnte und schrie. Dann bemühte sie sich, ihn möglichst sanft aufzuwecken und zu beruhigen, aber manchmal wurde er einfach nicht wach. Es machte ihr Angst. Alle träumten sie schlecht; Jola konnte auch die anderen nachts schreien hören, und sie vermutete, dass auch sie es tat. Als der Winter sie auf seinem Höhepunkt im Jänner mit Schneefällen und Stürmen ans Haus fesselte, vertrieben sie sich die Zeit mit Karten- und Brettspielen. Der Hund durfte im Haus bleiben und brachte den Großteil des Tages damit zu, vor dem Ofen zu schlafen.

Sie erzählten einander Geschichten von früher, nur angenehme und harmlose, keine, die zu sehr schmerzten. Und niemals streiften sie das Ereignis selbst. Es schien, als wollten sie es nicht wieder in die Welt hinauslassen, indem sie es mit Worten ehrten. Stattdessen wollten sie es durch Schweigen langsam und beharrlich vernichten, in ihren Körpern bannen, bis es in sie einwuchs und sich abkapselte. Komisch, dass es so selten Streit gibt, dachte Jola später am Tag, nachdem sie die Aschenlade hinausgetragen und entleert, dem Hund etwas zu fressen und Wasser gegeben und den Topf mit dem Abendessen auf den Herd gestellt hatte. Aber einer von ihnen kaute sich die Nägel ab, bis das blutige Fleisch darunter zum Vorschein kam. Eine von ihnen ließ wirklich zu viele Mahlzeiten aus. Einer fuhr zusammen und klapperte mit den Zähnen, sobald man sich ihm ohne Vorwarnung näherte. Ihrer aller Bedürfnis nach Schlaf schien unersättlich. Draußen war es tödlich kalt, meistens blies ein aggressiver, stürmischer Wind. Jola sah hinaus zu den Hügeln und den Bergen dahinter. Ganz oben lag noch Schnee, der Wald darunter war rotbraun und schütter. Sie dachte an Wild und an ihre neuen Waffen. Wenn das Wetter besser würde, wollte sie jagen.

Jänner bis Mai 1

(28) Was wir brauchen, sagte Jola, ist eine Versammlung, um wichtige Dinge zu entscheiden, vielleicht mit Abstimmung. Ein Parlament?, fragte jemand. Es muss nichts Regelmäßiges sein, sagte sie vorsichtig. Jakob

räusperte sich: Wie ein Thing. Was für ein Ding?, fragte Boris. Jakob erklärte, was das war: eine Ratsversammlung unter Gleichberechtigten im alten Island und bei den Germanen. Für Beschlüsse und Gerichtsurteile und so. Cool, fand Lennart. Nein, sagte Ali. Das klingt zu sehr nach Nazis. Jakob hob die Schultern. Schweigen. Also gut, Jola tippte mit dem Zeigefinger der rechten nacheinander auf die Finger ihrer linken Hand, es ist etwas, an dem alle gleichberechtigt teilnehmen und wo abgestimmt wird. Und zu einem Zeitpunkt, zu dem man sich dafür verabredet. Auffordernd schaute sie in die Runde: Wie ein …? Niemand sagte etwas. Schließlich räusperte sich Lennart. Ich weiß nicht, ein Date? Sie lachten, zum ersten Mal alle, und es war schön.

Sie blieben allein. Niemand fand den Weg zu ihnen, und kein lebender Mensch begegnete ihnen auf ihren Ausflügen. Die Entdeckung eines Funkgeräts hatte ebenso wenig zu etwas geführt wie längere Streifzüge durch Ortschaften und Häuser der Umgebung. Nichts kam zu ihnen herein, nichts drang hinaus: Etwas Klaustrophobes hatte sich eingeschlichen, ein Gefühl, von allem abgeschnitten und zugleich allem ausgesetzt zu sein. Auf dem Boden, den dieses Gefühl bereitete, wuchs die Idee, einen von ihnen loszuschicken, um den Radius für Informationen zu vergrößern. Sie beratschlagten, wie lange man für welche Strecke rechnen musste, berücksichtigte man die Suche nach Treibstoff und Nahrungsmitteln unterwegs, Umwege und eventuell anfallende Reparaturen am Fahrzeug. War zunächst lediglich eine Fahrt in die Landeshauptstadt im Gespräch gewesen, kam man bald überein, dass es auch notwendig wäre, die Bundeshauptstadt aufzusuchen; hier würde man am ehesten Menschen und Reste von Zivilisation entdecken. Fand der Abgesandte auch dort nichts, könnte er nach eigenem Ermessen entscheiden, ob er noch weiter wollte.

Später sollte Jola sich nicht nur einmal die Frage stellen, wie sie es geschafft hatten, so blauäugig, so radikal und sorglos zu sein, einem von ihnen eine solche Bürde aufzupacken. Aber sie waren jung, traumatisiert, zutiefst entwurzelt – und gelangweilt. Der Winter schien kein Ende zu nehmen, er fühlte sich an wie die Essenz aller Winter. Niemand von ihnen hatte je zuvor mit den wenigen hellen Stunden auskommen müssen, die ein kurzer Wintertag ohne elektrisches Licht einem zugestand. Die Kerzen gingen ihnen rascher aus, als sie neue besorgen konnten. Sie hatten gerade genug Strom, um die Heizung aufrechtzuerhalten und hin und wieder ein Gerät oder das Licht einzuschalten. Das Internet fehlte ihnen wie ein Körperteil. Das Wasser kam eiskalt aus den Hähnen. Donner und Blitze eines nächtlichen Wintersturms in den Bergen waren furchterregend, wenn man in einem stockdunklen alten Haus saß. Und es war kalt draußen, sehr kalt. Sie fühlten sich eingesperrt und hilflos. Da war niemand, niemand außer ihnen.

So war das allererste Date dem Zweck gewidmet, einen von ihnen wegzuschicken, über Auftrag, ungefähre Route und vor allem die richtige Person für die Unternehmung zu entscheiden. Als ihr allmählich dämmerte, auf wen es hinauslief und sie zu ermessen begann, was das für sie bedeutete, wurde es Jola für einen Moment unbehaglich. Kurz schwindelte es sie sogar, und sie musste die Augen schließen. Natürlich, er war die logische

Wahl. Niemand kannte und beherrschte sein Fahrzeug wie Marek, aber es war nicht nur das: Seine Persönlichkeit schien auf eine solche Unternehmung ausgerichtet zu sein. Sie selbst empfand das auch so. Wäre sie ein paar Jahre älter und um ein Weniges selbstsicherer gewesen, hätte sie ihn trotzdem nicht gehen lassen.

Im März wich langsam die Winterkälte, es blieb deutlich länger hell, und Jakob baute täglich etwas im Haus um oder aus. Er war weiterhin kaum ansprechbar, aber nun wirkte diese Gewohnheit natürlicher, denn er war ja immer beschäftigt. Wenn er Hilfe brauchte, teilte er ein, wer gerade im Weg herumstand. Eine der wenigen Gelegenheiten, bei der Jola ihn ein richtiges Gespräch führen hörte, war, als er mit Alex und Marek über Generatoren redete; es sei nicht sein Fachgebiet, aber er glaube, sagte er zu den beiden, dass man in einer größeren, motorbetriebenen Maschine einen solchen finden und ausbauen könnte. Man könnte dann Strom auch mit Treibstoff oder Biodiesel gewinnen – oder mit Windkraft. Jola stand mit den drei Männern vor dem Haus und dachte darüber nach, wie wenig sie sich für diese Dinge interessiert hatte. Wie Strom gewonnen, gelagert und verteilt wurde, ja, das hatte sie in der Schule wahrscheinlich einmal für eine Prüfung auswendig gelernt. Sehr wahrscheinlich hatte sie auf die Prüfung ein Sehr gut oder ein Gut bekommen. Aber hatte sie jetzt auch nur die leiseste Vorstellung davon, wie man es angehen musste, um den Strom in ein Haus zu bekommen? An dem Gespräch zwischen den dreien konnte sie sich nicht sinnvoll beteiligen, und das ärgerte sie über die Maßen.

Irgendwann sagte Marek etwas, das offenbar einen starken Eindruck auf die anderen machte: eine Lichtmaschine, oder? Und er wies auf die Straße, auf der zwar keine Autos fuhren, aber sie verstanden ihn trotzdem. Ja. Ja, natürlich, Jakob hörte sich überrascht an, verwundert über sich selbst und seine eigene Fantasielosigkeit, jede von denen *ist* ein Generator. Obwohl der Gedankenanstoß von Marek gekommen war, wandte Jakob sich an Alex, um zu überlegen, wie und mit welchem Werkzeug sie an die nötigen Teile gelangen könnten, wie sie das mit dem Gleichstrom hinkriegen sollten und so weiter. Jola sah prüfend zu Marek, und er zwinkerte ihr zu. Jakob merkte es. Er legte Marek eine Hand auf die Schulter, und das allererste Mal, seit Jola ihn kannte, lächelte er. Du wirst uns abgehen, sagte er zu Marek. Komm nur ja zurück!

Wann fährt er denn?, fragte Ali wenige Tage später. Jola lenkte ihr Pferd um einen umgefallenen Baumstamm herum und antwortete, Marek wolle noch die Schneeschmelze abwarten, die jetzt ihren Höhepunkt erreichte, die Rede sei von Anfang oder Mitte April. Und er hat gesagt, ungefähr ein halbes Jahr?, hakte Ali nach, die hinter ihr ritt. Aus den geplanten zwei Monaten, von denen anfangs die Rede gewesen war, waren sechs geworden. Sie rechneten einander vor, wie viele Tage wofür in etwa veranschlagt werden müssten, und schlugen noch etwas für Unvorhergesehenes drauf. Auch war davon auszugehen, dass Marek, sollte er – hoffentlich – Leute finden, sich eine Zeitlang mit diesen zusammentun würde. Insgeheim stellten sich einige von ihnen vor, es werde endlich doch, nach den alptraumhaften vergangenen

Monaten, eine irgendwie geartete Wiederherstellung des Normalzustands geben. Jemand dort draußen musste einen Plan haben. Jola versuchte, nicht zu viel daran zu denken. Ali tat unbekümmert; wahrscheinlich werde Marek bedeutend früher wiederkommen, sagte sie, ohne diese Einschätzung mit Argumenten zu unterfüttern. In diesem Frühling hatten sie Hunger. Durch die starken Schneefälle im Jänner und Februar waren die Wege und Straßen, die niemand mehr räumte, fast unpassierbar geworden, und sie hatten über Wochen hinweg keine Gelegenheit gehabt, die Vorräte zu ergänzen. Es war nichts mehr da bis auf ein bisschen Mehl und einen fast leeren Sack Reis. Der Hund, den sie Henry getauft hatten, fing wieder an, sich selbst zu versorgen, wovon die halb zerkauten Überreste von Nagetieren zeugten, die sie in der Nähe des Hauses fanden.

Vielleicht redeten sie zu laut und zu viel, denn nicht ein Tier, das zu schießen sich gelohnt hätte, ließ sich blicken. Der Schnee verformte sich bereits zu grauen, wässrigen Krusten, von den Bäumen tropfte das Schmelzwasser. Als der Weg sie unerwartet aus dem Wald hinaus und auf eine breite Feldstraße führte, überlegten sie zunächst, umzukehren. Doch der Anblick eines Hauses, das sie noch nie gesehen hatten, und die Aussicht auf etwas Essbares bewog sie, weiterzureiten. Leise, im Schritt, näherten sie sich dem Gebäude, das frei auf einer Lichtung stand, umstellt von niedrigen Bäumen, von denen jeder noch eine glasig umrandete Schneehaube trug. Jola gab Ali ein Zeichen und stieg ab. Die Zügel schlang sie um einen der Bäume, und Ali tat es ihr nach kurzem Zögern gleich. An der Haustür hing ein geschnitztes Schild mit einem Namen darauf. Schnell zog Ali die Tür auf, noch bevor Jola „Ich hab ein komisches Gefühl“ sagen konnte. Der Gestank, der herausdrang, war entsetzlich, auch vor Nase und Mund gedrückte Halstücher halfen nicht. Ein Rascheln von direkt hinter der Tür gab ihnen den Rest, und Jola trat die Tür mit dem Fuß wieder zu. Aber sie wollten noch nicht aufgeben. Nach kurzer Beratung beschlossen sie, es durch ein Fenster an der Längsseite des Hauses zu versuchen. Es war einfach, eine Scheibe einzuschlagen und das Fenster von innen zu öffnen. Der Geruch war hier weniger intensiv, und Ali hievte sich auf das Fensterbrett, schob vorsichtig die Glasscherben über die Kante und schwang die Beine in den Raum hinein. Jola sah sie im Haus verschwinden, zögerte einen Moment und zog sich dann auch auf das Fensterbrett. Ihre Füße fanden Halt am Rauputz der Außenmauer. Sie konnte Ali in dem Raum herumtappen sehen, es war finster da drin und klamm. Ich glaube, nebenan ist die Küche, flüsterte Ali. Ich geh mal schauen. Jola sprang in den Raum hinein, stellte einen Sessel unter das Fenster, für den Fall, dass es beim Hinaussteigen schnell gehen musste, und folgte ihr, mit dem Gewehr an der Schulter. Im Korridor war der Geruch wieder überwältigend stark. Die Küche war leer. Während Ali die Kästen durchsuchte, hielt Jola Wache an der Tür. Das Rascheln war jetzt weit weg; ein kleineres Tier, eine Ratte oder ein Marder, dachte sie. Okay, wahrscheinlich mehrere. Das Wort *Nest* kam ihr unerwünscht in den Sinn, und die Haare an ihrem Hinterkopf richteten sich auf. Ali stopfte die Rucksäcke mit allem voll, was sie für genießbar hielt: Mehl, Reis in Packungen, Salz, Erdnüsse, Tee,

Kaffee und Zucker. Chips!, rief sie erfreut und untersuchte die Sachen auf Nagespuren, aber Jola drängte sie, sich zu beeilen. Ali nickte, steckte noch eine halbvolle Flasche Essig in den einen Rucksack, warf ihn sich über die Schulter und reichte Jola den anderen. Sie verließen das Haus wieder durch das Fenster. Beim Hinaussteigen warf Jola noch einen Blick zurück in das Zimmer. Was sie in der Ecke hocken sah, war schon kaum mehr zu identifizieren. Es trug einen geblümten Schlafrock und Hausschuhe. Eiskalt geworden, ließen ihre Finger das Fensterbrett zu früh los, und sie fiel mehr, als sie sprang, in den Garten zurück. Alles okay?, fragte Ali. Da. Da in dem Zimmer …, keuchte Jola, und ihr Herz galoppierte, aber sie konnte den Satz nicht beenden, also deutete sie in Richtung der Pferde und sagte: Komm. Weg hier. Bitte. Beim Aufsteigen durchfuhr ein stechender Schmerz ihr Bein, und sie sah einen Glassplitter in ihrem Oberschenkel stecken; rasch zog sie ihn heraus und drückte mit der linken Hand auf den Schnitt, der gleich ausgiebig blutete. Fluchend presste sie dem Pferd die Unterschenkel in die Flanken und folgte Ali, die schon in den Wald eingetaucht war.

Sie unternahmen alle wieder Streifzüge in die weiter entfernte Umgebung und versuchten sich daran zu erinnern, wo sie an großen Supermärkten vorbeigefahren waren. Aber selbst die Konserven würden, nahm man das Haltbarkeitsdatum einigermaßen ernst, nicht länger als noch ein oder zwei weitere Jahre essbar sein, und auch an die wurde es zunehmend schwer heranzukommen. In einigen der Märkte hatten sie leergeräumte Regale vorgefunden – der erste und bisher einzige Beweis dafür, dass es in der Gegend noch andere überlebende Menschen gab oder zumindest noch vor Kurzem gegeben hatte. Sie dachten über den Gemüsegarten nach. Über Felder. Keiner von ihnen verfügte über einen bäuerlichen Hintergrund; einzig Boris hatte ein wenig Ahnung, weil seine Großeltern ihn manchmal mit dem Traktor fahren hatten lassen, als er klein gewesen war, aber der war verkauft oder verschrottet worden, noch ehe Boris in die Mittelschule kam. Er hätte nicht einmal sagen können, welche Art von Feldfrucht sein Großvater da angebaut hatte, es konnte eigentlich nur eine Art Zeitvertreib gewesen sein, denn er hatte als Lastwagenfahrer gearbeitet. Die Kenntnisse der anderen beschränkten sich auf das Setzen von Tulpenzwiebeln und dergleichen mit ihren Müttern, allenfalls hatten sie bei der Weinlese bei Bekannten ausgeholfen.

An einem windigen Tag Ende April brach Marek auf. Jola begleitete ihn ein Stück, damit sie sich allein von ihm verabschieden konnte, parallel zu seinem Weg über die Straßen ritt sie einige Kilometer weit mit. An einer Biegung machte er Halt, stellte seine Maschine ab und stieg auf den Hügel, auf dem sie mit dem Pferd stand. Sie hatte keine große Szene daraus machen wollen, also gab es diesmal keine Decke. Es war ungemütlich in der spärlich bewachsenen Wiese, und so standen sie bald wieder auf, klopften sich die Erde ab, und es blieb ihr nichts mehr übrig, als wieder aufs Pferd zu steigen und Auf Wiedersehen zu sagen. Ich liebe dich. Ich dich auch. Nicht weinen, bitte. Der Wind blies ihr die Haare ins Gesicht, und so konnte sie nicht sehen, wie er um die letzte Kurve bog.

(29) Am Morgen nach dem Fest verabschiedete sich Em. Sie schulterte ihren riesigen Rucksack und startete das Motorrad, winkte und rollte den Weg bergab; bald nach ihrem Aufbruch begann es zu donnern. Den Rest des Tages mussten sie im Haus verbringen, es stürmte und regnete, ohne dass ein richtiges Gewitter daraus werden wollte. Jola nutzte das schlechte Wetter, um allen im Haus, die das wollten, die Haare zu schneiden. Dafür benutzten sie einen Drehsessel aus dem Raum, den sie das Büro der Chefin nannten. Darauf hatten die Fotos auf dem Schreibtisch hingedeutet: ein strahlender, adretter Mann in Tracht mit zwei kleinen Mädchen in rosa Dirndln sowie Hund. Sie hatten die Fotos zusammen mit sämtlichen anderen persönlichen Gegenständen im Haus entsorgt. Ihr eigener emotionaler Ballast war mehr als genug. Jola bemühte sich, es allen recht zu machen, verweigerte aber Bartpflege und das Schneiden von Glatzen. Letztere, wenn auch von manchen zumindest für die Buben als praktisch erachtet, störten ihren Sinn für Ästhetik. Bald stand sie in Haufen von braunem, blondem, rötlichem und schwarzem Haar, glatt, wellig und gekräuselt. Letztere gehörten zu Ali, die sich auch eine Blondierung wünschte, aber Jola wagte es nicht, mit längst abgelaufenem Wasserstoffperoxyd auf dem Kopf ihrer Freundin zu hantieren.

Den Abend verwandten sie auf eine Dienstplansitzung. Für die unbeliebten und schweren Arbeiten existierte ein Verteilungsschlüssel. Ali, die die Sitzung leitete und die Dienste in den neuen Plan eintrug, zeigte für den Großteil der Arbeit mit den Ziegen und Hühnern auf. Sie mochte die Tiere, kannte sich gut mit ihnen aus und kümmerte sich auch um die Weiterverarbeitung der Milch. Es sind noch folgende Dienste unbesetzt, sagte sie mit erhobener Stimme und wiederholte es, bis alle Lücken gefüllt waren. An Jakob hingen die meisten Arbeiten am Haus, und das beschäftigte ihn fast jeden Tag. Oft war er unterwegs, um Ersatzteile zu finden. Ohne seine Expertise und kreativen Einfälle, vermutete Jola, wären sie bereits seit Langem zu Kerzen, Waschrumpeln und Zimmern voller Holzrauch zurückgekehrt.

Sie versuchte ihn sich oft als Vortragenden in der Berufsschule vorzustellen, als Fachmann, der Leuten mit der Planung oder Sanierung ihrer Häuser half, denn genau das hatte er früher getan, aber es gelang ihr nicht. Auch Jakob wurde zu Wäsche- und anderen Diensten eingeteilt. Damit du es nicht verlernst, sagte Ali auch dieses Mal, legte den Kopf schräg und beobachtete seine Reaktion; aber Jakob gab sich keine Blöße, mit zwei erhobenen Fingern signalisierte er Zustimmung. Zusätzlich übernahm er oft die Versorgung von Rosa. Jakob liebte alle ihre Kinder, aber Rosa war sein eigenes, sie sah ihm ähnlich, und Jola dachte oft an das Kind, das er verloren hatte. Kennengelernt hatte er es nicht, es war am Tag des Ereignisses zusammen mit seiner Frau gestorben, etwa einen Monat vor ihrer oder seiner Geburt. Deswegen war sie nachsichtig, wenn sie manchmal fand, dass er ihre Tochter zu sehr behütete. Als er sie bat, die Kleine noch etwas länger zu stillen, um einiges länger als ihre anderen Kinder, wenn er fand, Rosa sollte dieses und jenes noch nicht ausprobieren dürfen, wenn er sie von Zeit zu Zeit wie das Baby behandelte, das sie längst nicht mehr war, gab Jola ihm meistens nach. Im Grunde, dachte sie, existiert sie sogar nur, weil ich ihm nachgegeben habe. Sie hatte damals sehr lange mit ihm darüber diskutiert, ob es ein weiteres Kind geben sollte. Geburten bedeuteten in diesen Zeiten Lebensgefahr für Mutter und Kind, und mehr noch als früher dachte sie auch viel darüber nach, ob sie ihren Kindern überhaupt einen Gefallen damit getan hatten, sie zur Welt zu bringen. Auf der anderen Seite: Wäre es nicht ebenso grausam, die bereits geborenen Kinder einsam aufwachsen und leben zu lassen? Würden die Kinder nicht möglichst viele Verbündete brauchen, um sich in Zukunft über Wasser halten zu können? Jola schüttelte den Kopf und zwang sich, sich wieder auf den Dienstplan zu konzentrieren. Schule am 18. ist noch offen, sagte Ali in aufforderndem Ton, anyone?

Bereits beim letzten Mal hatten sie darüber gesprochen, ob und wie man Marek in den neuen Dienstplan einbeziehen sollte, und sich nahezu einstimmig dagegen entschieden. Sein unklarer Status blieb Normalität, aber es schien allen recht zu sein, ebenso wie die Tatsache, dass er unaufgefordert und gern bei jeder Arbeit half, während sein Kommen und Gehen weiterhin unberechenbar blieb. Wenn er gelegentlich im Haus übernachtete, etwa weil sie lange zusammengesessen waren und es spät geworden war, suchte ihn Jola gewöhnlich in seinem Zimmer auf, aber er kam nicht mehr in ihres. An den Morgen, die auf solche Nächte folgten, stand er fast immer als Erster auf und richtete das Frühstück für alle. Er war angenehm, nie schlecht gelaunt, einfallsreich im Umgang mit Problemen, und die Kinder ließen ihn keine

Minute stillsitzen. Und dann war er wieder unterwegs, manchmal für mehrere Tage.

Die Krähe auf dem Vordach schien sich über etwas sehr aufzuregen. Ihr Schnabel klappte auf und zu, die lidlosen Augen verliehen ihr einen erbosten Ausdruck. Ihr Gefieder war gesträubt, sie duckte sich in ihren aufgeplusterten Körper hinein und schwankte hin und her. Von Zeit zu Zeit trieb der Wind die Krähe ein ganzes Stück seitlich weg, dann stakste sie den Weg jedes Mal wieder zurück, bis sie an genau derselben Stelle wie vorher stand. Es war eine grau-schwarze Nebelkrähe, ihre Schreie konnte man durch das Fenster nicht hören. Jola fragte sich, was das Tier auf dem Dach zu finden hoffte. Es gab hier nichts außer Dachziegeln; es sei denn, es spekulierte darauf, von ihr gefüttert zu werden. In diesem Moment richtete die Krähe ihr kleines, schwarzes Auge auf das Fenster. Kein Zweifel, sie schaute die Frau dahinter direkt an. Sie kann erkennen, dass ich ein Mensch bin, dachte Jola. Und sie erinnert sich an Menschen und daran, dass die immer Futter bei sich haben. Wie alt können Vögel werden? Das Auge der Krähe wurde weiß.

Jola fröstelte, zog sich rasch an und ging hinunter. Sie fand Lennart in der Küche beim Einlegen von Gurken in Vorratsgläsern und bot an, ihm zu helfen. Er rauchte eine alte, vertrocknete Zigarette. Jola hasste es, wenn jemand das im Haus tat, sagte aber nichts. Die Herbsttage waren lang und arbeitsreich. Seit Wochen ernteten sie Erdäpfel und brachten sie, schwarz vor Erde, in Kisten im Keller unter, desgleichen Karotten und anderes Wurzelgemüse. Sie pflückten und klaubten Obst, Gemüse, Beeren und Pilze und legten einen Teil davon ein. Dafür verwendeten sie immer noch Zucker und Essig aus dem Supermarkt. Mit der Herstellung von beidem hatten sie schon experimentiert, waren aber noch nicht zu wirklich guten Ergebnissen gekommen. Jola fand, es wäre besser, sie würden gar keine Nahrungsmittel mehr verwenden, die sie nicht selbst hergestellt hatten. Irgendwann würde sowieso alles schlecht, mit Ausnahme von Salz vielleicht. Besser, man kümmerte sich gleich um Alternativen. Die meisten anderen sahen das nicht so – es wäre doch dumm, nicht alles zu verwenden, was noch da sei, sagte jetzt Lennart. Jola seufzte; immer die gleichen Argumente, seit Jahren. Ja schon, sagte sie. Natürlich ist es nicht so, dass wir die Sachen im Moment dringend brauchen, aber wir machen es, um nicht zu vergessen, wie es geht. Damit unsere Kinder es von uns lernen können. Hm. Er zog die Mundwinkel nach unten. Ich finde, wir haben echt schon genug zu tun.

Am Nachmittag half sie Boris mit dem Heu und versuchte, das Thema mit ihm zu besprechen. Sie hatten die Bündel von der Ladefläche des Traktoranhängers gehoben, auf den Boden über dem Pferdestall getragen und sie aufgebunden, jetzt schüttelten sie das Heu auf und rechten es zu Haufen zusammen, die sich von unten einigermaßen bequem erreichen lassen würden. Was glaubst du denn?, fragte er. Es hat sich ja keiner auf das alles vorbereitet – er wies auf die Heuhaufen und die Pferde, die unter ihnen im Stall standen, geräuschvoll fraßen und mit ihrer Körperwärme den grob gezimmerten Heuboden mitwärmten. Natürlich kriegt man da manchmal die Krise. Mehr war dazu aus ihm nicht herauszubekommen. Schweigend arbeiteten sie weiter.

Du, sagte Jola nach einer Weile. Geht es dir gut? Boris lächelte, zog sich die Handschuhe aus und kam zu ihr herüber. Zeit für eine Pause, sagte sie. Was ist mit dir?, fragte er später leise, du bist immer so stark. Wann wird es dir zu viel? Seine Worte überraschten sie; nach einer ganzen Weile erst konnte sie antworten. Ich glaube, sagte sie und wälzte sich von ihm herunter ins Heu, das weniger weich war, als es aussah, ich bin einfach so. Und du? Hm, machte er und berührte ihre Brust, ich weiß nicht. Ich habe vorher. Er wandte sich weg von ihr und drehte sich auf den Rücken; er legte eine Pause ein, bevor er weitersprach. So einiges gehabt, das ich lieber vergessen wollte. Das fällt jetzt weg. Er verschränkte die Arme hinter dem Kopf und schaute zu den Dachbalken dicht über ihnen auf. Jola fröstelte und tastete nach ihrem Gewand, aber Boris umarmte sie und deckte sie mit seinem Hemd zu. Noch ist Pause, sagte er.

Was machst du heute?, fragte Gabriel am folgenden Tag, nachdem er sich zu Jola an den Frühstückstisch gesetzt hatte. Sie war noch müde und nicht zum Reden aufgelegt. Leguminosen, sagte sie. Was?, fragte er nach. Das ist das Zeug, das wir nur zum Spaß anbauen, warf Lennart im Vorbeigehen ein. Jola fuhr verärgert auf und brachte dadurch ein Glas vor ihr ins Schwanken. So ein Schwachsinn, ich hab dir das schon hundert Mal erklärt, aber wenn du es nicht verstehen willst… Beruhige dich, sagte Gabriel, aber er erreichte damit das Gegenteil; sie stand auf, griff nach einem Rucksack und knallte die Tür zu. Ihr Ärger verflog langsam, während sie zu Fuß zum Feld ging. Der Weg dorthin war gut, er wurde regelmäßig vom Traktor neu gespurt; viele der alten Feldwege waren mittlerweile kaum mehr als Schneisen durch Gestrüpp. Der Fußweg tat gut, die Luft war klar. Die Erbsen und Bohnen auf dem Feld wuchsen wild durcheinander, dazwischen blühte Klee. Jola konnte kaum mehr Kichererbsen ausfindig machen; die anderen Pflanzen hatten sie zum Teil überwuchert, weil sie sich nicht die Mühe gemacht hatte, sie ordentlich in Reihen zu setzen oder zumindest auf Spalieren festzubinden. Sie pflückte, was in ihrem großen Rucksack Platz hatte, damit sie Samen für das nächste Jahr hatte. Den Rest würde Boris oder jemand anderer mit dem Traktor unterpflügen, um die Erde mit einer Extraportion Stickstoff zu versorgen. Neben dem Feld stand eine Holzbank, von der aus man eine weite Fernsicht hatte. Jola setzte sich hin, aß Erbsenschoten und dachte über ihren Zornausbruch nach. Ali kam, sie hatte einen Sack dabei und setzte sich zu ihr. Ich bin es so leid, stöhnte Jola. Ich weiß, sagte Ali und tätschelte ihre Hand. Ich hab es mitgekriegt. Zur Hölle, schimpfte Jola, ich hab mir das doch nicht alles ausgedacht, um irgendwem Arbeit zu machen! Sie tun, als ob ich sie nur ärgern wollte mit … Sie wies auf das Feld vor ihr, mit seinem verspielt wirkenden Gewirr aus Pflanzen, die in Wahrheit einen erbitterten Kampf um Ressourcen führten und dabei ebenso über Leichen gingen wie alle anderen Lebewesen auch. Ali zog die Füße auf die Bank und seufzte. Erklär es mir nochmal, es ist wegen dem Dünger, ja? Und gib mir noch so eine Schote, die sind ja köstlich. Ach Ali, sagte Jola, weißt du, ich liebe dich. Sie saßen eine Weile schweigend da, dann fragte Jola: Was hat der Typ eigentlich damals zu dir gesagt, die Lederjacke? Oh, Ali streckte die Arme vor sich aus. Das Übliche. Was er mit mir so vorhat, was er mir alles wo reinstecken wird und so weiter. Und er wollte wissen, wo mein Mann geblieben ist, wann er nach Hause kommt. Und ha!, fuhr sie fort und grinste, als du dann in der Tür aufgetaucht bist, ist er ganz romantisch geworden; du hast ihm auch sehr gefallen, also pass auf. Sie lachten noch auf dem Heimweg.

Oktober 8

(30) Gabriel stützte das Kinn in die Hand. Sein neuer Bart wollte nicht so richtig dicht werden, er war nicht viel mehr als ein schütterer, gelblicher Bewuchs, aber offenbar war es ihm ernst damit. Die Kinder lagen schon in ihren Betten oder blieben jedenfalls in ihrem Zimmer. Andernfalls hätte er schwerlich gesagt, was er gerade gesagt hatte. Seine Augen blitzten. Was genau meinst du mit „die Regeln für Sex"?, fragte Jola. Alles eben, sagte er. Sie saßen am Esstisch, das Geschirr war abgeräumt, abgewaschen, weggestellt. Bis gerade war es einfach nur friedlich gewesen. Sogar ein paar Kerzen brannten, verdammt. Jola schloss kurz die Augen und seufzte. Wer mit wem hier schläft und wann, fuhr Gabriel fort. Das ist etwas, worüber wir nie reden. Wie oft … Er machte eine Pause und betrachtete seine Fingernägel, und was die Bedingungen dafür sind. Bedingungen, wiederholte Jola. Sie spürte Wärme in ihre Wangen steigen und sah, dass er es bemerkte und sein Grinsen breiter wurde. Du Ekel, dachte sie. Das, beschied Ali, sei das Lächerlichs-

te, was sie je gehört habe. Sie suchte Zustimmung bei den anderen. Was sie sah, als sie in die Runde blickte, war überhaupt nicht dazu geeignet, ihren Seelenfrieden wiederherzustellen. Die Männer hatten alle, bewusst oder nicht, Gabriels Pose eingenommen: Sie verbargen ihre bärtigen oder nackten Kinne in den Handballen und machten wissende Mienen. Was wird das?, rief Ali. Marek warf Jola einen fragenden Blick zu. Sie wich ihm aus. Heute müsste er nicht unbedingt hier sein, dachte sie. Also gut, sagte sie, ohne jemanden anzuschauen, reden wir halt darüber.

Es wurde rasch laut, also wechselten sie in die Scheune, um die Kinder nicht aufzuwecken. Marek setzte sich auf den Boden. Er sah aus, als sei er mit den Gedanken ganz woanders. Jola fragte sich manchmal, ob er auf irgendwelchen Substanzen war. Gabriel hatte sein Pokerface aufgesetzt und richtete die Augen auf sie. Okay, was willst du jetzt?, fragte sie gereizt. Er gab zurück: Was willst du, ist hier wohl die Frage. Sie schaute ihn an: Vater ihrer Tochter, alter Freund, und hatte keine Ahnung, was er bezweckte, es sei denn, er wollte einfach Unfrieden stiften. Grundsätzlich, sagte sie schließlich, möchte ich Sex, wenn ich Lust darauf habe, und dann gern mit jemandem, auf den ich Lust habe. Sie hatte sich mit Ali auf eine Couch gesetzt. Das ist sehr schön so, ja, sagte er. Leider gebe es in der Frage aber keine Gleichberechtigung. Nach einem Streit zum Beispiel brauche er es bei ihr gar nicht zu versuchen. Das ist doch nichts, was man irgendjemandem vorwerfen kann, sagte Boris. Man sah ihm an, wie unwohl er sich fühlte. Nein, sicher nicht. Gabriel neigte den Kopf und lächelte.

Aber der Unterschied ist halt, dass sie in so einem Fall Alternativen haben. Sie gehen dann zu dir oder wem immer. Wem immer. Jola riskierte einen Seitenblick zu Jakob, aber sein Gesicht zeigte keine Regung. Bis jetzt, warf Ali ein, war das doch nie ein Thema? Was genau passt dir nicht?

Gabriel musste von unten zu ihr hinaufschauen, denn sie war aufgesprungen und hatte sich vor ihm hingestellt. Ali war gut und gerne zwanzig Zentimeter kleiner als er und wog in etwa die Hälfte, aber nun überragte sie ihn, und sie war wütend. Es gibt euch Macht, sagte er. Macht, wie bitte?, fuhr Ali ihn an. Sie ballte die Fäuste. Hier sei keiner, der nicht körperlich stärker sei als sie und Jola – würde es ihnen einfallen, sie zu etwas zu zwingen, hätten sie überhaupt keine Chance, sagte sie mit gepresster Stimme. Habt ihr daran schon einmal gedacht? Alex hob die Hand und gab sich selbst das Wort. Das, sagte er säuerlich, ist ja wohl total unfair. Mag sein, Jola senkte den Blick und schaute auf ihren Schoß. Ich finde die ganze Debatte absurd, also… Marek sah sie besorgt an, aber er sagte nichts. Gut, versteh ich das richtig. Gabriel faltete die Hände vor der Nase zusammen. Ihr zwei geht ins Bett, mit wem ihr wollt, und wir sollen das so hinnehmen und ansonsten still sein? Genau, du Blödmann. Jola schenkte ihm die Karikatur eines Grinsens. Nicht so gemein werden, bitte, jammerte Boris. Okay, okay, es tut mir leid, sagte Jola und streckte die Hände von sich. Aber Gaby, bitte sag uns, was dich so quält, dass du das hier anzettelst. Ihr ironischer Tonfall missfiel ihr selbst. Er wolle, sagte er leise, wissen, ob es stimme, dass sie es als lästige Pflicht ansähen, mit ihm ins Bett zu gehen. Ali schaute zur Decke und blinzelte; es nahm sie mehr mit, als Jola gedacht hätte. Nein, natürlich nicht, sagte sie. So ein Unsinn. Das hab ich doch nie gesagt. Die Männer saßen da wie eine Mauer. Jakob sah sie nicht an, und er sagte auch nichts.

Zum ersten Mal an diesem Abend meldete Marek sich zu Wort. Er wolle sich entschuldigen, sagte er in Richtung der Frauen. Die seltsamen Vorwürfe gegen sie habe er von Anfang an nicht verstanden, aber zu spät erkannt, dass es sich um keinen Scherz handle. Es tut mir leid, fügte er hinzu. Scheiße! Gabriel schaute ihn angewidert an. Du hast hier gar nichts zu melden, also sei still und hör auf, dich einzuschleimen. Halt die Klappe, sagte Marek scharf, und jetzt schauten ihn alle erstaunt an. Es war das erste Mal, dass er sich überhaupt kritisch äußerte, und nun tat er es auch noch mit unverhohlener Aggression. Gabriel lief rot an; er stand auf, setzte sich aber wieder hin. Marek blieb, wo er war, doch sein ganzer Körper war angespannt. Jola sah zu Jakob hinüber: Er massierte seine Oberarme, als wolle er sie aufwärmen – kein gutes Zeichen, fand sie. Ali stand auf und rief: Schluss! Ruhe jetzt, bitte! Sie würden hier und heute sicher nicht alle Probleme lösen können, und auf keinen Fall mit Streitereien. Es sei schon spät, alle seien sie müde und aufgewühlt. Lassen wir es gut sein bitte, ja? Niemand reagierte, und es wurde so ruhig im Raum, dass man den Wind in den Bäumen hören konnte. Ali setzte sich wieder hin, und Jola legte einen Arm um sie. Also ich finde, meldete sich Boris zu Wort, dass wir vor allem einfach Freunde sind. Das sollten wir nicht vergessen, bitte. Jola rang sich ein Lächeln für ihn ab. Gabriel schnaubte. So, dachte sie, fühlt es sich gerade gar nicht an.

Später am Abend drückte Jola Zahnpasta auf die Bürste, als sie draußen gedämpften Lärm und unterdrückte Rufe hörte. Sie öffnete das Fenster, konnte aber im Dunkeln nichts erkennen als sich bewegende Schatten. Ihre Tür ging, leise, denn die Kinder schliefen zwei Räume weiter. Es war Ali, mit zerzaustem Haar und ihrem Schlafgesicht. Sie prügeln sich, zischte sie, verfluchte Volltrottel. Im vollen Bewusstsein, wie traurig die Frage war, stellte Jola sie doch: Wer? Was glaubst du denn, bekam sie zur Antwort. Sie starrten aus dem Fenster hinunter in den Garten, und allmählich konnte Jola einzelne Gestalten ausmachen: Die Männer waren anscheinend alle unten. Das geht mich nichts an, flüsterte sie und schloss das Fenster wieder. Sie setzten sich auf das Bett, die Beine untergeschlagen, und versuchten, nicht auf die Geräusche von draußen zu achten. Ali war bemüht, das Ganze für sich einzuordnen. Wenn wir es anders gemacht hätten, gäbe es andere Probleme. Hm, machte Jola. Gerade er!, rief Ali verärgert. Der selber alles vögelt, was in Reichweite ist. Was hat er plötzlich? Ist es wegen Ania? Jola spielte mit dem Zipfel eines Polsters. Vermutlich. Auch. Ich glaube, er fühlt sich im Stich gelassen. Hast du …

Unten schlug eine Tür zu. Das Geräusch vieler Schritte wurde von einer beunruhigenden Mischung aus erstickten Schreien und gezischten Aufforderungen zum Schweigen begleitet. Ali und Jola sahen einander an und glitten vom Bett. Ali wandte sich in Richtung

Kinderzimmer. Dort regte sich nichts. Jolas Eindruck, dass etwas gar nicht in Ordnung war, bestätigte sich, als sie die Tür zur Scheune aufmachte. Lennart wandte ihnen sein blasses Gesicht entgegen, er sah schockiert aus, als er hervorstieß: Er hat ihm einen Zahn ausgeschlagen. In der Mitte des Raums stand Jakob, und in seinem Arm, in einer Haltung, die Jola an einen Schwitzkasten erinnerte, hielt er Gabriel. Dessen Gesicht war zu etwa gleichen Teilen wachsweiß und leuchtend rot, Blut floss ihm aus dem Mund und aus der Nase. Was hast du gemacht?, rief Jola, nur um es augenblicklich zu bereuen. Jakobs Blick war furchtbar. Setz dich hin, sagte er zu Gabriel, ganz ruhig. Er tastete nach einem Handtuch, das Boris ihm hinhielt, und drückte es vorsichtig auf Gabriels Gesicht. In Ali kam Leben. Wo ist der Zahn?, fragte sie, und Jakob öffnete seine Faust. Der Vorderzahn sah intakt aus. Nur an der Krone angreifen!, rief Alex, aber Ali beachtete ihn nicht, sie nahm den Zahn und verschwand damit in der Vorratskammer. Jola näherte sich der Couch, auf der Jakob nach wie vor Gabriels Nacken stützte und das Handtuch hielt. Gabriel röchelte, er schien Schwierigkeiten mit dem Atmen zu haben. Noch immer lief Blut aus seiner Nase. Boris brachte ein frisches Tuch, Ali kehrte mit einer Schüssel Milch zurück, und Jola sagte den zweiten unverzeihlichen Satz des Abends: Wo ist Marek? Nach einem Augenblick des Schweigens sagte Alex: Das hier war er. Und wo er ist, ist mir sowas von egal.

Was machst du?, fragte Jakob, an Ali gewandt. Sie setzte sich zu ihm und Gabriel, hielt Jakob die Milchschüssel hin und sagte: Ich habe ihn desinfiziert. Man soll den Zahn in Milch einlegen und sofort zum Zahnarzt fahren, damit der ihn wieder einsetzt. Wenn man es gleich macht, flüsterte sie weiter, kann er wieder anwachsen, sofern nichts abgebrochen ist. Na wir haben aber keinen Zahnarzt, rief Lennart mit einem Unterton von Panik. Ali sah bittend zu Jakob auf. Mach du es, sagte sie. Okay, antwortete er, halt ihn. Ali übernahm Gabriels Kopf, summte ihm etwas Beruhigendes ins Ohr, und er schloss ergeben die Augen. Jakob griff in die Milchschüssel, fasste den Zahn und drehte ihn in die richtige Position. Halt still, es geht ganz schnell, sagte er ruhig. Dann klappte er Gabriels Oberlippe hinauf und drückte den Zahn fest in das Loch im Kiefer, aus dem weiter stetig das Blut rann. Jola wandte sich ab. Gabriel stöhnte. Jakob drückte ihm das reine Handtuch auf den Mund, bat Ali, zu übernehmen, und ging in die Küche, um sich die Hände zu waschen. Lennart schaute zu Jola auf, die noch immer im Pyjama in der Mitte des Raums stand, die Arme vor der Brust verschränkt. Er hat ihn so hart getroffen, sagte Lennart. Ich glaube, er ist weggefahren. Jola verließ die Scheune und schloss die Tür hinter sich. Jakob überholte sie, ohne sie eines Blickes zu würdigen, und sie zog Jacke und Stiefel an und ging hinaus in die Nacht.

Am folgenden Tag war die Stimmung gedrückt, die Erwachsenen blieben die meiste Zeit über in ihren Zimmern. Jola machte den Kindern Frühstück und erklärte den Tag für schulfrei; maulend ließen sie sich nach draußen schicken. Wenig später verließ auch Jola das Haus. Im Gewächshaus hatte sie meistens ihre Ruhe. Den Kindern war es hier zu langweilig, und den anderen Erwachsenen fehlte der Überblick, was gerade zu tun war. Deshalb war sie überrascht, als sie die Tür gehen hörte, während sie sich gerade über ihr neues Lieblingsprojekt beugte. Sie verbarg es unter einem dünnen Vlies, mit dem sie manche Setzlinge, die es dunkel und ganz windstill brauchten, abzudecken pflegte. Schon am Schritt konnte sie ihn identifizieren, er ließ die Absätze seiner Stiefel beim Gehen ganz leicht schleifen, und dazu schnalzte er leise mit den Fingern, im Rhythmus seiner für alle anderen unhörbaren, privaten Hintergrundmusik. Was willst du, fragte Jola, ohne sich umzudrehen. Sie wollte sein Gesicht nicht sehen, nicht nach dem, was am Vorabend passiert war. Ich weiß nicht. Nichts, gab er zur Antwort. Sie krallte ihre Hand in ein Häufchen Erde, das sie vorbereitet hatte, um eine Pflanze in einen größeren Behälter umzutopfen. Du willst nichts. Ja, das trifft es wohl. Sie drehte sich nicht um und fuhr mit ihrer Tätigkeit fort. Nach einer Weile gab er auf und ging.

Als er weg war, deckte sie das Vlies wieder auf und starrte auf die winzigen Triebe in den Töpfchen darunter. Vier der sechs Zitronenkerne hatten gekeimt. Sie zerbrach sich den Kopf darüber, wie das möglich sein konnte. Sie hatte angenommen, dass Marek die entsprechende Zitrone spätestens im Herbst in Italien gepflückt hatte – er war ja seit dem Winter wieder in Österreich. Es war einfach unmöglich, dass die Kerne so lange durchgehalten hatten. Sie schlug wieder und wieder in allen verfügbaren Büchern und Lexika nach, aber wie sie es auch drehte und wendete, es ergab einfach keinen Sinn.

Späne

Kapitel sechs

Mai 1

(31) Jola wischte sich den Mund ab und wartete, ob es noch einmal losgehen würde. Rote und weiße Blitze schossen durch ihr Blickfeld, sie schloss die Augen und versuchte, wieder ruhig zu atmen. Hinter ihren Augen pochte es, ihre Gliedmaßen waren kraftlos und schwer. Die Erkenntnis, dass sie schwanger war, überkam sie wie ein Steinschlag. Dass ihre Regel ausblieb, war seit dem Ereignis fast der Normalzustand. In dem Moment, als ihr wieder übel wurde, fügten sich auch die anderen, bisher übersehenen Indizien zu einem Bild: die angeschwollenen Brüste, der kleine Schwindelanfall während des Dates, das merkwürdige Gefühl, dass sich da unterhalb des Gürtels etwas verhärtete.

Okay, sagte sie, okay. Zum Nachdenken war sie zu erschöpft, also verkroch sie sich in ihr Bett und stand erst am Abend wieder auf. Beim Aufwachen war ihr erster Gedanke: Sie müssen ihn zurückholen – losfahren, ihn suchen und wieder herbringen. Alis Augen glänzten eigenartig, als sie es ihr erzählte, und es schien Jola, als unterdrücke sie ein Lächeln. Laut dachte Jola über eine Abtreibung nach. Es gab Pillen, die man zu Hause nehmen konnte und wofür man keinen Arzt brauchte. Doch das sei nur innerhalb eines kurzen Zeitraums möglich, glaubte sich Ali zu erinnern. Außerdem finde man solche Tabletten sicher nicht einfach so in der Apotheke. Jola schüttelte den Kopf. Sie wusste nicht einmal, wie weit die Schwangerschaft fortgeschritten war. Ali legte ihr den Arm um die Schultern und schaute sie direkt an: Ich helfe dir, egal, was du machen wirst. Wenn du es nicht willst, fein. Aber ich sag dir was: Wenn ich jetzt schwanger werde, dann behalt ich es. Jola spürte schon wieder die Tränen aufsteigen. Meinst du das ernst? Ali nickte. Aber in unserer Lage, ich meine, die Welt … Ganz genau darum. Wegen der Welt.

In den Nächten lag Jola lange wach. Marek fehlte ihr in jeder Sekunde. Es ist auch sein Kind, dachte sie, aber der Gedanke führte nirgendwohin. Ali sorgte dafür, dass sie regelmäßig aß, hin und wieder aufstand und hinausging; sie wusch ihr die Haare und ermahnte sie, sich die Zähne zu putzen. Auch die Männer merkten allmählich, wie schlecht es ihr ging. Schließlich traute Lennart sich zu fragen, was los sei, und sie erzählte es ihm. Er riss die Augen weit auf: Bist du ganz sicher? Sie setzten sich in die Scheune. Ihre Worte hallten in dem riesigen, spärlich möblierten Raum, und sie bemühten sich, leise zu sein. Lennart legte seinen Arm um Jolas Schultern und nahm ihre Hand. Als Kind war sie oft dazu vergattert worden, mit ihm zu spielen, bei Familientreffen und Feiern; er war ein unbeholfener und verzogener kleiner Bub gewesen, der oft weinte und den älteren Cousinen nachlief, wenn sie ihren wilden Unternehmungen nachgingen. Sie ließen ihn vor den Häusern, in die sie als Mutprobe einstiegen, Schmiere stehen, und er musste für sie schwindeln, wenn sie ein Alibi brauchten. Dafür durfte er den Koffer mit der Detektivausrüstung tragen. Wann kommt es denn?, fragte er. Im Dezember, glaube ich, sagte Jola und drückte seine Hand. Marek zurückholen zu wollen, war aussichtslos; niemand wusste, welche Route er genommen hatte. Er hat zwei Tage Vorsprung, sagte Lennart. Und außerdem ist er sicher viel schneller als jeder andere. Jola lächelte; was Lennart für Marek empfand, grenzte an Heldenverehrung. Er versuchte, sie mit dem Gedanken zu trösten, dass es sich wahrscheinlich trotzdem ausgehen würde: Marek ist locker wieder zurück, bevor das Kind da ist, behauptete er. Ja, sagte Jola und schüttelte den Kopf. Wie fühlt sich das an?, fragte Lennart. Komisch, sagte sie und schaute auf ihren Bauch hinunter. Eigentlich genau so, als ob da drin etwas wächst. Sich ein Nest baut und sich ausbreitet. Oh, brachte er heraus. Also, gratuliere, Jola.

Die Repetierbüchse, die sie ausgewählt hatte, ähnelte jener, die ihre Mutter auf die Niederwildjagd mitgenommen hatte, bis hin zur Maserung des Schafts. Die Waffe verfügte über ein Zielfernrohr, der Rückstoß war auszuhalten, sie war präzise und nicht allzu laut. Noch im Dunkeln ritt sie los, und als sich die Bäume schwarz vor dem dunkelroten Morgenhimmel abzuzeichnen begannen, war der Wald still und Jola allein. In einem Graben am Rand einer Lichtung richtete sie sich ein. Sie musste lange warten, bis etwas Passendes vorbeikam, denn sie wollte mit der Büchse nicht auf Rehe schießen; bei geringer Entfernung und genauer Schusssetzung wäre es zwar möglich gewesen, aber sie war alles andere als eine geübte Schützin, daher wartete sie lieber auf etwas Kleineres.

Etwas, wie sie sich eingestand, ohne große, samtige Augen. Nach mehreren Fehlschüssen und nachdem sie ein Rebhuhn verletzt hatte, es aber nicht einfangen konnte, wollte sie aufgeben; Tränen der Frustration und des Mitleids mit dem kleinen Tier, das sich laut knarzend zum Sterben in den Wald schleppte, stiegen ihr in die Augen. Aber nein, sagte sie. Nicht gleich einknicken. Stunden später, es war schon lange nach Mittag und nach dem zweiten Standortwechsel (was, wie sie wusste, sehr unprofessionell war) schoss sie an einem kleinen Teich zwei Enten. Sie watete in die Mitte des Teichs, band die tropfenden Körper mit einem Strick an den Hinterläufen zusammen (Hm, machte die Stimme ihrer Mutter in ihrem Kopf: Heißt das bei Federwild also so?) und legte sie vor sich auf den Sattel. Ich werde niemals, niemals Ständer dazu sagen, Mama, sagte sie und lächelte zufrieden. Das Pferd drehte verwundert die Ohren nach hinten, als sie ihrer Freude laut Ausdruck verlieh. Ihre Beute machte sie euphorisch; sie gab ihr eine ungeahnte Zuversicht. Übrigens bin ich schwanger, sagte sie laut, und Marek ist der Vater. Super, oder? Sie versuchte, sich ihre Mutter schockiert vorzustellen. Aber sie selbst war noch jünger gewesen, als sie Jola erwartete, und sie hatte Marek immer sehr gern gehabt.

Jola ritt nach Hause und sah sich nach etwas um, das als Wildkammer dienen konnte. Es gab einen Raum, der genau dafür vorgesehen sein konnte, auch wenn er nicht recht zum übrigen Charakter des Hotels passte. Sie hängte die Kadaver an Haken auf und schloss die Tür; ein paar Tage mussten sie warten, bis sie die Enten essen konnten. Das Rupfen und Zerwirken war dann die reinste Qual. Fast die ganze Zeit über musste Jola würgen, zweimal lief sie zur Küchenabwasch. Noch lange danach bescherte ihr der Anblick von Federn ein flaues Gefühl im Magen. Boris kam ihr zu Hilfe, und gemeinsam schafften sie es schließlich, ohne dabei das gesamte Fleisch zu zerstören. Von den mageren Enten blieb trotzdem nicht viel übrig, aber das, was Alex dann daraus kochte, schmeckte gut. An diesem Abend, nach dem Essen, das sie für sie besorgt hatte, wagte Jola es, den anderen von dem Baby zu erzählen.

Lennart setzte sich zu ihr und hielt ihre Hand. Gabriel blickte auf seine gefalteten Hände, als erwäge er ein Gebet für die Lösung aller seiner Probleme, und falls dies eines davon war, dann eben auch für das. Jakob hielt die Arme vor sich verschränkt, in seinem Gesicht regte sich nichts. Boris sah sie fragend an, als hätte er gern einen Tipp von ihr, was er sagen könnte, und nur Alex schien die Fassung zu wahren. Er stellte die unvermeidliche Frage: Bist du sicher?, die sie mit Ja, natürlich, beantwortete. Was wirst du tun, fragte Alex weiter, und wischte sich mit der Handfläche über das Gesicht. Es behalten, knurrte sie, zog die Füße auf die Sitzfläche ihres Sessels und sagte an diesem Abend überhaupt nichts mehr. Aus dem Augenwinkel konnte sie erkennen, wie Jakob endlich den Kopf hob, durch die zu einem Kreis geformten Lippen Luft entweichen ließ und den Blick auf sie richtete. Er wirkte leicht erschrocken, und Jola kam es so vor, als sähe er sie zum allerersten Mal.

Miriam. Oder Aron. Aha? Warum? Gabriel leistete ihr im Garten Gesellschaft, wo sie nachsah, wie sich die Pflanzen entwickelten, die sie im April ausgesetzt hatte.

Keine der Gemüsepflanzen war nach dem Winter wiedergekommen, aber es gab einen Bereich mit Kräutern, darunter verschiedene Minzearten, die sich nun anschickten, alles andere zu überwuchern. Es war warm und feucht, sodass die jungen Tomaten, obwohl sie sie, wie sie glaubte, sehr spät gesetzt hatten, rasch aufschossen; sie befestigte die Stängel an gewundenen Metallstäben, die aus dem gleichen Gartencenter stammten wie die Samen und Knollen, die sie verwendet hatten. Jola überlegte, ob für die Tomaten nicht ein Spalier besser geeignet wäre. Mit den Gurken und Paprika war vergleichsweise nicht viel los. Sie streckte die Hand nach einer grünen Plastikklammer aus, und Gabriel reichte sie ihr. Die Frage nach den Namen blieb unbeantwortet, denn Henry war ihnen nachgekommen und schnüffelte und wühlte zwischen den Reihen und Beeten umher. Oh nein, du haust gleich wieder ab hier!, schrie sie den Hund an, verschwinde!

Gabriel verscheuchte das winselnde Tier, es trottete mit gesenktem Kopf Richtung Pferdekoppel davon, wo es meistens wohl gelitten war. Gabriel wies auf die kümmerliche Paprikapflanze zu ihren Füßen: Ob das noch was wird? Womöglich habe sie hier zu wenig Sonne, mutmaßte Jola. Dieser kleine Paprika war einer von wenigen Setzlingen, die es aus dem Gewächshaus hinaus in den Garten geschafft hatten. Gabriel erbot sich, die Pflanze aus- und an einer sonnigeren Stelle wieder einzugraben, etwa unten beim Pferdestall. Jola stimmte ihm dankbar zu; beim Vorbeugen und Bücken wurde ihr manchmal schwindelig oder gleich schlecht. Sie betrachtete seinen Rücken, als er mit der Handschaufel ans Werk ging; sie konnte die Muskeln in seinen Armen sich anspannen sehen, während er die kleine Pflanze für sie ausgrub.

Die Eingangstür öffnete sich. Gleichzeitig schauten Jola und Gabriel zum Haus hinauf, und Jakob trat heraus. Jola winkte ihm, aber er schien sie nicht zu sehen, und nach einem Augenblick ging er wieder hinein und schloss die Tür hinter sich. Der Kerl ist unheimlich. Gabriel zog eine Grimasse und wischte sich über das verschwitzte Gesicht. Jola zog die Schultern hoch und ließ sie wieder fallen. Manche brauchen eben länger als andere. Für. Sie stockte. Wer weiß, was in ihm vorgeht. Ich glaube, er ist ein guter Mensch. Gabriel sah sie an und verdrehte die Augen. Auf alle Fälle, sie trat einen Schritt auf ihn zu und nahm ihm die Schaufel ab, würden wir ohne Jakob ganz schön alt aussehen. Die Pflanze sah dort, wo Gabriel sie eingesetzt hatte, richtig verloren aus.

Ein Prospekt in einem Aufsteller an der Rezeption, in dem für Ausflugsziele in der Umgebung geworben wurde, brachte die Wende. Ali fand ihn beim Durchschauen der Theke, es war eine Broschüre über einen Biobauernhof mit Schaugarten, der den Verkauf von Bio-Jungpflanzen und eine Samentauschbörse anpries. Sie sagte zu den anderen: Wir müssen da hin und alles holen, was wir tragen können. In wenigen Jahren, vielleicht sogar nur Monaten, würden so gut wie alle Pflanzen, die man kultivieren und essen konnte, verschwunden sein.

Na, so dramatisch?, fragte Boris und runzelte die Stirn. Ja, allerdings, Ali schaute ihn finster an, und Jola assistierte ihr: Das sind alles hochgezüchtete Pflanzen, Weizen, Mais und so. Das wächst nicht einfach so nach.

Ali setzte jetzt ihren Lehrerinnentonfall ein: Und sogar wenn, wollt ihr auf die Felder gehen und die Körner einsammeln? Das könne sie sowieso vergessen, warf Lennart ein; er sah aus, als würde ihm gerade etwas Unangenehmes klar. Das meiste von dem Zeug ist einjährig, Hybridpflanzen oder so ähnlich. Ich habe das in einer Dokumentation gesehen. Sie wachsen gar nicht nach, man muss sie jedes Jahr neu kaufen, sagte er und umfasste seine Ellbogen. Die da schon, Ali wedelte mit dem Prospekt des Bio-Vereins, die Leute wollten genau dem entgegensteuern. Dort, sie tippte auf die winzige Landkarte auf der Rückseite, haben sie Tausende Kulturpflanzen gesammelt und auch ausgepflanzt. Wir müssen, sagte sie mit Nachdruck, sofort hinfahren und möglichst viel mitnehmen. Und einpflanzen, damit nicht alles verschwindet. Ali schien plötzlich die Luft auszugehen. Für immer verschwindet, keuchte sie. Etwas war deutlich geworden, von dem sie nur geahnt hatten, dass es da war, und nun konnten sie es nicht mehr ignorieren.

Moment, Moment, stopp mal – Gabriel machte eine Handbewegung, als wolle er etwas schräg von oben nach unten durchschlagen. Wollt ihr damit sagen, dass wir jetzt alle für immer Bauern werden müssen? Sie schwiegen. Leise antwortete Jola schließlich: Ich glaube, ja. Es wird sonst eher keiner machen, wie es aussieht. Irgendwann, sagte sie, werden auch die länger haltbaren Lebensmittel aufgebraucht oder eben nicht mehr haltbar sein. Das werde, meldete sich Jakob zu Wort, aber schon noch einige Jahre dauern. Reis zum Beispiel oder Mehl hielten sich lange, wenn man es richtig lagere, und die Konserven … Ali starrte ihn an und sprach zu ihm wie zu einem senilen, sturen Greis: Und dann, wenn es irgendwann so weit ist? *Dann* willst du anfangen, Lebensmittel anzubauen? Mein Lieber, dann ist es zu spät. Der Blick, den er auf sie richtete, statt zu antworten, war so leer, dass Jola ihn am liebsten gepackt und angebrüllt hätte: Ich weiß, dass es dir egal ist, dass du am liebsten tot wärst, aber das trifft nicht auf uns alle zu. Was sie stattdessen sagte, war an niemanden direkt gerichtet: Selbst wenn es für uns noch reicht – also wenn wir wirklich nur alle Vorräte verbrauchen, vielleicht noch mit ein bisschen Grünzeug und Wild und so dazu, vielleicht ist das für uns genug, aber es wird nicht für sie reichen. Oder für ihn. Sie strich über ihren noch fast flachen Bauch. Ich werde da hinreiten, bald.

Juni 1

(32) Aber natürlich kann ich noch so weit reiten. Jola würgte jeglichen Vorbehalt sofort ab. Das Saatgutlager war nicht einmal weit von ihrem Domizil entfernt, jedenfalls in Kilometern gemessen. Zwar war das ein geradezu unfassbares Glück, dennoch würde es schwierig werden, größere Mengen Saatguts zu transportieren. Früher, sagte Alex und fixierte einen Punkt jenseits des Waldes, der ihnen zum Teil die Sicht auf die Gipfel des Naturschutzgebiets versperrte, hätte man für die Strecke nicht länger als eineinhalb Stunden gebraucht. Aber nun würden es bestenfalls sechs Stunden sein, schätzte Jola. Sie beschlossen, zu dritt hinzureiten, Alex, Ali und Jola.

Noch immer mochten sich nicht alle damit abfinden, sich plötzlich intensiv mit Landwirtschaft auseinander setzen zu müssen. Ausgerechnet du, sagte Jola zu Gabriel, als sie allein waren, solltest dich doch dafür begeistern können. Schließlich habe seine Familie seit Generationen Land besessen und armen, rechtlosen Pächtern zum Bearbeiten übergeben. Womöglich sei es nur ausgleichende Gerechtigkeit, wenn er nun gezwungen sei, die Heugabel zu schwingen? Er fand es nicht witzig.

Anderntags stand er in aller Frühe unten vor dem Haus, um sie zu verabschieden. Alex schaute finster vom Pferd auf Gabriel herab, der beide Frauen nacheinander auf die Wangen küsste; Ali piekste Jola aufgekratzt in die Seite, komm, los geht's. Sie nahmen Waffen mit. Jola hatte diesbezüglich Überzeugungsarbeit bei Ali leisten müssen. Sie könne doch überhaupt nicht schießen, protestierte sie; zugegeben, räumte Jola ein, es sei auch unwahrscheinlich, dass sie das würde tun müssen, es sei einfach eine Vorsichtsmaßnahme. Ali schob widerwillig die kleinste der Waffen in eine Satteltasche. Alex nahm ebenfalls eine Faustfeuerwaffe, und Jola entschied sich, zum ersten Mal und unsicher, ob sie die richtige Wahl traf, für die dreiläufige Jagdwaffe. (Mit der, Schatzi, flüsterte eine liebevolle Stimme in ihrem Kopf, kannst gar nichts falsch machen. Draufhalten, schießen.)

Sie nahmen Wanderkarten mit, die es im Hotel in großer Zahl gab. Mit Ausnahme einiger durch die Frühjahrsstürme umgestürzter Bäume, über die ihre Pferde problemlos steigen konnten, stellte sich ihnen kein gröberes Hindernis in den Weg, und so kamen sie etwas früher als geplant in dem Ort an. Auch der Biohof war leicht zu finden, bunte Schilder, die ein Herbstfest bewarben, das nie stattgefunden hatte, wiesen den Weg. In den Gebäuden, die zu dem Verein gehörten, einem umgebauten alten Vierkanthof samt Nebengebäuden, war es still und kühl.

Der Eingang zum Haupthaus führte durch eine riesige Scheune, von der rechts eine Tür zu den für Verwaltung und Büro genutzten Räumen abging; hier hatten offenbar Märkte und Ausstellungen stattgefunden, es gab lange Tische und Vitrinen mit Gläsern mit Marmelade und eingelegtem Gemüse. Braunes Laub war hereingeweht worden und lag in kleinen Haufen in den Ecken. Es roch modrig, aber wenigstens konnten sie keinen Leichengeruch wahrnehmen. Sie schlugen ihr Lager in einem früher als Büro genutzten Raum auf, der die Vorzüge einer Couch und eines Teppichbodens aufwies. Die Pferde brachten sie in der Scheune unter. Dann verschlossen sie das riesige Haupttor mit einem Riegel, und Finsternis umgab sie.

Der Wind brachte Tore und Fensterläden zum Klappern, sie froren und schliefen schlecht und lauschten dem Nagen winziger Zähne und dem Trippeln vieler kleiner Pfoten. Zum Frühstück aßen sie Zwieback und Aufstriche aus dem Hofladen. Ali durchforstete das Gebäude nach der Samenbank, während Alex die übrig gebliebenen Beete inspizierte. Es war ihnen schon vorher klar gewesen, dass die Auswahl der Pflanzen angesichts der überbordenden Fülle das Schwierigste sein würde. Daher hatten sie eine Liste mit dem angefertigt, was sie unbedingt retten wollten, unter den Gesichtspunkten von Brauchbarkeit, Anpassung an ihre Klimazone unter

Berücksichtigung des fortwirkenden Klimawandels und ihrer eigenen Kapazitäten. Erdäpfel, Kohlgemüse, Steck- und Zuckerrüben, Karotten, Bohnen, Erbsen und alle Sorten Getreide, die ihnen einfielen, Mais, Raps und ein paar Obstsorten.

Die Beete gaben nicht viel her. Das Wenige, das sich selbst ausgesät hatte, war schon vor Wochen verkümmert, wohl während der trockenen Phase Ende April bis Anfang Mai, vermutete Alex. Egal. Jola hatte das Gefühl, ihn trösten zu müssen. Wir wollten doch die Samen und nicht ganze Pflanzen. Gehen wir sie suchen, ja? Aber er schien sich nicht vom Anblick der wüsten, von Unkraut bereits neu besiedelten Beete losreißen zu können. Diese Pflanzen seien das Ergebnis jahrhunderte- oder jahrtausendelanger Zuchtbemühungen gewesen, lange bevor Gentechnik existiert habe, sagte er. Es werde nicht nur schwierig, sondern schlicht unmöglich sein, sie jemals nachzuzüchten. Alex klang, als sei er den Tränen nahe, und Jola konnte ihn gut verstehen; dennoch machte er sie ungeduldig. Ja, gab sie zu, es ist deprimierend. Dann schlossen sie sich Ali an, die in den Räumen, die die Samensammlung beherbergten, eine Vorauswahl begonnen hatte. In mehrstöckigen Holzkästen lagerten Reihe um Reihe Glasfläschchen mit Samen darin. Es mussten Tausende sein. Leise, wie um die museumsähnliche Stille nicht zu stören, lasen sie einander die Pflanzennamen und -nummern vor, die ihnen nur zum Teil etwas sagten. Blaue Lehner, Purple Dragon, Stangenbohne Kaiser Friedrich. Viele Dutzend Apfelsorten, Mohn, Fenchel, Radieschen. Letztlich trafen sie, wortkarg und müde, die notwendigen Entscheidungen aus dem Bauch heraus. Sie nahmen Samen mit, weil sie die entsprechende Pflanze zu kennen meinten, oder einfach, weil ihnen die Bilder auf den Fläschchen oder die klingenden Namen gefielen. Vom Getreide füllten sie so viel in Stoffsäcke ab, wie ihre Pferde tragen konnten, die gut verschlossenen Fläschchen packten sie in Rucksäcke und Satteltaschen. Jola fand in einem der Wohnräume ein paar Ratgeber zum Thema Garten und Feld, außerdem Gartenhandschuhe und mehrere kleine Handwerkzeuge. Alex war unruhig und drängte zum Aufbruch. Auf dem Weg hinaus wandte Jola sich mehrmals nach den von Gärten und Obstbäumen gesäumten Gebäuden um. Noch sah alles so lebendig aus, als käme gleich eine Gärtnerin mit Handschuhen und Strohhut um die Ecke, um ein Beet umzustechen oder einfach mit geschlossenen Augen die Sonne zu genießen, die den dunklen, fruchtbaren Boden wärmte. Alex hatte recht, es war zum Weinen.

Plötzlich hatten sie an sämtlichen Ecken und Enden alle Hände voll zu tun. Während der kommenden Wochen, Monate und Jahre pflanzten sie die Samen vom Biohof aus. Obwohl Jola jede verfügbare Fläche des Gewächshauses mit Töpfen und Gefäßen in allen Größen vollstellte, konnte sie von jeder Sorte nur ein paar Pflänzchen ziehen. Es sei, sagte sie während einer Besprechung darüber, was als Nächstes auszusäen sei, trotzdem alles zu wenig. Bitte sag das nicht immer, flehte Lennart. Wir geben wirklich unser Bestes, und wenn es nicht reicht, bitte, dann gibt es eben diese oder jene Sorte Roggen nicht mehr. Wer sagt, dass es das muss?

Beim Abendessen tauchte das Thema aus einer unerwarteten Perspektive wieder auf. Es ist halt so, sagte Jakob und knüpfte damit an ein Gespräch an, das bereits vor Stunden beendet worden war; er sah keinem von ihnen ins Gesicht, sondern auf die Tischplatte. Alle schauten ihn an, und er sprach weiter: Dass es sehr vieles gibt, das wir zwar nicht wirklich können oder wissen. Aber wir wissen immerhin, *dass* es das gibt, gegeben hat, und alleine das… Er legte eine Pause ein und holte tief Luft. Das sollten wir weitergeben. Die anderen hörten zu. Es war ja so ungewöhnlich, dass er überhaupt etwas sagte, das mehr als ein schlichter Imperativ war, wie etwa: Gib mir mal die Zange. Eine lange Diskussion folgte: Es müsse ja vielleicht nicht alles, was es früher gegeben habe, neu erfunden werden. Nein, nicht alles. Nur alles, was wir brauchen. Und da war viel, viel mehr, als sie gedacht hatten. Waffen? Kleidung? Metall? Kunststoff? Papier und Schreibmaterial? Medikamente? Können wir einen Herd nachbauen, wenn der alte den Geist aufgibt? Ein funktionstüchtiges Gewehr? Auch nur einen Stift zum Schreiben? Ali stützte den Kopf in die Hand: Das schaffen wir nicht. Nicht allein. Schon jetzt hielten sie die Felder, die Gärten und die Tiere sowie die Suche nach Ressourcen in Atem. Schon jetzt waren sie oft so erschöpft vom Arbeiten, dass ihnen beim Essen das Besteck aus der Hand fiel. Also Landwirtschaft als Falle und Teufelskreis, resümierte Alex: Irgendwann hast du so viel zu tun, dass dir die Zeit fehlt, dich da wieder herauszuwinden, mit Erfindungen, Weiterentwicklung und so weiter. Jola schüttelte den Kopf. Das ist egal. Wir müssen da wie dort dranbleiben. Ali streckte die verkrampften Hände vor sich aus. Immerhin, sagte sie und gähnte, ist ja nicht so, dass wir sehr viel anderes zu tun hätten.

Oktober 8

(33) Gemächlich schlugen die zotteligen Äste der Fichten im Wind gegeneinander; es war fast über Nacht kalt geworden, wie so häufig in der Gegend. Jola hätte gerne einen Hund dabeigehabt. Von einem Baum flog eine Schar Krähen auf. Sie fragte sich, ob die Vögel aus den Städten zurück aufs Land gezogen waren, jetzt, da es dort keine Nahrung aus menschlichen Abfällen mehr für sie gab. Es war unvorstellbar, dass es auf den Straßen von Wien kaum mehr Tauben geben sollte, so wie Marek es ihr beschrieben hatte. Und natürlich keine Menschen, jedenfalls so gut wie keine. Es sei das eine, hatte er ihr gesagt, auf den von Autowracks und Baumteilen versperrten Schnellstraßen und Autobahnen tage- und wochenlang niemanden zu Gesicht zu bekommen, aber etwas ganz anderes, durch diese früher so belebten Straßen und Gassen zu gehen, ohne jemandem zu begegnen.

Sie merkte auch an sich selbst, dass sie das vermisste: beinahe überall und immer von Menschen umgeben zu sein, ob man das nun gerade als angenehm empfand oder nicht. Es fehlte ihr, dass im Vorbeigehen jemand bei ihr anstreifte, dicht neben ihr saß, in einem öffentlichen Verkehrsmittel zum Beispiel; es fehlte ihr, mit Fremden zu sprechen oder sie miteinander sprechen zu hören. Die flüchtigen, unbestimmten Begegnungen, die jede Stadt, auch die kleinste, regelmäßig bot. Die Menschenmassen, sogar die fehlten ihr, dieses Meer aus Gesichtern, Stimmen und fremden Sprachen. Es ging ihr ab, dass nicht jedes Gespräch etwas bedeuten musste, und sie vermisste die kurzen Einblicke in die Leben anderer, mit denen sie nichts verband und die sie nie wiedersehen würde. In ihrem Leben, so wie es jetzt war, war jede einzelne Beziehung vielfach mit Bedeutung aufgeladen, und wenn man, was äußerst selten vorkam, auf Fremde traf, wog auch diese Begegnung schwer, denn man musste damit rechnen, dass sie Feinde waren.

Die Diskussion – der Streit – und das, was darauf folgte, hatte etwas verändert. Jola blieb für sich, wann immer es möglich war, und redete fast ausschließlich mit Ali und den Kindern. Es war ihr freier Vormittag, und diesmal würde sie nichts schießen, keine Pilze suchen oder etwas anderes Nützliches tun. Sie fand eine Lichtung, die sie noch nicht kannte, ließ das Pferd weiden, suchte sich einen trocken aussehenden Platz und breitete ihre Matte aus. Die kurze Meditation unter den rauschenden, duftenden Bäumen beruhigte sie. Sie war aus der Übung, daher gerieten die Sonnengrüße etwas wacklig, und an Armstände war sowieso nicht zu denken. Ihre drei Schwangerschaften hatten ihre Bauchmuskeln schwinden lassen, und die wollte sie nun langsam wieder aufbauen. Zu Hause waren Yogaübungen eine Mühsal – sie war so gut wie nie allein, über kurz oder lang kamen ein Kind oder ein Mann dazu. Die eine Sorte wollte dann gewöhnlich mitmachen oder sich einfach an sie dranhängen, während die andere schlüpfrige Bemerkungen über so gut wie jede Position fallen ließ – es war ermüdend.

Aber hier im Wald störte sie niemand. In der Position des herabschauenden Hundes beobachtete sie eine Ameisenstraße. Die großen, schwarz glänzenden Tiere schleppten eine scheinbar wahllose Sammlung an Fundsachen unter ihrer Nase vorbei: Stückchen von Blättern, Moos, tote Käfer und andere, in den Augen der Ameisen wertvolle Dinge. In ihrem Kopf dirigierte die Stimme des Stiefvaters ihre Bewegungen: Mach dich ganz lang. Mach deinen Geist frei. Aber vergiss nicht aufs Atmen. Es war für lange Zeit das letzte Mal, dass sie im Freien trainieren konnte. Der Herbst wechselte über in seine dunklere Hälfte, und sie hatten schon angefangen, Holz für den Winter zu schlagen und einzulagern.

Einstweilen hatte Jakob die Stromversorgung wieder im Griff, aber sie brauchten den Holzofen auch, zum Kochen und Heizen. Er hatte während der letzten Wochen so viel gearbeitet, dass sie ihn kaum zu Gesicht bekommen hatte, und nie war Jola mit ihm allein gewesen. Zweimal war sie in der Nacht zu ihm gegangen, aber immer vor verschlossener Tür gestanden. Das war neu. Sie war zu stolz, um anzuklopfen. Es machte sie immer noch zornig, an die Schlägerei zu denken, aber ihr eigener Auftritt an dem Abend war ihr auch peinlich.

Marek machte sich mehr denn je rar, er ließ sich nur alle paar Tage blicken und blieb nie lange. Darüber, wohin er fuhr und was er unterwegs machte, sprach er nicht, er redete eigentlich nur mit den Kindern. Vielleicht ist er überhaupt nur ihretwegen noch hier, dachte Jola. Einige der anderen gingen ihm aus dem Weg. Sie rollte ihre Matte wieder ein, zog den Pullover über und stieg aufs Pferd; nach Hause zog es sie noch nicht. Spontan lenkte sie die

Stute in Richtung Fluss. Es schien schon sehr lange her zu sein, dass Erich und sie hier den Lederjacken-Mann hineingeworfen hatten. Den Ersten haben wir noch beerdigt, dachte sie. Und seinen Tod habe ich beweint. Der Fluss führte viel Wasser. Unter der Brücke, auf der sie stand, hatten sich mehrere große Äste und Stämme ineinander verhakt, sodass sich allmählich eine Art Staudamm zu bilden begann. Das konnte zum Problem werden, wenn im Frühjahr der Fluss über die Ufer trat. Die ehemalige Heuwiese an seinem Ufer befand sich in einem fortgeschrittenen Zustand der Verwilderung, mannshohe Disteln und hartes Gesträuch wucherten, seit niemand sie mehr mähte. Aber ein Hochwasser konnte trotzdem Schäden in der Gegend anrichten, und die Verstopfung des Flusses sogar dessen Lauf in eine andere Bahn lenken. Jemand muss die Feuerwehr unterrichten, oder das Bundesheer, dachte Jola. Die Landschaft veränderte sich vor ihren Augen, und sie waren völlig machtlos dagegen. Aus Wiesen wurden Wälder; Wälder wurden undurchdringlich. Nach einer Weile drehte sie um und ritt zurück.

Nachdem sie das Pferd versorgt hatte, wandte sie sich dem unteren Garten zu. Die letzten Bohnen waren fällig. Marek kam mit einem Korb vom Stall zu ihr, dieses Mal schlich er sich nicht von hinten an sie heran; er hockte sich nieder in das feuchte Gras und begann, ihr bei der Arbeit zu helfen. Keiner von beiden sagte etwas. Die Bohnenschoten waren gelblich und fühlten sich ledrig an, die Samen aber, bräunlichrot-schwarz-weiß gemustert, glänzten, als seien sie aus buntem Glas. Marek brach jede Schote, die er pflückte, gleich auf und warf die Bohnen in den Korb. Gewöhnlich löste Jola sie erst im

Haus oder auf der Bank im Garten aus, aber sie ließ ihn gewähren, weil es ihm zu gefallen schien, mit dem Daumennagel die Bohnen aus den Schoten zu sprengen. Sie brauchten lange, denn die Pflanzen gediehen ausgesprochen gut und überwucherten, schwer mit ihren Früchten behangen, mittlerweile den Zaun in seiner gesamten Länge vom Tor bis zum Stalleingang. Jolas Hände wurden eiskalt, sie spürte, wie ihre trockene Haut an einigen Stellen aufzuplatzen begann, aber sie wollte damit unbedingt heute fertig werden.

Marek erhob sich schließlich, drückte sich die Hände ins Kreuz, berührte die Schwellung an seinem Auge – wieder die linke Seite, die, wo die Narbe war – und stöhnte, dann streckte er ihr eine Hand hin, um ihr aufzuhelfen. Jola nahm sie entgegen; sie stand schwankend und schwindelig neben ihm, als er sie fragte, wie viel es ihr ausmachen würde, wenn er wieder abreiste. Es kam nicht unerwartet, dennoch traf es sie hart, und sie konnte zunächst nicht antworten. Es würde ihr, sagte sie leise in Richtung des Bohnenkorbs auf der Erde, sehr viel ausmachen, und das wisse er genau. Sie stemmte den Korb auf die Hüfte, wehrte ihn ab und stapfte den Hügel zum Haus hinauf, von wo aus ihr Lena und Daniel entgegenliefen. Die Kinder wollten den Korb tragen und wunderten sich, dass es einige Bohnen schon aus ihren Hüllen geschafft hatten, andere hingegen nicht. Wenn er mir jetzt nicht nachkommt, soll er zum Teufel gehen, dachte Jola und sagte den Kindern, ja, sie dürften beim Auslösen der restlichen Bohnen helfen. Als sie zu dritt den Korb auf den Tisch wuchten wollten, hatte Marek sie erreicht und packte mit an.

(34) Sie schlugen, schnitten und stapelten Holz, mehr, als sie den ganzen Winter und das Frühjahr über verbrauchen würden. Sie benutzten eine Motorsäge zum Fällen der Bäume, die sie mehr oder weniger aufs Geratewohl umschnitten und grob zerteilten, dann von Hand, mit einer Zugsäge, später mit Hacken, weiter zerkleinerten. Ihre Mutter hätte zu diesen Methoden sicher einiges zu sagen gehabt, dachte Jola. Die sorgfältige Auswahl der Bäume, die aus dem Wald entnommen werden sollten, war eine ihrer Hauptaufgaben als Försterin gewesen. Sie hatte gewusst, welcher Baum zu welchem Zeitpunkt gut umzuschneiden war und welches Holz am besten brannte oder sich für etwas anderes eignete. Auch hätte sie darauf geachtet, wie die Entnahme eines Baums sich auf dessen Umgebung auswirken würde. Muren, sagte sie gerne, wären in den meisten Fällen leicht zu verhindern, wenn die Leute nicht so deppert wären und beim Baumschneiden und Häuserbauen ein bisschen nachdenken würden. Aber solche Erwägungen spielten jetzt keine Rolle mehr. Durch Muren waren sie hier in der Gegend kaum bedroht, zumal es Jahr für Jahr ein bisschen trockener zu werden schien.

Jola war diesmal hauptsächlich am Hackstock tätig, auch wenn sie die rhythmischen, paarweise vollzogenen Bewegungen an der Zugsäge lieber mochte. Doch sie wollte sich mit niemandem zusammentun, dem sie in die Augen sehen und auf dessen kleinste Bewegungen sie hätte reagieren müssen, damit das Hin und Her der Säge im Takt reibungslos lief. Und alleine, mit dem Fuchsschwanz, fand sie das ständige Festhängen der schartigen Sägezähne im Holz aufreibend; dafür fehlte ihr die

Muskelmasse. Aber das Hacken mochte sie, sie traf so gut wie nie daneben. Alle hatten sie sich beim Sägen oder Hacken schon einmal verletzt, vor allem während der ersten paar Jahre. Mit Unbehagen dachte sie an den tiefen Schnitt ins Schienbein, den Lennart sich vor zwei Jahren zugefügt hatte. Das Blut war nur so gespritzt, im Rhythmus seines Herzschlags, und es war beängstigend stetig geflossen. Um Erich zu holen, war nicht genug Zeit gewesen, also hatte sie das Bein abgebunden, den Schnitt mit Desinfektionsmittel übergossen, Lennart eine Schnapsflasche in die Hand gedrückt und die Wunde, so gut es ging, mit gewöhnlicher Nähseide selbst zusammengeflickt. Es war ganz gut verheilt, so viel sie wusste, aber sie wollte gerne auf eine weitere solche Erfahrung verzichten. Sie hieb auf die großen Scheite ein, bis sie in Stücken zu ihren Füßen lagen. Es tat gut. Seit Wochen schon wich sie den Männern aus und vermied Einzelgespräche und Berührungen. Noch immer sprach sie mit Gabriel kein Wort, und, was ungleich schlimmer für sie war, Jakob nur das Nötigste mit ihr. Sie wies die Kinder an, wie sie die Scheite schlichten sollten. Die meisten passten unter das Hausdach, das – vielleicht auch zu diesem Zweck – an den Breitseiten weit auskragte.

Jola fand den Anblick der duftenden, wachsenden Stapel frischer Scheite rund ums Haus sehr beruhigend, auch wenn ihre Hände trocken und rau und klebrig zugleich und die Finger aller ständig voller Späne waren. Sie entfernte sie den Kindern mit einer Methode, die sie sich von einer Tante abgeschaut hatte, als sie selbst noch klein gewesen war: Man musste warten, bis das Kind tief schlief. Dann kroch sie mit Stirnlampe, Nadel und

Pinzette unter die Decke und ging ans Werk. Wimmerte das Kind, weil es sich um einen hartnäckigen Schiefer handelte, machte sie eine Pause, bis es wieder tief eingeschlafen war. Bei den Erwachsenen musste es ohne diese natürliche Narkose gehen. Danach wurden die winzigen Wunden sorgfältig desinfiziert. Sie verteilte auch Pflanzenöl gegen trockene Lippen und Hände.

Schrille Schreie ließen sie von ihrer Arbeit hochschrecken; sie warf die Hacke mitsamt dem darin verkeilten Holzscheit ins Gras und rannte um die Hausecke, in die Richtung, aus der die Rufe kamen. Im Geist ging sie in Sekundenschnelle die Möglichkeiten durch: Eines der Kinder hatte sich verletzt. Vielleicht mit einer Säge? Nein, das nicht, dachte sie, während sie die Ecke erreichte und die Füße in den feuchten Boden stemmte, um Schwung für die nötige Drehung zu bekommen, die sie auf die andere Seite der Hausmauer bringen sollte. Die Sägen waren abgezählt, ebenso wie alle Hacken, die Werkzeuge, die gerade nicht in Verwendung waren, hatten sie weggesperrt. Dann etwas Harmloseres?, hoffte sie, nun schon auf der anderen Seite. Es waren Noah und Aron, die jetzt beide schrien; Marek stand zwischen ihnen und hielt sie an ihren Jacken fest, voneinander weg. Blut sickerte aus Arons Nase, und Noah weinte. Was ist los?, rief Jola außer Atem, was habt ihr denn…? Nicht cool, sagte Marek, echt nicht cool, Leute. Dann hob er den Kopf in ihre Richtung und sagte: Halb so wild. Sie haben gestritten, sie… Aber Jola hörte ihm nicht zu, sondern nahm zuerst Noah, dann Aron genauer in Augenschein, suchte nach Verletzungen, wischte Rotz und Blut beziehungsweise Tränen ab und schimpfte beide

Buben aus. Die anderen Kinder schlichen heran, halb bestürzt, halb fasziniert. Sowas machen Buben eben, ließ sich Lennart vernehmen, der auch dazugekommen war. Meine nicht!, zischte Jola ihn an. Bis jetzt jedenfalls! Die Wut kochte in ihr hoch und drückte ihr die Kehle zusammen, sodass sie nicht mehr sprechen konnte; Tränen stiegen ihr in die Augen, und das wunderte sie selbst. Mama, sagte Noah mit tränenerstickter Stimme, Mama. Sie nickte ihm zu und versuchte zu lächeln, um ihn zum Weitersprechen zu ermutigen. Er hat gesagt, dass ich gar keinen Vater habe, und dass... Aron unterbrach ihn, er schrie: Das stimmt nicht! Und er hat zuerst was gesagt! Mama! Jola versuchte, die Hand auf seinen Nacken zu legen, aber er wich ihr aus und rannte schluchzend davon. Jetzt beruhig dich doch erst mal. Das war Jakob. Er stemmte die Hand auf den Griff seiner Hacke und sah sie ernst an. Zwei Kinder haben gerauft. Nichts Schlimmes ist passiert. Er stellte das Werkzeug weg, beugte sich zu Noah herunter und fragte: Was hast du ihm gesagt? Sei ehrlich. Noah wand sich. Er wollte es nicht sagen und sah zu Marek hinüber. Schließlich schniefte das Kind und sagte leise: Dass er nur Ärger macht. Und dass er wieder gehen soll.

(35) Allmählich kehrte Frieden ein. Sie verbrachten wegen des Wetters mehr Zeit im Haus, mussten Pläne erstellen und eng zusammenarbeiten, und es war ohnehin verpönt, sich vor den Kindern feindselig zu verhalten. Es gab einfach zu viel Arbeit, um einander dauerhaft zu ignorieren oder aus dem Weg zu gehen. Gespräche

wurden wieder länger, durch zusammengepresste Lippen gezischte Vorwürfe seltener. Die Buben hatten sich versöhnt. Marek blieb fern.

Eines Abends klopfte es an Jolas Tür, es war Gabriel, der fragte, ob er eintreten dürfe. Sie zögerte kurz. Schweigend standen sie in der Mitte des Zimmers, und er sah sie nur an. Schließlich fragte sie ihn, wie es ihm mit seiner Verletzung gehe. Als er sich vorbeugte, damit sie seine geplatzte, schlecht heilende Lippe besser betrachten konnte, sagte sie ungerührt: Das hast du verdient. Der Zahn war wieder angewachsen, er sah tadellos aus; es schmerze kaum mehr, sagte er. Sie runzelte die Stirn. Warum bist du so?, fragte sie. Er legte die Wange in die Hand, was komisch aussah, weil er den Arm nicht abstützte, sondern in der Luft hängen ließ. Das blonde Haar fiel ihm in die Augen, und er sah sehr jung und harmlos aus. Du hast gesagt, du musst mich nicht immer verstehen, murmelte er in die Hand hinein. Ja, aber das ist doch kein Freibrief für alles!, rief sie halblaut. Der Heizkörper knackte. Der Wind zog Schleifen um das Haus. Gabriel seufzte tief. Er musste ihr nicht sagen, wie allein er war, und sie wusste, ihm fehlte jegliches Talent dazu.

Dein Bart ist sehr hässlich, sagte Jola und berührte sein Kinn. Sie küssten sich vorsichtig. Er benutzte ein altes Kosewort, das sie zum Lächeln brachte. Sie zogen sich aus, ohne zu reden; er streichelte sie und machte es gut, sie schloss die Augen und ließ ihn eine Weile, dann kletterte sie auf seinen Schoß und richtete sich auf ihm ein, wickelte die Beine um seine Hüften und zog ihn zu sich heran. Gott sei Dank, murmelte er, als sie ihn umfing, und sie lachte. Ihre Körper waren alte Freunde; sie kannten einander so gut, dass sie beinahe im Schlaf Liebe machen konnten. Danach nahm sie sein ramponiertes Gesicht in beide Hände und gab ihm Schimpfnamen. Er fragte, ob sie ihm verzeihen würde, und sie sagte, ich werd dich auf jeden Fall nie verstehen. Still rechnete sie die Tage bis zu ihrer letzten Regel zurück. Es sollte sich ausgehen, dachte sie, stieg von ihm herunter, säuberte sich mit einem Handtuch und kroch zu ihm unter die Decke. Willst du über Nacht bleiben?, fragte sie. Mhm, machte er.

Er fragte nicht nach Marek, und sie fing nicht wieder von dem Streit und der Schlägerei an, stattdessen tauschten sie sich über ihre Tochter aus. Gabriel war kein Vorzeigevater, aber wenn Judith etwas mit ihm unternehmen wollte, war er immer bereit. Er spielte dann bei allem mit, was sie wollte, und er hatte diese respektlose, unberechenbare Art, die Kinder an Erwachsenen liebten, wurde aber nie böse oder machte ihr Vorschriften. Jola war sich nicht sicher, ob der Kleinen überhaupt bewusst war, dass er mehr für sie sein könnte als jeder andere Papa hier. Judith lebte ganz in ihrer eigenen Welt, mehr noch als andere Kinder ihres Alters, soweit Jola das beurteilen konnte.

Glaubst du, die Bibi kommt ein bisschen zu kurz, weil sie so ruhig ist und irgendwie das Sandwichkind?, fragte er. Es kam vor, dass er ihre Gedanken zu lesen schien; niemand außer Marek kannte sie besser, auch Ali nicht. Jola verwendete den Spitznamen nicht, den Gabriel eingeführt hatte, als Judith ein Baby gewesen war. Es war typisch für die Schicht, der er entstammte, den

Kindern abwegige Kosenamen zu verpassen. In seiner Familie war niemand mit seinem oder ihrem richtigen Namen angesprochen worden, es sei denn während einer Hochzeitszeremonie, Beerdigung und dergleichen.

Das glaube sie nicht, beantwortete sie seine Frage ehrlich. Judith bleibe zwar schon ein bisschen in Lenas Windschatten, weil diese älter und auch lebhafter sei, und in dem Alter mache ein halbes Jahr viel aus. Aber sie habe keinen Zweifel daran, dass die Kleine sich gut entwickle und weitgehend glücklich sei. Was denkst du?, fragte sie zurück. Er besah sich die Finger ihrer linken Hand, als lese er darin die Antwort. Vielleicht hat sie das von mir geerbt, dieses Verträumte, bisschen Willenlose, murmelte er. Sie hob den Kopf und sah ihn forschend an: Willenlos? Verarschst du mich? Ich meine, als Kind, sagte er. Als jüngster von fünf. Der schon wieder ein Bub war und noch immer kein Mädchen. Sie dachte an die zwei, drei Besuche im Haus seiner Eltern: schwere Möbel, Jagdtrophäen, eiskalte Korridore. Gabriels Vater hatte die Angewohnheit gehabt, in Gegenwart von Gästen die Nachrichten auf seinem Tablet zu lesen, und sie bis auf Grüß Gott! und Auf Wiedersehen! beinahe komplett zu ignorieren. Seine Brüder waren eine Pest gewesen. Seine schöne Mutter hatte beim Essen Hinweise auf den korrekten Gebrauch von Besteck gegeben und in leichtfüßige Scherze verpackte Bemerkungen über Jolas Frisur und Turnschuhe gemacht.

Sie erinnerte ihn daran, und er lächelte. Aber deine Haare waren wirklich arg zu der Zeit. Ich glaube, vor allem deshalb hab ich dich bei ihnen angeschleppt. Nett, sagte sie, wirklich sehr nett. Der Wald, den Jolas Mutter betreut hatte, hatte zu einem Gutteil seiner Familie gehört, was sie zu so einer Art Dienstbotenkind gemacht hatte. Sie war froh gewesen, dass sie das Haus nie mehr betreten musste, nachdem die Beziehung nach ein paar Wochen geendet hatte. Auch ihre Mutter hatte aufgeatmet. Er legte ihre Hand auf seiner fast haarlosen Brust ab und schloss die Augen. Gaby?, flüsterte sie. Im Ernst. Warum hast du das gemacht? Seine Augen blieben geschlossen, aber er hatte sie gehört. Weil ich ein Arschloch bin, murmelte er. Weil ich dich für mich alleine will.

Die Frau im Treibhaus

Kapitel sieben

Dezember 8

(36) Früh im Dezember fiel der erste Schnee, und er blieb liegen. Das Wild war jetzt schwieriger aufzustöbern, die Hühner legten weniger Eier, und die Ziegen gaben kaum Milch. Jemand fand im Vorratsraum und auf dem Dachboden Mäusedreck, und sie stellten mehr Fallen auf. Vor Jahren schon hatten sie beschlossen, dass sie Weihnachten feiern wollten, ganz schlicht, ohne Geschenke und religiöse Rituale, aber mit Christbaum, Kerzen, Keksen und ein bisschen Bling-Bling, wie Gabriel das ausdrückte. Mit ein paar Weihnachtsliedern. Marek kam am Tag vor dem Heiligen Abend herüber und blieb ein paar Tage – nur vorübergehend, solange es so kalt sei, sagte er. Jola kam es so vor, als wären alle erleichtert darüber, dass er noch da war, aber ganz sicher war sie nicht. Sie mühte sich wie jedes Jahr mit der Herstellung von etwas ab, das als Kekse durchgehen konnte. Vanillekipferl waren ohne richtige Butter ein Ding der Unmöglichkeit; ihren Kindern, dachte sie mit schlechtem Gewissen, konnte man fast alles vorsetzen, solange es klein, lustig geformt und ein wenig gesüßt war. Sie stellten eine Tanne in die Scheune, und die Kinder durften sich mit Kugeln, Bändern und sämtlichem Tand, den die

Erwachsenen über die Jahre hinweg gesammelt hatten, daran austoben; der große Baum wirkte zierlich unter der hohen Decke mit den wuchtigen Balken. Schneestürme banden sie ans Haus. Der mit winzigen Geschossen aus Eis gespickte, schneidend kalte Wind fuhr einem in die Nasenlöcher, in den geschlossenen Mund, in jede Pore. Wer konnte, blieb drin.

Am Stefanitag endlich klarte es auf. Erst am späten Vormittag mühte sich eine blasse Sonne, den Himmel aufzuhellen, ein paar Strahlen spreizten sich an grauen Wolken vorbei bis zur Erde. Neuer Schnee fiel in zierlichen, harmlosen Flöckchen, die verspielt auf und ab trudelten. Es war noch immer sehr kalt, doch die Kälte fühlte sich stumpfer an, man konnte sich an sie gewöhnen. Sie packten die Kinder an diesem ersten richtigen Schlittentag in die Thermo-Schneeanzüge. Jemand hatte sie in der nächstgelegenen größeren Stadt im Lager eines Diskonters entdeckt. Ein Glücksfall, denn Wintersachen zu finden war nicht einfach – das Ereignis war im Sommer über sie gekommen, bevor die Wintermode in den Geschäften ankommen hatte können. Deshalb trugen sie oft mehrere Schichten Kleidung übereinander, und dicke Pullover, Fleecejacken und Wintermäntel wurden gut gepflegt und ausgebessert, solange es möglich war. Die Kinder waren kaum zu halten. Schnell stülpte Jola noch eine Haube auf Judiths Kopf, bevor diese sich ihr entwand, um den anderen nach auf den Hügel zu laufen, einen Tellerbob in der behandschuhten Faust. Aron und Daniel stapften voran und zogen Rosa auf einem Schlitten hinter sich her.

Die Erwachsenen folgten, sobald sie Zeit hatten, und es gab eine entschärfte Schneeballschlacht mit den Kindern und später eine wildere ohne sie; jedes Kind suchte sich einen Papa aus, den es mit Nachschub an Schneebällen unterstützte. Aber schon bald bemerkten sie, dass es reichlich unfair zuging, wenn etwa Jakob von Rosa versorgt wurde, die für jeden weichen, flachen Schneeball fünf Minuten brauchte, also arbeiteten sie lieber zusammen an einem Haufen Schneebälle, die dann gerecht verteilt wurden. Der Schneeballberg bekam nie Gelegenheit, eine respektable Höhe zu erreichen. Die Kinder johlten, brüllten den Männern Ratschläge und Befehle zu und freuten sich über jeden Treffer; Schnee staubte rund um ihre geröteten Gesichter, während sich die dunklen Mäntel und Jacken ihrer Väter mit weißen Flecken überzogen und die Männer selbst, vor Lachen und Schreien atemlos, einer nach dem anderen im Schnee zusammenbrachen und aufgaben. Die Frauen sahen zu, belustigt, aber nicht ohne Sorge. Mareks linke Gesichtshälfte war noch immer gelblich, Gabriels Lippe verheilte, doch es würde ihm eine Narbe bleiben. Später tranken sie in der Küche Tee und Apfelpunsch und hängten die nassen Sachen über dem Ofen auf; es zischte von Zeit zu Zeit, wenn ein Tropfen von einem Handschuh oder Socken auf die Herdplatte fiel. Am Abend schneite es wieder.

Die Tiere brauchten im Winter mehr Aufmerksamkeit: Die Hühner verbrachten mehr Zeit in ihrem Verschlag, der darum häufiger ausgemistet werden musste, die Ziegen waren mit Heu und Körnern zu versorgen. Jola ließ die Pferde jeden Tag auf die Weide, aber bis auf Milli schätzten sie es nicht, Winternächte im Freien oder im Offenstall zu verbringen. Die Kinder liebten die Haflingerstute besonders, und man musste aufpassen, dass sie nicht zu viele Äpfel an sie verfütterten. Sie bekamen jetzt jeden Tag Reitstunden, sofern das Wetter es zuließ. Am liebsten hätte Jola auch einigen der Erwachsenen Unterricht erteilt, aber sie ließen sich schwer dazu überreden. Vermutlich war es ihnen peinlich; Reiten galt ihnen wohl immer noch als Mädchensport. Lieber werden sie bis in alle Ewigkeit an immer neu herbeigeschleiften Autowracks herumschrauben, beschwerte sie sich gegenüber Ali. Du reitest eben gern, sagte diese und zuckte die Achseln. Stell es dir mal umgekehrt vor.

Jola achtete darauf, dass alle Kinder auch beim Ausmisten und Versorgen der Tiere halfen. Es war ein Stück Arbeit, Jakob von der Notwendigkeit zu überzeugen, Rosa einzubeziehen. Sie ist zu klein, was soll sie denn da? Jola erinnerte ihn daran, dass auch Aron schon im Alter von zweieinhalb Jahren zum ersten Mal auf einem Pferd gesessen war, und daran, dass Rosa trotz seines Zweifels seit einem Monat erfolgreich ohne Nachtwindel schlief. Du musst ihr mehr zutrauen, du tust ihr keinen Gefallen, wenn du sie so einschränkst: Worte, die sie immer wieder an ihn richtete, zu unterschiedlichen Themen. Jeder Schritt, den die Kleine in Richtung mehr Unabhängigkeit machte, fiel ihm sichtlich sehr schwer.

Eines Nachmittags im Jänner rührte Jola Fugenmasse an und führte Jakobs knappe Anweisungen so gut wie möglich aus. Sie ging ihm bei der Reparatur der Wasserleitungen im Keller zur Hand. Die kreuz und quer über die Kellerdecke verlaufenden, bunt zusammengesteckten Rohre sahen ihr ein wenig nach Verzweiflungstat aus. Wenn sie ihn derzeit sehen wollte, musste sie ihm mit Werkzeug und Kübeln dahin folgen, wo er etwas zu tun hatte. Falls er sich überlastet fühlte, sagte er es nicht. Eigentlich, dachte sie, während sie ihm einen Schraubenschlüssel auf die Leiter hinaufreichte und dem herabrieselnden Staub auswich, redeten sie gar nicht mehr miteinander. Als Jakob fertig war, wischte er sich die Hände an einem Handtuch ab und sagte, er hoffe, das werde jetzt halten. Gut, antwortete sie, sag, wenn ich dir noch bei was helfen kann. Er brauche sie nicht mehr, sagte er zerstreut, bis ihm selbst auffiel, wie sich das anhörte.

Jola, fing er an, aber so von oben herunter wirkte auch das komisch, also stieg er von der Leiter, ehe er weitersprach. Sein weißes Shirt wies Flecken auf, seine Haare waren schmutzig, und Jola registrierte die vielen kleinen Falten rund um seine Augen, die hell aus dem staubigen Gesicht herausleuchteten. Die kurzen Ärmel spannten über seinen Oberarmen, als er die Leiter zuklappte. Es war kalt im Keller, aber er schwitzte. Was ist es genau, das du mir vorwirfst?, fragte sie ihn. Er zwinkerte, rieb sich Staub aus den Augen und strich sich über den Bart. Er kam ihr auf einmal um vieles älter vor. Wenn es immer noch wegen dem ist, was ich an dem Abend gesagt habe, es tut mir …, fing sie an, aber er schüttelte den Kopf. Du hast ganz deutlich gemacht, bei wem deine Loyalität ist. Und ich gebe zu, ich kann bei dem Ganzen nicht mehr mit. Ich glaube, dass du vermutlich ohne mich besser dran bist. Jola konnte im Halbdunkel des Kellers seinen Gesichtsausdruck nicht richtig erkennen. Ich bin, Jakob machte eine Pause, um die richtigen Worte zu finden, nicht für so etwas gemacht. Diese … Situation. Er stellte die Leiter in eine Ecke, blieb kurz mit dem Gesicht zur Wand stehen und drehte sich dann zu ihr um. Bestürzt zog sie die Hand, die sie nach ihm ausgestreckt hatte, wieder zurück. Du hast gesagt, du willst auf jeden Fall mit mir zusammen sein, sagte Jola, und ihre Stimme klang in ihren eigenen Ohren hassenswert quengelig. Beim Windrad. Er nickte, hob den Saum seines Shirts und wischte sich das Gesicht damit ab. Ja, das habe ich gesagt, stimmt. Das tut mir leid. Ich sollte mich selber besser kennen. Aber ich kann das nicht mehr, jetzt weiß ich es. Sie schluckte. Machst du mit mir Schluss? Jakob wandte sich ihr wieder zu, und jetzt konnte sie erkennen, wie aufgebracht er war. Er fluchte leise. Sie sah, wie sehr er sich anstrengte, nicht die Beherrschung zu verlieren. Würde dir das wirklich so viel ausmachen?, sagte er schließlich, bevor er sich mit der Leiter in der Hand zum Gehen wandte. Sei ehrlich, Jola.

(37) Judith drehte sich oft nach ihrer Mutter um, unsicher, ob alles in Ordnung war, was ihre Zügelhaltung sowie die Stellung von Knien und Füßen anging. Es war ihr erster Ausritt. Jola hatte vor, etwa eine halbe Stunde mit ihr auf dem Waldweg zu reiten, zumeist im Schritt, aber wenn sie und Milli wollten, könnten sie auch einen kurzen Trab probieren, schlug sie vor. Natürlich wollten sie. Judiths Wangen glühten, als das Pferd wieder in den Schritt wechselte. Deine Oma, sagte Jola zu ihr, als sie am Waldrand eine Pause einlegten, würde sich so freuen, wenn sie das sehen könnte. Sie wäre froh, dass du ihre Enkelin bist, und sie würde dich in den Wald mitnehmen. Judith bat sie, ihr etwas von dieser mythischen Gestalt, ihrer Großmutter, zu erzählen. Jola erzählte

also von ihrer Mutter, wie sie, erst 19-jährig, von ihrem gleichaltrigen Freund schwanger geworden war. Judith liebte die Geschichte.

Der junge Mann sei nicht damit zurechtgekommen, schon Vater zu werden, aber ihre Mutter habe sich dafür entschieden, sie trotzdem zu bekommen. Niemand konnte sie von ihrem Entschluss abbringen, begann sie. Ihre Eltern, also Jolas Großeltern, seien zuerst erschrocken gewesen, hätten sich aber rasch in den Gedanken gefügt, gleich nach der jüngsten Tochter nun ein Enkelkind großzuziehen. Aber davon habe Elisabeth nichts wissen wollen, ging die Erzählung weiter. Sie habe dem Freund den Laufpass gegeben, ihn von allen Vaterpflichten entbunden, sich aber auch ausgebeten, dass er sich nie bei ihr und dem Kind blicken lassen werde, es sei denn, es wünschte das eines Tages. Dann sei sie, im fünften Monat schwanger und ganz allein, in die große Stadt gezogen, um Forstwirtschaft zu studieren. Das heißt, alles über den Wald und seine Tiere, fügte Jola hinzu.

Hast du ihn mal gesehen, deinen biologischen Vater?, wollte Judith wissen. Ja, sagte sie, mehrmals, als ich älter war, er ist später auch nach Wien gezogen. Das war nett, aber wir haben uns nicht viel zu sagen gehabt, weißt du. Und deine Oma hatte ja dann schon ihren späteren Mann, meinen Daddy, und den hatte ich sehr gern. Judith rieb sich die Nase und achtete darauf, dabei den Zügel nicht loszulassen. Bist du ganz sicher, dass sie wirklich weg sind? Das fragte sie jedes einzelne Mal, wenn sich die Unterhaltung um Menschen von früher drehte. Ja, ich habe es doch gesehen, Schatz, antwortete Jola. Sie sind wirklich weg. Sie legte den Kopf in den Nacken und blinzelte, um die Tränen aufzuhalten, die sich sammeln wollten. Ein Graureiher flog nur einige Meter von ihnen entfernt auf, seine langen, weißgrauen Schwingen bewegten sich langsam auf und ab. Unglaublich, dass er sich mit so trägen Flügelschlägen in der Luft halten kann, dachte Jola. Je länger sie hinsah, desto seltsamer kam es ihr vor, als schwimme er eher als zu fliegen. Mama, sagte Judith unsicher. Ist schon gut, Jola lächelte sie an. Reiten wir zurück? Sie wendeten die Pferde, das Kind drehte sich mehrmals um, um ihre Spuren im Schnee anzuschauen.

Das ist der Nachteil bei Männern wie ihm. Ali packte den jungen Hahn, den sie auserkoren hatte, und hielt sowohl seine Beine als auch die Spitzen seiner Flügel mit der linken Hand fest, während ihre Rechte einen Stock ergriff. Die Sonne schien; sie trugen beide ihre ältesten Sachen. Bei Jakob bist du eigentlich immer im Unrecht. Jola hielt die Arme vor der Brust verschränkt und sagte: Nur dass ich es halt tatsächlich bin, oder. Dazu sagte Ali nichts, aber sie war auch voll und ganz damit beschäftigt, den verwirrten Hahn auf einen Holzblock zu legen und dort zu fixieren. Sie hob den Stock und schlug dem Tier auf den Hinterkopf, worauf es augenblicklich stilllag. Aber wie war es mit Alex? Ali verzog das Gesicht, richtete ihr Kopftuch und entspannte kurz die Finger der linken Hand, bevor sie nach der Hacke griff, die Jola ihr hinhielt. Gar nichts war. Er hat mich quasi vor die Tür gesetzt, er wollte überhaupt nicht reden. Das hätte ich mir sparen können. Es ist, sie senkte den Blick auf den Hackstock, jetzt genau ein Jahr her, die zweite Fehlgeburt, gestern war es. Jola summte Tröstliches, und Ali nickte. Sie überlege, ob sie versuchen sollte, von Boris schwanger zu werden, ergänzte sie. Dazu sagte Jola gar nichts, und Ali hielt den Hahn wieder mit der linken Hand fest, schlug ihm mit der rechten den Kopf ab und bewegte die Hacke hin und her, um sie wieder aus dem Holz zu bekommen. Ein Hautlappen noch verband Körper und Kopf, und Ali musste zweimal draufschlagen, um ihn abzutrennen. Sie verschnaufte kurz, dann griff sie das Gespräch wieder auf. Hat er jetzt wirklich Schluss gemacht? Aus dem Hals des Hahns sprudelte Blut hervor, sein Körper zuckte in Alis Hand, und Jola ging sicherheitshalber zwei Schritte zurück. Ali ließ das Tier über einer Keramikschüssel ausbluten; es dampfte in der kalten Luft. Keine Ahnung, ehrlich gesagt, antwortete Jola. Sie habe gedacht, es wäre in Ordnung für ihn, so, wie es war, doch nun scheine sich das geändert zu haben, und sie verstehe einfach nicht, wieso. Ali sah sie kritisch an. Wirklich nicht? Sogar Gaby flippt wegen dir und Marek, und er hat die emotionale Tiefe einer Kreissäge. Sie tauchte den kopflosen Hahn in einen Kübel mit heißem Wasser und bewegte ihn darin hin und her, gleichzeitig hielt sie nach einem weiteren Huhn zum Schlachten Ausschau. Von einem Hendl würden sie nicht alle satt werden. Na ja, schnaubte Jola. Wenigstens redet der noch mit mir. Und sonst so?, erkundigte Ali sich und zog die Augenbrauen hoch. Jola wurde rot. Also, da hat der liebe Gaby ja gekriegt, was er wollte, stimmt's? Ali zog den Hahn wieder aus dem rasch abkühlenden Wasser und reichte ihn Jola. Sie setzte sich damit auf die

Bank und begann mit dem Rupfen. Du bist besonders scheußlich, wenn du recht hast, sagte sie.

Während Ali den zweiten Hahn enthauptete, dachte sie nach. Ihr Atem stand weiß vor ihr, und ihre Finger wurden steif vor Kälte, in die Handschuhe sickerte wässriges Blut. Die Federn ließen sich nur mit Mühe von dem Körper trennen, der noch immer leicht in ihrer Hand zuckte. Gaby, das ist. Ich würde es sofort beenden, aber... Ali schnaufte, strich sich die Haare unter das Kopftuch zurück und zog damit einen blutigen Streifen über ihre Stirn. ...Er hat sonst niemanden. Ali nickte. Sein Pech, sagte sie nach einer Weile. Aber Marek, fuhr Jola fort, als führe sie ein Selbstgespräch, und Ali nickte wieder. Sie warfen die Köpfe der Hähne in das Hühnerhaus zurück. Die Hendln ließen nichts verkommen.

Jänner 8

(38) Marek war geblieben. Er konnte auch, solange der Winter andauerte, nicht viel anderes tun. Jola ging zu ihm in seinen Verschlag. Es war kalt da drin und roch nicht gut, und sie wünschte zum hundertsten Mal, sie hätte damals nicht diese elende Zwischenlösung vorgeschlagen, sondern sich einfach durchgesetzt und ihn in ihr Haus geholt. Sie hätte nie gedacht, dass er so lange darauf beharren würde, hier zu bleiben; dass er in dem Rohbau überwintern würde. Halblaut rief sie seinen Namen, um ihn aufzuwecken, und er fuhr erschrocken hoch. Entschuldige. Nein, geht schon. Er setzte sich auf, strich sich die strähnigen Haare hinter die Ohren und

blinzelte, und in dem Moment sah er ganz genauso aus wie Aron. Zärtlichkeit und Liebe zogen sie herunter wie ein Senkblei.

Sie tat gar nicht erst so, als sei sie noch böse oder habe ein bestimmtes Anliegen, sondern legte sich zu ihm auf die Matratze auf dem nackten Estrich, die ihm schon seit einem halben Jahr als Bett diente, und kroch unter seine vielen Deckenschichten. Er schlief voll angezogen. Was ist denn?, fragte er verschlafen. Es war zwei Uhr nachmittags, und sie sagte ihm das. Unbeeindruckt richtete er sich auf, tastete nach einer Zigarette und zündete sie an. Der bitter-grüne Geruch war ihr vage vertraut, aber es brauchte ein paar Sekunden, bis sie ihn einordnen konnte. Wo hast du denn das her?, fragte sie, und er hielt ihr den Joint hin und drehte sich einen neuen. Ich habe dein Gewächshaus infiltriert, sagte er, den Filter zwischen den Lippen. Hast du nicht gemerkt, oder? Sie staunte; er lachte sie aus, weil sie ihm das geglaubt hatte, zumindest für einen Moment. Er habe, sagte er, sein eigenes, eine Art Wintergarten in einem Wohnhaus im nächstgelegenen Ort. Die Samen trage er seit Monaten mit sich herum, und gerade, als ihm seine Vorräte auszugehen drohten, seien neue Pflanzen daraus gewachsen. Sie schüttelte den Kopf. Sonst hast du keine Sorgen, als Gras anzubauen… Aber sie zog an der Zigarette, und der Geschmack füllte ihren Mund aus, ein Geschmack, der in eine andere Zeit, aber auch zu ihm gehörte. Sie musste husten.

Er kratzte sich am Kopf; er könnte sich mal die Haare waschen, fand Jola. Was machen die Zitronen, fragte er und blies Rauch aus, der durch die Ritzen der Bretter über ihnen zur unverputzten Decke aufstieg. Das, fuhr sie auf, habe sie ihn schon lange fragen wollen: Wann habe er die bekommen, es sei unglaublich, dass sie tatsächlich gekeimt hatten, er sei ja vor etwa einem Jahr mittlerweile aus dem Süden zurückgekehrt. Wieso Süden, krächzte er, den Mund voll Rauch, die sind nicht aus Italien, sonst wären sie ja viel zu alt. Er sagte das in einem belehrenden Ton, der überhaupt nicht zu ihm passte, und schon gar nicht zu der Rauchwolke, die er danach ausblies. Aber woher denn dann? Das Kraut begann zu wirken, Jola fühlte sich schwer und leicht zugleich. Der Inhalt des Gesprächs begann hinter die Klänge der Worte, die sie wechselten, zurückzutreten.

Marek wich der Frage aus: Er habe sie, sagte er, geschenkt bekommen, auf dem Weg hierher, in einem Dorf in Kärnten. Damit ließ sie ihn nicht davonkommen – geschenkt, von wem? Jemand mit einem Treibhaus voller Zitrusfrüchte? Verdammt, Marek, erzähl mir die Geschichte! Ihr Kopf lag schwer an seiner Schulter, er rauchte immer noch und ließ sich mit der Antwort viel zu lange Zeit. Eine Frau, murmelte sie, den Mund halb geöffnet an seiner Brust. Mhm, gab er zu, die letzte Etappe sozusagen. Mittlerweile hatte er fünf Frauenbekanntschaften eingeräumt. Vielleicht sechs. Okay, egal, erzähl einfach, bat sie. Sie war schon älter, sagte er, vielleicht so Mitte fünfzig. Sie habe allein in einem Haus in dem Kaff gelebt, mit ihren Katzen und einem Hund; eine Kuh habe sie auch gehabt. Als er vorbeigefahren sei, habe sie ihn gerufen, und er sei ihr ins Haus gefolgt. Ihr Name sei Marlies, sie habe sich sehr gefreut, einem Menschen zu begegnen, seit dem Ereignis habe sie niemanden mehr gesehen. Gut für sie, meinte Jola, aber Marek schüttelte den Kopf. Sie sei vor Einsamkeit fast verrückt geworden, habe sie ihm gesagt. Er sei ein paar Wochen bei ihr geblieben, sie habe ihm Mahlzeiten aus im Garten gezogenem Gemüse gekocht und seinen Erzählungen gelauscht, und ja, sie habe ihn auch mit in ihr Bett genommen. Sie hat mir sehr leid getan. Du bist ein guter Mensch, sagte Jola sarkastisch, aber er reagierte nicht darauf.

Marlies habe, berichtete er weiter, früher als Blumenhändlerin in ihrem Heimatort gearbeitet, ihr Hobby sei ihr Treibhaus, in dem sie exotische Pflanzen zog, neben Zitronen auch Mandarinen, Pomelos, Bananenstauden und anderes. Jola versuchte, sich diese Marlies in ihrem Gewächshaus mit all den Pflanzen vorzustellen, die für sie in unerreichbare Ferne gerückt waren – mit einem Schlag waren Bananen, Ananas, Kokosnüsse wieder Phantasmen geworden, Dinge, die es nur in sehr weit entfernten Ländern gab. Falls es dort noch jemanden gab, der sie anbaute. Diese Frau, erzählte Marek jetzt, während er ihren Kopf streichelte, habe einige der Pflanzen am Leben erhalten können. Wie hat sie es aufgenommen, dass du weitergezogen bist?, fragte Jola. Er schwieg eine Weile. Nicht so gut, sagte er schließlich. Er dämpfte ihre heruntergebrannte Zigarette in einem Teller aus und wenig später auch seine, küsste sie und schob seine Hand unter ihr Hemd. He, ich muss wieder rauf, sagte sie, aber das stimmte nicht, und ihm nachzugeben schien in dem Moment das einzig Machbare zu sein.

Wo kann man sich hier waschen, fragte sie später, als es wirklich Zeit war zu gehen. Draußen im Garten ist eine Regentonne, sagte er schlicht. Sie schüttelte sich bei der

Vorstellung. Es hatte Minusgrade; sie roch nach Grasrauch und nach ihm. Jola zog sich unter den Decken wieder an, sie wollte zum Auslüften lieber eine Runde reiten gehen. Nach dem Kindernachtdienst hatte sie gleich eine Frühstücksschicht angehängt, eine Kombination, die sie anders als die meisten ihrer Mitbewohner schätzte. Man musste mit den Kindern ohnehin früh aufstehen, unausgeschlafen war man so oder so, und man konnte sich mit ihnen schon am Abend etwas für die Früh ausmachen, wer wem half und was es zum Frühstück geben sollte und so weiter. Sie hatte ihnen gezeigt, wie man einheizte: Die noch vorhandene Glut anblasen, um ein neues Feuer zu entfachen, das konnten sie fast alle schon alleine. Die Kinder lernten, mit einer Stricknadel in den aufgegangenen Brotteig zu stechen und festzustellen, ob das Brot fertig war, und sie konnten Obst und Nüsse für den Haferbrei schnippeln. Jedenfalls hatte Jola den Nachmittag frei und sollte erst am Abend wieder in der Küche helfen. Marek hatte angefangen, seine Bude aufzuräumen, und sie fand, da müsse sie nicht dabei sein; sie schlang die Arme um seine Hüften, gab ihm einen Kuss und bat ihn, am Abend zum Essen zu kommen. Du hast dich lang nicht blicken lassen, die Kinder vermissen dich, murmelte sie. Alle, fügte sie hinzu. Er drückte sie auf seine Art an sich, eine Hand in ihrem Haar und eine in ihrem Kreuz.

Der Wind war eisig, Jolas Finger wurden trotz der dicken Handschuhe schnell klamm vor Kälte, aber sie wollte zumindest eine kurze Runde mit dem General drehen, ohne einen bestimmten Zweck. Der Ritt durch den Schnee schien ihm sehr zu gefallen. Die Nüstern des Pferdes produzierten rhythmisch weiße Wölkchen, von seinem Körper stieg Dampf auf. Sie querten einen Bach, und auf der anderen Seite sah Jola sie: Eine kleine Gruppe Füchse zog durch den tiefen Schnee in Richtung Wald. Sie verhofften, und eine Fähe sah misstrauisch zu ihr auf. Haltet ihr euch von meinen Hendln fern, rief sie ihnen zu, dann bleiben wir Freunde. Wie auf ein Kommando stoben die Füchse durch den Schnee, rotbraune Geschosse in dem wattigen Weiß. Jola wendete das Pferd und ritt nach Hause. Über ihren Kopf zog wieder ein Graureiher, vielleicht war es derselbe.

(39) Alex hatte schon mit den Vorbereitungen für das Abendessen begonnen, als Jola an der Tür ihre Stiefel auszog und „Sorry" rief. Er war schon dabei, Erdäpfel, Pilze und Gemüse zu waschen und zu zerkleinern. Jola bot an, Salat aus dem Gewächshaus zu holen, und er stimmte erfreut zu. Mit drei Salatköpfen in den Armen kehrte sie zurück, putzte und wusch die Blätter und stellte sie zum Abtropfen in ein Sieb. Alex summte eine Melodie, die ihr nicht gleich bekannt vorkam, doch nach einer Weile stimmte sie ein – es war ein Lied von einer österreichischen Band, das eine Zeitlang im Radio rauf und runter gespielt worden war, und obwohl sie es damals nicht besonders gemocht hatte, freute sie sich jetzt über den Klang und die Worte. Schon damals hatte es eine vergangene Zeit heraufbeschworen, die natürlich eine bessere gewesen war. Es ist, sagte Alex unvermittelt, während er Erdäpfel in Scheiben schnitt, übrigens endgültig aus mit Ali, von ihrer Seite jedenfalls. Jola atmete tief durch. Sie legte das Schälmesser hin und berührte

seinen Unterarm. Was ist passiert?, fragte sie, aber er wusste ja, dass sie es wusste.

Weißt du, was mich am meisten fertigmacht?, sagte er, und sie überlegte, ob sie ihn in den Arm nehmen sollte oder ob das nicht einen Tick zu viel wäre. Das waren auch meine Kinder. Wären es gewesen. Und ich habe auch getrauert, als es passiert ist, und ich habe versucht, für sie da zu sein. Aber, er wandte sich von ihr ab, um Holz nachzulegen, es schaut so aus, als ob sie mir die Schuld daran gibt. Jola machte verneinende, beschwichtigende Geräusche, aber er wiederholte: Doch, sie gibt mir die Schuld. Sie hat es sogar gesagt: „Wir sind vielleicht einfach nicht kompatibel." Da hab ich sie daran erinnert, dass wir schon ein Kind zusammen haben, aber das hat sie gar nicht gelten lassen. Weißt du, er stockte. Sie will nichts mehr mit mir ... wir haben nicht ... Das weiß ich, fiel Jola ihm schnell ins Wort. Na ja, natürlich weißt du es. Er wischte sich mit der Handfläche über das Gesicht, seine typische Geste, wenn er sich aufregte.

Dann begann er, die beiden großen Auflaufformen mit Öl einzupinseln. Jola schenkte ihm und sich ein Glas Wein ein. Sachte strich sie über seinen Rücken, während er weitersprach. Dabei fragte sie sich, ob er das noch niemand anderem erzählt hatte, ob er mit seinem Kummer nicht zu einem der anderen Männer gegangen war. Bei dem Gedanken schüttelte sie unwillkürlich den Kopf, was er auf etwas bezog, das er gerade gesagt, sie aber überhört hatte: Ja, oder? Ich begreife das einfach nicht. Er seufzte, stellte das Weinglas unberührt weg – Alex war noch nie ein großer Trinker gewesen – und widmete sich dem Käse, den er in die gequirlten Eier bröckelte, dann goss er das Gemisch über die Auflaufmasse. Die ausgleichende Wirkung von Mareks Joint war abgeklungen, und Jola ertappte sich dabei, wie sie an ihn dachte, und ob er wirklich später aufkreuzen würde.

Dann riss sie sich zusammen, hörte Alex wieder richtig zu, warf Fragen ein, von denen sie glaubte, sie würden ihn weiterbringen, und machte ihm Vorschläge, wie er sich verhalten solle, was er in einem möglichen Gespräch mit Ali vorbringen könnte. Insgeheim fürchtete sie, Argumente würden so oder so nichts fruchten. Er hatte recht: Ihre Freundin hatte sich in den Gedanken verbissen, dass ihre und Alex' Gene irgendwie inkompatibel waren, und nichts, was Jola ihr darüber sagte, im Wesentlichen, dass das ausgemachter Schwachsinn sei, konnte sie überzeugen. Vielleicht, überlegte Jola, wollte sie es glauben. Vielleicht war es ihr Ausweg aus der Misere, in der sie sich seit der ersten, spätestens der zweiten Fehlgeburt befand.

Alex öffnete die Ofentür, stellte die Formen ins Backrohr – sie passten genau nebeneinander, nach solchen hatte er lange gesucht – und schloss die Tür. Jola legte wieder Holz nach, aber nicht zu viel; die Temperatur sollte jetzt möglichst konstant bleiben. In etwa einer dreiviertel Stunde würde das Essen fertig sein. Sie wisse nicht, sagte sie zu ihm und versuchte erneut, ihm sein Glas in die Hand zu drücken, was sie ihm raten solle, außer Geduld mit Ali zu haben, ihr zuzuhören und sie seiner Zuneigung zu versichern. Er schnaubte. Mit eben dieser Zuneigung könne sie ja nichts mehr anfangen. Er sei, sagte er leise, schon oft über seinen Schatten gesprungen, vor allem was ihre Beziehungen zu den anderen angehe. Jola sah zu Boden und nickte zustimmend. Was glaubst du, Jola?, fragte er leise, hat das noch irgendeine Zukunft mit ihr?

Drei der Kinder enthoben sie einer Antwort: Sie stürmten in die Wohnküche, wollten helfen, den Tisch decken, wissen, was es zu essen gab und wann, den Salat waschen und so weiter. Also gab Alex Lena Besteck aus der Lade heraus, Daniel sollte Servietten falten – golden leuchtete immer noch „Sonnenhof, Ihr schönster Platz an der Sonne!" –, und Noah durfte Jola mit dem Salat helfen. Im Vorbeigehen legte sie Alex, der nicht viel größer als sie war, noch einmal den Arm um die Schulter.

Beim Essen saß sie zwischen Jakob und Marek, was verwirrend war; aber es gab keine Probleme oder Zwischenfälle. Der Auflauf war gut, er hatte diese genau richtig braune Kruste, die Alex immer perfekt hinbekam, und nur er. Die Kinder zogen sich bald in ihre Spielecke zurück, und Rosa wurde ins Bett gebracht. Jola und Alex wuschen das Geschirr ab, und sie lauschte auf die Gesprächsfetzen, die vom Tisch her zu ihr drangen. Alex schaute sie an und lächelte wissend. Weich die Formen ein, ich mach das dann später fertig, bot sie an, und er nickte, zog die Kochschürze über den Kopf und bedankte sich bei ihr.

Bei Tisch war man zu einer Unterhaltung über Energieversorgung, Leitungen und Ersatzteile übergegangen. Jola war zu müde, um noch richtig zuzuhören. Sie verstand nicht ganz, warum es schon wieder einen Mangel geben sollte, da doch Marek und sie erst kürzlich für Nachschub gesorgt hatten, aber diesen Hinweis verkniff sie sich lieber.

(40) Der Jänner ging zu Ende, und Anias Kind kam. Sie hörten Erich über das Funkgerät, das sie zu diesem Zweck hervorgeholt, abgestaubt und alle paar Stunden für einige Minuten eingeschaltet hatten. Es stammte aus einer nahe gelegenen Polizeistation, und anfangs hatten sie ständig damit herumgespielt, aber in Wahrheit brauchten sie es selten. Sie hatten nie ein fremdes Signal damit empfangen können. Das Empfangsgerät bei Erich aufzustellen, der als ihr Hausarzt fungierte, war hingegen sinnvoll. Die Geburt hatte in den frühen Morgenstunden begonnen, und Lennart war sofort zu den Nachbarn hinuntergefahren. Zu Mittag funkte er ihnen – ein Bub, soundsoviel Kilo und XY Gramm, Ania und dem Neugeborenen gehe es sehr gut. Die Kinder wollten so schnell wie möglich das Baby sehen, wurden aber auf einen der nächsten Tage vertröstet.

Lennart blieb die erste Nacht über dort, dann zog er zurück ins Haus, aber er besuchte Ania und das Kind jeden Tag zwei-, dreimal, an einem sogar fünfmal. Ali und Jola kamen nach einigen Tagen mit, sie brachten Hühnersuppe und abgelegte Babysachen. Erich machte ihnen auf. Er sah todmüde und zerrupft, aber nüchtern aus. Sag ihm, flüsterte er Jola bei der Begrüßung ins Ohr, er soll einfach dableiben. Das Hin und Her regt mich auf, es stört keinen, wenn er da ist, und ihr geht's auch besser. Gratuliere, Vater Bär, sagte Jola und lächelte. Ania hatte anfangs Probleme mit dem Stillen gehabt, aber Lennart gab alle guten Tipps, die sie auf Lager hatten, an sie weiter. Erich hatte ihr eine Salbe für die wunden Brustwarzen angerührt; er und Lennart nahmen ihr das Neugeborene immer wieder für Stunden ab. Wie heißt er denn?, fragte Ali, die das Baby verzückt anschaute und seine kleine Hand hielt. Sie hätten sich, sagte Ania, gerade vorhin auf Nikolaus geeinigt. Sie hätte Alexander vorgezogen – Ali bemühte sich, keine Reaktion zu zeigen –, aber aus naheliegenden Gründen sei es nun dieser Name geworden. Und mit dem zweiten Namen, Ania stöhnte, als sie sich in eine sitzende Position hievte, heißt er Samir. Wie mein Vater. Mir kommt vor, er sieht ihm ähnlich. Jola konnte sehen, dass sie sich das Weinen verbiss, und drückte ihre Hand.

Lennart brachte Tee. Sie sprachen noch eine Weile über Anias Beschwerden, die anhaltenden starken Blutungen, diese gruseligen schwarzen Kügelchen, die dabei waren – doch, sagte Jola, das ist normal, es geht bald vorbei –, sowie den mangelnden Trinkeifer des Babys und verglichen ihre Geburten miteinander. Dabei wunderte Jola sich, dass Erich seiner Freundin so wenige Informationen über diese Dinge gegeben hatte. Lennart und Erich schienen sich zu vertragen. Das ist vermutlich mehr, als man verlangen kann, dachte sie.

(41) In diesem Winter trat etwas ein, das Jola seit Langem erwartet hatte: Ihr Smartphone gab ein für alle Mal den Geist auf. Freilich war es schon seit kurz nach dem Ereignis nicht mehr möglich gewesen, online zu gehen oder zu telefonieren, aber sie hatte noch einige Zeit Fotos und Videos machen und anschauen können. Viele Fotos hatten sie ausgedruckt, und sie waren froh, Bilder aus den ersten Jahren der Kinder zu besitzen. Zuletzt hatte Jola mit dem Gerät nur noch eins tun können: eine

Audionachricht anhören, die einzige, die sie je von ihrer Mutter bekommen hatte: Also Schatzi, ich probier das jetzt auch einmal. Die Stimme ihrer Mutter wurde hier leiser, vermutlich deshalb, weil sie ihr Handy nicht im richtigen Winkel zum Mund gehalten hatte. An dieser Stelle musste Jola lächeln; ihre Mutter war kein Fan moderner Technik gewesen, und sie hatte sich nicht die Mühe gemacht, solche Dinge richtig zu lernen. Also wegen dem Fest, also es geht schon, dass deine Freundinnen bei uns schlafen, aber sie sollen bitte … Jola kannte die Nachricht längst auswendig – sie hatte sie nie jemand anderem vorgespielt, auch nicht den Kindern. 0:49 Minuten lang war das Audio, und es endete immer mit: Gute Nacht, Schatz, hab dich lieb. Sie legte den toten, kleinen Kasten in die Schublade ihrer Kommode zurück. Vielleicht wollte einmal jemand versuchen, es wiederzubeleben, vielleicht ja sogar noch während ihrer Lebenszeit. Sie legte sich aufs Bett und schaute hinauf zu den kaputten Lichtern in der abgehängten Decke.

Manchmal schlug die Panik unerwartet zu; dann schlich sie sich an sie heran und sickerte in ihr Herz, in ihre Lunge, in die Hohlräume ihrer Knochen ein. Dann musste sie sehr auf ihre Atmung achten, um nicht völlig außer sich zu geraten. Aber manchmal, und das war noch schlimmer, schlug es um in etwas anderes, Düsteres und Übelkeit Erregendes; etwas, das sie niederdrückte und ihr die Luft herauszupressen schien. Wenn sich das anbahnte, oft als Kitzeln in der Magengrube, trank Jola schnell ein Glas Wasser, und manchmal ging es dann vorbei, manchmal nicht. Wenn sie konnte, verwandelte sie die Panik in Wut; wenn sie rechtzeitig damit anfing, sich in den Zorn hineinzusteigern, konnte sie es schaffen. Mit den Jahren gelang es ihr immer besser, aber auch die Wut machte ihr Angst. Tabletten, sagte Ali am Abend; sie zuckte die Achseln. Hin und wieder nehme ich eine. Sie machen nicht süchtig. Aber, gab sie nach einer kurzen Pause zu, man kriegt davon echt merkwürdige Träume. An diesem Abend tranken sie sehr, sehr viel. Wo sind sie?, flüsterte Jola, kurz bevor sie das Bewusstsein verlor und Ali Jakob holen musste, damit er sie ins Bett brachte.

Februar 8

(42) Ein paar Tage später suchte sie Jakob in seinem Zimmer auf – diesmal war es nicht abgeschlossen. Es war schon spät; draußen reagierte sich der Fön an den Bergen ab, trotzdem blieb es im Haus eiskalt. Rosa schlief bei ihm, er bedeutete ihr, leise zu sein, und legte das Kind sorgsam auf die andere Seite, wo es durch die Wand vor dem Herausfallen geschützt war. Dann klopfte er auf den Platz neben sich, und sie schlüpfte zu ihm unter die Decke. Seine Nähe und Körperwärme machten sie weich und hilflos. Sie nahm seine Hände in ihre und versuchte, im Dunkeln sein Gesicht auszumachen. Du fehlst mir so, murmelte sie und rutschte nahe an ihn heran. Während sie noch überlegte, welche Versprechungen sie ihm guten Gewissens machen konnte, begann er ohne Überleitung zu reden. Seine Stimme hörte sich fremd an, und auch das, was er sagte, war es, denn er redete von früher. Zum ersten Mal sprach er von seiner Frau, darüber, welchen Beruf sie ausgeübt und wie er sie kennengelernt hatte.

Zum ersten Mal nannte er ihren Namen. Er machte weniger Pausen, als es für eine Unterhaltung selbst der einseitigeren Sorte normal gewesen wäre. Von seinen Eltern und von seinen Freunden erzählte er, schilderte ihr das Haus, das er renoviert hatte und das zum Zeitpunkt des Ereignisses noch nicht fertig gewesen war; er nannte ihr sogar die Farbe, die der Zaun rund um das Haus hätte bekommen sollen, und erwähnte, dass die Farbkübel dafür bereits in der Garage gestanden seien.

Gut eine Stunde hörte sie ihm zu, ohne dass sie etwas einzuwerfen oder zu fragen wagte. Von seiner Arbeit sprach er, wie gern er an der Berufsschule unterrichtet hatte, und davon, wie seine Frau und er sich auf ihr Kind vorbereitet hatten. Das Bild dieser Frau stieg in Jolas Vorstellung auf: Sie hatte weiches, rotes Haar und sanfte Augen; sie hielt ihren Bauch mit einer Hand und stützte die andere an einen schräg stehenden Festzeltbalken. Weiter und weiter redete Jakob, langsam und ein wenig so, als lese er ein lange vorbereitetes Textkonvolut ab. Vielleicht kann er nicht mehr aufhören, überlegte Jola. Sie empfand seinen Wortschwall als Erleichterung und als unheimlich zugleich und fing an, sich zu sorgen, wie es enden würde. Aber schließlich hörte er einfach auf. Sie konnte ihn im Dunkeln nicht gut sehen, ihre Fingerspitzen ertasteten Nässe auf seinen Wangen. Mehr als sein Gesicht zu streicheln, traute sie sich nicht; noch nie hatte sie ihn weinen sehen. Ihr Brustraum füllte sich mit Wärme. Jola wagte nicht, zu ihm von ihren Gefühlen zu sprechen, es schien ihr unpassend. Nach einer Weile fragte sie ihn, ob er schlafen wolle, und er verneinte. Dann sagte sie, dass sie ihm dankbar sei, wie er ihr damals im

Weinkeller geholfen habe. Sie spürte, wie Jakob sich neben ihr auf die Seite drehte und sich ihr zuwandte. Was sie meine, fragte er; er klang überrascht und wieder mehr wie er selbst. Jetzt kam es ihr dumm und unsensibel vor, dass sie davon angefangen hatte, doch er beharrte auf seiner Frage. Er habe sie doch vor diesem Mann gerettet, versuchte sie es, dem, der sie attackiert habe. Sie sei sehr froh, wiederholte sie mit Nachdruck, dass er sie damals vor dem beschützt habe.

Jakob schüttelte den Kopf. Jola richtete sich halb auf, um ihn besser anschauen zu können. Was, flüsterte er. Das warst du? Jetzt musste sie sich ganz aufsetzen. Das Kind neben ihm schlief tief und ruhig, und sie sprachen halblaut weiter. Du hast ihn von mir runtergezogen, beschwor sie ihn aufgeregt, sich zu erinnern, und zog sich die Decke bis an den Hals, diesen Kerl, der mich … das warst du, das gibt es nicht, dass du das nicht mehr weißt. Jakob legte eine Hand über seinen Mund und murmelte, doch, da gebe es schon eine Erinnerung, er habe nur nicht mehr gewusst, dass sie die Frau gewesen sei. Und überhaupt sei er sich nicht mehr sicher gewesen, flüsterte er, ob er das wirklich erlebt habe oder ob es eine Halluzination oder ein Traum gewesen sei. Jola legte sich flach hin. Doch, das war ich. Und du hast ihn geschlagen und rausgeworfen, auf die Straße. Und ich glaube, dachte sie, dann hast du ihn getötet. Oh Gott, Jola, stöhnte er. Eine Weile noch blieb sie liegen, aber er berührte sie nicht und drehte sich nicht zu ihr um. Es kam ihr mehr und mehr unpassend vor, in seinem Bett zu liegen; sie fühlte gar nichts mehr. Jakob?, fragte sie irgendwann leise ins Dunkel hinein, aber es kam keine

Antwort, und sie ging, leise und vorsichtig mit der Tür, in ihr Zimmer zurück.

Eine der kleinen Ziegen hatte es nicht durch den Winter geschafft, sie lag eines Tages reglos in einer Ecke des Auslaufs. Woran sie gestorben war, ließ sich nicht herausfinden. Es wurde aus diesem Grund beschlossen, auf ihr Fleisch lieber zu verzichten. Die Kinder waren traurig und verunsichert. Dass Tiere starben, wussten sie natürlich, und sie hatten sogar schon bei der Schlachtung von einigen ihrer eigenen Hühner zugeschaut und deren Fleisch gegessen. Aber die hübschen, lebendigen Ziegen waren für sie eher Spielkameraden und Haustiere, jede hatte einen Namen, und die Kinder verfolgten und kommentierten ihre Entwicklung genau. Sie fassten den Beschluss, dass das Tier begraben werden solle. Es war noch kalt, die Böden waren hart und schwer umzugraben. Aber Boris und Jakob taten ihr Bestes, und alle Kinder halfen beim Graben einer Grube, tief genug, um die kleine Ziege aufzunehmen. Die Kinder machten eine große Sache daraus, sie bastelten kleine Grabbeigaben für die Ziege und rupften Zweige von den Nadelbäumen, um sie damit zuzudecken. Als die Erde auf den Körper des Tiers fiel, weinten sie. Die Beerdigung markierte den Auftakt zu einem Frühling und Sommer der Begräbnisse: Jeder kleine Vogel, der aus dem Nest gefallen oder von einem missgünstigen Geschwister hinausgekippt worden war, jeder tote Schmetterling und jede auf der Straße verschmachtete Blindschleiche wurde würdevoll zu Grabe getragen.

Ali und Jola beäugten diese Entwicklung mit Unbehagen. Es war so morbid, wie sich die Kinder mit dem

Zimmern winziger Särge und Holzkreuze beschäftigten, wie sie Gebinde aus Tannenzweigen und den allerersten Frühlingsblumen wanden und Trauergesänge anstimmten. In Ermangelung einer wie immer gearteten religiösen Erziehung und Anschauung gerieten ihre Rituale obendrein recht archaisch, sie tanzten mit den Orff-Instrumenten lärmend und klagend über die kleinen Gräber. Das sei, versuchte es Lennart zu erklären, eben ihre Art, mit dem Tod umzugehen. Sie seien schließlich von Geburt an davon umgeben; von den vielen Toten ihrer Eltern, die sie aus Andeutungen und Geschichten kannten. Und auch von ein paar neueren. Verbieten konnten sie es ihnen jedenfalls nicht.

März/April 8

(43) Im Frühling schlug Jakob erneut Alarm: Die Solaranlage auf dem Dach beginne zu kollabieren, zu reparieren sei sie nicht mehr. Offensichtlich hatten ihre Vorbesitzer zu den Pionieren der alternativen Energieversorgung gehört, was bedeutete, dass das System schon recht alt war. Man müsse alle Platten ersetzen, versuchte er es allen in einfachen Worten verständlich zu machen, sie müssten mindestens zehn, besser aber sechzehn neue Module auftreiben. Auf einem Pferderücken ließen sich keine zehn, geschweige denn sechzehn Solarmodule transportieren, soviel stand fest. In welchem Zustand die Straßen, auf denen Marek im Spätsommer zu dem Werk gefahren war, sich jetzt befanden, konnte niemand wissen. Trotzdem sollten sie es versuchen, meinte Alex.

Sie könnten sich nach einem Geländewagen mit offener Tragfläche umsehen; solche Fahrzeuge hatten sich just auf dem Höhepunkt der Klimawandeldebatte kurz vor dem Ereignis großer Beliebtheit erfreut, es sollte möglich sein, eines zu finden. Jola war unbehaglich bei dem Thema. Das Ganze konnte so oder so keine Dauerlösung sein. Immer wieder dachte sie an Windräder, an Dinge, die sie selber bauen und in Gang halten könnten. Aber die Männer schienen fest entschlossen, am Solarsystem festzuhalten. Jola hatte Vertrauen in Jakobs Fähigkeiten, doch das kam ihr wie eine Sackgasse vor. Eine Übergangslösung, mal wieder, dachte sie, als sie ihn einmal mehr auf das Dach steigen sah.

Ostern, dessen Datum ihnen schleierhaft war, feierten sie nicht. Obwohl sie wussten, dass es sich dabei um einen beweglichen Feiertag handelte, dessen Termin mit einer komplizierten Methode berechnet wurde, hatten sie von dieser Methode keine Ahnung. Einfach einen Termin festzusetzen, kam ihnen ebenfalls falsch vor. Im Bewusstsein, dass mit ihrer Generation wahrscheinlich jahrtausendealte Bräuche und Riten verschwinden würden, fanden sie es doch besser, einen klaren Strich zu ziehen. Ein paar von ihnen, vor allem Alex, versuchten noch, mittels Bibelzitaten und Geschichten vom Eierfärben etwas am Leben zu erhalten, doch es mangelte im Grunde allen am Interesse. Letztlich, sagte Ali während einer Diskussion darüber, sei ihnen ja wohl etwas zugestoßen, das mit Religion ein für alle Mal abschließe. Sie jedenfalls habe während des Ereignisses keinen einzigen Engel gesehen, Teufel ebenso wenig und auch sonst kein übernatürliches Wesen, weder strafend noch rettend, sei in Erscheinung getreten. Jola war sich da nicht sicher. Im Gegenteil könne man gut und gern neue Kulte aufbauen rund um das Ereignis, was immer es gewesen war, sagte sie. Es sei aber, ließ sich Gabriel vernehmen, recht schwierig, etwas so Abstraktes wie das Ereignis oder die Auslöschung anzubeten oder zu fürchten. Er würde sich wundern, wandte Jola ein, was die Menschen alles zu verehren imstande seien; sie habe das für ihre Familie jedenfalls nicht vor. Hier wird niemand verehrt oder gefürchtet, mit Ausnahme der Großen Mutter, scherzte Gabriel.

Boris klinkte sich ein. Er rieb seine Hände mit einem Geschirrtuch trocken und näherte sich dem Tisch. Worüber ich immer nachdenken muss seither. Ali winkte ihm, damit er sich neben sie setzte. Glaubt ihr, sagte er langsam, es ist eine Strafe gewesen? Das, antwortete Jola mit einem Kopfschütteln, ergibt überhaupt keinen Sinn. Waren wir denn so perfekt, dass ausgerechnet wir dem entgangen sind? Warum meine Mutter und nicht ich? Ali pflichtete ihr bei: Es war wohl kaum ein Zufall, dass alle diese Leute im Keller überlebt haben. Irgendwas dort hat uns geschützt. Keine Ahnung, was oder warum. Und bei Em und den anderen Leuten muss es was Ähnliches gewesen sein. Gabriel nickte. Jetzt warfen sie alle ihre Überlegungen zum Thema Ereignis ein, alles, was sie seit Jahren nur in Andeutungen gestreift und selten laut ausgesprochen hatten. Ein extrem rasch wirkendes, zersetzendes Gift oder ein Virus? Außerirdische? Kosmische Strahlung? Ein chemisches Element oder Metall in der Erde, das gegenwirkte, sodass sie, ausgerechnet, überleben konnten? Aber, Boris sah verzweifelt drein, das ergibt doch alles überhaupt keinen Sinn. Ja, Ali tätschelte seine Hand, natürlich nicht.

Während des Winters hatte sich Jakobs chronisches Leiden, Schmerzen und Verspannungen, ausgelöst durch eine alte Sportverletzung an der Schulter, verschlimmert; er konnte zeitweise den Kopf kaum auf die linke Seite drehen. Jola stellte nach einem Rezept in einem Ratgeber namens „Deine innere Kräuterhexe. Heilen und zaubern nach uralter Wicca-Tradition“ eine Salbe aus Wachs, Öl, Brennnesseln, Teufelskralle und anderem Grünzeug her, das auf der Wiese und im Garten wuchs. Das Buchcover zeigte eine rothaarige, in flatternde Tücher gewandete Frau, die über eine Wiese tanzte. Jola fand es bemerkenswert ironisch, dass dieses Buch zu den Grundpfeilern ihrer aktuellen medizinischen Versorgung gehörte; aber wenn sie die esoterischen und mystischen Verbrämungen ignorierte, gab es ein paar gute, handfeste Grundlagen über Kräuter- und Heilkunde her. Die Rezepte waren alle nachvollziehbar – die Zaubersprüche ließ sie weg –, und fast alles, was man dafür benötigte, wuchs in der Nähe. Ali und sie hatten begonnen, eine Sammlung an Heilpflanzen anzulegen, und diese mithilfe von Büchern und Lexika zu bestimmen. Einige der Pflanzen waren erstaunlich wirksam, sodass Vorsicht geboten war – eine Verwechslung könnte durchaus gefährlich werden. Jola trug Jakob die Salbe jeden Abend auf und massierte seine schmerzenden Schultern. Dieses Ritual war an die Stelle jeglicher anderer Beziehungen zwischen ihnen getreten; nach dem merkwürdigen Austausch in jener Februarnacht schien es das Äußerste an Intimität, das sie beide ertragen konnten. Du arbeitest zu viel in unbequemer Haltung, sagte sie. Also bin ich auch noch selber schuld?, stöhnte er, als die brennende Salbe ihre Wirkung tat. Jola saß auf seinem Rücken und drückte unbarmherzig in seine Knoten und Verspannungen hinein. Er musste einen Schrei und ein Lachen gleichermaßen unterdrücken. Macht dir das Spaß?

Herbst/Frühling 2

(44) Die Bücherregale des Sonnenhofs waren gut, aber wahllos gefüllt. Jola lag auf dem Bett, müde von dem Wenigen an Arbeit, das die anderen sie noch machen ließen, und las das Alte Testament. Dieses Bild von sich selbst – mit einem riesigen Bauch in der Bibel lesend – hätte sie vor wenig mehr als einem Jahr zutiefst verstört; aber es gab im Haus kein Buch mehr, das sie nicht bereits gelesen hatte oder das in Frage kam, selbst wenn sie ihre Ansprüche zurückschraubte. Krimis und Thriller dominierten, dazu kam ein Querschnitt durch die anspruchslosere Belletristik der vergangenen dreißig Jahre, neben einer Doderer-Gesamtausgabe mit Goldschnitt, die in der Suite gestanden hatte. Sonst war da noch einiges an Ratgebern zur Verbesserung der Lebenszufriedenheit, Bücher über Yoga und Meditation sowie solche von Mönchen, die sich über Gott und die Natur verbreiteten. Aus der öffentlichen Bibliothek hatte sie damals nur Bücher mitgenommen, die ihr unmittelbar nützlich erschienen waren, also Sach- und Fachliteratur, keine Romane oder Erzählungen. Jetzt sehnte sie sich nach guten Geschichten. Ihre Hausgenossen fingen damit weniger an,

aber auch sie griffen manchmal zu einem Band, bevor sie sich abends in ihre Zimmer zurückzogen.

Jola war eine Leserin, die Bücher ernst nahm, und so las sie, nachdem sie die letzte Seite der *Strudlhofstiege* umgedreht hatte, erst einmal eine Zeitlang nichts mehr – danach kam ihr jedes andere verfügbare Buch trivial und schlecht geschrieben vor, doch für mehr Doderer fehlte ihr die Kraft. Aber die Bibel – warum nicht. Sie war noch nicht über das Buch Genesis hinaus, da stellte sie sich die Frage, wie man Kindern etwas so Abgedrehtes ernsthaft zumuten konnte. Bei der Ausgabe handelte es sich um eine leicht vergilbte Schulbibel in Grasgrün, mit hauchdünnen Seiten. Doch langweilig war es nicht, und so hörte sie die Tür nicht gehen, als sie gerade beim Auszug aus Ägypten angekommen war, und fuhr heftig zusammen, als sich ein Körper schwer neben sie plumpsen ließ. Bitte Gaby!, schrie sie, kannst du bitte anklopfen! Er atmete in ihre Schulter hinein und lachte leise. Habe ich doch, flüsterte er; er roch nach Stall. Was liest du da? Jola zeigte ihm das Cover, und er griff danach, schaute es stirnrunzelnd an, legte es weg und drehte sie zu sich herum, aber sie kippte ihn auf den Rücken und kniete sich auf ihn. Dein Bauch, sagte er anerkennend.

Sie kannte ihn lange; es erschien ihr unkompliziert. Wenn Marek wieder da war, wollte sie es beenden. Sie hatte es satt, allein in dem riesigen Bett zu schlafen, und es gab ihr auch ein Gefühl der Genugtuung; was zum Teufel hielt ihn so lange auf? Er hätte längst wieder da sein sollen. Bin ich eigentlich dein Lückenbüßer?, fragte Gabriel jetzt überraschend hellsichtig. Wie läuft es mit Ali?, fragte sie statt einer Antwort, und er ließ es gut sein.

Schwanger, erzählte sie später Ali, habe sie nicht nur ein gesteigertes Anlehnungsbedürfnis, sondern auch häufiger als sonst Lust auf Sex. Nicht rechtfertigen, ist mir ganz egal, gebot die Freundin mit erhobener Hand; sie war blass. Und wie geht's dir heute?, erkundigte Jola sich. Sie wusste seit Kurzem um Alis Zustand, und nun konnten sie sich über Symptome und Geburtsangst austauschen. Frag nicht. Ali schüttelte den Kopf. Hast du Angst? Extrem. Du? Das wird nicht gerade ein Kinderspiel, oder? Die ganze Zeit am Rücken liegen ist mühsam, sagt, also hat meine Mutter gesagt. Jola rieb sich mit den Handkanten fest über die Augen. Ja, und sonst. Wenn es verkehrt liegt, ist es schlecht. Was machen wir dann? Weiß nicht, hoffen, dass es nicht so ist? Spitzenplan!, ätzte Ali. Ja, und ordentlich Hände waschen ist gut, bevor man der Frau an die ... Was, glaubst du echt, das mache ich! Niemals. Jola starrte Ali an. Doch, das wirst du, sagte sie ernst, weil du es entgegennehmen musst, und du wirst die Nabelschnur abklemmen und durchtrennen, und dann wischst du das ganze Blut und den Dreck ab und gibst mir mein Baby. Und ich werd das auch für dich tun.

Monat um Monat verging, Marek kehrte nicht zurück. Noch ein weiterer, ein regennasser, windiger November, kam und ging, unerbittlich lange Tage, die eine Schleppe aus Nebel hinter sich herzogen. Doch etwas sehr Urtümliches schützte Jola vor zu großer Trauer und Sorge. Es war, als hülle eine Extraschicht Gelassenheit diese schädlichen Gefühle ein wie Wachs: Das ist jetzt nicht so wichtig, sagte ihr Körper ihr, und ließ sie an einer Stelle ihrer Seele abhärten und gleichgültiger werden, damit sie sich an einer anderen für das Kind öffnen konnte.

Also das ist unerträglich, dachte Jola, als es so weit war, halb entrückt von den Schmerzen und den Drogen, die ihr Körper aufwendete, um sie irgendwie bei der Stange zu halten. Sie versuchte, ungläubig angesichts der immer noch stärker anwachsenden Schmerzen, die Fassung zu bewahren, um den anderen nicht noch mehr Angst einzujagen. Lennart war da, und Ali, auch hin und wieder jemand anderer, mit blassem Gesicht und mit irgendwelchen Gegenständen hantierend. Ihr Sichtfeld verengte sich, und sie nahm niemanden mehr richtig wahr. Ihre Angst wich einer Art Rage, tief sitzender, finsterer Wut, und mit einem langgezogenen Schrei, der alle ihre Hausgenossen bis ins Mark erschütterte, schob sie ein letztes Mal an, und zusammen mit einem Schwall Blut und einer Menge Unrat kam Aron zur Welt. Ali fing ihn auf, schlecht werden konnte ihr später, sagte sie sich, aber später war alles einfach nur gut. Ständig schlich sich einer der Männer, selbst Jakob, ins Wochenzimmer, um nach Jola und dem Kind zu sehen, sie wollten es im Arm halten, säuselten etwas von winzigkleinen Ohren, Fingernägeln und so weiter und waren bemüht, sich nützlich zu machen. Von Ali wurden sie ohnehin eingeteilt; es war die Zeit der ersten Dienstpläne, ihr Einfall, und niemand hatte etwas dagegen, denn es gab ihnen ein bisschen Routine und Struktur. Jola machte ihr Busen zu schaffen: Er war auf die doppelte Größe angeschwollen, und sie hatte noch eine ganze Weile ziehende Schmerzen im Unterleib. Dem Baby schien es blendend zu gehen. Seine Haare waren schwarz und seine Augen rund und grau; die Haut an seinen Fingern erinnerte an trockenes Pergament, aber nach wenigen Tagen wurde sie weich und rosig.

Als Aron eine Woche alt war, beschloss Jola, dass er eine Geburtsurkunde brauchte. Jemand brachte ihr ein etwas festeres Blatt Papier im A4-Format – so etwas gab es im ehemaligen Büro –, und sie schrieb mit Schönschrift Namen, Geburtsort und Staatsbürgerschaft sowie einige weniger offizielle Fakten wie Geburtsgewicht und -länge, die genaue Uhrzeit, Augenfarbe und Haarbestand und so weiter darauf. Weiters den Namen der Mutter und des Vaters. Sie berührte die Schrift, als die Tinte trocken war. Seinen Nachnamen hatte sie lange nicht mehr gehört oder ausgesprochen. Knapp vier Monate nach Aron wurde Daniel geboren. Ali tat sich furchtbar schwer, und ein paar schreckliche Stunden lang befürchtete Jola, das Kind könnte wirklich in Steißlage liegen. Obendrein machte Alex alle verrückt mit seiner ungeheuren Angst um Ali; ihn zu beruhigen kostete fast genauso viel Energie, wie der Gebärenden beizustehen. Jola bemühte sich, Ali mit Atemübungen, gutem Zureden und Massagen zu helfen, und endlich, nach fast eineinhalb Tagen an- und abschwellender Qualen, glitt das Kind aus ihr heraus, gesund und nur ein bisschen blau. Jola wischte es sauber, befreite seine Nasenlöcher von Schleim und reichte ihrer Freundin den Säugling. Sie streichelte ihre verschwitzten Haare, flüsterte ihr einen Glückwunsch ins Ohr und überließ sie der Fürsorge der Männer; dann ging sie in ihr Zimmer, stillte ihr eigenes Baby und schlief ganze vier Stunden am Stück, bis es sie wieder aufweckte.

Niemand von ihnen hatte viel Erfahrung mit Babys: Erstaunlicherweise hatten sie sämtlich keine jüngeren Geschwister gehabt oder andere Erfahrungen auf diesem Gebiet gesammelt, die über ein bisschen Babysitten hinausgingen. Sie mussten mit dem, was sie aus Büchern lernten, und ihrem Bauchgefühl zurande kommen. Aber, so sagte Ali, letztlich ist ein Baby ein Baby, und es zu versorgen keine Hexerei. Die Männer durchstöberten die Drogeriemärkte der Umgebung nach Windeln und Pocreme.

Das dritte Kind kam an einem feuchten Frühlingstag, berstend vor Vogelstimmen wie Glöckchen aus buntem Metall. Jola war alleine draußen und genoss die Ruhe; sie fuhr zusammen, als sie sie bemerkte: Eine weibliche Lederjacke stand am Zaun, sie pfiff und hielt zwei gekrümmte Finger in die Höhe, als melde sie sich in der Schule für eine Stundenwiederholung. Im anderen Arm hielt sie ein Bündel. Einige hundert Meter weiter unten an der Straße wartete ihre Gang auf sie, die Motorräder waren still. Sie mussten sie den Hügel heraufgeschoben haben, um nicht durch den Lärm auf sich aufmerksam zu machen. Vorsichtig näherte sich Jola dem Zaun. Sie hatte keine Waffe dabei, aber Alarm zu schlagen schien ihr verkehrt zu sein. Die Frau hob das Bündel leicht an, als präsentiere sie einen Geschenkkorb. Es sei hier viel besser aufgehoben, sagte sie leise und sah Jola dabei nicht an, wo es in einem richtigen Haus leben würde und immer etwas zu essen hätte. Sie sehe, dass sie, Jola, eine gute Frau sei. Bitte, nimm ihn, bitte. Ihre rotgeränderten Augen flehten. Viel würde Jola dem Kind später nicht von seiner Mutter erzählen können: Ja, sie war weiß, blond, mit blauen Augen, also war dein biologischer Vater vermutlich schwarz, so wie du. Klein war sie, und schlank. Vielleicht war er groß, denn du bist es auch. Vollkommen überrumpelt nahm Jola den Säugling entgegen. Sie fragte die Frau, die eigentlich noch ein Mädchen war, wie sie heiße, bekam aber nur ein Schluchzen zur Antwort. Auch den Namen des Kindes verriet die Frau nicht, und sie war schneller die Wiese hinuntergerannt und hinter einem der Männer unten an der Straße aufs Motorrad geklettert, als Ali brauchte, um in den Garten zu kommen. Die Leute ließen sich nie wieder blicken. Das neue Baby war klein, vielleicht vier Monate alt und sehr zart. Es war auch ein Bub. Aron staunte und versuchte, seinem neuen Bruder die Faust aufs Gesicht zu dreschen, vielleicht im plumpen Versuch, ihn zu streicheln. Sie nannten ihn Noah, stockten die Windelvorräte auf, und Ali und Jola stillten ihn abwechselnd mit ihren eigenen Babys. Sie machten Witze über die Gefahr, sie zu verwechseln. Daniel hatte Alis braune Locken und braune Augen wie Alex. Noahs Glatze wich bald einem dunklen Vlies, und seine kleinen Fäuste öffneten und schlossen sich oft. Als ob er jemandem winken will, sagte Ali. Wie für jedes ihrer Kinder machten sie eine Geburtsurkunde für ihn; an der Stelle, die für die Daten der Eltern vorgesehen war, fanden sich ihrer aller Namen.

Aus den Feldern, die sie im Herbst angelegt hatten, sprossen Reihen kleiner, grüner Schößlinge; das meiste ging auf. Jola hockte am Rand eines Weizenfeldes und tippte eine der Pflanzen an, die schon jetzt prall und reif wirkten und die Köpfe in Richtung des dunklen Bodens senkten. Seit dem Morgen wusste sie, dass sie wieder schwanger war. Für den Fall, dass sie vielleicht nicht mehr richtig funktionierten, hatte sie gleich sechs Teststäbchen benutzt – alle endeten mit dem gleichen, niederschmetternden Ergebnis. Sie pflückte eine grüne Ähre und kaute darauf herum, während sie sich zu erinnern versuchte, welche der Begegnungen mit Gabriel für eine Zeugung in Frage kam. Ali und sie hatten drei fast gleich alte Säuglinge, sie krochen durch graue, zehrende Tage, und die Vorstellung eines weiteren Schreihalses im Haus ließ sie beide buchstäblich erzittern. Am selben Nachmittag machten sie sich, nachdem sie die Kinder gestillt und ihren Vätern übergeben hatten, auf in Richtung einer nahen Landarztpraxis mit angeschlossener Apotheke. Ihre Hoffnung, nicht an einen zu katholischen Arzt zu geraten, erfüllte sich: Sie fanden die richtigen Pillen auf Anhieb. Die Packungsbeilage lehrte sie, dass es noch nicht zu spät war. Jeden Tag von nun an machte Jola morgens und abends ihr Badezimmerkästchen auf, prüfte, ob die Tabletten noch da waren, und nahm auch ein- oder zweimal die Packung in die Hand. Eines frühen Morgens, der den äußersten Rand des Zeitraums für eine sichere Abtreibung markierte, beugte sie sich über ihr strampelndes, lächelndes Baby auf ihrem riesigen Bett. Seine Gliedmaßen strebten in mindestens vier unterschiedliche Richtungen zugleich, und es konnte nichts, aber auch gar nichts selber machen. Alles, was der Kleine versuchte – eine Rassel zu fassen kriegen, sich aufsetzen, bescheidene Babyziele –, schlug viele Male fehl, ohne dass es ihn je zu frustrieren schien. Er machte immer weiter, bis er sein Ziel erreichte. Mit jedem Tag sah er Marek ähnlicher.

Jola weinte schon wieder; sie hasste es. Rasch wusch sie sich das Gesicht, klemmte sich Aron unter den Arm und ging in den zweiten Stock, um Gabriel aufzusuchen. Sie klopfte an seine Zimmertür, erhielt aber keine Antwort. Dann rief sie leise seinen Namen, und erst nach geraumer Zeit zog er die Tür einen Spaltbreit auf. Sorry, sagte er. Verstehe, entgegnete sie, drehte um und stieg die Stufen hinunter in die Küche. Lennart fragte nicht, sondern nahm das Kind, das sie ihm wortlos gab, in den Arm und sagte: Geh nur, aber bitte pass auf dich auf. Neben ihm, in einem großen, mit Bettzeug ausgepolsterten Wäschekorb, schliefen die beiden anderen Babys.

Jola ritt weit und blieb erst stehen, als sie sicher sein konnte, dass niemand mehr in Hörweite war. Sie stieg ab und kletterte auf eine Anhöhe, einen hohen, allein stehenden Felsen, der mit einer dünnen Schicht Erdboden bedeckt war wie mit einem zerschlissenen Teppich. Krumme, magere Föhren wuchsen oben und fedriges Moos, von Steinbrech durchwachsen. Dort stand sie, keuchend und mit Seitenstechen, und schaute in die Weite, als könnte sie sein Motorrad von hier aus am Horizont auftauchen sehen. Marek, flüsterte sie erst. Bitte, bitte komm zurück. Bitte sei nicht tot. Dann schrie sie, so laut sie konnte; wieder und wieder schrie sie seinen Namen.

Voodoo

Kapitel acht

August 3

(45) Für den Fischfang in diesem und jedem anderen Gewässer des Bundeslands brauche es eine Lizenz, mahnte ein Schild am schilfbewachsenen Ufer des Badeteichs. Es zeigte einen springenden Fisch. Zwei Stege, von denen einer ein Sprungbrett aufwies, führten an gegenüberliegenden Seiten in das klare, grünblaue Wasser, ein paar Bänke standen ringsumher unter Bäumen. Im Schatten einer Weide stellten sie einen Laufstall für die drei gut aufgelegten kleinen Buben auf. Die Frauen breiteten ihre Handtücher daneben aus, kramten in Rucksäcken nach Proviant, Sonnencreme (mit noch nicht lange überschrittenem Ablaufdatum), Spielzeug und Büchern. Die Männer verteilten sich über die Wiese, sie unterhielten sich oder gingen schwimmen. Es war wie üblich schwer, sie zum Eincremen zu bewegen, die Babys aber hielten still; sie fanden die Berührung durch die Hände ihrer Mütter angenehm. Sie sahen wohlgenährt und gesund aus, Noah hatte mehr als nur aufgeholt und war inzwischen der Größte der drei. Das Gras, auf dem sie saßen, und die Spielsachen beschäftigten sie fürs Erste, und Ali und Jola konnten sich unterhalten. Hast du dich schon an den Gedanken gewöhnt, fragte Ali leise. Noch ein Baby,

meinst du? Na ja. Ich hoffe, es wird endlich ein Mädchen. Jaaa!, rief Ali, und ein paar der Männer drehten sich zu ihnen um. Die Frauen trugen identische, dunkelblaue Badeanzüge, die Männer weite Shorts, die Babys hatten sie nackt gelassen. Die zupften einander an den Ohren und Haaren und kosteten Grashalme. Einstweilen war alles gut in ihrer Welt. Soll ich Gaby fragen?, bot Ali an. Warum er dich nicht mehr … Sie zögerte. Auf keinen Fall, rief Jola halblaut. Bitte nicht. Er ist ein Idiot, du verpasst gar nichts, sagte Ali und zuckte die Achseln, und nur jemand, der sie wirklich gut kannte, hätte den Anflug eines schlechten Gewissens in ihrer Stimme bemerkt. Die Sonne war stark, es ging auf Mittag zu. Das Wasser lag glatt vor ihnen wie eine dunkelgrüne Scheibe.

Ali war entschlossen, Jola Ersatz zu verschaffen. Sie deutete in Richtung Jakob, der am Ufer auf einem Klappsessel hockte und eine Angelrute in den Händen hielt. Es war ein Stück Arbeit gewesen, ihn zum Mitkommen zu überreden, und wie immer hielt er sich abseits. Seine Ohren und Schultern begannen bereits, sich dramatisch zu röten. Er sollte sich wirklich eincremen, sagte Jola besorgt. Faktor 30 ist Minimum bei diesem Hauttyp. Findest du ihn nicht attraktiv?, fragte Ali. Doch, ziemlich. Das weißt du genau. In diesem Moment beugte er sich über eine große Blechdose, die er neben sich stehen hatte, fischte einen Regenwurm heraus und spießte ihn auf einen Haken. Jola wandte sich ab. Aber er redet fast nie mit mir. Jakob hatte sich in letzter Zeit ein wenig geöffnet; aber sie spürte in sich keine Kraft, feinfühlig mit jemand anderem als den Kindern zu sein. Sie bemühte sich, nicht an Marek zu denken. Das Gefühl von Verlust wurde stärker, und sie drehte sich auf den Rücken, die Hand über die Augen gelegt. Sie fühlte sich erbärmlich, schwach und allein. Die Kinder begannen synchron zu weinen, wie sie es oft taten; vielleicht hatte eines von ihnen ein Insekt gestochen, und die beiden anderen heulten aus Solidarität mit, oder sie hatten alle Durst, waren müde, es war schwer zu sagen. Die beiden Mütter und Lennart zogen die Buben aus dem Laufstall, trösteten sie, gaben ihnen Wasser, Apfelmus und eingeweichte Brotstückchen. Dann sollten sie schlafen, und nach ein wenig Gequengel und einem Ausbruchsversuch Arons taten sie das auch bald, auf der Brust des jeweils verfügbaren Elternteils. Vorsichtig ließen sie die schlafenden Babys von sich herunter und auf die Handtücher rutschen, deckten sie sachte zu, und die Frauen zogen sich einige Meter entfernt auf einen neuen Platz zurück. Lennart ging schwimmen.

Oder dann er, Ali knüpfte nahtlos an das unterbrochene Gespräch an und deutete auf Boris. Der stand in der prallen Sonne bis zu den Knien im Wasser und bot ihren Blicken ein ahnungsloses Ziel. Boris … im Ernst?, fragte Jola. Er ist so … gar nicht … Ali schien verletzt. Du bist so ein Snob! Dein Typ, fauchte sie, ist immer der seltsamste und egoistischste Mann, der gerade aufzutreiben ist. Aber Hauptsache, er hat die Matura und kann gescheit daherreden! Überrascht von Alis heftiger Reaktion und leicht beleidigt setzte Jola sich auf und biss in ihr Sandwich, das mit Ziegenkäse und Gurkenscheiben belegt war. Marek hat auch keine Matura, dachte sie, aber sie sprach es nicht aus. Eine Weile schwiegen sie; scharfe Halme stachen in die Haut an der Rückseite von Jolas Beinen, und es begann unangenehm zu jucken. Na gut, entschuldige, sagte Ali. Ich finds nicht gut, wenn du jetzt allein bist. Schau doch einfach mal, ob da was geht, und wenn nicht, dann halt nicht. Er ist auch allein. Meistens. Sie zupfte Grashalme vor sich aus. So viele Fische schwimmen nicht in unserem Teich. Und den Alex kriegst du nicht. Jola grinste. Kannst du gern behalten. Flüchtig wischte sie sich die Finger in der Wiese ab und stand auf, um zu Boris ins Wasser zu gehen. Wenn er über ihre Annäherung verwundert war, zeigte er es nicht. Jola begann ein Gespräch über Fische, den Zustand des Teichs, der ziemlich verschlammt war und ob sie da etwas tun sollten oder konnten. Mit Small Talk übers Wetter, das wusste sie, war Boris nicht beizukommen, es sei denn, man hatte Lust, das ganze Gespräch im Alleingang zu bestreiten. Auf den Kieselsteinen am Boden des Teichs hatte sich eine dicke, grünbraune Decke aus Schlick abgelagert, der zwischen den Zehen durchquoll. Das Wasser war frisch, aber nicht kalt, und sie wateten nebeneinanderher, bis sie untertauchen konnten. Sie merkte, wie er sie forschend von der Seite ansah und sich davor in Acht nahm, bei ihr anzustreifen, aber sie unterlief seine Bemühungen, indem sie ihm immer wieder ein klein wenig zu nahekam.

In der Nacht ging sie in sein Zimmer. Er war nicht überrascht. Ist das ein neues Spiel? Männertausch? Er setzte sich auf und schaltete die Lampe auf dem Nachttisch ein. Jola spürte, wie sie rot wurde; sie saß auf seiner Bettkante und kam sich dumm vor. Ich wollte nur … keine Ahnung. Soll ich wieder gehen? Nein, wenn du schon da bist. Boris legte eine Hand auf ihre Wange und streichelte sie. Sie bekundete Interesse an seinen Tätowierungen, und er erzählte ihr die Geschichte der meisten. Viele hatten mit seinen Jobs auf Musikfestivals und dergleichen zu tun. Manche mit schlechteren Zeiten, in sehr schlechter Gesellschaft. Zum ersten Mal erzählte er ihr vom Aufwachsen bei den Großeltern, dem einen Mal, als er seinen Vater getroffen hatte, und von den Besuchen bei seiner Mutter, die während eines großen Teils seiner Kindheit wegen Betrugs und Drogenbesitzes in diversen Haftanstalten eingesessen sei. Ich habe wohl, brummte er, das Bedürfnis gehabt, ihr das nachzumachen. Das wusste Jola bereits von Ali. Weswegen?, fragte sie, aber er schnaubte nur. Wegen nichts. Ein paar Monate einmal im Jugendknast. Dann später noch einmal ein paar. Nichts Wildes. Eigentumsdelikte. Drogen. Kein Geld für den Anwalt halt. Er verzog das Gesicht. Na, ich war kein Unschuldslamm. Schreckt es dich? Sie schüttelte den Kopf und fuhr mit dem Zeigefinger die Konturen der einen Tätowierung oben an seiner Schulter nach, die ein offenes Auge darstellte. Ich weiß, wie du bist, flüsterte Jola, und er nahm sie in die Arme. Sie ließen sich Zeit, und es war gut, und später erzählte sie ihm von der Schwangerschaft. Boris stützte den Kopf in eine Hand und schaute auf sie herunter. Okay, schön, murmelte er und strich über ihren Bauch, und sie wartete, ob es das schon gewesen war oder ob noch etwas kommen würde. Boris, raunte sie, denkst du, ich tue das Richtige? Mhm, du wirst das schon wissen – und vielleicht wird es ein Mädchen, murmelte er, legte sich auf den Polster und schloss die Augen.

Jola wählte diesmal ein Frühstück, um den übrigen Männern von dem neuen Baby zu erzählen: Am frühen

Morgen, so hoffte sie, wäre es einfacher und weniger dramatisch als am Abend. Ihr Kalkül ging auf: Niemand reagierte alarmiert, es gab lediglich verstohlenes Kopfschütteln und unterdrücktes Stöhnen. Gabriel wollte allein mit ihr reden, und sie gingen vor die Tür. Sie fühlte sich schon viel besser, wandte ihr Gesicht zur Sonne und hörte sich an, was er zu sagen hatte. Es ist okay, sagte sie dann zu ihm. Meine Entscheidung. Deine, was du tun wirst. He, sagte Gabriel leise und schien nicht sicher zu sein, ob sie eine Berührung wünschte, also steckte er die Hände in die Hosentaschen, ich find das gut. Ich werd da sein. Ja, sagte sie und musste lächeln. Ich weiß. Dabei beließen sie es. In dem Wirbel, den jeder neue Tag darstellte, einem wahren Sturm aus ungewohnter, harter Arbeit und drei hilfsbedürftigen Kleinkindern, die jetzt in das Alter kamen, in dem man sie nicht eine Sekunde aus den Augen lassen konnte, nahmen diese Dinge einen sehr bescheidenen Platz ein.

Der Hund beschützte die Hühner, das Haus und schließlich auch die Kinder, wenn sie draußen spielten. Er verbellte jedes Lebewesen, das sich seinen Schützlingen nähern wollte, selbst Spatzen. Seit dem ersten Frühling, als sie sich darüber gewundert hatten, dass die Hennen so wenige Eier legten, wussten sie auch, woher diese scheinbare Legefaulheit rührte: Eines Tages wurden sie vom Piepsen jüngst geschlüpfter, winziger Sulmtaler überrascht. Niemand hatte das versteckte Nest entdeckt, und das war gut so. Henry lief den halben Tag über rund um den Hendlstall und konnte den Blick kaum von den Küken lassen; seine Motive blieben ein wenig unklar. Er durfte im Winter ins Haus, in wärmeren Nächten musste er draußen bleiben. Für die Jagd taugte er nicht viel. Jola nahm ihn ein-, zweimal mit, aber er hatte ganz offensichtlich keinerlei Ausbildung erfahren. Und so bellte er zur Unzeit, winselte, wenn er warten sollte, und hatte keine Ahnung vom Aufstöbern von Wild. Vor Wildschweinen und Rehböcken fürchtete er sich, aber er stellte sich trotzdem, wenn sie einem solchen begegneten, tapfer vor Jola und verbellte das Wild. Folglich ließ sie ihn zu Hause und ging wieder alleine jagen.

Habt ihr euch jetzt wieder getrennt? Lennart hatte Jola nach der Jagd abgepasst, sie saßen auf der Bank vor dem Haus. Er sprach von Gabriel. Fliegengebrumm vertonte die Sommerhitze. Die zu einem Bündel zusammengeknoteten Fasane hatte Jola beiseitegelegt, ein wenig von ihrem Blut tropfte in die Wiese. Der Hund war aufgeregt. Sie streichelte sein dunkles Fell und versprach ihm einen Happen von den Vögeln, später. Henry glaubte ihr, er winselte noch kurz bedauernd, blieb aber liegen und regte sich nicht mehr. So ist das eigentlich nicht, antwortete sie auf die Frage. Er hat, Lennart räusperte sich und schaute unbehaglich über die Schulter, etwas mit Ali. Jola sah ihn von der Seite an. Das weiß ich, Lenny. Er machte große Augen. Sie lächelte und legte eine Hand auf seinen Rücken. Und du und Ali – liebst du sie? Verlegen wandte er den Kopf ab. Er kannte die Neigung seiner Haut, rote Flecken zu produzieren, wenn es ihm gar nicht passte. Ich weiß nicht. Woher weiß man das? Ich meine, er rieb sich die Nase, und selbst die nahm einen kräftigen Rotton an, wenn man keine Wahl hat? Richtig, räumte Jola ein. Das ist schwer zu sagen. Eine Fliege begann, sich für die Kadaver zu ihren Füßen zu interessieren. War sie …? Du weißt schon, die Erste? Sein Gesicht explodierte in alle Schattierungen von Rot. Sie schlang den Arm um ihn, entschuldige, lass. Ja. Er sagte es schlicht, und sie empfand Liebe für ihn, und auch ein wenig Sorge. Ali würde ihm nicht absichtlich wehtun, aber es sah auch nicht so aus, als nähme sie in Liebesdingen auf irgendjemanden Rücksicht. Lennart hob den Kopf und blinzelte; die Kontaktlinsen, die er trug, hatten ihre Lebensdauer schon lange überschritten, aber er hatte noch keine neuen finden können. Er fehlt mir. Wer?, fragte sie und ließ den Arm von seiner Schulter gleiten. Marek. Lennart sah sie an. Seine Art. Er hat so was … er war so ein guter Freund. Und dir fehlt er auch, nehme ich an? Jola sah zur Seite. Zwei Fliegen. Drei. Ja, sagte sie, mir auch. Ich lebe nur noch, sagte er, weil ich ihm damals in diesen Keller gefolgt bin.

In der Nacht träumte sie, dass sie Marek in der Wiese hinter dem Pferdestall fand, wo es dunkel und feucht war und wo nur Brennnesseln und gelbes Unkraut wuchsen. Er lag auf dem Rücken und war totenbleich, und sie wusste, dass gleich Blut aus seinem Mund strömen würde, wenn sie nicht rechtzeitig etwas dagegen unternahm. Nur wusste sie nicht, was das sein sollte, also kniete sie sich neben ihn und hielt seine Hand. Bemüht, ihn von seiner Verletzung oder was immer ihm zu schaffen machte abzulenken, sagte sie etwas zu ihm wie: Weißt du, Marek, du bist so lange weg gewesen, und trotzdem bin ich von dir schwanger. Ist das nicht unglaublich? Die Notlüge schien ihr vertretbar. Er versuchte, ihr zu antworten, aber sein Gesicht verzerrte sich, und sie wusste, dass jetzt gleich das Blut kommen würde. Aber natürlich (so dachte sie im Traum) passierte das nicht, und das bedeutete etwas noch Schlimmeres. Mein Schatz, mein Liebster, mach das nicht, ich bin doch schwanger!, rief sie, aber er tat es trotzdem. Im nächsten Augenblick hielt sie seine Hand nicht mehr in ihrer und starrte auf den Boden, wo statt der Brennnesseln ein tiefes, graues Loch gähnte. Es kommt, es kommt, flüsterte eine Stimme hinter ihrem linken Ohr, und dann erreichte es auch sie.

April 8

(46) Es taute, der Fluss machte Anstalten, seinen Wirkungskreis zu erweitern, aber die meisten Straßen waren wieder befahrbar, und die Männer fanden einen passenden Geländewagen. Er war riesig und verfügte über eine weite Ladefläche. Es sei, sagte Lennart, genaugenommen ein Pick-up, aber Jola hörte ihm nicht zu. Sie hatte gerade realisiert, dass sie alle fahren wollten, alle Männer außer Marek, und dagegen legte sie Protest ein – sie wollte, wenn es sich vermeiden ließ, nicht mit Ali und den Kindern tagelang allein sein. Der Lederjackenmann hatte sich dauerhaft zum Personal ihrer Alpträume gesellt.

Die Männer argumentierten, dass die Hauptarbeit das Wegräumen von Hindernissen auf dem Weg darstellen würde: Äste, Baumstämme und Gesträuch, von Frühlingsstürmen aufgehäufte Autoteile und dergleichen würden immer wieder wegbewegt werden müssen, um dem breiten Wagen Platz auf der Straße zu verschaffen. Das leuchtete Jola ein. Dennoch war sie froh, als Boris verkündete, er habe kein Problem damit, hier zu bleiben und die Frauen – er war vorsichtig in der Wahl seiner Formulierung – hier bei allem zu unterstützen.

Es dauerte zwei Wochen, bis sie genug Treibstoff für den Hinweg beisammenhatten; das Benzin musste mit einem langen Schlauch aus den Tanks unterhalb der Tankstellen gepumpt werden, von denen zu hoffen war, dass sie noch nicht leer oder völlig verschmutzt waren. Die Männer fuhren an einem Morgen im April, sie würden in drei, spätestens vier Tagen zurückkommen, hatte Jakob Jola versichert. Jetzt stand sie in der Tür des Hauses, nicht draußen, denn es regnete, mit Rosa auf dem Arm. Er hatte sich ganz schnell von ihr verabschiedet und das Kind geküsst, das fassungslos die Arme nach ihm ausstreckte. Das Funkgerät war wieder aufgestellt worden, sie hatten vereinbart, dass die Männer sich, falls es funktionierte, zu festgesetzten Zeiten melden würden. Sehr wahrscheinlich würde die Verbindung irgendwann abreißen, aber sie würden es immer wieder versuchen. Jola wollte dem Wagen nicht nachschauen; man konnte durch die dicken, grauen Regenschnüre, die vom Dach tropften, ohnehin bald nichts mehr erkennen. Die nächsten Stunden brachte sie vor allem damit zu, die Kleine zu trösten und abzulenken, die die Trennung von Jakob nicht gut aufnahm. Irgendwann, völlig außerhalb der gewohnten Schlafzeiten, konnte Jola sie endlich hinlegen: Der kleine Körper wurde auch beim Einschlafen noch von heftigem Schluchzen erschüttert. Falls die älteren Kinder verunsichert waren, ließen sie es sich nicht anmerken, eher schienen sie den Ausnahmezustand interessant zu finden, eine Gelegenheit, neue Grenzen auszutesten und die vermehrte Aufmerksamkeit ihrer Mütter zu genießen.

Beim Abendessen waren die Kinder ausgelassen, sie nutzten den ganzen Platz auf der Bank, um herumzurutschen und ständig die Plätze zu tauschen. Jola bemühte sich, sie mit cooler Nachsicht zu behandeln, aber es war anstrengend. Sie half Rosa, die unaufhörlich nach Jakob fragte, beim Essen, wischte mit der anderen Hand etwas von der Suppe auf, die Judith verschüttet hatte, als sie sich selber nachnehmen wollte, und beantwortete gleichzeitig Arons Frage, wo denn Marek stecke, der doch gar nicht mit den anderen Männern mitgefahren sei. Er habe nach den Fallen sehen wollen, sagte sie ihm, und außerdem habe sie ihn gebeten, nach Wasch- und Putzmitteln zu suchen. Er werde wohl heute irgendwann heimkommen, aber vielleicht, wenn es spät würde, im Rohbau bleiben. Aron nickte, die Enttäuschung war ihm anzusehen. Jola bestand darauf, alle Kinder zu baden und ihnen die Köpfe zu waschen, was zwei Stunden in Anspruch nahm. Erschöpft schlief sie nach dem Zähneputzen, Umziehen, Zudecken und Vorlesen auf der Elternmatratze im Kinderzimmer ein, Rosa in ihrem Arm. Der leise Schlafatem der Kinder in dem großen, langgezogenen Raum war das einzige Geräusch im Haus.

Am Morgen übernahm Ali die Kinder, aber Jola wollte nicht weiterschlafen, sie wollte nicht riskieren, einen Funkspruch zu versäumen. Um neun Uhr (jedenfalls war es das auf ihrer Standuhr neben der Tür zur Scheune) meldete sich Lennart: Alles in Ordnung, hörte sie ihn sagen, sie hätten schon eine gute Strecke zurückgelegt und befänden sich im Zeitplan. Es war ein eigenartiges Gefühl, auf diese Art mit jemandem zu kommunizieren. Bald neun Jahre war es her, seit Jola das letzte

Mal ein funktionierendes Telefon in der Hand gehalten hatte, oder überhaupt ein Gerät, das der Kommunikation diente, mit Ausnahme dieses Funkgeräts. Sie legte die Kopfhörer weg und dachte mit nostalgischer Wehmut an die Smartphones, Tablets, Laptops und all die Geräte, die sie im Laufe ihres Lebens besessen hatte. Aber bevor sie den Gedanken zu Ende formuliert hatte, fiel im Nebenraum etwas krachend zu Boden, ein Kind heulte und ein anderes schrie nach ihr.

Marek kam auch an diesem Tag nicht zurück. Was ist los mit ihm?, regte Ali sich auf. Na ja, sagte Boris, denn er hielt es offenbar für seine Aufgabe, für Marek Partei zu ergreifen, wir wissen ja nicht, was los ist – vielleicht ist was passiert. Ali sah ihn ungläubig an und formte mit den Lippen stumm die Worte: Bist du wahnsinnig? Jola wischte den Tisch ab, die anderen hoben ihre Gläser für sie hoch. Dann legte sie noch ein Scheit im Ofen nach, das letzte für den Tag, und setzte sich tief ausatmend auf die Bank. Sie glaubte nicht an einen Unfall oder dergleichen. Es passte einfach zu Marek, in einer solchen Situation zu verschwinden. Über den Tisch weg tastete sie nach Boris' Hand und sagte: Ist schon gut. Haben die anderen sich heute schon gemeldet? Das hätten sie, und sie seien fast am Ziel, bekam sie zur Antwort.

Vor dem Schlafengehen schaute Jola noch einmal ins Gewächshaus. Sie hatte ein Marillen- und ein Pfirsichexperiment am Laufen, die jungen Bäumchen sahen gut aus; dieser Tage würde sie sie auspflanzen. Sie könnte einfach den bestehenden Obstgarten erweitern, überlegte sie, aber andererseits gediehen Pfirsichbäume anscheinend am besten, wenn man sie an Spalieren an

Hausmauern befestigte. Das hatte sie jedenfalls schon oft gesehen. Zärtlich tätschelte sie die leuchtend grünen, wie Kunststoff glänzenden Blätter, danach widmete sie sich den Gemüsepflanzen und Sprossen. Die vier winzigen Zitronenbäumchen brauchten einstweilen keine Pflege, ihnen ging es gut. Wieder einmal stieg ihr das Bild der älteren Frau auf, wie sie allein in ihrem Treibhaus zwischen Bananenstauden (in Jolas Fantasie waren diese riesig und trugen üppige Büschel mit gelbgrünen, sich nach oben biegenden Früchten) und ihren anderen exotischen Pflanzen stand. Der Wunsch, sie kennenzulernen, war merkwürdig intensiv. Aber Kärnten war sehr weit weggerückt. Jola fragte sich, ob Marek vielleicht dorthin gefahren war, zu ihr.

Am dritten Tag nach der Abreise blieb das Funkgerät stumm. Sie drehten an den Knöpfen herum und mutmaßten, dass die Gruppe sich aus dem Empfangsbereich der Geräte hinausbewegt haben musste. Andererseits hatten sie am dritten Tag ja schon wieder auf dem Heimweg sein wollen. Am Nachmittag kümmerten Jola und Ali sich um die Gemüsegärten. Boris war mit den älteren Kindern unterwegs zu den Getreidefeldern. Rosa schlief im Haus. Nachdem sie eine Weile schweigend nebeneinander Dünger eingearbeitet hatten, begannen sie über die Ausbildung der Kinder zu reden. Für die Schule hatten sie mittlerweile einen rudimentären Lehrplan erstellt, die Ziele waren allerdings vage formuliert, und auch über Inhalte und Durchführung gab es immer wieder Diskussionen. Einige der Erwachsenen hatten Zweifel, ob es etwa sinnvoll sei, den Kindern Fremdsprachen beizubringen, andere meinten, man solle sie mit Mathematik weitgehend verschonen. Boris hatte darum gebeten, vom Dienst im Klassenzimmer befreit zu werden; er fühle sich nicht kompetent dafür, sagte er, werde aber als Ausgleich sehr gerne praktischen Anschauungsunterricht anbieten. Das bedeutete gewöhnlich, dass er die Kinder mit aufs Feld oder in den Garten nahm. Er hatte außerdem angefangen, sie in Selbstverteidigung und Kampfsport zu unterrichten, nach energischer Intervention seitens Jolas auch die Mädchen. Eine Mehrheit hatte für seinen Vorschlag gestimmt. Das sei, räumte Ali jetzt Jola gegenüber ein, wirklich auch besser so; Rechtschreibung und Grammatik seien ihr wichtig, und Boris habe, formulierte sie diplomatisch, tatsächlich andere Stärken. Er ist so ein Schatz, sagte Jola und kippte einen Kübel Pferdemist auf die Erde. Ja, ich bin auch froh, dass ich nicht mit dir und den Kindern allein rumhocken muss, murmelte Ali, schwer zu verstehen durch das Tuch, das sie wegen des Gestanks vor Mund und Nase gebunden hatte. Nein, ergänzte sie ernst, er ist wunderbar. Sie nahm das Tuch ab, drückte sich die Hände ins Kreuz und bog den Oberkörper zurück, bis es knackte. Ich bin heute dran mit Kinder hinlegen, also. Jola nickte.

Motorenlärm ließ sie heftig zusammenfahren, sie sahen einander an, und Jola stürzte zu ihrem Gewehr, das sie an die Wand der Gartenhütte gelehnt hatte. Marek hatte ihre Reaktion vorausgeahnt, er schaltete den Motor schon hundert Meter entfernt aus, hupte und schrie, dass es nur er sei. Er kam zu ihnen den Hügel herauf, auf der Schulter trug er einen riesigen Sack, wie sie auf Baustellen für den Abtransport von Schutt verwendet worden waren. Freundlich, als sei er ein Nachbar, der einmal vorbeischaute, sagte er Hallo. Ali fragte, wo er gewesen sei, was er getrieben habe. Nichts, sagte er und schaute in die Ferne. Bei solchen Gelegenheiten fragte sich auch Jola manchmal, ob er noch alle Tassen im Schrank hatte. Er habe, hob er dann doch zu sprechen an, die anderen ein Stück begleitet und sei dann einen Umweg über eine Ortschaft gefahren, die er kannte und wo er einen noch nicht geplünderten Drogeriemarkt wusste. Dort habe er übernachtet. Womöglich, überlegte Jola, hatte er auch noch einer Apotheke einen Besuch abgestattet. Der Sack, den er zu ihren Füßen abstellte, schien eine Tonne zu wiegen. Du wolltest doch Waschmittel, er zuckte die Achseln. Hm, danke, brachte sie heraus. Wie geht's deinen Fallen? Gut, gut, sagte er unbestimmt und wandte sich zum Gehen. Halt, du Irrer, Ali umarmte ihn, du kommst jetzt mit rauf und gehst einmal duschen, und später wirst du mit uns essen. Keine Widerrede!

Das Sprechteil des Funkgeräts in der Hand und abwechselnd auf verschiedene Knöpfe drückend, versuchte Jola, eine Frequenz einzustellen, die ihr endlich eine Nachricht bringen würde. Jakob und die anderen sollten eigentlich schon längst auf dem Rückweg und somit in Reichweite sein, aber es kam nichts als Rauschen. Rosa saß auf ihrem Schoß und beobachtete jede ihrer Bewegungen. Sie hatte sich endlich ein wenig beruhigt und fragte nur noch etwa einmal pro Stunde nach ihrem Vater. Die anderen Kinder halfen beim Kochen und Tischdecken. Nach Längerem war das Wetter wieder einmal richtig gut, und sie hatten den ganzen Tag draußen verbracht.

Nach dem Essen spielten sie das Kartenspiel, von dem die Kinder neuerdings so besessen waren; sie liebten es, einander mit fiesen Spielzügen in die Parade zu fahren, die Punkte zusammenzuzählen und am meisten, über die Erwachsenen zu triumphieren. Jetzt, wo Alex nicht da war, um penibel darauf zu achten, dass niemand zugunsten der Kleinen schummelte, gewannen diese reihum ein ums andere Mal. Aron war so glücklich, dass Marek wieder da war, dass er sogar auf seinem Schoß sitzen wollte, was ungewöhnlich war: Als der Älteste achtete er sonst darauf, sich möglichst erwachsen zu verhalten. Marek musste die Kinder ins Bett bringen, sie bestanden darauf; Jola ging mit und half ihm. Danach kamen sie noch einmal herunter, um mit Ali und Boris zusammenzusitzen und zu reden. Das Funkgerät blieb stumm.

Auch der nächste Tag, eine verregnete, kalte Farce von einem Maitag, verstrich ohne Nachricht. Jola starrte das Funkgerät an, als wollte sie es dazu zwingen, etwas von sich zu geben. Feindselig und fremd kam es ihr jetzt vor mit seinen Knöpfen und Kabeln, ein Anachronismus mit seinem eckigen, kalten Glanz. Obendrein nutzlos und bockig, schimpfte sie laut. Sie konnte sich nur schwer davon abhalten, mit der Faust draufzuschlagen. Marek hatte Mühe, sie zu beruhigen: Es gebe dort draußen viele Unwägbarkeiten, eventuell sei einfach nur das andere Gerät kaputt, ein Tag mehr sei überhaupt nichts und so weiter. Von Boris und Ali hörte sie ungefähr dasselbe, aber sie konnte deren steigende Nervosität an ihren Gesichtern ablesen. Marek war geblieben und schlief im Haus. Zu viert zu sein, fühlte sich eigenartig an: zwei Paar Erwachsene, eine Handvoll Kinder. Die Abwesenheit der anderen machte sich breit, sie bildete eine wachsende Leerstelle. Jola bemühte sich, Gleichmut zu mimen, um die Kinder nicht zu beunruhigen. Am sechsten Tag fiel es ihr schwer, nicht vor allen zu weinen. Jetzt wachte ständig, Tag und Nacht, einer oder eine von ihnen am Funkgerät. Die Kinder begannen, Fragen zu stellen, die zu beantworten den Erwachsenen immer schlechter gelang.

Als Marek am Morgen des siebenten Tages vom Überprüfen seiner Fallen heimkam und Jola auf seine Frage, ob sie etwas gehört hätten, den Kopf schüttelte und in Tränen ausbrach, fasste er einen Entschluss. Er brachte seine toten Kaninchen in die Kühlkammer und besprach sich dann in der Küche mit den anderen. Er werde, sagte er, in die Richtung fahren, in der er sie vermutete; er wollte sofort aufbrechen und ein Funkgerät mitnehmen. Jola versuchte, die Fassung zu bewahren, auf einen Abschied verzichtete sie lieber ganz. Die Kinder waren still geworden. Aron umarmte Marek lange und begann zu weinen, als er den Weg zur Straße hinunterging, und seine Geschwister, die ihn sich meistens zum Vorbild nahmen, stimmten mit ein. Ali scheuchte sie ins Haus. Alle rein!, rief sie mit gespielter Strenge. Einen Moment noch blieb Jola draußen stehen, bis sie sein Motorrad um die letzte Kurve biegen sah. Es gab ihr das Gefühl, zu versteinern.

Jola konnte Ali in der Scheune mit den Kindern sprechen hören. Eines schluchzte noch. Sie holte mehrmals tief Luft, bevor sie zu ihnen hineinging, mit einer Schale Erdbeeren, um sie aufzumuntern. Aber wie kannst du das wissen?, fragte Daniel gerade mit schriller Stimme. Sein Gesicht mit den großen, braunen Augen war nass von Tränen; er wischte sich die Nase am Ärmel ab. Es kann doch keiner wissen. Oder? Ali schaute auf, nahm die Schüssel von Jola entgegen und stellte sie in die Mitte des Kreises, den sie auf dem Teppich gebildet hatten. Rosa hockte bei Aron und streichelte ihn, sie hatte den Arm auf seinen Rücken gelegt, und er weinte nicht mehr. Jetzt beugte er sich vor und angelte nach zwei Erdbeeren, eine für sich und eine für seine Schwester. Nein, Ali wandte sich an Daniel. Aber es gibt jetzt auch keinen Hinweis darauf, *dass* es passiert ist. Fragend blickte Jola sie an, während sie sich zu ihnen auf den Boden setzte. Das Ereignis, sagte Ali knapp. Ihre Augen waren rot gerändert. Sie fürchten, dass es wiedergekommen ist. Und dass es die Papas geholt hat. Alle Kinder sahen jetzt zu Jola. Nach einer Pause sagte sie ihnen, was sie darüber dachte. Niemand kann wissen, ob das so ist oder nicht, begann sie. Sie sprach langsam. Sehr häufig dachte sie darüber nach, wie es für die Kinder sein musste, unter einem solchen Vorzeichen aufzuwachsen. Mehr noch als der Klimawandel, Angst vor Krieg und selbst der Tod – der natürliche Tod, der ihr mittlerweile fast hinnehmbar erschien – war das Ereignis in ihren Leben eine ständige, unberechenbare Bedrohung. Und doch auch der Grund dafür, dass sie überhaupt geboren worden waren. Ob ihnen das klar war? Sie redete weiter. Wir wissen ja nur ganz wenig darüber. Die Leute, die wir in dem Moment verschwinden gesehen haben, sind jedenfalls nicht wiedergekommen. Aber seither ist es nie wieder passiert, sagte sie. Nicht hier bei uns zumindest, und nicht, dass wir wüssten, dachte sie. Es gibt also auch keinen Grund anzunehmen, dass das jetzt anders ist. Aber was, wenn es etwas anderes Schlechtes ist?, fragte Judith. Sie bildete mit Lena ein kleines Knäuel, eng umschlungen saßen sie auf dem Teppich. Jola zog es bei ihrem Anblick die Kehle zusammen. Süße, Alis Stimme war jetzt ganz sanft, so sanft, wie Jola sie noch nie gehört hatte, das könnte leider sein. Aber ich finde, wir sollten darüber lieber nicht so viel nachdenken. Es helfe den Papas nichts, wenn sie zu Hause weinen würden, schickte sie wenig überzeugend nach. Wir müssen Geduld haben, pflichtete Noah ihr bei. Er schob seine Hand zu den Mädchen hinüber, und sie griffen beide danach und hielten sie fest.

Die Arbeit auf den Feldern, im Garten und bei den Tieren konnte sie nur für Minuten ablenken, sie übten Schreiben und Rechnen mit den Kindern, sangen und lasen Geschichten vor. Ein ums andere Mal wiederholten sie, dass es den Papas sicher gut gehe und dass sie bald wieder nach Hause kommen würden. Die Erwachsenen dachten sich möglichst harmlose Szenarien aus, die sie aufgehalten haben könnten; mit der Zeit wurden diese Geschichten immer unwahrscheinlicher und fantastischer. Wieder und wieder mussten sie auch die alten Geschichten erzählen. Wie genau das Ereignis, die Auslöschung passiert war und wie Menschen verschwunden waren. Und wer sie alle gewesen waren.

Spät am Abend saßen die Erwachsenen schweigend um das Funkgerät herum, bis ein Knistern sie aus ihrer Starre erlöste. Es war Marek, der sich meldete, er sei, sagte er, wohlauf, habe aber noch niemanden gefunden und werde weitersuchen. Bitte, bitte pass auf dich auf, flehte Jola, und das war es auch schon, die Verbindung brach ab. In der Nacht suchte Boris sie in ihrem Zimmer auf, wofür sie ihm sehr dankbar war. Es wird alles gut, sagte er. Sie kommen schon zurück. Du wirst sehen. Er hielt sie im Arm und streichelte sie und summte, nicht mehr. Sie konnte nicht aufhören mit dem Weinen; die Wut wollte sich einfach nicht einstellen. Als er schon schlief und sie noch wach lag, wie jetzt fast jede Nacht, dachte Jola, dass sie sich nicht einmal umbringen könnte, wegen der Kinder.

Am achten Tag fiel es ihr schwer, aufzustehen. Boris musste sie fast aus dem Bett zerren, sie wollte nichts essen, konnte sich gerade noch überwinden, etwas anzuziehen, und erst Alis strenge Aufforderung, sich gefälligst um ihre Kinder zu kümmern, setzte sie in Gang. Sie standen seit Tag vier in ständiger Verbindung mit Erich, der auch täglich mehrere Stunden vor seinem Empfangsgerät verbrachte. Auch Ania sei in großer Sorge, sagte er. Danach folgte eine längere Pause. Zu Besuch kommen könnten sie nicht, sprach er weiter, denn sie und das Baby seien verkühlt und müssten das Bett hüten. Zu Mittag meldete sich Marek wieder. Er habe sich, sagte er, auf einem Hügel nahe dem Ort, zu dem die anderen gewollt hatten, aufgestellt und eine Leuchtpistole abgefeuert. Das werde er jetzt jede Stunde tun und abwarten, ob eine Reaktion komme, die Gegend mit dem Fernglas absuchen, zwischendurch herumfahren und dabei die Augen offen halten. Er sprach langsam und betont ruhig. Danke, mein Freund, sagte Boris leise. Unter seinen Augen waren dunkle Ringe, und er hatte sich seit Tagen nicht rasiert. Jola registrierte, dass er wieder mit dem Nägelkauen angefangen hatte.

Wo sind die Kinder?, fragte Ali am Abend. Das Essen ist gleich fertig. Jola stand auf und verließ das Haus. Die

Sonne war im Begriff unterzugehen, und das Abendlicht färbte die Kronen der Obstbäume lachsrosa; aus dem Garten drangen die Stimmen der Kinder zu ihr, sie fand sie alle in der Wiese sitzend. Sie saßen über eine flache Grube gebeugt, die mit Blütenblättern ausgekleidet war, und hantierten mit kleinen Gegenständen. Puppen. Jola runzelte die Stirn. Sie hatten die Dinger augenscheinlich aus Zweigen und Spagat gebastelt, und jedes Kind hielt eine mit ausgestrecktem Arm über die Grube. Jola hockte sich zu ihnen und betrachtete die eigenwillige Anordnung. Warum sechs?, fragte sie. Die Kinder warfen einander Blicke zu. Mama, sagte Lena, es sind sechs Papas. Ja, antwortete Jola, aber einer davon ist hier, in Sicherheit. Aron seufzte. Bitte lass uns das jetzt fertigmachen, und dann kommen wir. Rosa nickte zustimmend, sie hielt ihre Puppe mit beiden Händen fest umklammert. Okay, Jola stand auf, klopfte sich die Knie ab und ging zurück ins Haus. Sonderbar, kommentierte Ali ihren Bericht. Sie hievte den Topf auf den Esstisch, setzte den Deckel darauf und machte sich ans Brotschneiden. Aber wen wundert's? Na ja, sagte Jola, es hat ausgeschaut wie so ein Voodoo-Ritual. Richtig unheimlich. *Du* wolltest, dass es kein Religion gibt in der Schule, sagte Ali und richtete das Brotmesser auf Jola. Jetzt lassen sie es eben so raus.

Am späten Abend knisterte es wieder. Jola rannte zum Empfangsgerät, sie hörte Mareks Stimme: Ich hab sie! Ich hab sie gefunden. Viel mehr erfuhren sie erst einmal nicht, nur, dass es einen Unfall gegeben habe, aber alle weitgehend okay seien – alle, betonte er noch einmal, seien am Leben. Ali und Boris jubelten und klatschten, die

Kinder sprangen auf der Bank auf und ab und enterten auch den Tisch, und Jola, die das Funkgerät vor ihnen abschirmen musste, während sie sprach, stammelte Dankesbezeugungen und fragte, ob sie mit einem von ihnen reden könne. Marek holte Jakob ans Gerät und er sagte ihr, es sei alles gut, wirklich alles in Ordnung, er freue sich auf sie und es tue ihm so leid, dass sie sich Sorgen gemacht hätten. Küss die Kinder von uns, wir sind bald da. Sie mussten die Batterien sparen, also machten sie Schluss, aber Marek sagte ihr noch, dass sie wohl einen weiteren Tag für den Heimweg brauchen würden, und er werde auch – hier zögerte er kurz – einen Zwischenstopp bei Erich einlegen. Wieso, warum, schrie sie fast in das Gerät hinein, wer ist verletzt, *was ist denn*? Jola, sagte Marek ruhig, es sind nur ein paar Kratzer, aber zur Sicherheit. Übermorgen bring ich sie dir zurück, alle. Versprochen. Und damit beendete er die Verbindung.

(47) Pfirsichbäume musste man im Herbst auspflanzen. Jola las es erst jetzt nach und ärgerte sich über sich selbst. Mit den Marillen wollte sie es gleich probieren, da war es wiederum höchste Zeit. Sie hatte die Kerne von einem Baum etwa zwei Reitstunden vom Haus entfernt. Er stand auf einer Anhöhe oberhalb einer Ortschaft, deren Namen sie nicht kannte. Seit sie ihn entdeckt hatte, ritt sie jedes Frühjahr mehrmals hin, obwohl es näher gelegene Bäume gab. Aber diese Marillen waren besonders, süßer und schöner als alle anderen. Jede einzelne Frucht war zu ungefähr gleichen Teilen orange-rosa-rot gefleckt. So einen Baum mit solchen Früchten wollte sie

in ihrem Garten haben. Zum ersten Mal seit Tagen hatte sie gut geschlafen und fühlte sich in der Lage, ein Zusatzprojekt anzugehen. Die Kinder hatten ihre unheimliche Grube am Abend des vorigen Tags wieder zugeschaufelt und sie mit Holz- und Rindenstückchen bedeckt. Jola musterte die Stelle und grub einige Meter davon entfernt ein Loch, etwa doppelt so groß wie die Wurzelballen der Pflanze, lockerte die Erde ein wenig und füllte das Loch mit Kompost und Hornspänen auf. Sie zog die Wurzelballen leicht auseinander, wie sie es in der Anleitung in einem ihrer Gartenbücher gelesen hatte, drückte sie in das Loch und presste einen Teil des Aushubs obendrauf. Danach goss sie das Bäumchen großzügig. Zum Schluss häufte sie Rindenmulch auf den kleinen Erdhügel rund um die Marille, damit sie es nicht zu kalt hatte. Falls der Baum hier anwuchs – sie hatte den sonnigsten Platz ausgewählt, der zur Verfügung stand, aber es mochte zu windig sein –, würde es Jahre dauern, bis er Früchte trug.

Erich funkte am Abend: Ihre Männer, oder was davon übrig sei, hätten es zu ihm geschafft, er werde sie sich gleich alle anschauen, aber es sei, soweit er sehen konnte, noch alles dran. Er lachte gutmütig, und Jola musste mitlachen. Na siehst du, murmelte Boris. Ali drückte seine Schulter. Gib mir Lenny, bat Jola, und ihr Cousin meldete sich: Es sei alles ziemlich schiefgelaufen, den Wagen hätten sie auf halber Strecke liegen lassen müssen, aber sie würden die Platten eben nach und nach einzeln abholen. Wer ist verletzt?, fragte Ali ungeduldig und beugte sich vor, um gehört zu werden, wen interessieren die blöden Platten? Es krachte in der Leitung, Erich meldete sich erneut: Sie haben alle ein bisschen was abgekriegt, der Ernste, Strenge hat sich einen Haxen gebrochen, der Rothaarige die Schulter ausgekugelt, Rest ist nicht der Rede wert. Kriegen wir schon wieder hin. Jola schloss die Augen; die Schulter ausgerechnet. Soll ich kommen, dir helfen? Sie solle schön bei ihren Kindern bleiben, Ania werde ihm helfen, sie sei wieder auf den Beinen und geschickt in sowas. Ich leg jetzt auf, sagte Erich. Morgen schick ich sie heim, gegen Abend, vorher sollen sie sich ausruhen.

Marek kam noch am selben Abend herauf. Jola umarmte und küsste ihn wieder und wieder. Ich bin dir so dankbar. Er habe doch gar nichts gemacht, wehrte er ab. Oh doch, insistierten Boris und Ali. Er sah verändert aus, wacher als zuletzt, und schien zufrieden mit sich. Sie gaben ihm einen Schnaps, und die Kinder zogen ihn Richtung Haus. Rosa wollte auf seinen Arm. Gewehr holen?, fragte er sie; es war ihr Running Gag geworden. Sie schüttelte heftig den Kopf und umschlang schützend seinen Hals. Auch das war Teil des Rituals. Mein lieber Papa, sagte sie. Drinnen am Tisch berichtete er, wie er die anderen gefunden hatte. Sie hätten gerade versucht, den Geländewagen wieder zum Laufen zu kriegen, aber vergeblich. Zu dem Unfall sei es gekommen, weil die Bremsen versagt hätten, dazu habe sich eine nach heftigen Regenfällen rutschige Fahrbahn sowie eine Ölspur gesellt, und sie seien in eine Karambolage mitten auf der Fahrbahn hineingekracht, die schon seit Jahren dort auf sie gewartet hatte. Sie hätten Glück gehabt, dass immerhin die Airbags noch funktioniert hatten, sagte Marek. Nach einer Weile habe er den Wagen wieder in Gang bekommen. Der sei zumindest bis halbwegs in die Nähe von Erichs und Anias Haus gefahren, um dann endgültig liegen zu bleiben. Den Rest des Wegs war Marek mit Lennart auf seinem Motorrad gefahren, Erich hatte die anderen mit dem Pferdewagen abgeholt. Alex hat sich ein Bein gebrochen, sagte Ali, als werde ihr das jetzt erst richtig klar. Scheiße. Jola dachte an Jakob und seine Schulterschmerzen, die sie schon so gut in den Griff bekommen hatte. Die Kinder bestürmten Marek mit weiteren Fragen über den Zustand ihrer Papas und darüber, was Erich und Ania jetzt dort mit ihnen machen würden. Und wann sie endlich heimkämen.

Es gab Kanincheneintopf, mit den letzten Rüben und Karotten darin. Morgen gleich in der Früh werde sie etwas Größeres schießen, kündigte Jola an. Nimmst du mich mit?, fragte Marek und wischte seinen Teller mit einem Stück Brot sauber. Aber ich sag's dir gleich, mahnte sie, im Hochstand wird nicht geraucht und auch sonst kein Unsinn gemacht. Er half beim Abwaschen und reichte die nassen Teller an die Buben weiter, die sie sorgsam trockneten und aufstapelten, Judith und Rosa durften sich um das Besteck kümmern. Weder half er ihnen, noch kritisierte er ihre teils ungewöhnliche Arbeitsweise, und er sagte keine Sachen wie: Pass auf, lass das nicht fallen, so kann das nichts werden.

Aron hatte in letzter Zeit begonnen, Mareks Eigenarten anzunehmen, er bemühte sich, auf die gleiche Art zu sprechen wie er, ziemlich langsam und mit seinem kaum wahrnehmbaren Akzent. Von diesem Eindruck erzählte Jola Marek, als die Kinder fertig und sie allein in der Küche waren. Er zwinkerte. Ja, genau das zum Beispiel macht er auch!, sagte sie und lachte. Dann fragte sie ihn, ob er sich überlegt habe, endlich zu ihnen ins Haus zu ziehen. Hm, machte er vage. Oder willst du unbedingt noch einen Winter in dem grauslichen Loch verbringen? Nein, er schüttelte den Kopf. Muss ich nicht. Okay, sagte sie, gut. Gut. *Du* bist gut, flüsterte er, legte den Waschschwamm zur Seite und griff nach ihr. Und dein Hals ist gut, und dein Mund ist auch gut, und deine ... Sie kicherte. Dann musst du aber auch Kinder hinlegen und kochen und die Wäsche machen und alles. Er nickte. Aber darf ich dir auch im Gewächshaus helfen? Ja, sagte sie und spreizte die Finger der rechten Hand: Und wir stehen morgen um fünf auf.

(48) Jola hoffte, dass ein Hirsch vorbeikommen würde. Es müsse ein männliches Tier sein, Kahlwild komme nicht in Frage, erklärte sie Marek auf dem Weg, es sei Mai und sie verspüre kein Verlangen, Muttertiere zu töten. Warum heißen die denn so, Kahlwild? Jola überlegte. Weiß ich nicht. Vielleicht, weil sie kein Geweih haben? Und wie heißt der Mann von der Hirschin? Hirsch. Das Gespräch erinnerte sie an etwas, das ihre Mutter einmal zu ihr gesagt hatte, als sie noch klein gewesen war: Das Reh ist nicht die Frau vom Hirsch. Aber wie unterscheidet man Rehe und Hirsche voneinander?, hatte Jola nachgefragt. Ihre Mutter hatte kurz innegehalten, als sei sie gefragt worden, was Rot und Blau unterscheide. Es ist so, hatte sie schließlich gesagt. Immer, wenn du nachdenken musst, dann ist es ein Reh. Denn ein Hirsch, hatte sie hinzugefügt, und in diesem Moment hatte Jola die Stimme ihrer Mutter so klar und

deutlich im Ohr wie schon lange nicht mehr, kann nichts anderes sein als ein Hirsch. Sie waren beim Hochstand angelangt; es war der nächstgelegene und nicht ihr liebster, aber sie wollte es nicht kompliziert machen und mit dem Wild daheim sein, wenn die Männer ankamen. Es war eng in dem grob zusammengezimmerten, wackeligen Stand. Die Holzlatten ließen breite Lücken frei, ihre Oberfläche war unbehandelt und rau, silbriggrau von der jahrzehntelangen Witterung. Alles in Ordnung?, erkundigte sich Marek. Jola machte eine wegwerfende Handbewegung: Im Hochstand hatte sie niemals Klaustrophobie. Sie bat ihn, jetzt nichts mehr zu sagen. Das erste größere Tier, das sie sichteten, war ein Fuchs. Jola schüttelte den Kopf, sie war nicht auf Raubwild aus.

Sie hatte Marek ihre Lieblingsbüchse überlassen, einen Selbstlader, sehr unkompliziert. Als ein junges Reh aus dem angrenzenden Wäldchen trat, gab sie ihm ein Zeichen, aber er traf es nicht, das Tier nahm Reißaus, und Jola fluchte innerlich. Jetzt würde es lange dauern, bis sich wieder etwas hervorwagte. Aber sie irrte sich: Nicht einmal eine halbe Stunde später kam ein argloser junger Bock auf genau dem gleichen Weg heraus wie der erste, und sie schoss ihn ohne Umschweife. Die Tiere waren unbeschwerter geworden, sie fühlten sich zu Recht sicher im Wald und auf der Wiese – weder gab es hier große Raubtiere, noch wurden sie systematisch von Jägern dezimiert. Marek half beim Tragen, zu Mittag waren sie beim Haus. Jola reinigte die Gewehre und stellte sie in den Waffenschrank zurück, legte den Schlüssel in sein Versteck und beratschlagte mit Boris, ob sie das Fleisch gleich zubereiten sollten. Normalerweise zerteilten sie das Wild nicht sofort, sondern ließen es erst einmal zwei, drei Tage lang im Kühlen abhängen. Sie beschlossen, es zu riskieren, da es ein sehr junges Tier zu sein schien. Besser hartes Fleisch als gar keines.

Die Sonne stand schon schräg. Nervös schlich Jola um das Haus herum, ging immer wieder in den Garten und in das Gewächshaus, einmal wagte sie den längeren Weg zum Offenstall der Pferde, aber hier gab es beim besten Willen nichts für sie zu tun, also schlenderte sie wieder zurück, und als sie gerade ein weiteres Mal ins Haus gehen wollte, hörte sie ein Rattern und Wiehern von der Straße her. Es war Erichs Wagen mit seinem riesigen, alten Kaltblut davor. Jola riss die Haustür auf und schrie hinein, sie seien jetzt da, dann rannte sie dem Wagen entgegen.

Jakob glitt vorsichtig herunter, den Arm in einer Schlinge. Der andere, zum Glück!, rief sie ihm zu, und er lachte, fuhr aber gleich vor Schmerz zusammen. Was noch ein Glück, ist… – oder?, sagte er zu ihr, und sie wusste, es sollte ein Zitat sein, aber statt einer Antwort umarmte und küsste sie ihn auf den Mund. Er war blass und hatte sichtlich Schmerzen, aber er erwiderte den Kuss. Sie trat von ihm zurück und verschränkte die Arme. Was sie ihm sagen wollte, brachte sie nicht heraus. Du hast dir Sorgen gemacht – das tut mir leid, sagte Jakob schließlich, und Jola richtete den Blick auf seinen Verband. Tut es sehr weh?, fragte sie. Er lachte. Ehrlich gesagt, ja. Sie hätte ihn gern noch einmal umarmt, aber er wandte sich ab Richtung Wagen, wo Alex gerade heruntergehoben wurde, und nahm mit der Hand des gesunden Arms eine Ecke der Trage. Lennart half vom

Wagen aus. Er hatte kaum etwas abgekriegt, und da er sich obendrein für den Schuldigen hielt, weil er während des Unfalls am Steuer gesessen war, hatte er ein schlechtes Gewissen und versuchte nun, überall gleichzeitig zu sein. Gabriel packte von unten mit an, aber er musste die Trage gleich wieder an Erich abgeben, der ihn schalt, er solle seine Hand schonen. Gabriels Gesicht zierte eine neue Narbe, seitlich war die Backe aufgerissen und hatte genäht werden müssen, und er hatte sich die linke, seine gute Hand geprellt. Er umarmte Ali, die aussah, als würde sie aus Mitgefühl gleich in Tränen ausbrechen; liebevoll streichelte sie seinen Kopf. Jola sah zu, wie Jakob Marek umarmte, und wie Marek vorsichtig seinen Arm um Jakobs Schulter legte. Danke, sagte Jakob, lauter als unbedingt nötig.

Schließlich halfen alle dabei, Alex ins Haus zu tragen. Es sei kein komplizierter Bruch, sagte Erich, aber andererseits, was wisse er schon von Menschenbeinen. Er hatte den Knochen eingerichtet und den Unterschenkel geschient, so gut er konnte. Sie betteten Alex in der Scheune auf die breite Couch; hier würde er die nächsten Wochen verbringen. Er war benommen wegen der starken Schmerzmittel, die er von Ania bekommen hatte. Sie braue ihr eigenes Zeug, zum Teil aus den Medikamenten aus der Apotheke oder Arztpraxen, zum Teil aus Pflanzen, die sie selbst sammle und verarbeite, erzählte Erich. Jola hätte gern mehr darüber gewusst, fand aber, dass detaillierte Fragen dazu jetzt nicht angebracht waren.

Erich blieb zum Essen. Ali setzte sich zu Alex in die Scheune und wollte ihn füttern, bis er sie sanft daran erinnerte, dass mit seinen Händen alles in Ordnung sei.

Sie setzte den Teller ab und gab ihm einen Kuss, dann flüsterte sie etwas in sein Ohr; sie weinte. Alex schüttelte den Kopf. Das musst du nicht, flüsterte er, und legte sich wieder zurück. Die Kinder waren scheu, sie waren mit dem Anblick verletzter Menschen nicht vertraut; vielleicht assoziierten sie die blutbefleckten Verbände auch mit düsteren Erinnerungen an Angriffe durch Feinde. Selbst Rosa ging zu Jakob auf Abstand, sie betrachtete ihn skeptisch und wandte das Gesicht ab, wenn er mit ihr zu reden versuchte. Das Reh schmeckte gut. Die Männer wirkten müde und waren still. Marek schlief wieder im unteren Zimmer. Jola ging zu Jakob, obwohl er sie nicht eingeladen hatte.

Was willst du denn von mir, ich bin völlig nutzlos für dich, sagte er, aber er sagte es freundlich. Ach komm, entgegnete sie müde, ich wollte dir gute Nacht sagen. Ich bin einfach froh, dass du wieder da bist. Jakob lachte. Ich kann dich nicht einmal richtig in den Arm nehmen, dabei würde ich es gern, sagte er. Wirklich. Jola lächelte. Du musst gar nichts tun. Sie setzte sich auf sein Bett und fragte, ob das Einrenken sehr weh getan habe, und er gestand, dass er kurz geglaubt habe, vor Schmerz ohnmächtig zu werden, aber jetzt sei es besser. Sie erzählte ihm, wie sie auf Nachrichten gewartet hatten, sie sprach von den Sorgen und der Angst, die sie um ihn und die anderen ausgestanden hatte, und von den Kindern, die sehr verunsichert gewesen seien. Er berichtete von der Fahrt, von der Suche nach den Ersatzteilen, den Nächten in Zelt und Auto – sie hätten sich abgewechselt, aber es sei beides gleich unbequem gewesen – und schließlich von dem Unfall. Er habe, sagte Jakob, während er sich vorsichtig neben Jola niederließ, versucht, das Steuer herumzureißen, habe aber nichts mehr ausrichten können und sich stattdessen nun auch die gesunde Schulter ruiniert. Davon wollte sie nichts wissen; sie versicherte ihm, es werde bestimmt heilen, sie habe solche Verletzungen schon in ihren Lexika und Handbüchern nachgeschlagen und wisse, wie man sie behandelte. Die zwei Tage nach dem Unfall und bevor Marek sie gefunden hatte, seien schlimm gewesen, erzählte er weiter. Lennart, als der einzige Unversehrte, habe versucht, ein Fahrzeug zu finden, mit dem er Hilfe holen konnte, aber vergeblich. Ohnehin hätte der Treibstoff dafür gefehlt, sagte Jakob und rieb sich den Nacken, zuckte aber gleich wieder zusammen. Sie hätten so gut es ging versucht, ihre Verletzungen mit Hilfe des Verbandskastens im Auto zu versorgen. Zu essen hätten sie zu diesem Zeitpunkt gar nichts mehr gehabt. Darauf schwieg er eine Zeitlang. Es ist so schön, dein Gesicht zu sehen, sagte Jola. Vorsichtig strich sie mit den Fingerspitzen über seine Stirn und seinen Bart, und er lächelte.

Ich erinnere mich jetzt wieder an mehr von früher, sagte er dann leise, und Jola schauderte. Der Themenwechsel erwischte sie kalt. Es wurde dunkel, und durch die Fenster mit den weißen, schlichten Vorhängen war ein Streifen tintenblauen Himmels zu sehen. Mauersegler stürzten sich vom Dach aus in die kühle Luft, ihr Gesang war durchdringend schrill. Jola sah hinaus und bemühte sich, ihre Gedanken auf die Richtung einzustellen, die er gerade vorgegeben hatte. Jakob schluckte. Es sei, sagte er, während der letzten Wochen alles wieder heraufgekommen, was er unterdrückt habe, Erinnerungen an den

Keller und die Leute dort, an diesen Mann, den er sogar recht gut gekannt hatte, er habe im Gemeindeamt gearbeitet, er habe beruflich mit ihm zu tun gehabt. Was, wirklich, fragte sie unbeholfen. Jakob schluckte erneut, bevor er weitersprach. Nachdem ich ihn ... von dir heruntergezogen habe, hab ich ihn rausgeschleppt, an die Luft. Aber vorher, da ... Er zögerte. Du hast ihn geschlagen, wisperte sie. Daran kann ich mich erinnern, und dass meine Freundinnen wieder da waren und sich um mich gekümmert haben, und Lenny und Marek. Jakob richtete den Blick auf ihre Hand, die seine umklammert hielt, und sagte mit heiserer Stimme: Ich hab ihn auf die Straße geworfen. Ich hab gedacht, dass er draußen stirbt und verschwindet, so wie die anderen alle. Oder es war mir egal, was mit ihm passiert, und mir war genauso egal, ob ich dann auch – na weg wäre, aber nichts ist passiert. Gar nichts. Weil es vorbei war, sagte sie, es war schon längst vorbei, nur wir haben es nicht begriffen. Ja, sagte er, und sie konnte seine Stimme jetzt kaum mehr hören, und ich wollte ihn dann hochziehen und zurückbringen. Warum, keine Ahnung, vielleicht wollte ich, dass er sich bei dir entschuldigt. Aber er hat sich nicht mehr gerührt. Plötzlich sprach Jakob wieder lauter, und Jola fuhr zusammen: Er war tot, und das kann nur ich gewesen sein, als ich ihn unten im Keller und oben auf der Straße verprügelt habe. Ich habe ihn getötet. Sie nickte und flüsterte: Ich weiß, wir haben ihn alle da liegen gesehen, als wir raus sind. Im Dunkeln betrachtete sie sein Profil. Ihr trat sein Gesicht vor Augen, damals im Keller, noch immer zornrot, aber jetzt auch erschöpft; er beugte sich über sie und bewegte die Lippen: Geht es dir gut?

Und wehe, wenn du das bereust, sagte sie. Ich war dir so dankbar. Bin ich noch. Aber Jola, stöhnte er und legte das Gesicht in beide Hände, ich habe. Es war. Entschlossen deckte sie ihn zu, angezogen, wie er war, und schob einen Polster unter die verletzte Schulter. Mein Herz, du musst jetzt schlafen. Soll ich bei dir bleiben? Er nickte, legte sich fügsam auf den Rücken und war phänomenal schnell eingeschlafen, ganz wie es seine Art war. Jola strich über sein Gesicht, seine Haare und seine Hände. Dann legte sie sich an seine Seite. An Schlaf ist nicht zu denken, sagte sie sich, und doch wachte sie am Morgen auf, steif, kalt und müde, und ging leise in ihr Zimmer.

(49) Mareks Einzug zwei Tage später wurde von allen begrüßt. Niemand schien sich mehr an irgendwelche Vorbehalte erinnern zu können. Er brachte seine wenigen Besitztümer im kleinen Erdgeschoßzimmer unter. Ob ihm das wirklich reiche, fragte ihn Jola, es sei auch noch das größere Dachzimmer frei, und es gebe außerdem ein paar Räume auf der anderen Seite der Scheune und darüber, die leer stünden. Dort hättest du viel mehr Ruhe. Er winkte ab, das kleine Zimmer sei genau richtig. Sie half ihm dabei, sich einzurichten, und wurde an den Moment vor fast einem Jahr erinnert, als sie das erste Mal dabei zugesehen hatte, wie er sein Bett überzog. Was?, fragte er, als sie noch immer dastand, während er seine Sachen im Kasten verstaute. Nichts, murmelte sie. Nur. Marek lächelte und sagte: Jetzt kann ich dir jeden Tag auf die Nerven gehen, oder? Sie lachte und steckte die Hände in die Jeanstaschen. Ja, genau das wollte ich sagen.

Dann suchte sie nach Gabriel und fand ihn im Spielzimmer, wo er Sachen der Kinder wegräumte. Sie bedeutete ihm, sich auszuruhen, und setzte sich mit ihm auf eine Bank. Findest du, ich bin jetzt entstellt?, fragte er nur halb im Scherz und wandte ihr die verletzte Gesichtshälfte zu. Sie inspizierte die Wunde unter dem Verband, den sie einmal am Tag wechselte und mit einer von Ania angerührten, bräunlichen Salbe bestrich. Erich hatte sie genäht, und sie schien gut zu verheilen. Mal schauen, sagte Jola, außer deiner Schönheit hast du ja wenig zu bieten. Gabriel tat so, als wolle er sie packen, und sie tat so, als fände sie es witzig; sie rangen miteinander, und er drückte sie in die Polster der Couch. Sie entwand sich ihm mit dem Hinweis, es könne jederzeit jemand hereinkommen. Nur eine Hand hat er zur Verfügung, dachte Jola, seine schlechtere, und trotzdem könnte er mich problemlos niederhalten, wenn er das wollte. Wie war es, der Unfall selbst, meine ich?, fragte sie. Als der Wagen in den anderen gekracht sei, habe er gedacht, das sei das Ende, sagte Gabriel. Dabei drehte er die verletzte Hand nach oben. Ich hab nie daran geglaubt, dass das Leben an einem vorbeizieht und so, wenn man stirbt, oder wenn man glaubt, dass es passiert. Und weißt du was? Rate, was ich vor Augen gehabt habe, in dem Moment. Vorsichtig fragte sie: Die Kinder? Deine Familie? Er lachte. Nein, und nicht einmal dich, meine Liebe. Ich hab diesen verdammten Schrotthaufen gesehen, wie er immer näher gekommen ist. Sonst nichts. Sie schwiegen eine Zeitlang. Ich hab nicht gedacht, fing er wieder an, dass alles normal aussieht, aber auf das – er fasste seine Nasenwurzel und senkte den Kopf – war ich nicht gefasst. Jola nickte. Überall Dreck und Trümmer und Erde. Gras und Disteln und was weiß ich, die schon aus den Straßen herauswachsen, sogar aus den Fahrzeugteilen, durch die Fenster. Es gibt kaum mehr Treibstoff, und das, was wir gefunden haben, war fast immer verdreckt und verklumpt. Sie nickte erneut; sie wusste es von Marek. Man konnte den Treibstoff reinigen und wiederaufbereiten, aber es wurde immer schwieriger. Gabriel schüttelte den Kopf. Wir sind echt am Arsch, Jola.

Am nächsten Tag schafften sie die Solarmodule zum Haus und montierten sie. Jakob, den Arm noch in der Schlinge, stand auf einer Leiter, dirigierte die anderen auf dem Dach und gab Anweisungen. Jola sah zu und ärgerte sich. Sie verstand die Eile nicht. Ein paar Wochen hätten sie durchaus ohne Strom auskommen können. Nach einer Bilderanleitung aus einem Buch hatte sie ihm den passenden Verband angelegt. Zur Heilung brauchte es vor allem Ruhe. Jakob sollte sich erholen, statt auf Leitern herumzukraxeln. Die Kinder schauten von unten aus zu, wie die Platten das Licht reflektierten.

Der Mann der Hirschin

Kapitel neun

Mai 8

(50) Jola stellte die neuen, noch warmen und mit der Jahreszahl beschrifteten Marmeladengläser neben die übrig gebliebenen vom vergangenen Jahr aufs Regal in der Speisekammer. Erdbeeren zu Erdbeeren oder lieber nach Jahren sortieren?, überlegte sie laut. Ali half ihr beim Einschlichten, und statt eine Antwort auf die Jahr für Jahr geäußerte Frage zu geben, eröffnete sie ihr, dass sie wieder schwanger sei. Mit einem riesigen, vollen Bügelglas in der Hand drehte Jola sich zu Ali um und wagte ein Lächeln. Das ist wunderbar, rief sie mit unterdrückter Stimme, denn die Tür zur Wohnküche war nur angelehnt. Sag's noch niemandem, bitte. Alis Augen glänzten. Sie legte Jola eine Hand auf den Unterarm, dann entwand sie ihr das Glas und stellte es hinter sich aufs Regalbrett. Diesmal warte ich, bis man es sieht und sie es von selber bemerken. Wenn du das schaffst, flüsterte Jola, ich verrat's keinem. Von wem …? Ali reckte den Arm in die Luft und zeigte in etwa Boris' Größe an. Vielleicht, sie schaute Jola unsicher an, bleibe ich jetzt bei ihm. Nur bei ihm. Der Satz klang aus wie eine Frage. Jola hob die Hände in einer Geste, die sagen wollte: Schon klar, Finger weg. Dann senkte sie die Arme und

drückte Ali fest an sich. Die musste sich die Augen wischen, aber sie lachte auch: die Scheißhormone wieder.

Am folgenden Tag kam Em sie besuchen, zum ersten Mal auf einem Pferd, einer kleinen, braunen Stute. Ania war ebenfalls zu Besuch und stillte ihr Baby auf der Bank vor dem Haus. Alle Frauen auf einmal!, rief Boris aus, herzte Em und brachte ihr ein selbstgebrautes Bier. Sie schloss die Augen und leerte die Flasche fast in einem Zug, dann sah sie ihm dankbar nach, wie er ihr Pferd in den Stall führte. Na schau dir den an, sagte Jola leise, während sie den kleinen Nikolaus von seiner Mutter übernahm, damit diese ihr Hemd zuknöpfen konnte. Der alte Frauenversteher. Sie lachten, und Ali sah drein, als habe sie doch Lust, ihre Neuigkeit loszuwerden, überlegte es sich aber gleich wieder anders. Woher sie das Pferd habe, wollte Jola von Em wissen. War ein Geschenk. Em sah glücklich aus. Es gebe so einiges zu erzählen, und das werde sie auch bald tun, am Abend, im Frauenzimmer. Dann, verkündete Ania, will ich auch über Nacht bleiben, also wenn ich darf. Schweren Herzens funkte Jola an Erich. Sie quartierte Ania und das Baby erst gar nicht irgendwo anders ein als bei Lennart.

Beim Essen erzählte Em, wie sich die Dinge in ihrem Heimatort entwickelten – allem voran sei sie jetzt Tante eines herzigen Buben, sie hatten ihn Moritz genannt. Die Geburt sei sehr schwer gewesen, aber eine ihrer beiden Nachbarinnen sei im früheren Leben Krankenschwester gewesen. Die habe geholfen und Silvia und dem Kind wahrscheinlich das Leben gerettet, auf jeden Fall gehe es allen ziemlich gut. Sie hatten jetzt mehrere Nachbarn, und unter anderem hatte Em auf ihren

Streifzügen endlich die Leute mit den Pferden ausfindig machen können: Diese lebten einen Tagesritt entfernt von ihnen, also in etwa drei vom Sonnenhof. Dort hatte sie die Stute geschenkt bekommen, und bei weiteren Besuchen hatte Ems Familie Gelegenheit gehabt, sich mit Saatgut und Pflanzen zu revanchieren. Beim Sprechen fuchtelte sie mit der Flasche in der Hand herum. Jola wich ihr aus; es war Em anzusehen, dass sie über ihre Gesellschaft sehr froh war. Sie wolle bald wieder hin, um die Stute decken zu lassen, fuhr Em fort. Die Leute dort hätten eine richtige Herde, auch Hengste; sie beschrieb den Hof dieser Menschen, die sie als „Pferdeleute" bezeichnete, als ehemaligen Reiterhof. Die Nachfrage Jolas, wie viele sie seien, konnte Em nicht sicher beantworten; sieben bis acht, schätzte sie; sie habe bisher nur Männer getroffen.

Sonst, berichtete Em weiter, würden die Menschen in ihrer Umgebung nicht sehr viel anderes machen als sie hier: Sie bauten Getreide und Gemüse an, versuchten, Tiere zu züchten oder zu schießen und sich so gut es ging über Wasser zu halten. Ali und Jola erzählten von der Sache zwischen Marek und Gabriel. Em rollte mit den Augen. Das klingt mir sehr nach Lagerkoller. Sie mussten ihr recht geben; es tat gut zu hören, wie Em der Sache einen Namen gab. Seit dem Streit über Erziehungsmaßnahmen, als die Kinder ganz klein gewesen waren, hätten sie so etwas nicht mehr gehabt, sagte Ali nachdenklich. Und überhaupt keinen gröberen Streit, jedenfalls nicht mehr, seitdem du und Alex… Ja ja, murmelte Jola.

Ali fragte nach den weiteren Neuigkeiten, die Em angedeutet hatte. Die drehte ihr Weinglas zwischen den

Fingern und lächelte. Die Krankenschwester?, riet Jola. Nein. Wie sagst du immer so schön? So ist das nicht. Diese drei Nachbarn, fuhr Em fort, leben zusammen, und zwar schon seit Langem, also auch schon vor Ihr-wisst-schon-was. Leben zusammen heißt… ?, fragte Ania. Sie war jetzt zwanzig, in ihrer Art sehr strukturiert und oft nachdenklich. Ania tat selten etwas, ohne es vorher gut zu durchdenken, was vielleicht auch daran lag, dass sie vieles nicht mehr hatte lernen können. Ihre Kindheit hatte mit dem Ereignis geendet, als sie an jenem Tag von ihren Eltern getrennt wurde, inmitten von Panik und Verwirrung. Fremde hatten sie aufgenommen und sich um sie gekümmert, wie gut, das wusste Jola nicht. Für Ania waren die Regeln und Muster der alten Welt oft ein Rätsel. Also bist du jetzt auch mit ihnen allen zusammen?, fragte Ali. Nun, sagte Em, so weit sei die Sache noch gar nicht gediehen, es habe ein paar Begegnungen gegeben, aber es sei nichts ausgesprochen worden. Sie erwäge aber, sofern die drei dies auch wünschten, mittelfristig einen Umzug in deren Haus. Aber, Ania sah verwirrt aus, musst du dann auch mit dem Mann ins Bett gehen? Em schnaubte belustigt. Süße, ich muss gar nichts, schon gar nicht mit Männern schlafen. Es gehe nur darum, bemühte sie sich zu erklären, in diesen Dingen offen zu sein. Der ratlose Blick der jungen Frau brachte Em erneut zum Lachen. Du hast doch selber zwei Männer, oder?, fragte sie, und Ania runzelte die Stirn. Ja, aber… Die haben auch nichts miteinander, nehme ich an? So, Em schlug mit beiden Händen auf ihre Oberschenkel, jetzt genug davon. Erzählt ihr mir auch mal was Neues. Ania, wie war die Geburt? Ali und Jola wechselten Blicke: Geht es dir gut?, bedeutete das. Ali flüsterte in Jolas Richtung: Kannst du schnell meinen Wein trinken? Sie habe, sagte sie leise, Boris am Vortag von der Schwangerschaft erzählt, und er habe zu gleichen Teilen begeistert und erschrocken reagiert. Begeistert *und* erschrocken? Jola versuchte, sich das vorzustellen. Ja. Er kennt ja meine Vorgeschichte, Ali bog den Kopf nach hinten und schloss die Augen. Aber er wollte es doch auch, oder nicht? Habt ihr das also gar nicht geplant. Nicht direkt, nein. Ali lächelte mit geschlossenen Augen. Aber ich freu mich. Und ich weiß, er auch. Oh ja, ganz sicher, bestätigte Jola. Boris betete den Boden an, über den Ali ging. Sie tastete nach ihrer Hand und drückte sie.

Es gab wenige frische Nahrungsmittel um diese Jahreszeit, also bestanden die Mahlzeiten oft aus eingelegtem Gemüse und schon lange gelagerten Knollen. Die Kinder maulten, weil die Erdäpfel wirklich schon fad schmeckten und die Karotten zäh und widerlich waren. Beim Schälen bogen sie sich durch wie Gummi. Schieß uns doch was!, baten sie Jola. Warum immer du?, fragte Em und biss in ein Stück Brot. Sie beschwerte sich nie über das Essen, das es im Sonnenhof gab. Vermutlich hält sie uns für ganz schön verwöhnt, dachte Jola. Na ja. Weil ich es halt gern mache. Weil sie es sehr gut kann, ergänzte Jakob mit Nachdruck. Em lachte gutmütig. Gibt es denn etwas, das Jola nicht gut kann? Auto fahren, sagte Gabriel, ohne zu überlegen. Das kann sie *gar* nicht. Und Motorrad!, rief Aron mit vollem Mund. Tanzen. Singen. Plötzlich schienen alle etwas beitragen zu wollen. Geduldig was erklären. Warten. Sie ist total ungeschickt und schmeißt alles runter. Jola blinzelte irritiert und fragte: Was? Sorry Jola, sagte Em.

(51) Fürs Erste nahm sie die zwei Luftdruckgewehre mit zum Schießstand. Er war sehr improvisiert: Sie hatte am Waldrand auf Holzblöcken, die sonst als Hackstöcke dienten, vier Ziele deponiert. Dosen hatte sie keine finden können; alle greifbaren Konserven waren schon vor Jahren leer gegessen und entsorgt worden. Sie hatte stattdessen einige der geschmackloseren Gemälde aus dem Hotel, die sie vor Jahren in den Keller befördert hatten, wieder heraufgeholt und malte nun mit einem dicken, schwarzen Stift jeweils einen großen sowie mehrere kleine Kreise und einen dicken Punkt in der Mitte darauf. Die Rahmen befestigte sie auf den Hackstöcken. Jola und die älteren Kinder hatten ausgelost, wer zuerst drankommen sollte, denn sie wollte auf gar keinen Fall mit allen fünf zugleich üben. Das Los war auf Lena, Judith und Daniel gefallen. Wir sind die Ältesten!, schimpfte Aron, und Noah pflichtete ihm bei, aber die Mädchen sagten: Ausgelost ist ausgelost, und das gilt. Basta. Daniel sagte nichts, wie es in Konflikten seine Art war. Er machte ohnehin lieber etwas mit seinen Schwestern als mit seinen Brüdern.

Zunächst zeigte Jola den Kindern, wie eine Waffe konstruiert war, wie man sie reinigen musste, wo die Patronen hineinkamen und so weiter. Danach ließ sie sie anlegen und zielen üben und erst ganz zum Schluss, einzeln und unter ihrer Aufsicht, aus kurzer Distanz auf die Ziele schießen. Sie waren konzentriert bei der Sache, das

Gewehr wirkte riesig in ihren Händen. Von den anderen Erwachsenen hatte sich niemand beteiligen wollen, was Jola eigenartig fand. Sie hatten das diskutiert und auch den Zeitpunkt festgesetzt, zu dem die Kinder schießen lernen sollten. Zwar konnte sie die meisten Vorbehalte entkräften, indem sie immer wieder auf den Sicherheitsfaktor hinwies – nur wenn man ihnen rechtzeitig zeigte und erklärte, wie man mit Waffen umging, würden sie vor selbst verschuldeten Unfällen sicher sein. Aber sie spürte, dass nur sie wirklich dahinter war, und das irritierte sie. Die Kinder wenigstens schienen zufrieden, sie jubelten über jeden Treffer, verglichen ihre Schießbilder miteinander und passten geduldig bei Jolas Instruktionen bezüglich Sicherung, Reinigung und ordnungsgemäßer Aufbewahrung von Schusswaffen auf. Judith wollte eines der Bilder im Kinderzimmer aufhängen: Sie hatte dreimal getroffen, einmal davon ins Schwarze.

An diesem Abend spielten die Erwachsenen mit den Kindern in mehreren Gruppen Brett- und Kartenspiele. Jola hatte gekocht, zusammengeräumt, die Küche geputzt und abgewaschen und stieß spät zu der einzigen Runde, die keine Punkte mitschrieb oder bei der der Spielstand jedenfalls keine Rolle zu spielen schien, sodass sie noch einsteigen konnte. Noah, Judith und Aron spielten mit Marek Rommee. Marek gewann fast jede Runde – zugunsten der Kinder zu verlieren entsprach nicht seinem Stil. Mama, fragte Aron, während er die Karten austeilte, Marek sagt, dass wir alle – er sprach das Wort überdeutlich aus wie ein Fremdwort – biblische Namen haben, und er wollte wissen, ob das Absicht ist? Er saß im Schneidersitz auf der Bank und versuchte, den Überblick über seine Karten zu behalten. Nicht alle, Lena und Rosa haben keine, sagte Jola und fächerte ihr Blatt auf. Aber vier von euch, stimmt. Absicht … sinnierte sie – das gerade nicht, aber Zufall vielleicht auch nicht. Sie legte eine Herzdame mit Buben und Zehner ab. Was die Bibel ist, wisst ihr so ungefähr? Die Kinder sahen sich an.

Geschichten über Gott?, fragte Noah. Ja, so ungefähr, sagte Jola. Also, Noah zum Beispiel hat das große Schiff mit den vielen Tieren gehabt, die er vor dem Sturm und den Regenfällen gerettet hat. Ja!, fiel Noah ein, das hast du mir vorgelesen. Ernst blickte er auf seine Karten, eine dunkle Locke fiel ihm in die Stirn. Er war ein hübsches, kräftiges Kind mit dunkler Haut und olivenfarbenen Augen. Noahs Name war von allen Eltern gemeinsam ausgesucht worden, als sie ihn in die Familie aufnahmen. Sie hatten jeweils einen Vorschlag gemacht, diesen auf einen Zettel geschrieben und laut vorgelesen. Noah gefiel ihnen allen auf Anhieb.

Na ja, fuhr Jola fort, und Judith war eine sehr tapfere, starke Frau, die den Feind ihrer Familie (ihre Kinder hatten nicht die geringste Vorstellung, was „Volk“ bedeuten sollte, aber mit „Familie“ konnten sie etwas anfangen, und auch mit dem Wort „Feind“) überlistete und sie alle rettete. Judiths blaue Augen glänzten; diese Geschichte gehörte ihr. Sie hat ihm einfach den Kopf abgeschnitten, sagte sie stolz. Marek zog eine Braue hoch. Judith hatte ein weiches, herzförmiges Gesicht und Gabriels blonde, fast gelbe Haare; anders als Lena, deren weißblonder Zopf ihr bis zum Steißbein reichte, bevorzugte Judith ihre Haare in Kinnlänge, so wie Ali. Sie tat sich schwer, die vielen Karten in den Händen zu halten. Und Daniel ist auch einer aus der Bibel, und Aron… Marek sah zu Jola hinüber; er hatte schon wieder eine um die andere Reihe vor sich aufgelegt. Ja, wer war nochmal Aron?

Aron zappelte, weil er die Geschichte erzählen wollte: Er war ein Anführer, er hat auch seine Familie gerettet, weil sie von da, wo sie waren, fliehen mussten. Es war dort nicht mehr gut. Er hatte diesen Bruder, wie heißt der, Mama? Moses, soufflierte Jola, und Miriam war ihre Schwester, und Aron fuhr fort, zu erzählen: Dass Moses wegen irgendeiner Sache, die er falsch gemacht hatte, leider nicht in das neue Zuhause mitkommen habe können und es daher Arons Aufgabe gewesen sei, die Familie dort hinzubringen. Und dass Aron übrigens sowieso der Ältere gewesen sei. Noah runzelte die Stirn, ja, aber Noah war noch davor. Das stimmt, sagte Jola, und ihr solltet ein bisschen auf eure Karten aufpassen, nebenbei. Marek sah sie nachdenklich an. Und Moses? Was ist mit ihm passiert? Jola senkte den Blick auf ihr Blatt. Der, sagte sie leichthin und legte zwei Karten an, ist sehr alt geworden und dann gestorben. Aber er durfte noch einen Blick auf das gelobte Land werfen. Marek stützte das Kinn in die Hand und übernahm wieder die Rolle des interessierten Publikums. Das gelobte Land? Was soll das sein? Das ist doch klar, Aron musste sich auf die Stirn schlagen ob so viel Ahnungslosigkeit. Das ist zu Hause.

(52) Träge wälzte Jola sich von Gabriels Schulter weg in Richtung Bettkante. Es war längst Zeit, aufzustehen. Die Sonne blendete. Er hatte ein südseitiges Zimmer und offenbar keinen Bedarf an Vorhängen oder Jalousien. Noch halb schlafend zog er sie wieder an sich, murmelte etwas und strich mit rauen Händen ihren Rücken entlang. Was hast du gesagt, fragte sie. Du hast mich schon verstanden, sagte er, legte die Lippen auf ihren Nacken und vergrößerte und verlangsamte den Radius seiner streichelnden Bewegungen. Sag es nochmal, bat Jola, ich hab's nicht gehört. Nein. Sie schob seine Hand weg, und er zuckte zurück, weil es die verletzte war. Entschuldige, entschuldige, sagte sie. Schon okay, sagte Gabriel. Er wiederholte, was er gesagt hatte, und versuchte, sie zu küssen. Seit wann denn das?, fragte sie und wich zurück. Na ja. Schon immer. Er klang überrascht. Seit … Egal, sagte sie und sprang aus dem Bett, fischte ihre Unterwäsche von seinem riesigen Gewandhaufen – sie wollte lieber nicht darüber nachdenken, wie lange die Schicht ganz zuunterst schon dalag – und begann sich anzuziehen. Sie schaute aus dem Fenster und sah die Kinder im Garten, die in den Büschen Verstecken spielten, wild und zart und hübsch. Ortsansässige Kobolde. Jola musste lächeln. Offenbar hatten sie schon ohne sie gefrühstückt. Ich kann dir nicht geben, was du willst, dachte sie. Mein Herz, sagte sie, ich liebe dich auch sehr, aber du hast mich schon zweimal abserviert, zuletzt, als ich von dir schwanger war. Also muss das wirklich sein? Gabriel runzelte die Stirn. Okay, sagte er, während er nach

etwas zum Überziehen griff, vielleicht nicht immer. Sie legte eine Hand auf seinen Kopf, und er wollte sie wieder an sich ziehen, aber sie löste sich von ihm, stieg in ihre Jeans, zog den Pullover über und eilte hinunter.

Em konnte nicht länger als ein paar Tage bleiben, sie wurde zu Hause gebraucht. Sie vereinbarten einen Rückbesuch, falls es sich mit der Arbeit ausgehen würde. Optimalerweise, schlug Jola Jakob vor, werde man per Pferd anreisen, am besten mit Kyra, und dann mit der Stute auch gleich die Leute mit den Hengsten besuchen. Sie saßen auf der Bank vor dem Haus. Es war ein glosender Frühsommertag, so wie auch die Tage zuvor – die andauernde Hitze wurde lediglich von kurzen Gewittern unterbrochen, die kaum Abkühlung brachten. Das Gras war stellenweise vertrocknet, und die Erde zeigte Risse. Sie verbrachten viele Stunden damit, die Felder zu bewässern. Jola suchte Jakobs Blick; es lag auf der Hand, dass am ehesten sie oder Gabriel für ein solches Unternehmen infrage kamen, doch sie scheute sich, das zu sagen. Ali konnte ebenfalls gut reiten, aber sie war schwanger und würde nicht wollen, und auch darüber durfte Jola nicht sprechen. Jakob hielt die Arme verschränkt, der Schulterverband saß noch gut, wie ihr prüfender Blick ihr verriet; er räusperte sich, bevor er sprach. Für die Pferde, sagte er schließlich, sei hauptsächlich sie zuständig, sie solle die notwendigen Entscheidungen alleine treffen, er werde sie unterstützen, wie immer. Dann Schweigen. Sie warteten, bis die Kinder ihr Zeug zusammengepackt hatten, dann brachen sie auf.

Den letzten gemeinsamen Tag mit Em verbrachten sie am Badeteich, den man auch mit Kindern zu Fuß erreichen konnte. Ein paar von ihnen waren schon vorgegangen, um zu angeln, bevor die Schwimmenden die Fische verschrecken und vertreiben würden. Als Jola und Jakob mit den Kindern eintrafen, lag schon ein kleiner Haufen silbrig-glitschiger Fische auf der Erde, einige zappelten noch schwach. Ihre Schuppen fingen das Licht ein und brachen es in allen Farben. Die Kinder hockten sich davor nieder, fasziniert von dem bunten Todeskampf. Jemand hatte ein Feuer gemacht, um die Fische später über der Glut zu grillen. Jola besprach den geplanten Besuch genauer mit Em. Was ist mit Alex?, fragte Em. Der kann doch Abwechslung gebrauchen. Und reiten kann er auch, oder? Also, halt wenn sein Bein wieder okay ist. Unsicher wiegte Jola den Kopf hin und her. Das werde noch viel Zeit brauchen, Erich habe ihm einige Wochen Ruhe verschrieben. Am ehesten sollten Gabriel oder ich gehen, sagte sie. Sie zupfte an dem Gras neben ihren Oberschenkeln. Du wärst mir auch ganz klar am liebsten als Besuch, versicherte Em. Nur lassen sie dich schon wieder für länger weg? Das kommentierte Jola nicht. Wer auch immer, sagte sie, es sollte bald sein, nur ungefähr bis September sei ihr Zeitfenster zum Decken der Stute geöffnet, jedenfalls glaube sie das. Seufzend streckte sie sich auf dem Handtuch aus. Wo ist Ali?, wollte Em wissen. Sie kotzt hinter dem Gebüsch da, Jola deutete mit dem Daumen über ihre Schulter. Ems Augen weiteten sich. Wirklich? Du liebe Güte. Hoffentlich… Ja, wiederholte Jola, hoffentlich.

Alle Kinder bis auf Rosa konnten schon gut schwimmen. Es gab zwei Holzstege, die in den Teich hineinführten, wovon einer sich besonders gut zum Springen eignete, und genau das machten die Kinder von jetzt ab ohne Unterlass. Sie trugen alle Badehosen, weil eines von ihnen im Vorjahr verbreitet hatte, es gebe im Teich Würmer, die einem in den Po kriechen konnten; seither weigerten sie sich, nackt zu baden. Jakob setzte Rosa in einen orangefarbenen Schwimmreifen und ließ sie planschen. Die Kleine spritzte sie beide nass, er wehrte sich zum Schein und lachte. Jola kam ihm im Spiel zu Hilfe. Sein Verband bekam ein paar Spritzer Wasser ab. Er betastete die Schulter. Wie fühlt es sich an? Besser, sagte er, eigentlich gut. Die andere spür ich halt auch wieder, wahrscheinlich durch die einseitige Belastung. Dann werde sie, sagte sie, am Abend bei ihm vorbeischauen und ihn mit der Hitzesalbe einreiben. Seine Augen wurden beim Lächeln zu schmalen Schlitzen, und die Sonne zog rot-goldene Funken aus seinem Bart. Jola holte tief Luft und sagte: Ich finde, Gaby sollte gleich mit Em mitreiten. Dann hat sie eine Begleitung, und er muss nicht alleine den Weg finden, sowas ist nicht seine Stärke. Und noch jemand anderes, der oder die will. Das Wasser war von einem hellen Stahlblau, die zarten Wellen schienen gerade von überallher gleichzeitig zu kommen, so als wuselten tausende Fische darin. In Wahrheit war es der Wind, der das verursachte: Das Wetter würde umschlagen, vermutlich in der Nacht.

Und an wen hast du da gedacht. Jola erkannte den bemüht neutralen Tonfall in seiner Stimme; sie verwendete ihn in letzter Zeit auch, wenn sie mit ihm sprach. Sie hielt Rosa am Kinn fest, bevor sie nach vorne aus dem Reifen köpfeln konnte. Fragen wir am Abend, wer will? Er beobachtete das planschende Kind, nickte und fragte direkt: Ist Ali schwanger? Kurz zögerte Jola, dann drückte sie das Kinn langsam auf die Brust, wippte ein-, zweimal mit dem Kopf aufwärts und presste die Lippen aufeinander. Er bestätigte es mit einer Bewegung seiner Hand zum Mund. Sicher. Oh Mann, sagte er leise. Rosa wollte aus dem Reifen heraus, Jakob hob sie hoch, aber sie zappelte. Ich will richtig schwimmen üben!, rief das Kind. Jola streckte die Hände aus, ja, das machen wir jetzt, meine Süße. Jakob schaute zuerst zu, verzog sich dann und ging ins Tiefere. Jola fasste den zarten Körper ihrer Tochter mit beiden Händen um die Mitte und hieß sie, mit den Beinen wie ein Frosch zu pumpen, die Arme aber auszustrecken und einfach vorne zu lassen. Rosa machte es auf Anhieb richtig. Nächsten Sommer, versprach Jola, lernst du es.

Am Abend setzten sie sich im Garten zusammen und tranken das „Bier“, das Boris und Ali gebraut hatten; das Rezept stammte von Boris’ russischer Großmutter, es bestand im Wesentlichen aus alten Brotresten, Hefe und Gewürzen, und trotz des unattraktiven Namens – das Zeug nannte sich Kwas – und der trüben Anmutung schmeckte es ihnen. Ali dozierte über die Schwierigkeiten bei der Herstellung von Hefe, aber sie selbst trank nichts von dem Bier. Sie war blass und schlang die Arme um sich, als sei ihr kalt. Keinem fiel es auf. Ali konnte gewöhnlich kaum ein Bier- oder Weinglas stehen lassen.

Der Vorschlag, dass jemand Em begleiten sollte, erschien allen vernünftig. Vermutlich, dachte Jola, weil Jakob ihn vorgebracht hatte und nicht sie. Wer will mitreiten?, fragte er in die Runde. Ich passe schon mal. Es gab belustigte Geräusche; dass Jakob nicht reiten lernen wollte, war kein Geheimnis. Gaby, was ist mit dir?, fragte Em. Für die Unterstützung dankbar, bestärkte Jola sie: Gute Idee. Er schien nicht abgeneigt. Ali wurde auch gefragt, verneinte aber. Jola war schon auf Boris' Ausrede gespannt, aber da unterbrach Marek, der in diesem Augenblick von weiß Gott wo herankam, die Diskussion. Sie begrüßten ihn, er winkte in die Runde und suchte Jolas Blick; sie rang sich ein Lächeln ab. Er war vier Tage weg gewesen. Noch immer kam er in den Dienstplänen nicht oder nur sporadisch vor, und das würde sich, so dachte sie, auch nicht so schnell ändern. Was macht ihr?, erkundigte er sich auf seine freundlich-distanzierte Art, so, als sei er nur zehn Minuten fort gewesen.

Schön, dass ich dich noch treffe!, rief Em, stand auf und umarmte Marek, hielt ihn ein Stück von sich weg, musterte ihn und zwickte ihn dann beidseitig in die Wangen. Gut schaust du aus. Niemand konnte das Eis so mühelos brechen wie sie. Wir denken nach, wer von euch mich am besten nach Hause bringt, damit ich mich nicht immer so fürchten muss, sagte sie. Ich komm mit, sagte Marek, nahm sich ein Glas mit Kwas, setzte sich zu Em und stieß mit ihr an. Und so war es beschlossen. Nicht einmal Gabriel sah sich in der Lage, Em zu widersprechen, und er hatte auch nicht wirklich etwas vorzubringen, außer der Abneigung Marek gegenüber, seit der Prügelei, aber eigentlich schon seit sehr langer Zeit.

Nachdem sie die Kinder schlafen gelegt hatte, schaute Jola noch einmal in den Garten hinaus. Die anderen schienen sämtlich in wichtige Gespräche vertieft, auch Em und Marek. Leise schloss sie die Tür, wandte sich in Richtung Küche und sah, dass bereits jemand den

Teig für das Frühstücksbrot vorbereitet und abgedeckt hatte. Sie richtete den Tisch für den nächsten Morgen, eine Fleißaufgabe, aber sie wusste nicht recht, wohin mit sich. Schließlich wollte sie ins Bett gehen, da kam Jakob von der Scheune herein, eine Flasche in Händen. Die bring ich den anderen raus, ich geh dann schlafen. Sie wartete, und als er zurückkam, wirkte er überrascht, sie noch da stehen zu sehen. Ich komme mit zu dir, sagte Jola mit etwas rauer Stimme, wegen der Salbe und so. Das musst du nicht. Aber ich will, sagte sie und ging in ihr Zimmer, um den Tiegel zu holen. Auf der Stiege hörte sie, dass er ihr folgte.

Er schloss die Tür hinter sich und fragte, ob es ihr etwas ausmache, hier zu bleiben. Sein Zimmer grenzte an das der Kinder, die gerade erst eingeschlafen waren. Jola deutete auf ihr Bett, das, ging es ihr durch den Kopf, zum Glück frisch bezogen und ordentlich gemacht war, und er zog sein Shirt über den Kopf und legte sich auf den Bauch. Er beschrieb ihr die Stellen, die ihm zu schaffen machten, und sie massierte die Salbe ein. Sie setzte sich auf sein Hinterteil, ihre Finger drückten tief in seine Haut und auf seine Muskeln und Sehnen, sie setzte auch die Fingerknöchel und Handballen ein; er stöhnte, wenn sie fester zudrückte. Tausende kleiner, braunroter Sommersprossen waren überall auf seinen Armen, den Schultern und im Nacken, bis hinauf unter die Haare, die sich vom Schweiß ringelten. Nach einer Weile stand er auf, zog sich an und wünschte ihr eine gute Nacht. Und dann ging er. Ihre Hände brannten von der Salbe, und sie musste höllisch aufpassen, dass nichts davon an ihre Augen kam.

(53) Der nächste Tag brachte einen Wolkenbruch, wie sie ihn noch nicht erlebt hatten. Das Wasser schien eher in Säulen vom Himmel herabzukommen als ordentlich in Form einzelner Regentropfen. Jola hatte Mühe, die Pferde in den geschlossenen Stall zu bekommen, sie fürchteten sich vor dem Gewitter und scheuten bei jeder Kleinigkeit. Em half ihr, sie führte ihre eigene Stute und ein weiteres Pferd am Zügel. Im Stall legten sie eine kurze Pause ein und teilten sich ein Bier. Sie besprachen die Abreise, die man vielleicht um einen Tag verschieben werde müssen, denn es sah nicht danach aus, als würde der Regen bald nachlassen. Jola äußerte Bedenken über die Zusammensetzung der kleinen Reisegruppe – sie halte Gabriel und Marek nach wie vor nicht für kompatibel, sagte sie. Em sah das wesentlich lockerer. Vielleicht werde die Unternehmung die beiden einander sogar näherbringen, meinte sie. Jola machte zweifelnde Geräusche und nahm einen Schluck, bevor sie die Flasche Em gab und sich dem Trockenreiben der Pferde widmete.

Im Stall wurde es rasch warm und feucht vom Dampf, der von den großen Tierkörpern aufstieg. Wart ihr echt alle zusammen in der Schule? Em sagte, sie könne Marek nicht recht abkaufen, was er ihr alles erzählt habe. So, hat er das, entgegnete Jola spitz. Jetzt komm, ermahnte Em sie. Es habe, räumte Jola ein, von Anfang an eine gewisse Konkurrenz zwischen Marek und Gabriel gegeben. Um dich?, fragte Em. Nein, das wohl kaum. Jola schabte eine hartnäckige Dreckkruste von der Flanke eines Pferdes. Da habe es keine – sie machte eine Pause, um Atem ringend von der Anstrengung – Überschneidung gegeben. Das mit Gaby war während der ersten Unizeit in Wien, und es hat nicht lang gehalten. Den habe ich eigentlich zu Hause im Reitstall kennengelernt, aber erst in Wien hat er registriert, dass es mich gibt. Sie lächelte bei der Erinnerung: eine Party, kaum bekannte Gesichter, und seine Hand auf ihrer Schulter: Bist du das? Das war wohl so ein Heimweh-Ding, im Großen und Ganzen. Aber, sie kam auf das ursprüngliche Thema zurück, sie haben einander halt nicht ausstehen können, was weiß ich, warum. Und wir waren nicht *alle* in dieser Schule, sonst nur noch Lenny.

Em nickte. Dann erzählte sie von ihrer Familie, von dem Grazer Gymnasium, das sie besucht und von den Freundinnen, die sie gehabt hatte. Von ihrem Comingout und dem Radiojob bei einem Privatsender in Wien. Sie verglichen Orte und Veranstaltungen, die sie beide besucht hatten, Lokale, Partys, Ausstellungen und Konzerte. Bücher, die sie gelesen und Filme, die sie im Kino gesehen hatten. Fernsehserien. Danach arbeiteten sie längere Zeit schweigend und hingen ihren Gedanken nach. Nichts davon wird's je mehr geben, sagte Em schließlich. Nein. Außer, wir machen es selbst. Jola dachte an die Konzerte der Kinder und an die Bilder, die Alex seit seinem Unfall malte, während er so viel liegen und sitzen musste. Ein paar davon waren ganz annehmbar. Meine Güte, schnaufte Em und schloss die Boxentür hinter ihrer Stute, man könnte sich jetzt jederzeit einen Rembrandt ins Schlafzimmer hängen. Oder einen Klimt, oder … Hör auf, bat Jola sie. Das ist alles so deprimierend. Oder, Em grinste provokant, auch die Mona Lisa, aus Paris. Zu weit zum Holen, sagte Jola.

Der Regen ließ nach, und sie verließen den Pferdestall. Wasser tropfte von den Krempen ihrer Hüte, sie mussten schreien, um sich draußen verständlich zu machen, während sie hügelan stapften. Der Wind blies ihnen die Worte von den Lippen fort. Ihre Stiefel sanken bis zu den Knöcheln in der überschwemmten Wiese ein. Der ausgetrocknete Boden konnte mit diesen Mengen Wasser nichts anfangen und versuchte es wieder loszuwerden. Und du, mach dir gar keine Sorgen um die zwei, rief Em. Keiner von beiden ist ein Alphamännchen, darum geh ich nicht davon aus, dass es kracht, jedenfalls nicht, wenn du nicht in der Nähe bist. Jola hob an zu protestieren, aber Em ließ sie gar nicht erst richtig in Fahrt kommen. Und in der Zwischenzeit kannst du dir in Ruhe den Jakob wieder holen, du brauchst ihn. Warum sagst du das?, schrie Jola zurück. Em schaute skeptisch. Das sei doch offensichtlich, entgegnete sie und dämpfte ihre Stimme mitten im Satz, während sie die Haustür aufdrückte und sie von einer Sekunde auf die andere in Stille eintauchten. Im Windfang zogen sie die tropfnassen Stiefel und Jacken aus und schüttelten sich wie Hunde. Jola wrang ihren Zopf aus, Em dachte kurz nach. Also gut. Er ist irgendwie ganz bei sich, er weiß genau, wer er ist, und fast alles, was er tut, macht er für andere. Ich schätze, er ist einfach erwachsen, ergibt das Sinn? Jola lächelte und senkte den Blick auf ihre durchnässten Socken. Ja. Na siehst du. Und jetzt sag ich dir noch was: Um die anderen musst du dich kümmern. Nein nein, nicht den Kopf schütteln, jedenfalls überwiegend ist das so. Und er – Em suchte Jolas Blick und lächelte – kümmert sich um dich.

In der Nacht ging Jola zu Jakob hinüber, seine Tür war unverschlossen. Sie wusste, dass sie eine Zurückweisung riskierte, aber alles war besser als dieser elende Schwebezustand seit nunmehr einem dreiviertel Jahr. Er wurde wach und schrak auf und tastete nach etwas auf seinem Nachttisch. Nicht schießen, bat Jola leise, ich bin es. Sie konnte sein Gesicht im Dunkeln nicht sehen, aber sie hörte ihn laut atmen, und mit einer schwungvollen Geste hob sie seine Decke hoch und legte sich auf seinen warmen Körper, bevor er sie abwehren oder etwas sagen konnte. Was ist?, fragte er und rieb sich über das Gesicht. Wir müssen reden. Jetzt? Ja, jetzt. Sie stützte die Hände neben seinem Kopf auf und drückte sich weg. Hör auf, mich so zu behandeln!, flüsterte sie. Jakob legte die Hände auf ihre Schultern und schüttelte den Kopf, um wach zu werden, dann griff er hinüber zu der Gaslampe neben dem Bett und drehte sie auf die niedrigste Stufe. Er zog seine Decke über ihre Beine. Wie behandle ich dich denn? So … nett. Aus seinem unterdrückten Gähnen wurde ein unterdrücktes Lachen. Nein, korrigierte sie sich. So, als ob du mich nicht liebst. Das Gefühl, sich vollkommen kindisch zu verhalten, schob sie weg. Sie starrte ihn an. Okay. Aus seiner Stimme hörte sie Überraschung heraus, aber auch etwas anderes. Freude? Belustigung? Aber es ist nicht so. Und wie ist es denn? Jola. Seine Hände rutschten von ihren Schultern ihre Arme entlang; sie nahm jeden Millimeter, den er berührte, überdeutlich wahr. Jetzt schaute er sie ernst an. Du weißt, dass ich dich liebe. Jola schüttelte den Kopf und tippte auf sein Brustbein. Und ich liebe dich auch. Und ich will ja, ich meine, ich kann nicht … Sie presste ihre Stirn auf seine Brust, rollte sich dann von ihm herunter auf den Rücken und dachte nach. Sie hatte damit gerechnet, dass ihr schon das Richtige einfallen würde, wäre sie erst allein mit ihm. Das Lampenlicht zeichnete Kreise auf die Zimmerdecke. Jakob schwieg und rührte sich nicht. Alles schien ihr ausweglos, ein unentwirrbares Durcheinander. Tut mir leid. Ich werd wieder gehen. Jola richtete sich auf und schwang die Beine aus dem Bett. Aber dann blieb sie auf der Kante sitzen, und nach einer Weile berührte er sie am Arm. Komm, Jola. Du kannst doch hier schlafen. Er drehte die Lampe ab und legte sich wieder hin. Sie kam zurück zu ihm, und er schlang den Arm um sie. Eine ganze Weile lagen sie so da, und sie wagte es nicht, sich zu rühren. Sein Atem ging ruhig, als schlafe er schon. Jakob?, wisperte sie. Ja. Er klang hellwach. Ich kann es sagen, wenn du es möchtest. Dass du der … Er ließ sie den Satz nicht beenden, und dafür war sie ihm so dankbar.

Der Regen hörte so plötzlich auf, wie er gekommen war. Es war noch bedeckt, aber man spürte schon, wie die zurückkehrende Hitze die Feuchtigkeit anwärmte, um sie dann so rasch wieder in den Himmel zu saugen, dass man fast dabei zusehen konnte. Em, Marek und Gabriel brachen am frühen Vormittag auf. Kritisch betrachtete Jola Mareks Steigbügel, die ihr viel zu lang vorkamen, und zog noch ein letztes Mal seinen Sattelgurt enger. Er dankte ihr; Gabriel schnaubte. Marek würde schon zurechtkommen, hoffte sie, denn auch Em war keine geübte Reiterin, also würde das Tempo schon passen. Sie reichte Em Proviant für unterwegs, umarmte sie ein letztes Mal, und alle winkten zum Abschied.

Jola hatte Kinderdienst und war für die Schule eingeteilt, was ihr sehr entgegenkam. Nach zwei Stunden, während derer die Kinder lasen, rechneten und schrieben, beschloss sie, draußen weiterzumachen. Sie zeigte ihnen Pflanzen und Tiere, die ihnen begegneten, und ließ sie deren Namen wiederholen, ihre Eigenschaften, wo und wie sie lebten, was sie fraßen und so weiter. Sie rundete den Unterricht mit einer Reitstunde ab. Bei Tisch saß Jakob weit von ihr entfernt. In der Früh war sie allein in seinem Bett aufgewacht. Den ganzen Vormittag über hatte sie ihn nicht gesehen. Nach dem Essen hatte er es anscheinend sehr eilig, mit seiner vorher begonnenen Tätigkeit, was auch immer das war, fortzufahren; er war verschwunden, ehe Jola es schaffte, sich an den anderen vorbei aus der Bank herauszuwinden.

Den Nachmittag brachte sie mit dem Sortieren und Etikettieren von Lebensmitteln in der Speisekammer zu. Sie stellte die älteren Einmachgläser weiter nach vorne; nicht alle achteten immer auf die Datumsetiketten. In der Kammer roch es feucht und schimmlig, und Jola kippte eines der kleinen Fenster, überprüfte die Regale auf Hinterlassenschaften von Mäusen und anderen Nagern und schaute in die Fallen, die in den Ecken standen. Als sie später mit einem Armvoll Buchenzweige zum Ziegenstall unterwegs war, kam Jakob ihr auf dem Hof entgegen. Er nahm ihr die Zweige ab und legte sie auf den Boden, dann schaute er sie direkt an, und zum hundertsten Mal in ihrem Leben hatte sie nicht die geringste Vorstellung davon, was jetzt kommen würde, was der Mann ihr gleich sagen würde, was er empfand und was er dachte; sie waren und blieben ihr alle ein Rätsel.

Er umarmte sie. Pass auf deine Schulter auf, warnte Jola ihn, aber Jakob drückte sie noch fester, und sie atmete seinen Geruch tief ein. Nein, bitte sag jetzt nichts. Versprich mir nichts. Er gab sie frei und half ihr, die Ziegen zu füttern, dann kümmerten sie sich um den Hühnerstall. Offenbar hatte in der Nacht ein Raubtier versucht einzudringen, war aber am doppelten Gitter gescheitert. Es würde wiederkommen. Jola musste an die hübsche Fähe mit ihrem Gefolge denken, der sie im Winter begegnet war. Wenn wir einen Hund hätten... Jakob ließ den Satz unbeendet; er schraubte das beschädigte äußere Drahtgitter wieder an und besserte es notdürftig aus. Sie alle vermissten Henry. Er war jetzt schon bald drei Jahre tot. Es schien nicht mehr viele Hunde zu geben, jedenfalls blieb Henry der einzige, dem sie nach dem Ereignis begegnet waren.

(54) Nötig war es eigentlich nicht, denn der Abend war lau und die Nacht versprach es ebenfalls zu werden, aber Em errichtete ein kleines Lagerfeuer – weil das nett war, wie sie sagte. Es gelang ihr nicht sofort, ein Feuer in Gang zu bringen, aber nach ein paar Versuchen brannte es doch. Sie blies in die kleinen, schüchternen Flammen, die zu den feuchten Zweigen hinaufleckten. Die Pferde weideten entlang eines Zauns, in der Dämmerung waren nur ihre Umrisse zu erkennen, und gelegentlich hörte man sie schnauben. Gabriel hatte sich darum gekümmert, dass sie ordentlich versorgt und getränkt wurden, nun striegelte er seines mit besonderer Sorgfalt. Em fragte sich, ob das eine Taktik sein konnte, um nicht mit ihr und Marek zusammensitzen und reden zu müssen.

Das Feuer knackte, die Flammen wanden sich um die Äste, die Em hineinschob. Sie wickelte Streifen rötlichen Fleischs um drei frische, grüne Stecken. Es handelte sich um von Jola geschossenen Fasan. Em war ihr dankbar für die Umsicht, ihr den Packen Fleisch aufzunötigen, zusammen mit dem Rat, es rasch zu verbrauchen. Sie stellte sich Jola auf einem Pferd sitzend vor, wie sie langsam die Flinte an die Schulter hob, gründlich zielte, schoss und traf, einen kleinen Federregen verursachend. Wie sie, auf langen Beinen und mit hin- und herschwingendem Zopf, das Gewehr über die Schulter gelegt, zu dem verendeten Tier hinging, sich ins Gras niederbeugte und es begutachtete. Gabriel schlenderte langsam heran und ließ sich am Feuer nieder, weder neben noch gegenüber von Marek, der eine Zigarette drehte. Alter, rief Gabriel, musst du dir die ganze Zeit den Scheiß reinziehen? Marek zuckte die Achseln. Es sei sowieso das letzte Gras, sagte er unbekümmert. Er legte den Joint weg und nahm einen der Stecken mit Fleisch in die Hand, aber Em wedelte ihn wieder fort; das Feuer, erklärte sie ihm, sei noch nicht ausreichend niedergebrannt.

Sie ließ das folgende Schweigen eine Zeitlang über sich ergehen, dann fragte sie: Seit wann kennt ihr zwei euch nochmal? Hm. Seit der Schule?, antwortete Marek, aber so, als sei er nicht ganz sicher. Gabriel schnaubte. Sein dauerndes Sitzenbleiben hat ihn mir vom Leib gehalten. Leider, er lächelte Em verbindlich an, war er trotzdem allgegenwärtig. Sie schaute vorwurfsvoll. Aber Marek ignorierte ihn und bot Em die angezündete Zigarette an. Sie zog daran und reichte sie Gabriel weiter. Zu ihrer Überraschung nahm er sie an. Dann war es, Em blies den Rauch verhalten aus und redete gepresst, also Liebe auf den ersten Blick? Marek lächelte, die Hände entspannt auf den aufgestellten Knien abgelegt. Nicht zum ersten Mal dachte Em, dass er zu den wenigen Menschen gehörte, die ihr Lächeln eher hässlicher machte als hübscher. Trotzdem, dachte sie, ist es irgendwie reizend. Ja, sozusagen, sagte er. Aber was wisse man in dem Alter schon? Er sei der Jugo mit den Drogen und den miesen Zeugnissen gewesen, Gabriel hingegen – er schaute ihn zum ersten Mal an diesem Tag direkt an – der arrogante reiche Typ, dem die Mädchen nachrannten. Gabriel nickte und zog an dem Joint. Und mit fast genauso miesen Noten, gab er zu. Nur hat halt mein Vater, er hielt den Atem an und stieß dann den Rauch in einem langen Zug aus, den Landesschulrat gut gekannt.

Sommer 8

(55) Noch hielt der frühe Morgen die Hitze in Schach, aber man konnte sie bereits spüren. Der General freute sich über den Ausritt, zuletzt war er lediglich als Schulpferd für die Kinder eingeteilt oder auf der Koppel stehen gelassen worden. Jola lenkte den Wallach zu einem bestimmten Hochsitz: Wollte sie einen Hirsch schießen, war das vermutlich der beste Platz. Der Drilling lag schwer an ihrem Rücken, sie hatte ein passendes Kaliber in den Einstecklauf geschoben; das war auch tauglich, falls statt eines Hirschs eine Wildsau ihren Weg kreuzte.

Sie richtete sich in dem Hochstand ein, der hoch und stabil gebaut war, mit zwei Bänken und mehreren verglasten Fenstern, die sich mithilfe von Schmieröl und mit ein wenig Geruckel öffnen ließen. In einer Ecke fand Jola eine ungeöffnete Flasche Zirbenschnaps, sie entkorkte sie, murmelte ein „Waidmannsdank“ und trank einen Schluck auf den unbekannten Jäger, der hier sein Ende gefunden haben musste; dass einer die Flasche freiwillig hatte stehen lassen, war weit unwahrscheinlicher.

Dann schob sie den Lauf des Gewehrs, das ihr viel besser in der Hand lag als noch vor wenigen Jahren, durch das vordere kleine Fenster, hob das Fernglas an die Augen und wartete. Das Gewehr hatte ein Zielfernrohr, aber sie wollte einen Überblick über die ganze Gegend haben; außerdem machte sie das starre Schauen durch so ein Rohr rasch sehr ungeduldig. Sie hatte Zeit. Man hatte ihr den ganzen Tag für die Jagd zugestanden. Der General weidete ein Stück entfernt, er würde selbst dem nervösesten Wild keine Angst machen. Mama, dachte Jola, der Achtzehnender, den du geschossen hast, in dem Jahr, als du das Revier übernommen hast, wie lange hast du auf den warten müssen? Das präparierte Geweih mitsamt Schädel hatte zu einer der seltenen Auseinandersetzungen zwischen Elisabeth und ihrem Mann geführt. Alfred wollte das unappetitliche Ding auf gar keinen Fall über dem Esstisch, ja überhaupt am liebsten gar nicht im Haus hängen haben. Nach einigem Hin und Her fand das Geweih seinen Platz im Vorraum. Jola warf manchmal ihre Haube oder ihren Schal darauf.

Ihre Mutter zeigte ihr die kleinen, perlenähnlichen Ausbuchtungen an den Wurzeln der Geweihstangen, da, wo sie in den Schädelknochen übergingen. Man nennt das die Rose, erklärte sie. Daraus kann man Knöpfe schnitzen und andere Sachen. Die Menschen machen das schon länger, als es die meisten anderen Kunstformen gibt, mindestens seit der Steinzeit. Jola, dreizehn Jahre alt und schon nicht mehr so leicht zu beeindrucken, jedenfalls nicht durch ihre Eltern, musste zugeben, dass sie das Geweih schön fand. Manchmal, im Herbst, stießen sie während ihrer Gänge durchs Revier auf abgeworfene Stangen, gelegentlich nahmen sie eine mit nach Hause. Ihre Mutter kannte eine Schmuckkünstlerin, die gerne damit arbeitete. Die schon betagte Frau, die sich mit dem Verkauf von Ohrringen, Ketten, Ringen und Spangen aus Naturmaterialien etwas zu ihrer niedrigen Pension dazuverdiente, schenkte Jola als Dankeschön eine aus einer Rose geschnittene, polierte Platte. Sie hatte die Scheibe von etwa vier Zentimetern Durchmesser mit einem Muster durchbrochen, das eine Hirschkuh im Lauf darstellte. Wo das Ding jetzt war, wusste Jola nicht, vielleicht war es noch im Haus in der Kleinstadt, oder auch in der WG-Wohnung in Wien, in irgendeiner im Staub versinkenden Kramschachtel.

Stunden vergingen, während derer Jola mehrere Tiere, Rehe und ein Wildschwein, ziehen ließ; heute wollte sie einen Hirsch schießen oder nichts. Sie ließ ihre Gedanken schweifen, die sich eine Weile bei den Kindern aufhielten, dann bei Jakob, der, weil etwas Ruhe im Haus herrschte, den Heizkessel im Keller einer genauen Überprüfung unterziehen wollte. Aber zuvor würde er mit Alex, der noch immer viel liegen musste, Schmerzen hatte und sich zu Tode langweilte, eine Partie Karten spielen. Zwischen Jakob und ihr war einiges anders als früher. Sie behandelte ihn wie ein rohes Ei und scheute sorgsam jeden näheren Kontakt mit den anderen, wenn er dabei war. Und auch er schien vorsichtiger geworden zu sein, dachte sie, bemüht, ihr alles zu erleichtern oder zu vermeiden, was für sie im Entferntesten eine Belastung darstellen könnte – beziehungsweise das, was er sich darunter vorstellte. Sie wusste, dass es ihm ernst damit war, und keine Taktik, um sie fernzuhalten; sie seufzte. Ich muss mit Gaby reden, dachte sie unbehaglich. Je früher, desto besser.

Jola bewegte das Fernglas zwischen den beiden nahe gelegenen Wäldchen hin und her. Sie wusste, dass es hier in der Gegend Hirsche, Rothirsche und Damwild, gab, denn sie hatte schon ein paarmal abgeworfene Stangen gefunden, die frisch aussahen. Manchmal, zur Brunftzeit und wenn der Wind günstig stand, konnte sie von fern das Röhren der Hirsche hören. Noch ein weiteres Mal überprüfte sie die Waffe und schwenkte immer wieder über Wiese, Felder und Waldstück, aber die beste Tageszeit verstrich, ohne dass sich überhaupt noch Wild blicken ließ. Sie nutzte die Zeit, um ihr Frühstück auszupacken, eine Dose mit Tomatensalat und hartgekochten Eiern. Als sie gerade die Gabel darin versenken wollte, stand da plötzlich der Hirsch, der Mann der Hirschin. Ganz langsam stellte sie die Dose auf den Boden, drehte sich zum Gewehr zurück und schaute durch das Zielfernrohr. Er hielt den Kopf gerade, und es war kein Widerrist zu erkennen, ebenso wenig ein sich deutlich abzeichnender Bauch. Der Hirsch war noch jung, etwa sechs Jahre alt, schätzte sie, es schien ihr mindestens ein Zwölfender zu sein. Sie zielte auf sein Blatt; dass der Hirsch danach noch ein Stück weglaufen würde, war leider nicht auszuschließen, aber sie würde ihn schon finden.

Oktober 4

(56) In diesem Jahr hatten die Birnbäume so viele Früchte getragen, wie sie im Vorjahr hatten vermissen lassen. Auf dem Schneidbrett vor Jola türmten sich dicke Birnenscheiben. Sie bereitete sie zum Trocknen vor. Der klebrige Saft rann ihr immer wieder in den Ärmel, und sie versuchte gerade, einen neuen Tropfen mit der Zunge aufzufangen, bevor er den Stoff erreichte, da ging die Tür. Vor sich hielt sie das große, scharfe Messer, und als sie es schaffte, den Kopf zu drehen, erstarrte sie in der Bewegung. Der Fremde hatte sich hereingeschlichen, unbemerkt selbst von dem Hund, der weiß Gott wo herumstreunte, statt das Haus zu bewachen. Jola wusste, dass sie allein war, ihre Schusswaffen außer Reichweite, also besann sie sich des Messers in ihrer Hand, wandte sich dem Mann zu und sagte: Halt. Er war älter als sie, etwa so alt wie ihr Stiefvater, und seine Hände waren leer. Jetzt hob er sie über den Kopf. Alles gut, junge Frau, ich tu Ihnen nichts. Etwas in seiner Stimme wirkte beruhigend auf sie, und sie senkte das Messer. Freundlich wies er auf ihren Bauch, der sich unter einem grauen Männerpullover vorwölbte. Wann kommt es?, erkundigte er sich, als sei die Situation nichts Außergewöhnliches: Ein Fremder in einer Welt ohne Fremde, der plötzlich in der Küche einer schwangeren Frau stand, einer Frau, die obendrein allein war. Er habe nur, sagte er leise und tastete vorsichtig mit der linken Hand nach der Sitzfläche des Sessels, auf den sie schweigend gewiesen hatte, um ihn zu sich heranzuziehen und sich niederzusetzen, er habe nur den Rauch bemerkt und dann das Licht im Fenster

gesehen. Es wurde schon dunkel, niemand außer ihr war im Haus. Nur Ali lag im Zimmer oben und schlief. Seit sie ihr Baby verloren hatte, tat sie selten etwas anderes. Jola beantwortete die Frage des Fremden nicht, sondern richtete die Messerspitze wieder auf ihn. Adrenalin flutete ihren Körper, aber ihre Hand blieb ruhig. Wer sind Sie und was wollen Sie?, brachte sie heraus. Wie gesagt, der Mann befeuchtete seine trockenen Lippen, er habe gesehen, dass hier Menschen lebten… Er schien keine Angst vor ihr zu haben und schaute nachdenklich zum Herd, auf dem zwei Töpfe standen.

Jola musste die andere Hand zu Hilfe nehmen, um das Messer weiter hochhalten zu können. Der Tropfen Birnensaft erreichte ihren Ellbogen. Der Ofen knackte. Da schaute der Mann zu ihr auf. Meine Liebe, es tut mir sehr leid, ich wollte Sie nicht erschrecken. Ich werde wieder gehen, bitte verzeihen Sie die Störung. Und er stand auf, hob grüßend die Hand und ging zur Tür. Nervös legte Jola das Messer aus der Hand. Schon gut, sagte sie und drückte mit dem Handteller ihrer Linken gegen den Ärmel, um den Tropfen endlich anzuhalten. Bitte, sie wies wieder auf den Sessel, der mitten im Raum stand, und er kam erneut langsam näher, jetzt lächelnd. Sie gab ihm nicht die Hand, aber sie stellte sich vor. Sehr erfreut, sagte er und deutete eine kleine Verbeugung an, Erich ist der Name. Jola angelte nach einem Schnapsglas und der Flasche im Kasten ganz oben, ohne ihn dabei aus den Augen zu lassen.

(57) Jola kniete neben dem Hirsch nieder, der ein paar röchelnde und schließlich einen letzten, seufzenden Atemzug tat. Sie spürte noch den Rückstoß des Gewehrs an der Schulter, als sie sich zu ihm hinunterbeugte, um ihm in die Augen zu schauen und ihn um Verzeihung zu bitten. Er war ein schönes Tier, seine runden, hellbraunen Augen glänzten, und um sein Maul herum stand Schaum. Ein gerader Vierzehnender und ihr erster Hirsch überhaupt. Er mochte leicht hundert Kilogramm wiegen. Erich, der von ihrer Unternehmung wusste, dürfte am Funkgerät geklebt sein, denn er antwortete sofort. Jola gab ihm ihren Standort durch, den er von seinen eigenen Jagden kannte. Nur eine halbe Stunde später war er da, sie hievten den Hirsch gemeinsam auf den Pferdewagen, ein umgebautes ehemaliges Fuhrwerk, das zuletzt dem Zweck gedient hatte, Touristen herumzukutschieren. Mein lieber Schwan, ächzte Erich, der wiegt ja eine Tonne. Ganz okay, oder?, Jola lächelte. Das hast gut gemacht, Mäderl, bestätigte er, und sie stießen mit dem Zirbenschnaps darauf an. Er bot ihr Hilfe beim Aufbrechen des Hirschen an, und sie akzeptierte sie, aber erst blieben sie noch eine Weile auf dem Wagen sitzen. Jola berichtete von Gabriels und Mareks Aufbruch in Ems Dorf, und Erich unterhielt sie mit Geschichten von seinem Baby.

Dann brachen sie auf, zu seiner Werkstatt, wie er es nannte, zu der neben einem Stall und einer improvisierten Hufschmiede auch eine rudimentäre Arztpraxis gehörte. Die wurde langsam vielseitiger: Erich besaß jetzt einen Zahnarztsessel mit allen Schikanen und eine Apotheke mit Arzneimitteln unterschiedlichster Art, die sämtlich ihr Verfallsdatum überschritten hatten. Seine neueste Erwerbung war ein tragbares Ultraschallgerät, das er bei einem Streifzug in der Praxis einer Frauenärztin gefunden hatte. Sie könne jederzeit zur Untersuchung vorbeikommen, bot er an, nur mit Krebsabstrichen tue er sich schwer, so ohne Labor. Und selbst wenn er eine solche Untersuchung durchführen könnte, entgegnete sie ihm, was genau für eine Therapie habe er dann im Fall einer solcherart entdeckten Erkrankung im Sinn? Ernst schüttelte er den Kopf, gar keine, eh. Eh. Aber, und jetzt klang er lebhafter, er habe bei der Gynäkologin ein wenig gestöbert und vielleicht etwas gefunden, das nützlich sein könnte, genauer gesagt, eigentlich habe Ania ihn darum gebeten, das zu suchen. Was denn, fragte Jola. Allmählich wurde sie ungeduldig; es war schon Mittag und sehr heiß. Verhütungsmittel, die nicht ablaufen können, sagte er mit einem Zwinkern, und er zeichnete mit dem Zeigefinger eine Spirale in die Luft.

Den Hirsch aufzubrechen war harte Arbeit. Der Schweiß floss Jola in Strömen über Gesicht und Hals und durchnässte ihr Hemd, noch bevor sie mit dem Ausweiden fertig waren. Den Schädel und das Geweih wie auch den Großteil der Eingeweide wollten sie nicht mitnehmen. Mit leisem Bedauern schaute sie noch einmal zurück. In ihrer Familie wäre niemand über eine Trophäe begeistert; mochten die Füchse sich über die Reste freuen.

(58) Nach fast zwei Wochen kehrten Marek und Gabriel zurück. Auf dem Heimweg hatten sie sich verirrt; Marek erzählte diesen Teil, als sei es ein Witz auf ihre Kosten. In Ems Dorf hätten sie insgesamt sechs Tage verbracht, und vier mit dem Abstecher zu den Pferdeleuten, je ein Tag hin und zurück, und zwei dort, zählte er auf. Wäre es nach ihm gegangen, wäre es bei diesem knappen Bericht geblieben, aber das kam nicht in Frage. Zu ausgehungert nach Neuigkeiten und Geschichten von außerhalb waren die anderen, Erwachsene wie Kinder. Also erzählten Gabriel und Marek beim Abendessen und später in der Scheune, abwechselnd und einander ergänzend. Einmal lachten sie sogar. Jola betrachtete sie staunend. Gabriel schickte voraus, wohl wissend, wie ungeduldig sie auf diese Information wartete, dass Kyra einem der Hengste der Pferdeleute vorgestellt worden und die Begegnung vielversprechend verlaufen war. Er machte eine kleine Verbeugung und grinste. Jola stieß einen Jubelschrei aus und klatschte in die Hände. Ob die Stute wirklich trächtig war, musste man abwarten. Ems Bruder und Schwägerin hätten sie, erzählten die beiden weiter, in ihrem Haus untergebracht, das zwar bei weitem nicht so viel Komfort biete wie der Sonnenhof, aber gemütlich und geräumig sei. Das Baby scheine gesund und munter, Stefans Frau – sie hat einen Namen, rügte Ali – habe sich aber wohl noch nicht ganz von der Geburt erholt und mache einen recht niedergeschlagenen Eindruck. Sie hätten, wenn sie Zeit dafür gehabt hätten, bei der Arbeit geholfen und auch auf das Baby aufgepasst, damit die Mutter einmal ausschlafen konnte. Ali und Jola quittierten das mit einem beifälligen Gurren.

Es habe sich dort eine Gemeinschaft herausgebildet, erzählte Gabriel weiter, die mittlerweile fünf Familien oder Gruppen umfasse, welche in mehr oder weniger engem Kontakt miteinander stünden. Eigentlich sind es Wohngemeinschaften, präzisierte er; außer dem Baby von Stefan und Silvia gebe es keine Kinder. Und dazu kämen, berichtete er, noch die Leute mit den Pferden, ausschließlich Männer. Die wohnten zwar viel weiter weg, es gebe jedoch mehr oder weniger regelmäßige Zusammenkünfte. Gabriel schilderte das Anwesen der „Pferdemänner", wie er sie nannte, als riesigen ehemaligen Reiterhof mit angeschlossenem Hotel, mit etwa dreißig Pferden. Alex pfiff durch die Zähne. Die Männer hätten sie sehr herzlich empfangen, fuhr Gabriel fort, sich sofort um einen passenden Hengst für ihre Stute gekümmert und sie herumgeführt. Es gebe dort eine Hufschmiede und sogar eine Sattelwerkstatt. Ansonsten würden sie einfach „Sachen" anbauen, wie er es ausdrückte, und Hühner und Schafe halten. Gibt's dort gar keine Frauen?, erkundigte sich Ali verwundert. Und keine Kinder?, hängte Lena an. Marek schüttelte den Kopf. Das mussten sie alle erst einmal sickern lassen. In Ems Dorf sei das Verhältnis in etwa ausgeglichen, ergänzte Gabriel, allerdings seien einige der Frauen dort schon älter, er wischte sich die Handflächen an der Hose ab und runzelte die Stirn, so als ob er sich bei dem Thema nicht ganz wohl fühlte. Sie planen, schickte er nach, als sei es ihm eben erst eingefallen, einen Markt, eine Art gemeinsames Herbstfest. Das, sagte Jola, klingt schön.

In Gedanken sah sie den Markt vor sich: Menschen standen hinter improvisierten Ständen oder Holzkisten, auf denen sie ihre überschüssigen Vorräte an Obst, Gemüse, Tierprodukten sowie kleine Kunstwerke feilboten. Zwischen den Ständen flitzten Kinder durch, die Fangen spielten, bunte Tücher flatterten, und alle trugen altertümlich aussehende Kleidung … Jola schüttelte den Kopf, um sich von den albernen Bildern zu befreien. Jedenfalls bedeutete Markt, etwas zu kaufen und zu verkaufen – also Wirtschaft. Würde es zwischen den versprengten Gruppen Tauschhandel geben – müssten sie das Geld neu erfinden? Mehr noch als über diese mögliche Entwicklung staunte Jola darüber, wie wenig Zeit vergangen war, seit so etwas eine Rolle gespielt hatte. Ein Wimpernschlag. Und doch, ihre Kinder kannten das alles nicht: in ein Geschäft gehen und Geld, eine Plastikkarte oder ein Smartphone zücken, den elementaren Tausch vollziehen, auf dem ihre Welt aufgebaut gewesen war. Oder ihn mit ein paar Klicks erledigen.

Juli 8/9

(59) Vor dem Regal im Mittelgang im zweiten Stock fehlte wieder einmal die Trittleiter. Was Jola brauchte, befand sich vermutlich in einem der oberen Fächer, an die sie schwer oder gar nicht heranreichte. Wenn sie ihre Regel hatten, was oft, aber nicht immer gleichzeitig der Fall war, bedienten sie und Ali sich an einem gemeinsamen Vorrat an Tampons, Binden, Slipeinlagen und Menstruationstassen in einem Schränkchen in der Regalwand. Derzeit war Jola die Einzige, die zu diesen Sachen greifen musste, und sie bemerkte einmal mehr den schwin-

denden Bestand. Ali bevorzugte die Tassen, sie fand sie praktisch und nachhaltiger; aber auch diese Silikondinger würden nicht ewig halten. Jedenfalls brauchten sie Nachschub an Tampons, und nach den bald acht Jahren, die sie hier in der Gegend die Drogerie- und Supermärkte ausgeräumt hatten, wurde es immer schwieriger, welche zu finden. Jola dachte schon länger darüber nach, sich ein paar Stoffbinden zu basteln, aber das schob sie noch hinaus.

Gabriel klopfte beim Hinaufsteigen gegen das Stiegengeländer, um Jola nicht, wie so oft, durch sein Herannahen zu erschrecken. Sie fuhr trotzdem zusammen, lachte aber, sodass er sich nicht schuldig fühlen musste. Hast du die Bibi gesehen?, fragte er. Sie wollte mit mir lesen. Nach dem hintersten Ende des mittleren Fachs greifend, streckte sie sich lang aus, um zu ertasten, ob dort vielleicht noch etwas war. Er langte an ihr vorbei hinauf. Was suchst du denn? Er hielt die kleine Schachtel, die allerletzte, schon in der Hand. Oh. Er reichte sie ihr. Nein, ich weiß nicht, wo sie ist, tut mir leid, sagte sie. Wenn sie mich doch nicht braucht, sagte er und steckte die Hände in die Hosentaschen, fahre ich mit Marek vielleicht in die Stadt.

In die Stadt; der Ausdruck brachte sie noch immer zum Lächeln. Sie stellte sich die beiden vor, wie sie durch belebte Straßen spazierten und in einem Gastgarten ein Bier trinken gingen. Marek, ja?, dachte sie. Dann bringt mir bitte solche mit. Am besten alle, die ihr findet, Größe und Marke egal. Und Schmerzmittel auch, falls ihr in eine Apotheke kommt, warte, ich schreib es dir auf. Er blies die Backen auf und murrte ein bisschen, wartete aber, bis Jola mit dem Zettel, der jetzt noch einige weitere Posten aufwies, zurückkam. Sag mal, beschwerte sie sich, als er nach ihr greifen wollte, hat man denn nie eine Ruhe? Nur drücken, sagte er leise. Heute ist mein 30. Geburtstag. Echt? Ich meine, ergänzte sie schnell, herzlichen Glückwunsch, und umarmte ihn. Gabriel zuckte die Achseln. Nach der aktuellen Zeitrechnung sei es der 13. Juli, und das sei nun mal sein Geburtstag, zumindest früher immer gewesen. Und beim Jahr zumindest sei er sich nun wirklich sicher.

Die Sache mit dem Kalender hatten sie in ihrem zweiten Jahr im Haus gründlich vermasselt, als auch der schlichte, einseitige Jahresüberblick auf der Rückseite des abgelaufenen Stehkalenders im Büro an sein Ende kam. Bewusst wahrgenommen hatten sie noch Weihnachten und Silvester, aber niemand hatte daran gedacht, sich danach Notizen zu machen. Als es ihnen auffiel, konnten sie schon nicht mehr genau sagen, welches Datum war, zu sehr ähnelten einander die Wintertage, während derer sie kaum mehr tun konnten als die Tiere zu versorgen und sich im Haus zu schaffen zu machen. Es war kalt und dunkel und sie gingen früh schlafen, besonders die hochschwangere Ali und Jola mit dem Neugeborenen. Schließlich einigten sie sich nach einer Abstimmung auf ein Datum, und Ali bastelte einen neuen Kalender, der seither Jahr für Jahr weitergeschrieben wurde. Aber ganz sicher konnten sie sich nicht sein.

Von Anfang an hatten sie Geburtstage nicht groß gefeiert, auch nicht die der Kinder. Gabriel hatte seinen Jola gegenüber überhaupt noch nie erwähnt, wie ihr jetzt auffiel. Sie nahm seine Hand und drückte sie an ihre Wange.

Tut mir leid. Mit den neuen Narben sah er womöglich noch besser aus; es wunderte sie, dass keine der Frauen in Ems Dorf ihn sich gekrallt hatte. Fast hatte sie mit so etwas gerechnet. Es gehofft. Andererseits hatten sie ja auch dort einen Männerüberschuss, und bei den „Pferdeleuten“ gab es überhaupt keine Frauen. Viel Spaß, und passt auf euch auf, sagte sie. Gabriel neigte den Kopf, sodass sich ihre Stirnen berührten, und schloss die Augen; die Geste überraschte sie, sie sah ihm gar nicht ähnlich. Er gab sie frei und verabschiedete sich. Also dann, sie winkte ihm mit der Tamponschachtel in der Hand nach und versteckte diese dann hinter dem Rücken, als sie es merkte. Seufzend ging er die Stiege hinunter.

Jola verließ das Haus kurz nach ihm und ging zum Hühnerstall. Jakob war dort, er hantierte mit etwas, das wie ein riesiges, gusseisernes Gebiss aussah. Beim Näherkommen erkannte sie, was es war, und es gefiel ihr überhaupt nicht. Hast du keine Angst, stammelte sie, dass eines der Kinder ... Er ließ sie nicht ausreden und wies auf den Zaun, den er vor dem Eingang in das Hühnerhaus verstärkt und mit Stacheldraht umwickelt hatte. Sieht jetzt arg aus, gab er zu, aber es wird sie davon abhalten, reinzugehen. Ist nur für kurz, versprochen, und natürlich schärfe ich es den Kindern noch einmal ein, dass sie da jetzt nicht hingehen dürfen. Er wickelte ein Stück Seil auf und zeigte mit dem Fuß in Richtung der Falle. Sie war bereits aufgespannt, und in der Mitte lag, auf einem hölzernen Spieß befestigt, der wie eine spitze Zunge in die Mitte der Vorrichtung ragte, ein rohes Stück Fleisch. Jakob musste es vom Hirsch genommen haben, dessen Überreste in der Tiefkühltruhe lagen. Er wird bald in die Falle gehen, wirst schon sehen. Und dann kommt das – er wies auf den Stacheldraht – gleich wieder weg. Er öffnete die Maschendrahttür, schloss sie hinter sich und klappte mit einem Seil von außen ein zusätzliches Gitter zu, das einen kurzen Tunnel aus Draht begrenzte, mit der Falle in der Mitte; die Hendln konnten nicht dazu. Er?, fragte Jola. Na der Fuchs, sagte er. Wird schon einer gewesen sein, bei dem Loch, das er in den Zaun gebissen hat. Das schafft kein Wiesel.

Drinnen in der Wohnküche saß Ali allein, blass und mit einem Teehäferl in der Hand. Jola fragte, wie es ihr gehe. Ali nickte nur und drehte die rechte Hand hin und her, während sie einen Schluck Tee trank: Comme ci, comme ça. Es roch nach Minze, Melisse und Brennnesseln, ihren Hausmitteln gegen Schwangerschaftsübelkeit. Sie unterhielten sich leise, über den ungefähren Zeitpunkt der Geburt und ob und wann man Erich dazurufen sollte. Ali war sich nicht sicher, aber Jola wollte nichts von ihren Bedenken hören: Nochmal mach ich dir nicht alleine die Hebamme, und mir hat er bei den Mädchen sehr geholfen. Ali hob eine Hand und versetzte sie in heftiges Zittern; Jola brummte vorwurfsvoll. Es stimme, dass Erich oft zu tief ins Glas schaue, auch sei er Tier- und kein Menschenarzt. Dennoch, besser als nichts, predigte sie, und wenn du dein Riesenkind rausquetschst, wirst du froh sein, dass er da ist. Stöhnend legte Ali den Kopf in die Hände, ja, sagte sie, ich hätte mir einen zierlicheren Kindsvater suchen können, aber jetzt ist es zu spät.

Um sie auf andere Gedanken zu bringen, erzählte Jola ihr von dem Gespräch mit Gabriel. Ali lächelte, ich bin auch 30 geworden, im April. Schrecklich, oder? Warte nur, du kommst auch bald dran. Sie sprachen über die junge Freundschaft zwischen Marek und Gabriel. Em ist ein Genie. Jola lächelte und schüttelte den Kopf. Ach ich weiß nicht, erwiderte Ali, die beiden sind doch füreinander geschaffen. Sind sich so ähnlich wie Zwillinge. Das könne sie ja überhaupt nicht finden, sagte Jola, aber es sei natürlich eine große Entlastung, wenn die beiden sich nicht ständig in den Haaren lägen. Dieses Herbstfest, sagte Ali, geht mir nicht aus dem Kopf. Vielleicht sollten wir da auch jemanden hinschicken? Daran habe sie auch schon gedacht, gab Jola zu. Es sei verlockend, andererseits seien Marek und Gabriel ja gerade erst von dort zurückgekommen. Nahe sei es auch nicht gerade. Ein Schauder überlief sie, von einem Unwohlsein begleitet, das sie nicht recht einordnen konnte. Ein Krampf im Unterleib begleitete das Gefühl. Schon, räumte Ali ein, aber es wird nicht ewig so weitergehen. So ganz ohne andere Menschen, oder? Von Erich und Ania mal abgesehen. Sie kratzte mit dem Daumennagel etwas von der Tischplatte. Eine Zeitlang schwiegen sie. Jola gedachte nicht, das Thema zu vertiefen; sie plante in Gedanken schon das Abendessen – Hirsch mit irgendwas. Ich habe gestern mit Alex geschlafen, murmelte Ali niedergeschlagen. Daraufhin setzte sich Jola, die aufgestanden war, wieder hin. Sie schaute ihre Freundin an, das Kinn in der Hand, und schüttelte langsam den Kopf.

Kapitel zehn

Andere Menschen

Sommer 9

(60) Marek löschte das Licht. Er war erst seit dem Morgen von einer seiner spontanen Kurzreisen zurück. Gewöhnlich verkniff sich Jola die Frage „Wo warst du?", aber heute stellte sie sie ihm. Er kratzte sich am Kopf und zwinkerte in Richtung der Kerze, die in ihrem Glaszylinder auf dem Nachttisch stand, dann nannte er den Namen einer nicht weit entfernten Stadt. Ich habe im Hallenbad übernachtet. Kannst du dich daran erinnern? Da waren mit der Schule schwimmen. Das konnte sie; ihr Stiefvater hatte sie mit dem Auto hingefahren, und meistens war eine Freundin mitgekommen. Lina. Marie. Social-Media-Checks und Gekicher auf dem Rücksitz; eine Mischung aus Angst und Vorfreude, denn Oh Gott, alle würden sie im Badeanzug sehen. Sie schüttelte den Kopf. Aber wozu, wollte sie wissen, was hast du dort gemacht? Liebste, rutsch rüber, bat Marek. Sein Bett war schmal. Also, ich habe mich dort mit Leuten getroffen. Jola fuhr auf: Welche Leute? Er kenne sie, sagte er, von unterwegs. Um niemanden zu beunruhigen, habe er nichts davon erzählt. Diese Leute wüssten nichts über sie und das Haus, versicherte er, obwohl er sie für vertrauenswürdig halte. Wer sind die?, fragte sie und legte

den Kopf auf seine Schulter. Er begann, ihre Schläfe zu streicheln.

Seine Stimme senkte sich und wurde ruhig und weich, als sei sie ein Kind und die Geschichte ein Märchen; seine Handfläche an ihrem Kopf fühlte sich rau an. Früher waren sie, erzählte er, eine Art Gang, sie sind herumgezogen, haben Vorräte gesammelt und so weiter. Gesammelt, wiederholte sie. Ja. Er ging nicht ins Detail, wie er es nie tat, wenn es ihm nicht passte. Aber jetzt nicht mehr, sie haben sich, na, ansässig gemacht? Sie hatte keine Lust, ihn zu korrigieren, nickte ungeduldig und machte schaufelnde Bewegungen mit einer Hand, die ihn zum Weiterreden anregen sollten. Wo sind die jetzt? Und wie viele? Er wickelte sich ihr Bein um die Hüfte und schilderte ihr den ungefähren Standort der Leute, mit denen er vor Jahren, wie er sagte, ein paar Monate unterwegs gewesen sei. Genau dort habe er sie bei seinem letzten Ausflug, dem, bevor Em neulich kam, angetroffen. Das war ein „Ausflug“ von vier Tagen, konnte Jola nicht umhin, ihn zu erinnern. Ja, sagte Marek. Und dann bist du gleich wieder aufgebrochen, mit ihr und Gaby.

Sie nahm wahr, wie er im Halbdunkel die Stirn runzelte. Bist du mir böse deshalb? Jola schüttelte den Kopf. Nein. Erzähl weiter von diesen Leuten. Es sind vier Männer und zwei Frauen, sagte Marek und streichelte ihren Arm mit den Fingerkuppen. Sie leben in einem großen Haus in der Nähe, das sie gerade herrichten. Das ist alles. Zwei Frauen?, fragte Jola, und er nickte. Okay. Und triffst du sie wieder? Das habe er, sagte er, eigentlich nicht vor. Die kommen schon zurecht. Ich kenne ihren Boss, Chris. Ist cool. Er merkte, dass sie beunruhigt war und hob den Kopf, um ihr ins Gesicht sehen zu können. Hast du geglaubt, es bleibt so? Nur wir, die Kinder, abgeschottet vom Rest der Welt? Mit einem Mal hatte Jola das Gefühl, die Rollen mit ihm getauscht zu haben; als sei es jetzt er, der den Durchblick hatte und ihr die Augen öffnen musste, darüber, wie die Dinge waren. Sein Streicheln wurde zielgerichteter. Na gut. Sie seufzte und umschlang seinen Kopf, während er ihre Achselhöhle küsste. Vielleicht erzählst du das auch mal den anderen, das von diesen neuen Nachbarn.

Wieder einmal schlaflos, starrte sie auf das Fenster. Er ließ die Vorhänge gerne offen, als falle es ihm schwer, ganz auf den Nachthimmel zu verzichten. Sternenlicht fiel durch das Fenster auf sein Gesicht; seine Stirn war glatt und sein Atem ging ruhig. Gut. Es gab auch andere Nächte. Seine Unzuverlässigkeit ging den anderen oft auf die Nerven. Sie wollte ihn nicht wieder und wieder verteidigen müssen. Außerdem – war er denn wirklich unzuverlässig? Wenn er etwas zusagte, hielt er sich eigentlich immer daran. War er schwer greifbar und oft unterwegs? Durchaus. Aber ein Stück weit, dachte sie, hatten sie ihn auch zu dem gemacht, was er jetzt war. Draußen klapperte etwas, und sie fuhr hoch. Die Falle. Die Fähe. Als sie am Morgen im Hendlstall nachschauen ging, war die Falle offen und leer und das Fleisch noch darin.

(61) Der Bleistift war kaputt, innerlich gebrochen und nicht mehr zu gebrauchen. Jola kramte in der Kommodenschublade nach einem neuen. Viele waren nicht mehr da. Der neue war blau und mit winzigen Strasssteinen verziert. Genau so einen hatte ihre beste Freundin Lina in der Schule gehabt. Lina war nicht im Festzelt gewesen, denn sie war… Jola kappte die Erinnerung sofort. Sie träumten alle noch immer von Tod und Bedrohung, Verlassenwerden und Einsamkeit, und im Wachzustand erschienen ihnen manchmal die gleichen Bilder, auch wenn diese Flashbacks mit den Jahren seltener wurden. Wir hätten ja, dachte Jola, wenn sie es sich gestattete, länger über diese Dinge nachzudenken, nicht sofort Kinder in die Welt setzen müssen. Es wäre einfach gewesen, von dem, was noch da war, so lange zu zehren, bis, was auch immer für sie vorgesehen war, schließlich passierte. Sie hätten ein winziger Epilog auf die Geschichte sein können, eine selbstvergessene, alle Vorräte konsumierende Nachhut der Menschheit. Der Zerfall, die Zersetzung, der Rost und Staub, die Fäulnis, der Schimmel, die Öde und Stille – sie wären deren Verwalter gewesen. Für sie hätte es noch gereicht. Auf jeden Fall die Bleistifte, dachte Jola und runzelte die Stirn. Die Kinder verbrauchten sie in rauen Mengen.

Sie saß in der Küchenbank und arbeitete an einem Plan für eine Reihe von Versammlungen, bei denen sie über – sie hob den Kopf – ja, über die Zukunft reden würden. Über unangenehme Wahrheiten. Was sie brauchten, und zwar einfach alles, würden sie irgendwann selbst herstellen oder finden müssen. Selbstverständlich war ihnen das längst klar. Jola hatte begriffen, dass sie das Thema in einzelne Blöcke aufspalten musste, um eine Chance zu haben, Tacheles darüber zu sprechen; niemand wollte sich drücken, aber die Unübersichtlichkeit des Ganzen machte allen Angst.

Gabriel kam dazu und bot seine Hilfe an. Gerade verbrachte er gern Zeit mit ihr. Jola vermutete, dass sich das auch wieder ändern würde, aber einstweilen hatte sie nichts dagegen. Sie erstellten eine Liste mit Einzelthemen unter dem Oberbegriff Nachhaltigkeit. Der erste Schritt, fand Jola, sollte eine Einordnung darüber sein, was sie alles nicht mehr erfinden oder tun mussten. Denn das, so meinte sie, werde befreiend wirken, für den Anfang. Wie meinst du das?, fragte Gabriel und drehte seinen Kugelschreiber zwischen den Fingern. Na nimm zum Beispiel eine Waschmaschine – wir haben ein Modell, und das müssen wir irgendwann nachbauen können. So oder so ähnlich. Aber immerhin, das Ding an sich hat sich schon mal jemand ausgedacht, die Erfindung ist da. Oder, ich weiß nicht, Jola sah aus dem Fenster, etwas Einfacheres, wie einen Pflug. Gabriel schnaubte. Einen Pflug?, rief er aus. Etwa mit einem Pferd vorne – im Ernst, Jola? Er machte ein Gesicht, als habe er unverhofft in eine Kloake gegriffen. Sie wandte sich ihm zu, die Arme verschränkt, und sah ihn ernst an. Ich erfinde das nicht, Gaby. Wir müssen uns auf sowas auch gefasst machen. Auf Rückschritte. Aber gleich zurück ins Mittelalter? Er schüttelte den Kopf und schaute wieder auf seine Notizen.

Jola schrieb auf: Kleidung. Textilien. Schuhe. Die Kleidung, die sie aus Einkaufszentren und Geschäften bargen, würde nicht mehr lange zu gebrauchen sein: Baumwolle schimmelte, Wolle wurde von Motten zerfressen. Die Lager und Magazine waren feucht und modrig, weil Wasser allmählich in sämtliche Gebäude einsickerte, auch in die massivsten, oder sich aus geplatzten Leitungen auf alles ergoss, was darin war. Der Grund dafür sei, neben der langsamen Zersetzung der Baustoffe, die Kälte, hatte Jakob ihr vor Kurzem bei einem Ausflug in ein Einkaufszentrum erklärt. Die Ecken waren feucht gewesen, der Geruch nach Schimmel fast nicht auszuhalten, und von den Decken hatte es auf sie herunter getropft. Das Wasser, das sich noch in den Rohren befinde, gefriere jeden Winter, und das Eis dehne sich dann aus, hatte Jakob im Flüsterton zu ihr gesagt. Dadurch würden die Leitungen nach und nach brüchig, und Wasser trete aus. Am besten hatten sich noch Kunststoffverbindungen gehalten; sie hatten rasch eingepackt, was an Regenjacken und Arbeitskleidung vorhanden gewesen war, und das Gebäude so schnell wie möglich wieder verlassen.

Geräte, Maschinen, murmelte Gabriel und verschränkte die Arme. Was könnten wir nachbauen? Nichts, oder? Er sah frustriert aus. Jola konnte ihm das gut nachempfinden; sie merkte an seiner Stimme, dass er ihr entglitt, es bereute, sich mit ihr auf diese Sache eingelassen zu haben, und suchte nach etwas Aufmunterndem, das sie ihm sagen konnte. Doch, sagte sie schließlich, ich glaube, ich könnte die kleine Getreidemühle nachbauen. Sie berührte seine Schulter mit den Fingerspitzen. Die Mühle stammte aus einem Reformhaus. Meistens nutzten sie sie, um Haferkörner zu Flocken zu pressen, aber man konnte damit auch in bescheidenem Umfang Getreide mahlen. Die könnte man in einem größeren Maßstab bauen, und die Rohstoffe dafür haben wir auch, fügte sie hinzu und verstärkte den Druck ihrer Finger an seiner Schulter. Das Ding ist fast komplett aus Holz. Okay, gut, sagte er und machte sich eine Notiz. Aber was sonst? Durch das Fenster konnten sie den Traktor in der Wiese stehen sehen, der jetzt zur Erntezeit täglich im Einsatz war, und Gabriel wies darauf: Was ist mit dem? Der ist nicht aus Holz. Das Fahrzeug, mit dem Boris und Lennart von einem Bauernhof etwas weiter südlich heimgekommen waren, hatte fast noch ein Preisschild getragen, so neu war es gewesen. Dennoch, der Traktor, den sie zum Pflügen, Eggen, Säen, Ernten, zur Unkrautbekämpfung und zum Transportieren von fast allem brauchten, würde eines nicht allzu fernen Tages kaputtgehen, repariert werden müssen, was vielleicht ihre Kenntnisse überstieg, und irgendwann für immer den Geist aufgeben; und für alle anderen technischen Hilfsmittel, die sie nutzten, galt dasselbe. Metall rostete, Kunststoff korrodierte, Textilien und Papier schimmelten, und alles, was sie früher kaufen oder bestellen konnten, angefangen beim Klopapier bis hin zu ihrer Energieversorgung, würde bald, sehr bald, kaputt oder aufgebraucht sein. Das war die Wahrheit, die sie seit Jahren kannten, aber der sich zu stellen sie aufgeschoben hatten, weil ihnen die Vorräte, die noch immer zu finden waren, einen Aufschub gewährt hatten. Einen zweiten Traktor suchen und irgendwo unterstellen, wo es schön trocken ist, notierte Gabriel und zog eine Grimasse; Jola hob die Schultern und ließ sie wieder fallen.

(62) Die ersten Septembertage waren trocken und sehr warm, und Ali konnte ihren Bauch nicht mehr verbergen. Die Glückwünsche fielen herzlich und, angesichts der bereits deutlich fortgeschrittenen Schwangerschaft, auch erleichtert aus. Erich und Ania kamen zu Besuch. Ali ließ sich untersuchen und ihren Bauch abtasten. Jola bemerkte, dass Ania jeder Bewegung Erichs mit den Augen folgte, als wolle sie keinen seiner Handgriffe verpassen; sie sah, wie riesig Erichs Hände sich gegen Anias ausnahmen. Ist es okay, wenn ich es nachmache?, fragte sie Ali, und diese nickte. Sanft und sehr vorsichtig vollzog Ania Erichs Untersuchung genau nach. Das Kind werde Ende November, Anfang Dezember kommen, vermutete Erich, und Ali nickte.

Ania hatte eine der Kupferspiralen mitgebracht, die Erich in der Praxis der Gynäkologin gefunden hatte. Man könne sie, erklärte sie, sehr gut bald nach einer Geburt einsetzen, dann gehe es leichter, wie sie der Gebrauchsanweisung entnommen habe. Sie waren unter sich, im Frauenzimmer. Argwöhnisch begutachteten sie das kleine, in Folie eingeschweißte Stück Plastik mit den winzigen Kupferkügelchen. Fünf Jahre hält das?, fragte Ali. Das ist eine lange Zeit. Du kannst, Ania machte mit ihren schlanken Fingern eine Bewegung, als pflücke sie eine einzelne Kirsche von einem Zweig, sie jederzeit auch schon früher rausnehmen, wenn du willst. Jola schüttelte den Kopf, das ist sicher nicht sehr angenehm. Ania schob die Lippen vor. Es geht. Hat dir der Erich …? Ania lächelte selbstzufrieden. Sie habe, erzählte sie stolz, nach einigem Training und mithilfe des Ultraschallgeräts die kleine Operation selbst an sich durchgeführt. Es sei nichts, wovor eine Frau Angst haben müsse, schon gar nicht, wenn sie gerade geboren habe, sagte sie mit der Furchtlosigkeit sehr junger Menschen. Jola nickte anerkennend und stellte Fragen. Dann werde ich also, mit Verlaub, seufzte Ali und rieb sich den Bauch, erst einmal diese schöne Sache erledigen, das Baby auf die Welt zu bringen. Sie werde da sein, versprach Ania. Beim Essen erzählte sie ihnen von ihren Eltern, dem Vater, der Kardiologe, und der Mutter, die Gynäkologin gewesen sei, zuerst im Iran und später in Wien. Leider habe die Mutter es vermieden, mit ihrer Tochter über ihre Arbeit zu sprechen. Ania seufzte, bevor sie weiterredete. Die Kinder starrten sie an, fasziniert wie immer, wenn jemand von früheren Zeiten erzählte. Iran?, fragte Noah, aber Ali deutete ihm, er solle leise sein und zuhören. Doch habe sie manchmal ihre Eltern belauscht, sprach Ania weiter, und auch wenn ihr Persisch recht lückenhaft gewesen sei, habe sie doch das eine oder andere verstehen können. Für mich war klar, sagte sie, dass ich das auch machen will, wenn ich groß bin. Bis dahin hast du ja noch viel Zeit, sagte Erich, und sie streckte ihm die Zunge heraus.

Wenige Tage später stand Jola in der Küche und schnitt Weißkraut in schmale Streifen. Sie legte sie in eine weite Schüssel, salzte sie und drückte einen schweren Teller, dessen Durchmesser kleiner war als der der Schüssel, fest darauf. Auf dem Teller platzierte sie einen großen, glatten Stein. Dann holte sie eine Kiste Holzscheite herein, schlichtete in der Lade nach und setzte sich mit ihrem Buch auf die Ofenbank. Die Hausgemeinschaft war übereingekommen, jemanden zum Herbstfest in Ems Dorf (langsam müsste man einen Namen dafür finden, dachte Jola) zu entsenden. Erich hatte seinen Bekannten vom Hof der Pferdeleute wiedergetroffen, und sie hielten losen Kontakt; er hatte seine Hilfe angeboten, etwa wenn eine Stute fohlte oder für den Fall, dass es gesundheitliche Probleme gab. Das Fest war für einen Tag Ende Oktober angesetzt worden, also nach der intensivsten Erntezeit, zu einem Zeitpunkt, der immer schon der richtige für so etwas gewesen war. Diesmal wollte Jola unbedingt hin, und das hatte sie den anderen schlicht mitgeteilt. Sie schätzte, dass sie um einiges schneller dort und wieder zurück sein würde als Marek und Gabriel neulich, und sie wollte die Leute kennenlernen, die in der Nähe lebten. Zu ihrer Überraschung war es diesmal ohne Debatte abgegangen. Sie dachte auch über die neueste Gruppe nach, Mareks Ex-Gang-Bekannte. Er hatte den anderen davon berichtet, und die Reaktionen waren sehr gemischt ausgefallen. So richtig positiv nahm es keiner auf, und ein wenig schienen sie Marek für das Auftauchen der Leute die Schuld zu geben. Jola stand auf, nahm Stein und Teller vom Kraut und begann, das Wasser auszudrücken. Dann legte sie das Kraut wieder in die Schüssel, deckte diese mit einem Geschirrtuch ab und wand ein Stück Schnur darum, um das Ganze abzudichten. Im untersten Regal am hinteren Ende der Speisekammer fand sich ein Platz dafür. Sie hoffte, dass jemand daran denken würde, hin und wieder umzurühren und nach ein paar Tagen auch daran, das fertige Sauerkraut herauszuholen und es aufzutischen. Denn dann würde sie schon unterwegs sein.

(63) Die Leute, an die er geraten war, kamen ihm vor wie spielende Kinder, die nicht begriffen hatten, was geschehen war, und noch weniger, was alles noch auf sie zukam. Er blieb zu ihnen auf Abstand, er existierte weiter, weil er es offenbar musste, und wartete auf nichts mehr. Sich darum zu kümmern, dass die Heizung funktionierte, die Leitungen Wasser in die Waschbecken und die Abwässer in den Kanal beförderten und so weiter, war das Einzige, das er noch gern tat: Es half ihm, das Chaos, das in ihm wütete, drinnen zu behalten, und es verschaffte ihm eine gewisse Befriedigung, dass er ihnen das geben konnte. Aber er zweifelte nicht daran, dass es damit bald ein Ende haben würde, wenn die Ersatzteile zu fehlen, die Materialien zu verschleißen begannen und alles, was sie innerhalb ihres schrumpfenden Radius bergen konnten, zu Ende ging. Daran dachte Jakob während einer der raren Ruhepausen, die er sich gönnte, und die er allein in der Scheune auf einer Couch liegend verbrachte, den Blick zur Decke gerichtet. Erst nach einer Weile bemerkte er, dass seine Zähne zusammengebissen und seine Hände zu Fäusten geballt waren. Er lockerte seinen Kiefer; er schmerzte. Pragmatisch gesehen konnten sie nicht gewinnen. Bis es so weit war, dass sich die übrig Gebliebenen wieder zu einer Art Gesellschaft zusammenfügten – immer gesetzt den Fall, sie wollten das überhaupt und schafften es, ohne einander wegen Kleinigkeiten die Schädel einzuschlagen –, würden wichtige Bausteine von Wissenschaft, Technik und Kultur schon verloren sein. Was war Wissen außerhalb eines leben-

digen, funktionierenden Netzwerks von Menschen, die es anwenden konnten und das auch taten? Wer konservierte es, wenn nicht ein Computer mehr am Laufen, geschweige denn an ein größeres Netzwerk angeschlossen war? Wenn die Bücher, Akten und Unterlagen sämtlicher Universitäten, Bibliotheken und Schulen der Welt verrotteten, bevor die Menschen die Geistesgegenwart oder auch den Nerv hatten, sie für die Nachwelt zu retten?

Er drehte sich auf eine Seite, öffnete und schloss die verkrampften Hände und versuchte, ein wenig Ruhe zu finden, aber in seinem Kopf ratterte es ohne Erbarmen weiter: Und selbst wenn die Menschen es trotzdem schaffen sollten, genug davon zu erhalten, dachte er, wer würde alle diese Zusammenhänge verstehen, das disparate Wissen wieder zusammenfügen, um etwas Konkretes und Banales wie, sagen wir, einen Kugelschreiber zu produzieren? Nein. Nach einer weiteren halben Stunde des Umherwälzens und Grübelns stand er auf, rieb sich die Augen und ging zurück an die Arbeit.

Aber er lebte eben nicht allein, er sah die anderen Tag für Tag, und sie begegneten ihm freundlich, wenn auch mit Vorsicht, und mit der Zeit wurden sie realer für ihn. Allmählich begannen sie in seinen Träumen mehr Platz einzunehmen als die Toten. Vor allem sie. Und als sie ihr Kind bekam, merkte er, dass seine Gedanken andere Wege nahmen: Er dachte über Lösungen und Möglichkeiten nach. Einfache Lösungen. Machbare Möglichkeiten. Tricks und Umwege und Abkürzungen. Mit einem Wort, übers Weitermachen. Er schaute ihnen mit etwas mehr Interesse dabei zu, wie sie sich abmühten, sich aus der Falle, in der sie steckten, zu befreien. Oder besser gesagt, sich darin einzurichten. Die beiden Frauen hatten tatsächlich die bestmögliche Lösung gefunden, was die Beschaffung von Kulturpflanzen anging. Er hätte ihnen das nie zugetraut, aber sie stampften praktisch über Nacht einen funktionierenden Bauernhof aus dem Boden. Mit ihren Samensäckchen, den paar Tieren und dem, was sie in der Umgebung fanden. Er bewunderte ihre unbekümmerte Zähigkeit, ihren Einfallsreichtum und ihren Zusammenhalt – auch wenn er immer noch fand, dass sie ein paar ganz grundlegende Dinge übersahen. Wer würde ihren Traktor ersetzen, wenn er eines schönen Tages zusammenbrach? Der eine Bursche, der Einzige, der überhaupt irgendetwas von Motoren und Maschinen zu verstehen schien und nützlich gewesen wäre, war schon bald aus vollkommen schwachsinnigen Gründen auf Nimmerwiedersehen verschwunden. Es war der Gipfel des Irrsinns, aber er mischte sich nicht ein. Monate, Jahre vergingen, viele Tage, an denen er weniger als zehn Worte mit jemandem wechselte.

Eines Morgens traf er sie allein in der Küche mit ihren Kindern an. Das neue Baby lag auf einer Decke neben ihr auf der Bank, sie streichelte es in den Schlaf, während sie gleichzeitig ihrem kleinen Sohn zu zeigen versuchte, wie man einen Buntstift hielt. Das Morgenlicht ließ die kurzen Härchen an ihren Schläfen leuchten und zeichnete die weichen Konturen ihres Gesichts nach, lieh ihren gesenkten Wimpern einen Schatten. Auf ihre Art war sie auch ganz allein, von den beiden dummen Burschen, mit denen sie sich abgegeben hatte, im Stich gelassen. Sie schaute zu ihm auf und bat ihn, sich dazuzusetzen, aber er fand eine Ausrede, machte sich am Ofen zu schaffen und tat sonst etwas, das es ihm erlaubte, in ihrer Nähe zu bleiben, ohne mit ihr sprechen zu müssen. Aber das Baby wachte auf und weinte, und er sah ihre Brauen über den müden Augen sich zusammenziehen, weil sie nicht wusste, wie sie beiden Kindern gleichzeitig gerecht werden konnte. Also räusperte er sich und sprach sie direkt an, zum ersten Mal. Kann ich dir helfen? Sie schaute zu ihm auf und wirkte überrascht, dann wandte sie sich um, hob das Baby auf und drückte es ihm in den Arm. Perplex stand er damit da, und sie forderte ihn auf: Geh mit ihr ein bisschen herum, dann wird sie schon einschlafen. Danke. Das ist sehr nett. Damit wandte sie sich rasch wieder ihrem Kleinkind zu, gerade rechtzeitig, um zu verhindern, dass es mit der Stirn auf die Tischplatte kippte. Das Baby in Jakobs Armen war leicht und warm, es duftete nach Milch. Judiths Augen fielen zu, während er sie langsam und vorsichtig durch den Raum trug; die kleinen, lila Augenlider glänzten wie winzige Muscheln. Jola nahm ihm das Kind bald wieder ab, und dabei lächelte sie ihn an. Du bist ein guter Babysitter, sagte sie freundlich.

Frühling 4

(64) Jola hatte sich das leichter vorgestellt, als sie beschloss, allein mit ihren beiden Kindern einen Ausflug zu machen. Sie trug Judith in der Bauchtrage und führte Aron, der schon gut gehen konnte, an der Hand. Die Wiese, zu der Jola unterwegs war, mochte sie besonders. Man hatte einen wunderschönen Blick in die Weite, und

so gut wie immer konnte man Hasen und Rehe beim Äsen beobachten. Die Bestände hatten sich so rasch erholt – beim Schalenwild geradezu vervielfacht –, dass es ihr schon fast pietätlos vorkam; als würden die Wildtiere ihren Vorteil aus der Katastrophe ziehen, die die Menschen, und augenscheinlich nur sie, getroffen hatte. Jola breitete eine Decke aus und legte den Säugling darauf. Doch wenn sie gedacht hatte, auch ihr kleiner Sohn würde sich friedlich niederlassen und Ruhe geben, wurde sie eines Besseren belehrt: Er war gerade dabei, seinen Radius stark zu erweitern, wuselte auf der abschüssigen Wiese herum, dass sie wahrhaft Angst bekam, und lief ihr immer wieder davon, fröhlich plappernd und auf erschreckend flotten Beinchen.

Sie musste Judith immer wieder allein zurücklassen, um Aron einzufangen, ihn davon abzuhalten, Raupen und Käfer in den Mund zu stecken und dergleichen mehr. Bald war sie völlig erschöpft, und das Baby weinte, weil es Hunger hatte und sie sich ihm nicht widmen konnte. Als sich ihr jemand näherte, erkannte sie ihn nicht gleich, denn er hatte die Sonne im Rücken. Wäre er jemand mit feindseligen Absichten gewesen, hätte sie keine Chance gehabt, aber es war ein Freund. Hallo. Darf ich mich zu dir setzen?, fragte Jakob höflich, und sie war froh, einen Erwachsenen zu sehen. Aron tappte auf ihn zu, und er hob ihn hoch, warf ihn in die Luft und wirbelte ihn herum, bis der Kleine vor Vergnügen kreischte. Jola nutzte die Gelegenheit, um das greinende Baby zu stillen; es schlief bald mit der Brustwarze im Mund ein. Sie legte es auf die Decke, schaute zu Jakob auf und dachte: Zum ersten Mal, seit ich ihn kenne, lacht er.

Später unterhielten sie sich leise über die schlafenden Kinder hinweg. Vom wilden Spielen war auch Aron müde geworden, sie hatte ihn auf der Decke neben seiner Schwester schlafen gelegt. Jola reichte Jakob ein Sandwich und eine Flasche Wasser. Er gab an, keinen Hunger zu haben, und schlug einen kleinen Spaziergang vor. Weil sie die Kinder nicht allein lassen wollte, zögerte sie, aber er sagte, sie würden nicht weit gehen, also ließ sie sich von ihm hochziehen, und dabei war sie sich ihrer Hand in seiner sehr bewusst. Sie spürte ihren Herzschlag und wunderte sich; er war ja kein Fremder. Sie lebten im selben Haus, aßen das gleiche Essen und hielten sogar manchmal die schmutzige Wäsche des jeweils anderen in Händen. Und doch konnte Jola sich jetzt nicht daran erinnern, je vorher mit ihm allein gewesen zu sein. Während sie weite Kreise rund um die Decke mit den Kindern darauf zogen, unterhielten sie sich zum ersten Mal richtig. Bis zu den Knien standen sie in der hohen, feuchten Wiese und versuchten, das Ganze wie etwas zu gestalten, das früher als eine normale Unterhaltung durchgegangen wäre.

Sie redeten über nichts Besonderes, über die Getreide- und Gemüsesorten, die sie angebaut hatten und auf deren ausreichenden Ertrag sie hoffen mussten, den Zustand des Hauses und das Wetter. Aus der Nähe fand sie ihn weniger einschüchternd, seine Stimme schön und sein Gesicht, nun da er hin und wieder lächelte, anziehend; seine roten Haare wellten sich an Stirn und Schläfen. Sie konnte noch immer seine Hand in ihrer spüren, obwohl sie längst wieder leer war. Die Kinder wurden nacheinander wach, Aron zuerst, und er wollte gleich wieder weglaufen, doch Jakob fing ihn ein und setzte ihn sich auf die Schultern. Jola schnallte das Baby in die Bauchtrage, er nahm ihr den Rucksack ab, und sie gingen nach Hause. Unterwegs löste sich eins ihrer Schuhbänder. Das Kind auf den Schultern balancierend, ging er in die Knie und band es ihr wieder zu, fester als vorher; sie staunte über dieses Kunststück, aber noch mehr über sich selbst.

Oktober 9

(65) Jola stand frühmorgens auf, bevor noch jemand anderer wach war. Um den Abschied unkomplizierter zu gestalten, hatte sie ihn auf den Abend vorverlegt und die Nacht allein verbracht. Bevor sie losritt, ging sie in der Dämmerung um den Pferdestall herum; sie suchte nach etwas in dem dürren Gehölz dahinter, dann zückte sie ihr Jagdmesser. Sie schlich am Haus vorbei zum Hühnerstall. Die Hennen und ihr Hahn waren schon lange wach, sie gackerten erwartungsvoll, aber Jola hatte nichts für sie, also verloren sie schnell das Interesse. Sie lehnte sich über den Zaun und passte auf, dass der Stacheldraht ihr nicht die Jacke zerriss, beugte sich weit vor und nach rechts und ließ die Falle um den Stock herum zuschnappen. Dann ging sie die paar Dutzend Schritte bis zum nahen Wald und warf den Stecken hinein. Leise lief sie zurück zum Pferdestall, hievte den Rucksack auf ihren Rücken, stieg aufs Pferd und brach auf.

Sie machte keine Übernachtungspause. Erich war mit dem Wagen unterwegs und daher langsamer. Als Jola sich dem Ort näherte, dämmerte es schon. Sie bekam Funkkontakt mit Em, die ihr die letzten paar hundert Meter des Weges beschrieb. Die Siedlung bestand im Wesentlichen aus acht bewohnten, nicht weit voneinander entfernt liegenden Einfamilienhäusern, und vor einem stand Em und winkte mit dem Empfangsgerät. Sie drückte Jola fest an sich und lachte. Ist das schön, dich da zu haben – wie geht's den anderen? Gut, sehr gut, gab Jola zur Antwort und ließ sich von ihr mit dem Pferd helfen. Das weiße, traditionell gebaute Haus, in das Em sie führte, hatte einen rundum laufenden Balkon, im Garten stelzten Hühner frei umher und pickten in der Wiese, zwischen Obstbäumen, blühenden Herbstastern und Stachelbeersträuchern. Aus dem Haus kam Stefan, und auch er begrüßte sie herzlich. Er bat Jola auf eine gepolsterte Bank im Garten, brachte ihr Wasser und richtete etwas zu essen. In der Sonne war es fast noch warm.

Silvia war nirgends zu sehen, sie sei, kam Stefan Jolas Frage zuvor, schon mit dem Baby schlafen gegangen. Em kam dazu, und zu dritt saßen sie zusammen, aßen eine Suppe und brockten Brot ein – der Sauerteig wird wirklich immer besser, sagte Em und gab Jola einen Klaps auf die Schulter. Der Alex hat recht gehabt! Bald danach traf auch Erich ein, und Stefan half ihm mit Pferd und Wagen. Sie tauschten ihre Neuigkeiten aus. Em schilderte, wie das Herbstfest in ein paar Tagen ablaufen sollte. Neben den Leuten aus dem Ort wurden die sieben Pferdeleute erwartet. Sie hatten vereinbart, dass es keinen irgendwie gearteten Markt geben sollte, stattdessen würden alle etwas zu essen und trinken mitbringen. Jola berichtete, dass ihre Haflingerstute keinerlei Anzeichen von Rosse aufwies, sodass es zwecklos gewesen wäre, sie hierher mitzubringen. Damit würde sie bis zum nächsten Frühling warten müssen, aber sie wollte es, trotz Millis fortgeschrittenen Alters, unbedingt versuchen. Haflinger waren Goldes wert, und das galt auch für Mischlinge. Stefan nickte abwesend, und Em stand auf, um das Geschirr hineinzutragen. Was Kyra angehe, schloss Jola, die spät, aber doch bemerkte, dass das Interesse ihrer Freunde an Pferdethemen nicht sehr ausgeprägt war, müsse man noch abwarten, ob sich Anzeichen von Trächtigkeit einstellen würden. Sie hatte ein paar kleinere Geschenke dabei, hauptsächlich Zwiebeln und Knollen und Säckchen mit Samen, die Em und ihre Leute noch nicht haben mochten. Die Samen gewann Jola mittlerweile selbst, sie hatte keinen Grund, damit zu geizen.

Es gab Wein. Stefan stopfte irgendein Kraut in seine Pfeife. Erich setzte sich zu ihnen. Wie geht es Mutter und Kind?, fragte er. Stefan sah auf den Boden zwischen seine Schuhe; sie sahen recht mitgenommen aus. Moritz sei herzig und wirke zufrieden, anscheinend sei er rundum gesund, antwortete er. Aber um Silvia machten sie sich große Sorgen. Em nickte nachdenklich. Die Geburt habe sie sehr mitgenommen, es habe Komplikationen gegeben, fuhr Stefan leise fort; die Erinnerung daran schmerzte ihn sichtlich. Sie wolle kaum mehr aus dem Bett, sei oft niedergeschlagen und habe wenig Energie. Postpartale Depression, murmelte Erich, zog an seiner Pfeife und blies den Rauch von den anderen weg in Richtung Eingangstür. Hast du da was dagegen?, fragte Stefan hoffnungsvoll. Er trug jetzt einen Vollbart, seine Augen waren von neuen Fältchen umgeben. Ja, in Erichs Stimme klang ein bitteres Lachen an, ich geh in die Apotheke und lass mir Psychopharmaka geben, die fünf Jahre abgelaufen sind, für eine stillende Frau, die ich noch nie gesehen habe. Jola schaute ihn tadelnd an. Also gut, aber hast du einen anderen Vorschlag? Erst jetzt fiel ihr auf, dass Erich keine Schnapsflasche in der Hand hielt, nicht einmal ein Weinglas.

Schlafen ist eh gut, sagte Erich jetzt freundlicher. Nehmt ihr das Kind ab, wenn es geht, und lasst sie nicht zu viel alleine. Leg dich zu ihr, wenn sie das will, er deutete auf Stefan, der dankbar zu allem Gesagten nickte, und halt sie. Und sie soll auch mal raus, ans Licht, spazieren gehen und sich bewegen. Also wenn sie kann. Es geht, er dachte nach, wahrscheinlich bald wieder vorbei. Haben Tiere das denn auch, erkundigte Em sich vorsichtig. Nicht, dass ich deine Expertise anzweifle, aber ... Erich lachte erneut; nein, ich glaube nicht. Aber meine Frau hatte das, bei beiden Kindern. Sie schwiegen lange. Jola zog sich bald zurück, sie kletterte in das obere Stockbett in dem Raum – eindeutig ein früheres Kinderzimmer –, den Em ihr zugewiesen hatte. Sie zog die Decke ans Kinn und dachte über Erichs Kinder nach, über die sie so gut wie gar nichts wusste. Das Haus um sie herum machte fremde Geräusche; sie begann zu fürchten, dass eine schlaflose Nacht vor ihr lag. Es war viele Jahre her, dass sie irgendwo zu Gast gewesen war.

(66) Zum Frühstück gab es Brot mit Butter, dazu Käse und dünn geschnittene Scheiben Speck. Ems Familie hatte eine Kuh, und von den Nachbarn, die Schweine

hielten, bekamen sie gelegentlich Fleisch im Tausch gegen etwas anderes, Milch zum Beispiel oder Sauerteig. Man konnte die Schweine noch aus weiter Entfernung riechen, sogar in der Wohnküche, wenn die Fenster offen waren. Es lebe sich gut hier, sagte Em, die mit einem Milchkännchen hantierte, es seien durchwegs nette, vernünftige Leute, die sich hier angesiedelt hätten. Niemand frage viel nach, was die anderen früher gemacht hatten. Woher die Tiere stammten, wollte Jola wissen. Sie hatte Hausschweine ebenso wie Kühe und Schafe schon abgeschrieben und für ausgestorben gehalten. So ähnlich wie bei euren Ziegen, Em zuckte die Achseln, sie haben irgendwie überlebt, und dann haben sie rechtzeitig Menschen gefunden, die sich um sie kümmern. Win-win-Situation, jedenfalls, wenn man nicht gerade ein Schwein ist… Was anderes, fragte Jola und sah dabei über ihre Schulter: Soll ich zu Silvia raufgehen oder warten, bis sie herunterkommt? Zweiteres, denke ich, antwortete Em. Gib ihr noch bis Mittag Zeit. Das schafft sie meistens. Oder halt am Abend.

Und jetzt, Em streckte ihre Hand aus, um Jola hochzuziehen, stell ich dir meine neuen Leute vor. Das Haus von Ems Nachbarn stand fast in Rufweite, die drei empfingen sie schon am Gartentor eines modernen Hauses mit Flachdach und zwei Garagen. Die zwei Frauen waren anscheinend in etwa gleich alt, ein paar Jahre älter als Em, dachte Jola. Das Alter des Mannes war schwerer zu schätzen, weil seine Haare fast weiß waren und ein eisgrauer, langer Bart den Großteil seines Gesichts bedeckte. Sie schüttelten einander die Hände und stellten sich vor. Ljuba, die Krankenschwester, war eine kräftige, lebhafte Frau mit osteuropäischem Akzent; ihre langen, rot gefärbten Haare waren zu einem Knoten oben auf dem Kopf aufgesteckt. Vicki war klein, blond, vielfach gepierct und zurückhaltend, und der Eisgraue hieß Peter, redete wenig und lächelte viel. Im Garten suchten Hausenten zwischen Rebstöcken und Ribiselstauden nach Schnecken, und vom Stall hinter dem Haus, einer ehemaligen Garage, war das Grunzen der Schweine zu hören. Sie haben sehr viel Auslauf, sagte Peter ungefragt. Jola ließ sie sich zeigen; die Schweine waren blond und wollig. Einige wälzten sich in einer Suhle, ein paar standen am Zaun und musterten die Besucher aufmerksam.

Im Haus gab es einen Benzingenerator für den Strom. Jola stellte sich vor, wie Jakob die Nase rümpfen würde. Fossile Brennstoffe, hatte er ihr gepredigt, hätten keine Zukunft, jedenfalls nicht, wenn sie nicht in absehbarer Zeit ein sehr nah unter der Oberfläche liegendes Erdölvorkommen in Niederösterreich oder Umgebung entdecken würden, und eine Raffinerie gleich mit. Und mit Diesel schaue es nicht viel besser aus. Ljuba führte ihre Krankenstation vor. Der schmale Raum erinnerte an das Untersuchungszimmer einer praktischen Ärztin – es gab eine Liege, Schränkchen für Medikamente, Instrumente lagen herum, nur der Computer fehlte. Sie mache auch Hausbesuche, sagte Ljuba. Erich stellte Fragen zu den Geräten, über Arzneimittel und wie sie damit umging. Ljuba verzog das Gesicht; mit den Medikamenten sei es immer Abwägungssache, denn die meisten hätten ihr Haltbarkeitsdatum natürlich überschritten Manchmal müsse man eben entscheiden, ob das besser sei als nichts – oder eben nicht. Jemandem mit einer Infektion gebe sie lieber die alten Antibiotika als gar nichts. Erich nickte zustimmend. Interessiert drehte er eine Schachtel dicht vor seinen Augen hin und her und bemühte sich, die Schrift zu entziffern: Erich lehnte es ab, eine Brille zu brauchen. In einer Scheune hinter dem Haus hatte Ljuba ein kleines Destilliergerät aufgebaut. Es bestand aus zwei miteinander verbundenen Behältern aus Kupfer. Sie versuche sich in der Gewinnung möglichst reinen Alkohols für medizinische Zwecke, erklärte sie. Das hier ist nur zum Ausprobieren, schaltete Vicki sich ein, als Nächstes würden sie versuchen, ein größeres Gerät zu finden, oder es notfalls selbst bauen.

Das Haus war groß und zweistöckig, mit eher niedrigen Wänden und vielen kleineren Räumen. Offenbar hatte es früher eine mehrköpfige Familie beherbergt. Wasserleitungen und Rohre waren seit Langem heillos verstopft; sie hatten eine handbetriebene Pumpe installiert, die Wasser in die Küche lieferte – jedenfalls meistens, sagte Vicki und lächelte –, und über einer Grube ein Toilettenhäuschen in der hintersten Ecke des Gartens aufgestellt. Wobei, ergänzte Vicki und wies auf den Bach, der hinter dem Haus vorbeifloss, wenn es warm ist, gehen wir dorthin. Alles in allem sah es ähnlich aus wie in Ems Haus. Sie tranken Apfelsaft und aßen Zwetschkenkuchen, und Jola erzählte von ihrer Familie. Die Nachbarn zeigten sich entzückt; hier in der Gegend gebe es außer Stefans und Silvias Baby überhaupt keine Kinder, sagte Ljuba. Sie habe, erzählte sie, verschiedene Seren im Keller eingelagert, auch diese hätten ihr Haltbarkeitsdatum längst überschritten, sie bewahre sie aber trotzdem für den Fall der Fälle auf, zum Beispiel Serum für

Tetanusnotimpfungen und Antiallergika. Ein bisschen unsicher berichtete Jola von ihren Salben und Tees sowie Anias Bemühungen um eine Art rudimentäre Hausapotheke. Wir müssen uns treffen, schon bald, und uns austauschen, schlug Ljuba vor. Jola nickte. Em tauschte einen Blick mit Vicki und lächelte. Andere Nachbarn schauten vorbei, neugierige und freundliche Gesichter. Mit Ausnahme von Gabriels und Mareks kurzem Besuch vor einigen Wochen hatten sie schon lange keine Fremden mehr gesehen. Am Abend waren Erich und Jola müde von den vielen Begegnungen und dem stundenlangen Reden mit Menschen, die sie zum ersten Mal gesehen hatten. Und, wie findest du sie?, fragte Em gespannt, als sie und Jola allein waren. Sie stotterte ein wenig, und Jola musterte sie belustigt. So nervös war sie nicht einmal im Angesicht ihrer Büchsflinte gewesen, an dem Tag, als sie sich kennenlernten. Jola nahm Em um die Schultern. Sehr sympathisch, sagte sie, besonders Ljuba –, aber Vicki ist auch sehr nett und hübsch, beeilte sie sich hinzuzufügen. Ginge es nach ihr, seufzte Em, würde sie mit Vicki zusammenleben; aber so, wie die Dinge nun mal lägen, seien sie beide noch zum Teil gebunden. Unter den gegebenen Umständen könne sie sich allerdings kaum beschweren. Sie redet nicht viel, Vicki, aber sie hat ungeheuer viel zu bieten, wenn man sie mal besser kennt. Beim Lächeln legte Ems Gesicht sich in Falten, und sie sah froh und hilflos zugleich aus. Schön, flüsterte Jola, das freut mich so sehr.

Habt ihr schon einen Namen für euer Dorf?, fragte Jola, als sie am nächsten Morgen Eier und Brot vom Vortag frühstückten und dazu warme Kuhmilch tranken. Stefan und Em sahen sich an. Ein paar Leute, sagte er, hätten einfach den früheren Namen der Ortschaft übernommen. Sie persönlich seien der Meinung, es brauche einen neuen, aber es habe sich noch kein Vorschlag durchgesetzt. Jetzt endlich kam Silvia mit dem Baby auf dem Arm die Stiege herunter. Stefan stand auf, um ihr entgegenzugehen und ihr das Kind abzunehmen. Silvia war sehr blass und mager, noch zierlicher als früher, mit Ausnahme des Bauchs, der im Kontrast zu ihrer restlichen Erscheinung noch sehr groß wirkte. Jola umarmte sie und versuchte, Wärme in die Begrüßung zu legen. Sie ließen sich das Baby zeigen, das Stefan sehr ähnelte und einen friedlichen Eindruck machte. Silvia bemühte sich, wirkte aber erschöpft und abwesend. Erich legte seine Hand auf ihre: Meine Liebe, es tut mir sehr leid, dass ich dir nicht wirklich helfen kann, aber ich bin sicher, du wirst es schaffen. Sie zog ihre Hand langsam zurück und sah unsicher zu ihm auf. Magst du morgen mit mir eine Runde durch den Ort gehen und führst mich ein bisschen herum? Tapfer nickte sie, dann stand sie auf und ging in ihr Zimmer.

Am folgenden Tag kam Ljuba mit einem großen Topf Kürbisgulasch herüber, dazu gab es Vollkornreis, den ersten Reis, den Jola seit – sie musste überlegen – mindestens sieben Jahren zu Gesicht bekam. Sie erfuhr, wie der Anbau funktionierte, dass der Reis ursprünglich weit weg in einem anderen Teil des Burgenlandes gediehen sei, es aber seit Kurzem auch in der Nähe des Dorfes einige Testfelder gebe. Dieser Reis hier, erzählte Vicki, die allmählich auftaute, und wies auf die Schüssel mit den rundlichen, rotbraunen Körnern, passt am besten in die

Gegend, weil er mit relativ wenig Sonnenstunden auskommt. Leider, erzählte sie, müsse die Ernte zum Schälen und Polieren derzeit noch viele Kilometer weit weg- und danach wieder zurücktransportiert werden, weil man noch keine Möglichkeit gefunden habe, die Maschinen in die Nähe ihrer Felder zu befördern. Jola nickte: Mit diesem Problem war sie vertraut. Die festen Körner schmeckten nussig und leicht bitter; der Geschmack rief die Erinnerung an Familienessen hervor. Ihr Stiefvater, der meistens gekocht hatte, liebte vegane Currys. Jola seufzte. Dann redeten sie über Heilpflanzen. Du kannst auch Königskerzenblüten zu dem Hustentee dazugeben, und Eibischwurzel, sagte Ljuba. Ich habe welche angebaut, ich geb dir ein paar mit. Jola bedauerte, dass sie so wenig zurückzugeben hatte. Am Nachmittag stieg sie aufs Pferd; sie wollte etwas schießen. Die flache Landschaft und die vergleichsweise karge Vegetation waren ihr fremd, und es dauerte lange, bis sie sich an die Weite gewöhnt hatte. Selbst das Licht kam ihr hier anders vor.

Sommer 4/5

(67) Zum ersten und einzigen Mal hatten sie etwas ausprobiert, das Alex aus einem Elektrofachmarkt mitgebracht hatte: ein Babyphone. Judith war ein zufriedenes, dickes Baby, das zumindest tagsüber ausgezeichnet schlief. Trotzdem schalteten sie die beiden Geräte eines Nachmittags ein, und schon nach kurzer Zeit hörten sie ein Weinen. Judith aber schlief friedlich. Das könne, kombinierte Jakob, nur bedeuten, dass es in der Nähe

noch ein anderes Baby gebe. Das war beunruhigend, da sie nichts von anderen Menschen wussten.

Sie berieten, was zu tun sei. Eventuell führten diese Leute nichts Gutes im Schilde – das war weiß Gott schon vorgekommen. Inzwischen war Judith aufgewacht, und Jola stillte sie, während das fremde Baby nicht aufhörte zu weinen, und keiner von ihnen wagte es, das Babyphone auszuschalten. Irgendwann schlug Jakob mit der Hand auf den Tisch und stand auf. Ich geh das Kind suchen. Jola wollte mit, aber die anderen ließen sie nicht, mit Verweis auf ihr eigenes Baby. Also begleiteten Boris, Lennart und Gabriel Jakob, jeder von ihnen hatte eine Waffe dabei. Drei Stunden später waren sie zurück, und Lennart trug ein etwa einjähriges, zufrieden lallendes Kind in den Armen. Die Männer sahen mitgenommen aus, sie waren erschöpft und dreckverschmiert.

Sie hatten das Kind in dem gelben Haus nahe dem Waldrand auf dem gegenüberliegenden Hügel gefunden. Es stand in einem Gitterbett, das kleine, rote Gesicht tränennass, und deutete mit dem Zeigefinger auf die Männer. Lennart nahm es aus dem Bett und drückte es an sich. Die Kleine war offenkundig allein; aber sie waren lieber vorsichtig und überprüften alle Zimmer. Jakob fand die Eltern im oberen Stock, wo das Empfangsteil ihres Babyphones blinkte. Die Leichen waren noch frisch. Sie lagen nebeneinander im Bett, ein Mann und eine Frau, er musste zuerst ihr in den Kopf geschossen haben und dann sich selbst. Ihr Baby hatten sie einem grausamen, langsamen Tod überantwortet. Über dem Gitterbett hingen bunt bemalte, hölzerne Buchstaben: Helena. Die Männer nahmen Kleidung und Spielsachen aus dem

Haus mit, die ihr gehörten, oder auch einem anderen Kind, das früher hier gelebt hatte – der echten Helena. Boris ging noch einmal hinauf in das Zimmer, in dem die Toten lagen, und suchte nach etwas, das Aufschluss über deren Identität geben konnte, Bilder, Ausweise, Briefe. Er fand nichts außer einem Foto, das zwei Menschen zeigte. Von den Gesichtern der Toten war nicht genug zu sehen, so wie sie da lagen, um einen sicheren Vergleich ziehen zu können. Er nahm das Foto mit. Helena mochte es vielleicht später haben wollen. Sie beratschlagten, was sie mit den Leichen machen sollten, schließlich rafften sie sich auf und begruben sie im Garten. An diesem Abend gingen alle erst sehr spät schlafen, bis in die Nacht hinein tranken und redeten sie. Das kleine Mädchen schien sich über die vielen Menschengesichter zu freuen, es zeigte keinerlei Scheu. Lennart gab ihr Ziegenmilch zu trinken. Von seinem Schoß aus krabbelte das Kind die Bank entlang, Hände schossen vor, um es vor dem Absturz zu bewahren, bis es sich, plötzlich vollkommen erschöpft, auf Jakobs Schoß einrollte und einschlief. Aus Helena wurde schnell Lena. Alle fanden, es klinge irgendwie richtiger so.

(68) Jakob suche immer nur dann ihre Nähe, klagte Jola eines Morgens, wenn sie mit den Kindern unterwegs sei. Sie saßen auf der Bank vor dem Haus und legten eine Pause ein zwischen dem Frühstück und dem, was Ali „den ganzen täglichen Wahnsinn“ nannte. In ihr, so komme es ihr vor, sehe er in erster Linie eine Mutter. Gib ihm Zeit, riet Ali, er wacht gerade erst von den Toten

auf. Vor dem Ereignis hatte sie ihn nicht gekannt, dachte Jola, ihres Wissens waren sie einander nie begegnet, obwohl der Ort, in dem sie beide gelebt hatten, ziemlich klein war. Aber er war acht Jahre älter. Jakob war nie weggezogen, er hatte seine Ausbildung im benachbarten Bundesland absolviert und war zu diesem Zweck dorthin gependelt. Und er hatte ziemlich jung geheiratet, wie sie von Ali wusste, die seine Frau flüchtig gekannt hatte; er selbst sprach nie von früher. Jolas Gedanken wanderten weiter, zu Marek. Er fehlte ihr immer noch, aber das Gefühl war nicht mehr so intensiv. Vielleicht, sagte sie zum ersten Mal laut, ist Marek ja tot. Ali wurde ernst. Du weißt doch gar nicht, was passiert ist, sagte sie. Du kennst ihn, er ist wie Unkraut – wahrscheinlich hat er es sich irgendwo gemütlich gemacht und plant in aller Ruhe seine Heimkehr. Jola schüttelte nur den Kopf. Marek war das genaue Gegenteil von Unkraut. Jakob – Ali blies auf ihre Zigarette, die am Ausgehen war, und rückte den Aschenbecher näher zu sich heran. Ja?, fragte Jola ungeduldig nach. Die Angewohnheit ihrer Freundin, Sätze zu beginnen und sie dann, wenn sie die Aufmerksamkeit ihrer Gesprächspartnerin hatte, einfach abzubrechen, regte sie auf. Ali blies Rauch aus, ja, entschuldige, also er hat sich verändert. Ich meine, er ist immer noch komisch, aber es wird langsam besser. Findest du nicht? Jola gab ihr recht; sie bemerkte die Ablenkungstaktik und war dennoch froh darüber. Sie dachte daran, wie Jakob und sie am Vortag zusammen mit den Kindern im Wald gewesen waren. Er hatte die Buben hintereinander in eine niedrige Astgabel gehievt, wo sie staunend, mit weit aufgerissenen Augen saßen und auf den Waldboden starrten. Judith hatte fasziniert zu ihren Brüdern hinaufgeschaut, und Jakob hatte sie auf seine Schultern gesetzt, damit sie noch höher oben war als sie. Judith hatte sich blendend amüsiert. Jola seufzte. Wir sind halt auch nie allein. Und Boris?, fragte Ali. Genügt nicht? Unsicher schaute Jola sie an. Du weißt, dass ich ihn sehr gern habe. Aber das ist was anderes … Ja, sagte Ali. Dann, schlug sie vor, passe ich mal eine Nacht auf Judith auf. Das geht doch nicht, ich stille sie ja noch, und außerdem, Jola schob mit den Füßen unter der Bank Steinchen hin und her, ich glaube, er will gar nichts von mir. Das, Ali blies Rauch aus und lächelte freundlich, ist sehr unwahrscheinlich.

Am Nachmittag ließ sie Judith bei Gabriel. Er tat sich noch immer schwer, wenn er sich allein um das Baby kümmern sollte. Du machst das schon, sagte Jola. Sie fand Jakob im Keller, wo er sich am Heizkessel zu schaffen machte. Er fuhr zusammen, als er sie hörte; dieses Schreckhafte war etwas, das sie wohl gemeinsam hatten. Oje. Entschuldige. Jola schluckte. Jakob wischte sich die Hände gründlich mit einem Handtuch ab. Seine Hände schienen immer staubig oder mit einer klebrigen oder öligen Substanz verschmiert zu sein. Endlich schaute er sie an; seine Augen waren schmal und von einem verwaschenen Blaugrau. Jola machte einen Schritt auf ihn zu und versuchte, seinen Ausdruck zu deuten, aber es gelang ihr nicht. Der Heizkessel verursachte ein brausendes Geräusch, die Luft war klamm. Vorsichtig und ganz langsam legte sie die Hände an seine Seiten und zog sich noch etwas weiter an ihn heran. Von ihm kam weder Entgegenkommen noch Abwehr. Sie küsste ihn auf den Mund. Ganz still hielt er und schien mit dem Atmen aufgehört zu haben; seine Arme blieben unten. Sie ließ ihn los, drehte sich um und ging; sie musste sich dazu zwingen, nicht zu rennen. Beim Abendessen mied er ihren Blick, und sie bemühte sich, unbeschwert zu wirken, so als hätte seine Zurückweisung nie stattgefunden.

Am Tag darauf, traf sie ihn in der Waschküche an. Es tut mir leid, sagte er. Ich wollte dich nicht kränken gestern. So ist das nicht, antwortete sie leichthin und äußerte noch eine Floskel in der Art wie: Kein Problem, ist schon gut. Als habe er sie gar nicht gehört, redete er einfach weiter. Ich habe dich sehr gern. Jetzt legte er den Schraubenschlüssel weg und ließ die Hände sinken. Jakob hatte normalerweise immer etwas in der Hand, oft in beiden Händen, und gerne auch noch irgendetwas zwischen die Lippen geklemmt, zum Beispiel einen Bleistift. Aber ich bin so…, er sah zur Seite, schnitt eine Grimasse und kniff die Augen zusammen. Was bist du?, fragte sie, drehte sich zu ihm um und verschränkte die Arme vor der Brust. Er schüttelte den Kopf. Ich weiß es nicht. Es ist nicht mehr genug da. Dann schaute er auf seine Hände hinunter, die zu Fäusten geballt waren. Jola legte eine Hand auf seinen Arm. Es gab vieles, das sie jetzt sagen konnte: „Vielleicht ist es für mich trotzdem genug“ zum Beispiel oder „Es geht uns doch allen so“. Aber das sagte sie nicht. Stattdessen neigte sie sich zum ihm hin und flüsterte: Judith schläft. Die anderen Kinder sind auch versorgt. Ich habe eine Stunde, mindestens. Komm. Und er folgte ihr, als habe sie die Zauberworte gefunden, mit denen er sich in Bewegung setzen ließ. Als sie die Tür zu seinem Zimmer zuzog und hinter sich absperrte, war sie darauf gefasst, ihn geduldig zum Reden bringen zu müssen. Die Balkontür stand offen und der Vorhang vollzog noch die leichte Bewegung zu Ende, in die die Zugluft ihn versetzt hatte. Als sie sich umdrehte, saß Jakob auf der Bettkante. Auf einmal schien er sich vollkommen im Griff zu haben; er war die Ruhe selbst. Jola wollte sich neben ihn setzen, aber er klopfte auf seinen Schoß. Komm, sagte er.

Oktober 9

(69) Das Hufgetrappel der Pferde klang eindrucksvoll auf der Dorfstraße. Die Pferdeleute ritten in den Ort ein wie die Revolverhelden in der Auftaktszene eines Western. Aber damit endete der Vergleich auch schon, denn es gab keine sichtbaren Schusswaffen, kein einschüchterndes Verhalten, kein Machogehabe. Der Älteste der Gruppe war an die siebzig, schätzte Jola, er war, wie sie gleich erfuhr, der Vater und der Großvater von zwei der anderen. Er stieg so mühelos vom Pferd ab, als sei er halb so alt, schüttelte Jola die Hand: Ich bin der Heinz, es ist mir ein Vergnügen. Heinz stellte ihr und Erich die anderen Männer vor. Sie fragte nicht nach all den fehlenden Frauen. Es existierte ein gewisser unausgesprochener Konsens über die Grenzen des Small Talks, und das Ereignis und alles, was damit direkt zusammenhing, befand sich jenseits davon.

Der Jüngste der Gruppe war etwa so alt wie Ania, was bedeutete, dass er damals noch ein Kind gewesen sein musste. Die übrigen waren zwischen dreißig und vierzig. Im Dorf selbst gab es insgesamt neun Frauen und vierzehn Männer, den kleinen Moritz nicht mitgezählt. Von Em wusste sie, dass es vor etwa einem Jahr einen Todesfall gegeben hatte, der dieses Missverhältnis noch verstärkte: Eine schwangere Frau war bei einem Unfall mit einer Mähmaschine umgekommen; auch Ljuba hatte nichts mehr tun können. Die Frau habe allein gelebt und kaum je mit den anderen Leuten im Ort gesprochen, niemand habe gewusst, wer der Vater ihres Kindes sei oder vielmehr gewesen wäre. Jola dachte über die kommenden Jahrzehnte nach und wie diese Verteilung zugunsten der Männer sich auf das Zusammenleben auswirken würde, und auch über die Entwicklung bei ihnen zu Hause. Sie dachte an ihre Töchter; vielleicht würde der Männerüberschuss sie irgendwann gefährden. Möglicherweise würden sie eines Tages ähnliche Arrangements finden, wie sie sie hatten. Jola wusste nicht, ob sie ihnen das wünschen sollte. Ein Gespräch mit Ali vor einigen Monaten fiel ihr ein. Wir müssen den Kindern rechtzeitig ganz klar sagen, wer mit wem verwandt ist, hatte Ali gesagt, und ausnahmsweise hatte sie verlegen gewirkt. Also, richtig verwandt.

Es gab am selben Abend eine erste große Runde in Ems Garten. Noch war es warm genug, um mit Decken und Fellen im Freien zu sitzen. Der Bock, den Jola geschossen hatte, war jetzt gut abgehangen, Erich und sie richteten ihn zum Braten her. Mittlerweile nahm sie fast überhaupt keine Rücksicht auf die alten Regeln und Schonzeiten mehr; es gab ohnehin zu viel Wild, so wie sie das sah. Ohne Jäger und natürliche Feinde würden die Tiere bald ein Problem mit Überpopulation bekommen, und es würde sich auch negativ auf die Wälder rundherum auswirken. Davon sprach Jola während des Essens, und darüber, dass es notwendig sei, mehr zu jagen. Bei einem der Pferdemänner, der von den anderen Tom genannt wurde, stieß sie damit auf offene Ohren. Er war freundlich und interessiert, ein noch junger, kleiner Mann mit einem runden, offenen Gesicht. Sie unterhielten sich über Waffen, Kaliber und Zubehör. Das Thema Jagd interessiere ihn sehr, sagte Tom, es fehle ihm lediglich an Erfahrung und Praxis. Jola sagte, sie werde am nächsten Tag einen Hochstand in der Nähe aufsuchen, und schlug ihm vor, sie zu begleiten. Erich, der das Gespräch mitverfolgt hatte, nahm sie bei nächster Gelegenheit zur Seite. Bist du jetzt völlig verrückt geworden? Du willst allein mit dem in den Wald? Em kam dazu und nickte bekräftigend. Jola sah sich um. Die Szene war ihr peinlich. Nicht in den Wald, stammelte sie. Sie verstehe das Problem nicht, fügte sie dann hinzu, zu verwirrt, um wütend zu sein.

Mäderl, Erichs Tonfall war ernst, und sein Gesichtsausdruck passte dazu, ich weiß, du bist nicht so naiv. Spielst die Harte, aber einer wie der legt dich schneller um, als du schauen kannst, gut schießen hin oder her. Jola verdrehte die Augen; die freundschaftliche Atmosphäre, die ihr so gefallen hatte, schien für ihn nur eine Art Fassade zu sein, hinter der böse Absichten lauerten. Weißt du, Em räusperte sich, die Arme unbehaglich vor der Brust verschränkt, die haben jetzt seit über acht Jahren keine Frau ... Wir kennen sie gerade ein bisschen, sie sind nett, aber die Hand leg ich für die nicht ins Feuer. Jola runzelte die Stirn. Also du glaubst, jeder hier hat nichts sonst im Sinn? Entschuldige, aber das ist echt … deprimierend. Em zuckte die Achseln, ja, ist es eh. Aber glaub mir oder nicht: Jeder von denen will dich vögeln. Und sogar mich. Und jedes Mädchen und jede Frau, die sie in die Finger kriegen. Sind sie böse? Nein. Würden sie dich in Ruhe lassen, wenn du darum bittest? Wahrscheinlich. Aber das, sie wackelte mit dem Zeigefinger hin und her, wollen wir nicht herausfinden.

Sie gingen zur Gruppe zurück und setzten sich wieder. Jola erfand eine Ausrede, warum sie es doch nicht zum Hochstand schaffen würde, und Tom schien es ihr nicht übel zu nehmen. Aber ihre Freude war getrübt. Mit fortschreitendem Abend konnte sie mehrere Paare ausmachen, darunter auch einige der Pferdemänner. Manche der Frauen hier scheinen das etwas anders zu sehen als Em, dachte Jola gallig. Selbst der alte Mann unterhielt sich mit einer grauhaarigen Frau in einem weiten, bunten Gewand, die er gut zu kennen schien; sie lachten. Und Tom, dem sie für die Jagd einen Korb gegeben hatte, würde sie morgen ganz sicher nicht vermissen: Der lag entspannt nahe am Feuer, den Kopf im Schoß eines großen Bärtigen, der hin und wieder über sein Haar strich. Verdammt Erich, flüsterte sie erregt, warum soll es nicht gut zugehen können zwischen Menschen? Ich weiß nicht … geschwisterlich.

Erich musste zugeben, dass er sich, was Tom anging, geirrt hatte. Aber grundsätzlich, raunzte er, hab ich recht. Seine Augen glänzten im Feuerschein, und beim Reden öffneten und schlossen sich seine Hände in rascher Abfolge, als wollte er seine Argumente in die Welt hinaus pumpen. So wie du dir das wünschst, wird es nie laufen. Menschen sind Tiere. Sogar Raubtiere Jedenfalls die Männer. Das war immer so, und so wird es auch immer sein. Du bist ja nur grantig, weil du nichts mehr trinkst, gab Jola zurück, um das Thema abzukürzen. Hast du es aufgegeben, schickte sie etwas ernster nach. Ich versuch es halt, sagte Erich und machte ein gottergebenes Gesicht. Seine Hände sanken herab. Der Niko kann keinen Säufer-Opa gebrauchen. Aber verflucht, er spuckte aus, an solchen Abenden ist das schwer. Wein und Bier flossen, auch Schnaps, aus Vorräten oder selbstgebrannt, machte die Runde. Em gesellte sich wieder zu ihnen und nahm einen tiefen Zug aus einer Flasche mit etwas, das hier als Bier galt, aber nicht annähernd so gut schmeckte wie Boris' Kwas. Sie lächelte verlegen. Ein Punkt für Jola, flüsterte sie. Jola grinste, und Em zog eine schuldbewusste Miene. Also, sagte Jola und schaute ins Feuer, ich weiß ja, dass das stimmt, was du sagst. Natürlich weiß ich es nur zu gut. Aber, sie warf ein Stückchen trockene Rinde ins Feuer; es flammte so rasch auf wie ein mit Benzin getränkter Wattebausch und war zu Asche verbrannt, ehe Jola ihren Satz beendete, ein bisschen Vertrauen werden wir schon brauchen, wenn das alles hier nochmal was werden soll. Bisschen Zuversicht. Oder?

Das Wetter war gut, das Herbstfest konnte also im Freien stattfinden. Es gab Bänke und Tische und Picknickdecken, ein paar Leute machten Musik, zwei Gitarren, eine Geige und ein Akkordeon. Viele tanzten. Man aß, trank und unterhielt sich, ganz wie früher. Von ihrer Familie zu erzählen, machte Jola unerwartet stolz. Sie versuchte, die vielen Gespräche, Fakten und Ideen, die sie ausgetauscht hatten, im Gedächtnis zu verankern, und machte sich Notizen über Namen, Orte, Vorhaben. Alle, mit denen sie sich unterhielt, waren der Meinung, es solle vor allen Dingen mehr Austausch zwischen den einzelnen Gruppen geben: regelmäßige Treffen, etwa viermal im Jahr. Natürlich sei die Kommunikation über so weite Strecken hinweg nicht leicht, aber sie waren sich einig, dass sie dranbleiben mussten, denn einfacher würde es nicht werden. Tom kam zu ihrem Tisch herüber und reichte Jola einen braunen Klumpen, der in eine Art Netz verpackt war. Er setzte sich zu ihnen und bekam von Em ein Bier gereicht. Leberkäse, Tom grinste. Wir haben eins schlachten müssen. Haxen gebrochen. Tom sprach in einem starken Dialekt, den Jola irgendwo im Süden des Landes verortete. Wir lassen nichts verkommen, oder? Sie prosteten sich zu, er erklärte ihr das Verfahren zur Herstellung des Leberkäses, und sie zückte wieder den Notizblock. Willst du tanzen, Jola?, fragte Ljuba, aber Jola winkte ab. Dafür stand Tom schwungvoll auf und ließ sich von Ljuba in die Mitte der Wiese führen. Erich hob sein Saftglas und prostete den Tänzern zu. Du hoffst wohl, dass ich den Leberkäse mit dir teile, aber vergiss es, sagte Jola, und sie lachten. Em forderte zuerst Peter und später Vicki zum Tanzen auf. So unauffällig wie möglich versuchte Jola, Ljubas Gesicht zu lesen, wie sie den beiden Frauen zusah, die einander eng umschlungen hielten und sich dann und wann küssten. Doch sie schaute nicht rasch genug wieder weg, sodass sich ihre Blicke trafen. Ljuba lächelte und schüttelte, ganz langsam, den Kopf: Kein Drama hier. In dieser Nacht übernachtete Vicki bei Em.

Am letzten Tag ihres Besuchs ließ Jola sich Ljubas riesigen Garten zeigen. Jola bewunderte den kunstvoll geflochtenen Weidezaun. Die Kräuterbeete waren liebevoll angelegt, einige kreisförmig, andere quadratisch, wie ein Klostergarten. Alle Pflanzen waren mit Holzaufstellern markiert. Ist aus dem Baumarkt. Ljuba wischte Jolas anerkennende Worte darüber mit der Hand weg. Neben den versprochenen Eibischwurzeln und anderen Heilpflanzen bot sie ihr auch Samen des Schlafmohns an, bat sie aber, mit dessen Milch äußerst vorsichtig umzugehen. Ljuba zeigte Jola, wie man die Kapseln einritzen musste, um die Flüssigkeit zu gewinnen, die man zu Schmerz- und Narkosemitteln, aber auch zu gefährlichen und süchtig machenden Drogen verarbeiten konnte. Hat immer zwei Seiten, die Medaille, sagte Ljuba und klappte ihr Taschenmesser zu. Sie zog auch Beinwell gegen Muskelschmerzen und Hautverletzungen, Flohsamen für eine gute Verdauung und Frauenmantel und Mönchspfeffer gegen „so Frauensachen", wie sie es ausdrückte. Ljuba deutete auf die hübschen, fächerförmigen Blätter des Frauenmantels: Das hilft auch gegen Scheißerei, sagte sie und zwinkerte.

Ersatztherapie

Kapitel elf

Oktober 9

(70) Ein Herbststurm überraschte Jola auf dem Heimweg. Der Wind riss ihr den Hut vom Kopf. Das Pferd wurde nervös, es schlug mit dem Kopf und tänzelte; schließlich ging es durch und schoss in die falsche Richtung davon. Jetzt kein Sturz, bitte, keine Verletzung, dachte sie und versuchte, ruhig zu bleiben. Windböen heulten in den Wipfeln der Bäume, an denen sie jetzt unfreiwillig vorbeiritt. Schließlich brachte sie den Wallach zum Stehen, so abrupt, dass es sie fast nach vorne über den Sattel schleuderte, seine Ohren drehten sich vor und zurück. Innerlich fluchte Jola, weil sie Bora genommen hatte, der manchmal sagenhaft schlechte Nerven hatte. Aber sie bemühte sich, ihn ihren Ärger nicht merken zu lassen, stieg ab, führte ihn auf eine Wiese, wo er weiden und sich beruhigen konnte, und suchte sich einen windgeschützten Platz im angrenzenden Wäldchen. Sie fürchtete sich nicht allein im Wald, aber die Unterbrechung machte sie ungeduldig. Sie hatte früh zu Hause sein wollen, damit sie die Kinder noch wach antreffen und ihnen ein bisschen von ihren Erlebnissen erzählen konnte.

Jola zog die Jacke fest um sich, schloss die Augen und stellte sich alle vor, wie sie den Tag verbrachten.

Zum Beispiel könnte Alex jetzt das Frühstücksgeschirr abwaschen, vielleicht ging ihm eins der Kinder dabei zur Hand. Daniel half immer gern mit den Tellern. Jakob könnte über einem Gebäudegrundriss oder einer Bauanleitung brüten und dabei einen Bleistift annagen. Ali ging vielleicht vorbei und verdrehte die Augen, während Lena fragte: Woraus sind Bleistifte? Der Schlaf überkam sie unerwartet, und sie träumte von der Füchsin, die sich in Jakobs Falle gefangen hatte und sich nun verzweifelt bemühte, freizukommen, als eine Hand auf ihrem Hals sie weckte. Jola fuhr hoch; im Augenwinkel sah sie, wie eine zweite, eine schwärzliche Klaue mit gelben, langen Fingernägeln der ersten folgte, und sie schrie. Es gelang ihr, ihre eigenen Finger zwischen ihre Kehle und die fremde Hand zu schieben, bevor sie sie vollends umschließen konnte. Sie warf sich nach vorne und versuchte, den Angreifer abzuschütteln, und roch dabei seinen fauligen Gestank. Die Klaue drückte weiter fest zu, aber Jola warf den Kopf nach hinten und drehte ihn zugleich nach links, da rutschte die Hand, schmerzhaft in ihren Hals gekrallt, von ihr ab. Sie tastete nach ihrem Gewehr, konnte es aber nicht greifen. Jetzt geriet in ihr Sichtfeld, wer sie attackiert hatte, und der Anblick wirkte wie ein Stromschlag: ein braungebrannter, fast kahler Schädel mit nur wenigen, graubraunen Haarsträhnen, das Gesicht voller Narben und Wunden, und Augen, die ihr eigenes Entsetzen zu spiegeln schienen. Nein!, entfuhr es ihr, als er erneut auf sie losging. Jola drehte sich um und rannte. Sie hatte sein Bild vor Augen, als sie in den Wald stolperte, in die falsche Richtung, weg von dem Platz, an dem ihr Pferd stand. Der Waldboden senkte sich an einer

Stelle, auf einem Weg, den seit Langem niemand mehr benutzte und der fast zur Gänze vom Wald geschluckt worden war. Als der Gestank sie einholte, ließ Jola sich seitwärts fallen und ein Stück weiterrollen, da, wo der Weg abschüssig wurde. Gleichzeitig tastete sie nach ihrem Jagdmesser, das sie blöderweise nicht in ihrem Stiefel, sondern in einer ledernen Bauchtasche aufbewahrte, an die sie im Rollen nicht herankam. Ein Grunzen bedeutete ihr, dass der Angreifer ihr gefolgt war, und mit einem Satz sprang er sie an.

Was. Machst. Du. In. Meinem. Haus!, brüllte er, als er sich auf sie warf. Sie konnte Reste von fabrikgefertigter Kleidung an seinem Körper identifizieren: eine graue Jeansjacke, eine Lederhose, ein Hemd in Fetzen, aber noch mit erkennbarem Karomuster. Und das Gesicht: Es sah uralt aus, verängstigt, es zuckte an allen Ecken und Enden. Die Klauen fuhren wieder auf Jola nieder, doch es war nicht viel Kraft dahinter, und sie rollte zur Seite, stieß mit einem Fuß nach ihm, befreite die Tasche von ihrem eigenen Gewicht und zerrte am Reißverschluss. Der Mann gab nicht nach und versuchte wieder, sie zu packen. Ruhig, keuchte sie, ganz ruhig. Ich will dir nichts tun. Sie versuchte, überzeugend zu klingen, aber er schien sie nicht zu hören. Beim Versuch, sie zu sich heranzuziehen, stürzte er, und Jola konnte endlich die Tasche öffnen; sie zog das Messer heraus und hielt es ihm vor die Nase. Er kniete jetzt, sein Gesicht drückte Schmerz aus und auch Trauer; seine Lippen bebten. Okay, ist gut, sagte Jola, während sie langsam um ihn herumging und dabei versuchte, sich an die Richtung zu erinnern, aus der sie gekommen war. Sein Geruch war

Vorbote eines nahen Todes. Sie tastete nach ihrem Hals und spürte Feuchtigkeit. Der Mann hatte die Augen geschlossen, er weinte und murmelte etwas, das Jola nur zum Teil verstehen konnte, aber sie hatte den Eindruck, er rufe jemanden zu Hilfe. Jola schlich sich langsam in die Richtung, in der sie ihr Pferd vermutete. Erst als sie einen Baumstumpf passierte, der ihr bekannt vorkam, und der Mann durch das dichte Gesträuch nicht mehr zu erkennen war, rannte sie. Sie roch das Pferd und hörte sein Stampfen, noch bevor die dichten Zweige die Sicht freigaben. Beim Losbinden des Wallachs zitterte sie am ganzen Körper, und als sie aufsaß und davonritt, spürte sie neben dem Schmerz am Hals, dem Herzrasen und der Erleichterung ein neues Gefühl. Mitleid.

Erst nachdem sie mehrere Kilometer zurückgelegt hatte, fielen ihr zwei Dinge auf: Der Sturm war vorüber, und sie hatte ihr Gewehr liegen gelassen.

Die gelben Zwiebeltürme der Autobahnraststation auf einer Anhöhe waren schon von Weitem zu sehen. Jola machte Halt und stieg durch ein Fenster ein. An Orten wie diesem gab es für sie schon lange nichts Nützliches mehr, aber da waren Spiegel und Waschbecken. Sie klopfte fest gegen die Tür des Waschraums, bevor sie sie öffnete, um den Ratten Gelegenheit zu geben, sich zu verziehen. Jola spritzte sich Wasser ins Gesicht, tupfte vorsichtig die vier parallel verlaufenden, tiefen Kratzer ab, die der Mann an ihrem Hals hinterlassen hatte, trug ein Desinfektionsmittel auf und setzte sich eine Tetanusspritze, beides Geschenke von Ljuba, in den Oberschenkel, spülte die Spritze gründlich aus und packte sie wieder ein. Ihr Gesicht im Spiegel sah erhitzt, sonst aber normal aus. In einem Spind der Angestellten fand sie ein Umschlagtuch mit Fransen, wie Frauen sie über einem Dirndl trugen. Es roch muffig. Sie schüttelte es aus und wand es um den Hals; sie würde den Teufel tun, den anderen von der Begegnung mit dem Waldmenschen zu erzählen. Gewohnheitsmäßig inspizierte sie die Regale im Ausgangsbereich, wo Souvenirs, Süßigkeiten und Zeitungen einst zu Spontankäufen angeregt hatten. Alles Essbare war längst weg; die wenigen Zeitschriften, deren Cover noch erkennbar waren, sprachen in einer fremden, fernen Sprache zu ihr. Kurz nahm sie ein Häferl mit Lenas Namen in die Hand, dann stellte sie es wieder zurück. Wenn, dann müsste sie allen Kindern etwas mitbringen.

Die Gewitterwolken verzogen sich und gaben die Sonne frei. Jola ritt zurück zu der Lichtung. Diesmal behielt sie die Zügel in der Hand und Bora neben sich, als sie sich vorsichtig dem Platz näherte, an dem sie Stunden zuvor eingeschlafen war. Im Geist malte sie sich aus, was der Verrückte aus dem Wald mit der Waffe anstellen könnte; nicht viel vermutlich (Schatz, das kannst du nicht machen. Such es!). Nach einer Weile des Suchens sah sie den Lauf im Gebüsch aufblitzen. He, rief sie leise in Richtung Wald. Ich gehe jetzt wieder. Nach kurzem Zögern fügte sie hinzu: Alles Gute. Beim Aufsitzen glaubte sie seinen Blick in ihrem Rücken zu spüren, sie hörte das Rascheln trockener Blätter und wandte sich um. Aber entweder hatte sie sich getäuscht, oder er war schon wieder verschwunden.

Mamimamimamimamimami!, schrie Rosa und warf sich an ihre Brust. Dieses Verhalten war neu. Jola drückte sie fest an sich und atmete den guten Kinderduft ihres Kopfes ein. Nacheinander begrüßten sie alle Kinder, die versicherten, sie hätten sie unglaublich vermisst. Wir haben solche Angst gehabt!, riefen sie so theatralisch, dass sie lachen musste. Sie umarmte sie alle und dankte Alex, weil er ihr das Pferd abnahm. Ach, ist das gut, euch zu sehen, sagte sie. War es dort denn so furchtbar? Jakob lächelte und strubbelte Noah durchs Haar, der an seine Knie gelehnt stand. Nein, sie lächelte zurück, es war großartig. Bist du krank?, er wies auf ihr Halstuch. Bisschen verkühlt, aber ist schon besser, sagte sie. Die Wunden darunter pochten. Gehen wir rein, bat sie, es ist kalt, ich erzähl euch drinnen alles.

Jola tauchte in den Geruch ihres Hauses ein. Es gab Apfelstrudel. Alex war skeptisch: Bist du sicher, dass man diesen Leuten bedingungslos vertrauen kann? Wer kennt schon ihre wahren Absichten? Jola gab ihm zum Teil recht, sicher müsse man vorsichtig sein, sagte sie und senkte die Gabel in ihr Stück Strudel. Sie nahm einen Bissen und schloss kurz die Augen. Sauer, mehlig, süß und bröselig auf der Zunge. Und ja, Rosinen. So anstrengend Alex sein konnte, er hatte wahrhaft seine Qualitäten. Aber die Chancen würden doch überwiegen. Jeder dieser Menschen bringe bestimmte Fähigkeiten mit, auf die sie nicht verzichten könnten. Einer aus Ems Dorf sei Chemiker, ob er sich vorstellen könne, wie wertvoll seine Kenntnisse für sie alle seien? Und die eine Frau dort, rief sie, ist gelernte Landwirtin, ich wünschte, wir hätten die hier bei uns. Schluck erst mal runter, unterbrach Gabriel sie trocken. Sie ignorierte ihn und fuhr fort: Zwei andere Frauen, zwei Schwestern, die auch in dem Dorf lebten, züchteten Schafe und hätten begonnen, die Wolle zu verarbeiten. Im Burgenland bauen sie übrigens Reis an, Reis! Und Ingwer und Kiwis! Es gebe Ljuba mit ihrer Schwesternpraxis und einen früheren Maschinenschlosser. Wir müssen ja, und auf einen Wink von Jakob senkte sie die Stimme, denn die Kinder, die alle bei ihren Eltern auf dem Schoß saßen, waren eingeschlafen oder zumindest kurz davor, irgendwann anfangen, alles wieder aufzubauen. Und das müssen wir nicht ganz allein tun, flüsterte sie. Ali winkte und schickte ihr einen Luftkuss, sie gehe schlafen, formte sie lautlos mit den Lippen. Schwerfällig stieg sie die Stufen hinauf. Boris und Alex schauten ihr nach, wie sie ihren riesigen Bauch vor sich her schob.

Marek sah Jola von der anderen Seite des Tisches hinweg nachdenklich an. Seit sie wieder zu Hause war, hatte er außer einem Gruß noch kein Wort an sie gerichtet. Die Brauen über seinen dunklen Augen waren zusammengezogen. Was ist?, wisperte sie über Judiths Kopf hinweg. Er habe, sagte er, viel über die Überwindung von Distanzen nachgedacht und frage sich nun, ob er als eine Art Bote eingesetzt werden könne, um Informationen zwischen den einzelnen Standorten zu übermitteln. Das sei eine wirklich gute Idee, sagte Jola und schloss die Augen; sie war müde und zufrieden, und der warme Körper ihrer Tochter auf dem Schoß, der im Schlaf schwerer und schwerer wurde, machte sie noch träger. Sie drückte Judith an sich, bis die Schultern des Kindes ihre Achseln ausfüllten, und döste selbst ein wenig ein. Als sie die Augen wieder aufschlug, sah sie die Männer auf der Bank rund um den Tisch sich leise unterhalten, beinahe jeder hatte ein schlafendes Kind im

Arm. Sie gestikulierten, gingen auf das ein, was die anderen sagten, ergänzten gegenseitig ihre Sätze. Unfähig, den Blick abzuwenden, schaute sie ihnen dabei zu, bis sie ihrer Müdigkeit schließlich nachgab.

Frühling 9

(71) Einmal im Monat fuhr Marek jetzt die Strecke zwischen Ems Dorf, dem Hof der Pferdeleute und ihrem Haus ab, meistens nahm er sein Motorrad, selten ein Pferd. Fast immer hatte er Nachrichten und Tauschwaren dabei. Er müsse, erzählte er, unterwegs nicht selten von der Straße herunter und die Maschine um ein Hindernis herum schieben, oft über längere Strecken. Irgendwann werde es überhaupt nicht mehr gehen, es sei denn, ihnen fiele etwas ein, wie sie die Straßen freihalten konnten – viele Kilometer, von umgefallenen Bäumen, herbeigewehtem Gesträuch und Trümmerteilen jeglicher Art blockiert. Abgesehen davon könnten die Straßen selbst, die nicht mehr gewartet und auch nicht mehr befahren wurden, bald so schadhaft sein, dass es noch schwieriger und irgendwann unmöglich würde, auf ihnen voranzukommen. Jola dachte oft darüber nach. Ohne moderne Baustoffe wäre es unmöglich, die Straßen zu erhalten. Wie lange würden sie an einem Meter Römerstraße arbeiten? Sie besaßen ein Geschichtsbuch, in dem Aufbau und Methode genau und mit vielen Abbildungen geschildert wurden. Theoretisch wäre es möglich, eine nachzubauen, dachte sie. Ein Jahr für ein Stück Straße von hier bis in den nächsten Ort, wenn sie sonst fast nichts

anderes taten? Aber dort wohnte niemand. Wie lange für eine Straße zu Ems Dorf? Zehn Jahre? Zwanzig? Eher fünfzig. Es war ausgeschlossen. Wir werden mehr Pferde brauchen, dachte Jola. Erich meinte, Kyra sei sehr wahrscheinlich trächtig; das war ein Anfang. Marek brachte Jola gern Dinge von seinen Ausflügen mit. Er verbrachte viel Zeit in Buchhandlungen und suchte nach gut erhaltenen Büchern, über die sie sich freuen würde. Er lag selten daneben. Manchmal wählte er auch eines für sich selbst aus; wenn ihn niemand drängte, las er gern. Eines Tages hatte er die siebenbändige Taschenbuchausgabe einer Geschichte über einen jungen Zauberer dabei, was eine noch nie dagewesene Lesewut unter den Kindern hervorrief: Sie drängten einander, schneller zu lesen, damit sie den nächsten Band bekamen. Die Geschichte war auf eine Art zeitlos und gleichzeitig so ausführlich gestaltet, dass es kaum Rückfragen gab. Was machen wir aber, fragte Aron, als er nach einigen Wochen den letzten Band schloss und ihn über den Esstisch hinweg an eines seiner Geschwister weiterreichte, wenn wir alle Bücher gelesen haben? Alle, die es gibt? Das wird aber noch lange dauern, sagte Jola. Ja, aber wenn?, beharrte er. Dann schreiben wir neue, rief Judith. Daniel starrte sie voll Ehrfurcht an. Das kann man? Judith nickte. Schau, Lena zeigte ihrem Bruder ein großformatiges Bilderbuch, das ein Mädchenkopf zierte. In dem Buch, ihre Stimme schwoll an, hat ein Mädchen eine Taschenlampe erfunden, die sie einfach an ihre Hand klemmt, und dann leuchtet sie! Von ihrer Körperwärme! Lass mal sehen, bat Jakob.

Du musst sie holen, sagte Jola. Marek drehte den Kopf zu ihr: Wen? Sie waren allein in der Küche, in der trägen Spätnachmittagsstunde kurz vor dem Wiederanschwellen von Energie und Lautstärke, die das Abendessen unweigerlich mit sich brachte. Marlies. Er richtete sich auf der Bank auf und fragte: Zu uns, sie soll hier wohnen? Jola sah ihn über die Getreidemühle hinweg an. Ja, natürlich. Sie ließ die Kurbel los und schüttete den Inhalt des unter der Mühle angebrachten Gefäßes in ein Vorratsglas. Vielleicht nicht gerade hier, aber zum Beispiel ins Ems Dorf. Sie soll nur nicht mehr allein leben. Er stand auf, griff nach dem Deckel und schraubte ihn auf das Glas. Schaffst du das, Marek? Nachdenklich sah er sie an. Er schien bereits die Tage zu zählen, die er für den Weg ungefähr brauchen würde. Es ist schon ordentlich weit, und ich hab keine Ahnung, in welchem Zustand die Straßen sind, gab er zu bedenken. Jola seufzte: Ich weiß. Aber ich kann sie mir dort nicht mehr alleine vorstellen, verstehst du? Du, er kam näher und schlang die Arme um sie, bist der liebste Mensch, weißt du. Sie wand sich von ihm weg, hör auf, nein, hör mir zu… er zog sie wieder an sich und nickte. Ich hör dir ja zu. Ich werd es machen. Aber wir müssen die anderen fragen. Findest du den Weg noch?, fragte Jola besorgt. Mhm, er nickte ernst, und den zurück auch.

Das folgende Date hatte mit dem Beschluss geendet, Marlies herzuholen; niemand, nicht einmal Alex, hatte einen Einwand erhoben. Nach ein paar Tagen würde Marek sie zuerst zum Sonnenhof und später in Ems Dorf bringen, wo sie bleiben könnte – immer gesetzt den Fall, sie wollte überhaupt. Ems Leute waren einverstanden;

es gab ein paar Möglichkeiten, wo man sie dauerhaft unterbringen könnte, aber das musste Marlies schließlich selbst entscheiden. Jola und Marek trafen sich am frühen Morgen im Gewächshaus, um sich in Ruhe zu verabschieden. Sie küsste ihn und strich ihm die Haare hinter die Ohren. Wenn du zurück bist, schneide ich sie dir. Sehr schlechter Ort für eine Verabschiedung, maulte er. Ja, das ist Absicht, denn ich will, dass du jetzt fährst und bald wiederkommst. Er berührte einen der eingeflochtenen Zöpfe, die Ali ihr in der Früh gemacht hatte; sie wusste, dass er die eine hellere Strähne darin nachzeichnete. Jola, fing er an. Bitte jetzt keine Treueschwüre, unterbrach sie ihn. Geh lieber. Er gehorchte. Sie wandte sich den Tomatenpflanzen zu, die sie bald aussetzen würde, und versuchte, die alte Angst zu ignorieren, die sich, wie die kleinen Pflanzen gleich in der Gartenerde, in ihr festkrallte.

Bist du nicht eifersüchtig?, fragte Ali, die ihr Baby an der Schulter auf und ab wippte, damit es einschlief. Gib sie mir mal, bat Jola. Mia schlief noch nicht mehrere Stunden am Stück; auch jetzt verfolgte sie das Gespräch der beiden Frauen mit aufmerksamen, dunklen Augen. Sie ist, überlegte Jola, ungefähr dreißig Jahre älter als ich. Das war nicht die Frage. Hätte ich denn ein Recht dazu? Auch nicht die Frage. Nein, ich glaube, ich bin's einfach nicht. Ali seufzte und streckte die Hände wieder nach ihrer Tochter aus, die an Jolas Shirt zu suchen begonnen hatte, legte sie an die Brust und gähnte. Jola stand auf. Ali lächelte und winkte: Viel Vergnügen. Jola sah auf die Uhr, ging sich umziehen und verließ das Haus in Richtung Koppel. Das Wetter war gut, sie würden seine erste

Stunde im Freien abhalten können. Sie suchte im Stall nach einer Longe, zäumte und sattelte den Haflinger und wartete. Wenig später erschien Jakob und fragte, was er machen solle. Sie lächelte. Für den Anfang nur das, was ich dir sage

August 5

(72) Der Überfall begann für Jola mit dem Gebell des Hundes mitten in der Nacht – es war nicht Henrys übliches Bellen. Es klang ängstlich und ließ Jola sofort aus dem Bett springen. Sie zog rasch etwas über und tastete sich, ohne Licht zu machen, in Richtung Kinderzimmer vor. Hier war es ruhig, und sie sah, dass Lennart bereits bei den Kindern war; er gestikulierte in Richtung Fenster und hielt sieben Finger hoch. Nach kurzem Überlegen klappte er einen weiteren aus: vielleicht acht. Jetzt wurde aus dem Bellen ein Knurren, und Jola hörte weitere Zimmertüren aufgehen und Schritte auf den Stiegen.

Sie unterdrückte die Panik, die in ihrem Körper aufkommen wollte. Am Waffenschrank verharrte sie kurz. Wenn sie ihn offen ließ, konnten sich auch die Eindringlinge dran bedienen. Aber sie würden mehr als eine Waffe brauchen. Sie nahm ihr Jagdgewehr und eine weitere Büchse. Jakob kam ihr nach, sie reichte ihm schweigend einen Revolver samt Munition; sie nahm an, dass er damit umgehen konnte. Die Entscheidung wegen des Waffenschranks überließ sie ihm und eilte zur Eingangstür. Jola, rief er ihr in gedämpftem Ton nach, geh rauf zu den Kindern! Aber sie beachtete ihn nicht und lief zur Tür, gegen die jetzt von außen heftig getreten wurde. Dort stand Alex, er war kreidebleich und nahm das geladene Gewehr entgegen. Er entsicherte es und hob es an die Schulter. Und jetzt ging Henrys Bellen in ein durchdringendes Jaulen über, gefolgt von einem Schuss. Aus Jaulen wurde Winseln, bis das Winseln erstarb. Jola schloss fest die Augen und versuchte, eine Entscheidung zu treffen: die Tür aufmachen? Oder warten, bis sich jemand hereindrängte, und dann schießen? Sie fluchte, weil sie das Gewehr genommen hatte, auf kurze Distanz war es nicht optimal. Mit Handzeichen gab sie Alex zu verstehen, dass sie durch die Scheune an die Hintertür wollte. Er nickte und starrte wieder auf die verriegelte Tür, die unter den Stößen von draußen zitterte.

Oben ging ein Fenster auf, Jola hörte Gabriel etwas hinunterschreien, konnte aber kein Wort verstehen, und ein weiterer Schuss fiel. Sie spürte ihren Herzschlag so heftig, als treffe er ihren Brustkorb von außen. Sie hatte keine Ahnung, wo Jakob hin war, und hoffte, dass die Kinder in ihrem Zimmer und von den Fenstern weg blieben. Die Hintertür war unversperrt – das, ging ihr durch den Kopf, würden sie ändern –, sie schlich hinaus. Es war finster draußen, aber es war schließlich ihr Haus, ihr Garten, und sie kannte jeden Busch und jeden Schatten. Der Mond steckte hinter Wolken. Sie wandte sich nach links und sah sechs oder sieben Umrisse von Männern, die im Vorgarten standen. Möglicherweise waren auch hinter ihr welche. Henry war nirgends zu sehen. Von oben wurde erneut geschossen. Wieder ein Krachen an der Tür.

He! Noch könnt ihr gehen, ich zähl jetzt bis drei – dann wird jeder da unten abgeknallt. Jakob. Er war offenbar ins Dachzimmer gelaufen, um einen besseren Überblick zu bekommen. Jola konnte die Angreifer jetzt erkennen, zwei von ihnen knieten und zielten in Richtung der Stimme aus dem Haus. Sie hob das Gewehr an die Schulter und nahm einen der Männer ins Visier, aber er bewegte sich zu schnell. Wieder prallte etwas mit Wucht gegen die Eingangstür, weitere Schüsse fielen. Jemand brüllte auf, sie sah einen der Schatten auf die Knie fallen. Ein Licht, vermutlich von einer Taschenlampe, blendete sie kurz, sie wandte sich rasch ab und ging in Deckung. Ein paar der Schattenrisse im Vorgarten schrien und redeten durcheinander, und sie konnte erkennen, wie einer von ihnen auf das Dachfenster zielte. Oh nein, sicher nicht, dachte sie, schoss und traf den Mann in die Schulter, er griff auf die verwundete Stelle und drehte sich, wohl zufällig, in ihre Richtung. Er musste sie gesehen haben, blieb aber zusammengekrümmt liegen. Jola lud nach und schoss noch einmal in die Luft, um Verwirrung zu stiften. Wenn es sich vermeiden ließ, wollte sie lieber niemanden töten.

Die Schießerei ging wieder los, es wurde geschrien. Sie stand mit dem Rücken zur Mauer. Die Stöße gegen die Eingangstür immerhin hörten auf, die Angreifer schienen sich zum Rückzug zu wenden. Jetzt verstand sie auch, warum sie ihre Fahrzeuge nicht gehört hatte: Sie waren wohl mit ausgeschalteten Motoren den Hügel hinabgerollt, hatten die Maschinen unten am Hang stehen lassen und waren zu Fuß heraufgekommen. Jola hörte, wie sie den Weg hinunterrannten. Niemand schoss ihnen nach, als sie die Motorräder anließen und wegfuhren. Jola wagte noch keine Bewegung aus ihrer Deckung heraus. Mindestens zwei Männer waren zu Boden gegangen, die anderen konnten sie unmöglich so schnell mitgeschleift haben, also waren sie wohl noch da. Sie hörte leise die Tür aufgehen, Alex kam mit dem Gewehr im Anschlag heraus. Jetzt, im schwachen Lichtschein, der von drinnen auf die Terrasse fiel, riskierte Jola einen Blick um die Ecke: Zwei Körper lagen im Gras, einer regte sich nicht mehr. Der andere Mann wälzte sich hin und her, er hielt sich die Schulter und blutete stark. Seine Gefährten hatten ihn zurückgelassen.

Als sich die Anspannung löste, begannen Jolas Gliedmaßen zu zittern, ihre Hände wurden eiskalt, und das Gewehr glitt langsam ins Gras. Mit einem Mal war es ihr viel zu schwer. Alex richtete seine Waffe auf den Verletzten, und einer nach dem anderen kamen jetzt alle heraus. Der Mann im Gras – Ali nannte ihn „die Lederjacke" – verlor das Bewusstsein; sie trugen ihn in die Scheune, legten ihn auf den Teppich, der sich sofort mit seinem Blut vollsaugte, und besahen sich die Wunde. Jola wollte dem Mann seine Sachen ausziehen, um sie versorgen zu können, aber davon wurde er wach, er schlug um sich und schrie. Die Kinder waren verängstigt, sie waren noch viel zu klein, um irgendetwas von dem zu verstehen, was vor sich ging. Als es tagte, fuhr Lennart Erich holen. Der besah sich den Mann, der nun wieder bewusstlos war, und schüttelte den Kopf. Aber sie versuchten es trotzdem. Jakob drückte den Verletzten fest zu Boden, während Alex und Gabriel versuchten, ihn aus seinen Sachen zu schälen. Sie mussten die Jacke schließlich mit einer Gartenschere aufschneiden. Erich desinfizierte die Wunde und legte einen Verband an, aber Jola spürte, dass er dem Mann keine Chancen einräumte. Er habe, sagte Erich ernst, sehr viel Blut verloren, offenbar sei ein größeres Gefäß getroffen worden. Ohne Blutkonserven… Er beendete den Satz nicht. Könntest du ihm Blut von einem von uns geben, wäre das möglich?, fragte Jola. Ich habe die nötige Ausrüstung nicht, sagte Erich traurig. Und selbst wenn – er griff nach ihrem Handgelenk –, er müsste operiert werden, Mäderl. Und das kann ich nicht. So schon nicht, aber jetzt… Es tut mir leid.

Der Mann versuchte, etwas zu sagen, und hob eine Hand. Jola kniete sich neben ihn auf den Teppich. Blutige Blasen traten auf seine Lippen, sie konnte nichts verstehen. Irgendwann fiel die Hand schlaff hinunter, und er hörte zu atmen auf. Erich schloss seine Augen. Sie begruben ihn gemeinsam mit dem anderen Toten ein Stück entfernt im Wald. Es dauerte fast den ganzen Tag, denn ein flaches Grab kam nicht in Frage. Sie wollten nicht später irgendwann Leichenteile finden, die von Tieren ausgegraben und verstreut worden waren.

Besser sie als wir, knurrte Gabriel, als sie endlich fertig waren und stumm und erschöpft um die frischen Erdhaufen herumstanden, die kein Stein, kein Kreuz zieren würde. Er machte Anstalten, die Motorräder der beiden toten Lederjacken in den Stall zu stellen. Jola wies ihn an, einen anderen Platz dafür zu suchen. Leere Garagen gab es in der Gegend mehr als genug. Danach mussten sie den Kindern etwas zu essen richten, Jola stillte ihre Tochter, und Erich saß noch ein wenig mit ihnen zusammen. Er hatte vor ein paar Monaten ein Haus wenige Kilometer die Straße hinunter bezogen. Neuerdings lebte ein ganz junges Mädchen bei ihm. Da sie es offensichtlich freiwillig tat, hielten sie sich da raus. Geht's dir gut, Kleine?, fragte er Jola. Nein. Und wenn ich es mir aussuchen kann, dann ist mir „Mäderl" noch lieber, aber am besten wäre Jola. Er lachte laut auf. Du bist gut, und schießen kannst auch. Wenn ich das wirklich könnte, flüsterte sie, dann gäbe es jetzt keine zwei Gräber oben im Wald.

Der Erste geht wohl auf mich. Gabriel setzte sich neben sie. Seine Hände waren mit Motoröl verschmiert, er war blass und hatte dunkle Ringe um die Augen. Eigentlich sei er sich sicher, fiel Jakob ein, dass *er* ihn erwischt habe. Er setzte sich an Jolas andere Seite und bemerkte, dass sie weinte. Obwohl, eigentlich, räumte er ein, glaube ich, dass eher ich den zweiten erwischt hab, den mit der Schulter. Ja, glaub ich auch, erwiderte Gabriel. Vom Schusswinkel her... Jola wusste es zu schätzen, es war ein netter Versuch, wirklich. Er war vielleicht Mitte zwanzig gewesen. Sie sah ihn vor sich, wenn sie die Augen schloss: lange, schmale Hände, die Haare und der Bart dunkel, fast schwarz. So wie bei Marek.

Den Hund beerdigten sie im Garten. Man hatte ihm in den Kopf geschossen. Sie betteten Henry in eine Kiste, deckten ihn mit seiner Decke zu und legten einen großen, hellen Stein auf sein Grab.

Mai 9

(73) Boris trug seine Tochter in der Bauchtrage. Rosa ging an Jolas Hand, und hinter ihnen schlenderten die älteren Kinder, streiften Samen von den Grashalmen ab

und versuchten zu erraten, ob es sich um Henne oder Hahn handelte. Sie waren unterwegs zu Feld C, um Unkraut zu jäten und die jungen Pflanzen auszudünnen. Zum ersten Mal seit Langem schien wieder einmal die Sonne. Erdäpfel und Rüben hatten sie hier, Steckrüben auf der einen und Zuckerrüben auf der anderen Seite. Sie sprachen über die Kinder, das Baby, und Boris beklagte sich über die anstrengenden Nächte, aber sie konnte sehen, dass er glücklich war. Für das Frühjahr hatten sie, Ems Dorf und die Pferdeleute ein weiteres großes Treffen geplant. Die frühere Gang, die Marek kannte und die jetzt auch in der Nähe lebte, hatten sie noch nicht einbezogen; es würde an ihm sein, das zu gegebener Zeit zu tun. Zumindest sollte man ihnen die Chance geben, sich im Saatgutlager mit den noch vorhandenen Samen einzudecken, dachte Jola beim Betrachten ihres Feldes. Marek war noch nicht wieder zurück, aber einstweilen lag er im Zeitplan.

Nach der Arbeit setzten sie sich auf die Wiese und aßen Brote. Das Baby war auf Boris eingeschlafen, und sie unterhielten sich leise, träge von der Wärme und der Arbeit. Sie sprachen über das, was sie ausgesät hatten: Klee auf Feld A, Weizen auf Feld B und so weiter. Das Benennen des Felder war effektiver so; mit „das obere Feld mit dem Mais“ oder „da beim Wald, wo wir vor zwei Jahren den Weizen hatten“, waren sie nicht weit gekommen. Jedes Feld, das sie nutzten, trug jetzt einen Buchstaben und war auf einer Karte verzeichnet. Mit angepinnten Zetteln vermerkten sie außerdem die jeweils angebaute Feldfrucht. Klee, Raps, Weizen. Hafer, Gerste, Mais. Jola führte Buch über die Art der Nutzung jedes Feldes in jedem Jahr. Die Herstellung von besserem Dünger sei eines der Themen, die sie für das Drei-Gruppen-Treffen vorschlagen werde, sagte sie zu Boris. Der Chemiker in Ems Dorf dürfte wohl einer der begehrtesten Gesprächspartner sein, überlegte sie laut. Er nickte. Rosa saß in der Wiese und versuchte sich im Flechten eines Blumenkranzes. Das ist Rotklee, sagte das Kind bedeutungsschwanger und hielt den beiden Erwachsenen je eine pinkfarbene Blüte hin. Jola achtete darauf, ausreichend Abstand zu Boris zu halten, als sie sich neben ihm im Gras ausstreckte, und er tat dasselbe. Vorsichtig rückte er sein Baby zurecht, bevor er sich hinlegte. Rosa gab das Flechten zugunsten des Zerreißens der Blüten auf und bestreute sie beide mit Pflanzenteilen. Papa, Mama, raunzte sie nach einer Weile. Ich muss. Mit einem Seufzen stand Jola auf und begleitete sie ins Gebüsch.

Abends im Bett dachte sie darüber nach, was Alex und Jakob bei dem Treffen vorbringen würden. Was sie in ihren Augen am dringendsten brauchen würden, waren Medikamente: Desinfektionsmittel, Antibiotika, Schmerz- und Narkosemittel… Es klopfte. Herein, sagte sie. Jakob trat ein. Ist es okay?, fragte er und schloss die Tür hinter sich. Jola setzte sich auf; es war das erste Mal überhaupt, dass er so in ihr Zimmer kam. Was ist denn los? Er werde, antwortete er und klang verwundert, morgen Früh aufbrechen und lange fort sein. Sollte ich mich nicht verabschieden? Doch, sagte sie und machte Platz. Er setzte sich auf die Bettkante und streichelte ihre aufgestellten Knie, und sie sprachen noch einmal die wichtigsten Themen für das Treffen durch. Von ihnen allen brachte eindeutig er am meisten praktische Erfahrung und Wissen mit, die in ihrer Lage nützlich waren. Sie spürte, dass er darauf brannte, sich mit kundigen Menschen über Energiegewinnung, die Instandhaltung von Versorgungssystemen und so weiter auszutauschen. Bis zu diesem Tag hatte sie keine allzu genaue Vorstellung davon, wie er es schaffte, die Toilettenspülungen im Hotel in Gang zu halten, um nur ein Beispiel zu nennen. Er würde mindestens zwei Wochen weg sein, sie solle sich bitte nicht verrückt machen, sollte es ein wenig länger dauern, bat er. Jola versprach es. Sie staunte über seinen Enthusiasmus: Noch vor Kurzem war er kaum vom Haus wegzulocken gewesen, und nun hatte er schneller reiten gelernt als selbst eines der Kinder, um an dem Treffen teilnehmen zu können. Jakob stand auf, ging ein paar Schritte, rieb sich den Nacken und murmelte etwas von verdammten Füchsen und Fallen. Dann drehte er sich zu ihr um und neigte den Kopf zur einen, dann zur anderen Seite; es knackte hörbar. Bleibst du über Nacht?, fragte Jola. Im Halbdunkel, fand sie, sah er fremd aus, jünger und auf eine gute Art unberechenbar. Er hatte vor ein paar Tagen seinen Bart abrasiert, und sie fragte sich, was das zu bedeuten hatte. Bin davon ausgegangen, flüsterte er und zog sich das Hemd über den Kopf. Und bevor du fragst: Die Zähne habe ich mir schon geputzt.

(74) Marek kam allein zurück. Die Kinder liefen ihm den Hügel hinunter entgegen, sie johlten und rannten ihn buchstäblich über den Haufen. Wo ist sie?, fragte Jola anstelle einer Begrüßung. Er umarmte die Kinder und schüttelte sie dann ab, stand auf, klopfte sich Gras

von der Hose und sagte: Ist auch schön, dich zu sehen. Er habe Marlies, erzählte er nach einer Kunstpause, gleich zu Em gebracht; der Umweg über den Sonnenhof habe ihm einfach nicht eingeleuchtet. Sie versuchte, sich ihre Enttäuschung nicht anmerken zu lassen. Und wie war es? Ist sie gleich mitgegangen? Wo wohnt sie jetzt? Marek! Aber er ließ sich nicht drängen. In aller Ruhe klatschte er die Hände der Kinder der Reihe nach ab – eine Geste, die er ihnen beigebracht hatte. Erst dann umarmte er Jola, küsste sie auf den Mund und lächelte sie an: Du hast mir gefehlt, du Schöne. Er sieht gut aus, dachte sie, wirkt aber gleichzeitig auf schwer fassbare Art … abwesend. Sie seufzte, hakte ihn unter und begleitete ihn ins Haus. Es hatte angefangen zu nieseln.

Auf dem Herd köchelte eine Suppe. Jola musste noch in den Garten, um Gemüse zu holen. Marek setzte sich auf die Ofenbank, legte den Kopf in den Nacken und schloss die Augen. Also, dankbar nahm er das Glas Bier entgegen, das sie ihm reichte. Sie war, wie soll ich sagen. Er trank und sagte dann erst recht nichts. Jola schaute ihn aufmunternd an. Von Kindern flankiert, sah er aus wie ein etwas ungepflegter Familienvater, der nichts lieber täte, als jetzt in Ruhe sein Bier zu trinken. Es sei nicht ganz leicht gewesen, Marlies von ihren Tieren und Pflanzen wegzubekommen, aber schließlich habe er sie überzeugen können, dass menschliche Gesellschaft wichtig sei, erzählte er. Ja, du kannst sehr überzeugend sein, wenn du willst, dachte sie. Das Schwerste sei für sie gewesen, ihre Kuh und die Katzen zurückzulassen, fuhr er fort, der Hund aber, und das sei für Marlies nicht verhandelbar gewesen, hatte mitkommen müssen. Er ersparte ihr die Details, aber er hatte es geschafft, Frau und Hund unversehrt bei Em und Stefan abzuliefern. Ein paar Tage war er noch geblieben, Marlies sei während dieser Zeit in das Haus der beiden älteren Frauen gezogen, die am anderen Ende des Ortes wohnten. Du kennst sie, oder?, fragte er und schloss die Augen. Jola bejahte; sie konnte ihm seine Erschöpfung ansehen. Sie ergriff und drückte seine Hand und lächelte ihn an. Das hast du wirklich gut gemacht. Danke. Er winkte ab, stand auf und wandte sich in Richtung seines Zimmers; er wolle duschen und schlafen, sagte er.

Sie ließ ihn gehen. Nachdenklich schritt sie im Garten das in sauberen Reihen gepflanzte Gemüse und die verschiedenen Salatsorten ab, die meisten noch winzige Modellversionen der üppigen Salatköpfe, die sie in wenigen Wochen sein würden, sofern sie es schaffte, sie bis dahin vor den Schnecken und Rüsselkäfern zu schützen. Der Regenschauer war vorbei, auf den Blättern ruhten klar abgegrenzte, runde Tröpfchen. Jola ging in die Hocke und riss hier und dort ein Büschel Unkraut aus oder band eine Ranke auf. Wasser tropfte ihr auf den Kopf und in den Kragen. Sie hatte sich mit dieser älteren, in all diesen Dingen so erfahrenen Frau einen Austausch erhofft, Lösungen für die vielen Probleme, auf sie immer wieder stieß: Pflanzenkrankheiten, Schädlinge, Samen, die aus unerfindlichen Gründen und trotz bester Bedingungen einfach nicht keimten. Nun würde das warten müssen, bis sie Marlies irgendwann bei einem größeren Treffen kennenlernen würde; aber das wäre kein Ersatz für die ausführlichen Gespräche unter vier Augen, die sie sich gewünscht hatte. Dass Marek sich nicht an die

Vereinbarung gehalten hatte, sie zuerst hierher zu bringen, leuchtete ihr immer weniger ein, je länger sie darüber nachdachte. Mit Ali konnte sie jetzt nicht reden, die hatte sich mit dem Baby hingelegt, und generell beschäftigten sie gerade ganz andere Dinge. Jola ging zu Gabriel, der von einem der Felder zurück war und sich auf der Bank vor dem Pferdestall ausruhte. Ist er wieder da? Allein?, rief er ihr entgegen. Wieso raucht ihr auf einmal alle Pfeife?, gab sie statt einer Antwort gereizt zurück. Das ist grauslich – und was ist das überhaupt für ein Kraut? Krieg ich davon Krautkrebs, was denkst du? Grinsend schob er den Pfeifenstiel in den anderen Mundwinkel. Sie setzte sich zu ihm, wich dem Rauch aus und überlegte, wo sie anfangen sollte. Wenn du etwas über Marek wissen willst, frag nicht mich, sondern ihn selber, riet er, ohne dass sie überhaupt etwas sagen musste.

Nach einiger Zeit äußerte er doch eine Vermutung: Vielleicht hat er Angst, dass ihr euch nicht versteht. Dass es Eifersucht gibt und so. Das, sagte sie laut, sei absurd. Wirklich?, Gabriel blinzelte sie durch den Pfeifenrauch an. Sein Bart war jetzt endlich dicht und vorzeigbar und um einige Nuancen dunkler als seine Haare. Ich bin nicht wie ihr, schnappte sie böse, und schlage mich mit einer anderen Frau um einen von euch. Er nickte. Und ich weiß es ja auch nicht, ich kann nur vermuten, was in Marek vorgeht. Aber was ist mit dir, Jola? Warum bist du so dermaßen scharf auf die Alte? Sie zog eine Braue hoch. Also bitte. Wenn du mir was sagen willst, Doktor Freud, dann direkt. Sein Blick war jetzt ernster. Deine Mutter, sagte Gabriel. Du vermisst sie so. Jola betrachtete ihre grünbraun gefleckten Hände in ihrem Schoß.

Sie waren hart und rau, die Nägel bekam sie schon seit Langem nicht mehr richtig sauber, auch nicht mit der Nagelbürste. Das kann schon sein, gab sie zu. Spielt aber eh keine Rolle, oder? Sie zog die Knie auf die Bank und legte die schlaffen Arme darüber. Er hat es jetzt für mich entschieden, und das ist es, was mich nervt. Bestraf ihn, schlug Gabriel vor, lass ihn links liegen und vögel heute mich statt ihn. Sie musste lachen.

Eine Zeitlang sagten sie beide nichts. Gabriel zog ein letztes Mal an der ausgehenden Pfeife, klopfte sie am Rand der Bank aus und stieg mit seinem Arbeitsstiefel auf die schwelenden Reste. Marek nimmt, sagte er, noch in der Bewegung und leise, als wolle er es so nebenbei wie möglich loswerden, ganz schön viel Scheiße in letzter Zeit. Jola war nicht überrascht, aber es war dennoch ein kleiner Schock, es ausgesprochen zu hören. Was denn für Scheiße?, fragte sie. Alles Mögliche, Gabriel schüttelte den Kopf. Zeug aus Arztpraxen, Apotheken. Krankenhäusern. Was weiß ich. Gras ist jedenfalls noch das Harmloseste. Sie drückte die Hand an den Mund und nickte. Schmerzmittel? Opiate? Vage bewegte er die Hand mit der Pfeife hin und her. Ich weiß nicht genau. Auf jeden Fall härtere Sachen. Sie sah ihn von der Seite an. Du auch? Er schüttelte den Kopf und deutete in Richtung der Wiese, über die Judith, Noah und Rosa zu ihnen gelaufen kamen. Das Gespräch musste vertagt werden.

Jola nahm die Kinder mit zum Kräutersammeln. Ali und sie hatten eine Tabelle mit den wichtigsten und wirksamsten Pflanzen erstellt, dazu hatte Ali Zeichnungen gemacht, damit alle, auch die Kinder, nach ihnen

Ausschau halten konnten, wenn sie draußen umherstreiften. Für giftige Pflanzen gab es ein eigenes, rotgerändertes Blatt, und das mussten die Kinder auswendig lernen. Was nützlich war, trockneten sie über dem Herd oder auf Regalen im Keller und in der Speisekammer und machten Salben, Tee und Öle daraus. Spätestens seit der letzten Magen-Darm-Erkrankung, die sie alle fast gleichzeitig niedergestreckt hatte, wussten sie die Hausmittel zu schätzen. Marek: So oft fiel es ihr schwer, ihn morgens wach zu bekommen; manchmal war er auch tagsüber kaum ansprechbar. Wenn er überhaupt da war. Die Kinder stopften Pflanzen und Blüten in Jolas Tasche. Schafgarbe wuchs noch nicht, aber sie sammelten frische, hellgrüne Fichtentriebe, Spitzwegerich und Brombeerblätter. Im Kräuterbereich ihrer beiden Gärten gab es Thymian, Minze und andere Kräuter. Angeregt durch Schulbücher überlegte Jola, Glyzerin für Salben selbst herzustellen, aber es fehlte das richtige Fett. Sie besaß lediglich eine Anleitung, für die Schweinefett benötigt wurde. Sie dachte an Ems Nachbarn und deren dicke Wollschweine. Einstweilen blieb sie bei Pflanzenölen als Grundstoff, ergänzend dazu verwendete sie Bienenwachs, von dem sie große Mengen besaß. Alex brachte es aus dem Touristenort an der Donau mit, den er so liebte, aus einem Geschäft, in dem es ausschließlich Dinge aus Bienenprodukten gab. Sie schüttelte den Kopf beim Gedanken daran. Auf dem Heimweg musste sie Rosa tragen. Noah und Judith gingen voran und hielten einander an der Hand. Ihr Plan sei es, zu heiraten, wenn sie groß wären, sagten sie. Sie schauten sie ernst über ihre Schultern hinweg an. Das geht, sagte Jola. Sie fragte sich, was die Kinder unter Heiraten eigentlich verstanden.

(75) Nach etwa zwei Drittel des Wegs suchten Jakob und Alex nach einem Platz zum Übernachten. Dieses Mal würde das Treffen bei den Leuten vom Pferdehof stattfinden. Ein Feuer brauchten sie nicht, außerdem waren sie beide müde und steif vom ungewohnt langen Reiten und scheuten jeden überflüssigen Handgriff. Während Alex die Pferde versorgte, stellte Jakob das Zelt auf. Er bemerkte, dass eine der Stangen gesplittert war. Verdammt, fluchte er. Er stellte sich mögliche Materialien für Ersatz vor: Haselzweige hätten die richtige Stärke und wären elastisch genug, überlegte er, allerdings würde es schwer werden, einen in der richtigen Länge zu finden.

Missmutig fingerte er an der gebrochenen Stange herum. Es brachte ihn ins Grübeln, über verlorene Dinge, die ganze verlorene Welt. Wer Kinder hat, kann sich Pessimismus nicht leisten, sagte Jola gerne; wer Kinder hat, muss planen und sogar träumen, muss Illusionen haben. An die Kinder, an Rosa zu denken ließ seine Ängste nicht verschwinden, es verlängerte sie im Gegenteil noch über seine eigene Lebenszeit hinaus. Er wusste, dass er alles tun würde, um ihr Leben zu verbessern, es zu erleichtern und sicherer zu machen, auch wenn er selbst nicht glaubte, dass es gelingen konnte. Jola zog ihn gerne mit seinem Perfektionismus auf. Warum regst du dich auf?, sagte sie oft. Weil es nicht für immer halten wird? Nichts ist für immer. Nichts ist sicher. So etwas konnte sie sagen, die

Achseln zucken und dann voll Elan mit dem fortfahren, was sie gerade tat. Jakob hielt es für eine sehr weibliche Eigenschaft, Widersprüche dieser Art harmonisch in sich zu vereinen. Er zog eine kleine Rolle mit Tape aus der Jackentasche, riss mit den Zähnen ein Stück ab und wickelte es sorgfältig um die gesplitterte Stelle an der Zeltstange. Solche Klebebänder müssen wir horten, dachte er. Bei richtiger Lagerung können die ewig halten.

Sie seien auf jeden Fall herzlich eingeladen, bei ihnen zu wohnen, sagten Stefan und Em bei der Begrüßung. Allerdings habe ein spät entdeckter Wasserrohrbruch leider die am besten geeigneten Zimmer durchnässt, es habe sich Schimmel gebildet, also müssten sie mit einem Raum für sie beide auskommen. Jakob nickte, stieg vom Pferd, schüttelte ihre Hände und umarmte sie und bat dann gleich um den Werkzeugkasten. Im Haus fielen ihm mehrere Stellen auf, an denen der Verputz abgeschlagen worden war, sodass die grauen Ziegel zu sehen waren: ältere oder wiederkehrende Wasserschäden. Jakob gab ihnen noch zwei, drei Jahre in diesem Haus, sofern sie gesund bleiben wollten, aber er verlor kein Wort darüber. Alex führte die Pferde in den Stall und erkundigte sich nach dem genauen Zeitpunkt des Treffens. Sie würden zwei Tage zum Ausruhen haben, versicherte Em, während sie ihm half, die erschöpften Tiere zu versorgen. Neben der Einführung regelmäßiger Zusammenkünfte, erzählte Stefan am Abend, als sie nach dem Essen zusammensaßen, hätten einige von ihnen über ein ständiges Gremium nachgedacht. Wie, eine Regierung? Alex klang alarmiert. Nein, so etwas nicht, beschwichtigte Em. Aber eine Runde, die vielleicht einmal im Monat oder auch nur sechs Mal im Jahr tagt und in der Entscheidungen getroffen und Pläne gemacht werden. Jede Gruppe könnte einen oder eine Abgeordnete stellen, von dem oder der sie dann vertreten würde; dies müsse ja nicht immer dieselbe Person sein, sagte Stefan. Jakob dachte nach. Das hieße, noch öfter jemand so weit weg zu entsenden, der dann zu Hause bei der Arbeit fehlte. Für die Pferde waren diese Reisen auch anstrengend, und bald würden sie – hoffentlich – zwei trächtige Stuten haben, die der Fohlen wegen ein weiteres Jahr nur sehr eingeschränkt zur Verfügung stünden. Er überlegte, was Jola dazu sagen würde und fing Alex' Blick ein; der nickte unmerklich. Wenn es so ein Gremium wirklich geben sollte, müssten sie dabei sein. Wir werden das zu Hause besprechen, beschied Jakob, und Em nickte.

Wie geht es ihr?, fragte sie ihn später, nachdem die anderen schlafen gegangen waren, beide mit einem Glas einstmals sündteuren Cognacs in der Hand. Jakob dachte an die Nacht vor seiner Abreise und an den Abschied in der Früh. In letzter Zeit war er sich oft nicht sicher, ob er sie wirklich zufriedenstellte – dieses Mal allerdings schon. Er schaute in sein Glas und lächelte. Gut, glaube ich. Die Kinder, erzählte er weiter, denn Em wollte wohl etwas anderes hören, entwickelten sich großartig, sie habe den älteren das Schießen beigebracht. Em zeigte sich überrascht. Er ließ die gelbe Flüssigkeit in seinem Glas kreisen. Das hat sie sich nicht nehmen lassen. Und jetzt experimentieren sie mit Pfeil und Bogen, und mit Steinschleudern. Jakob lachte. Weil das nachhaltiger ist, meint sie. Das ist toll, sagte Em. Sie schlug auf der Couch die Beine unter und wechselte das Thema. Wegen dem anderen. Ich versteh schon deinen Vorbehalt. Der Unterschied zu eurem Date wäre, dass nicht alle dabei sein könnten. Eben, sagte er. Ganz genau. Wir brauchen auch, sie schenkte ihm nach, etwas Grundlegendes, Schriftliches. Wie, einen Staatsvertrag? Sie schüttelte den Kopf. Eine Art Verfassung, sagte sie. So etwas gibt es ja schon. Man muss nichts neu erfinden und darüber streiten und verhandeln, das ist das Gute. Es ist schon alles da, und quasi … Sie suchte nach dem richtigen Ausdruck, und ihr Blick richtete sich zur Zimmerdecke. Neutral. Unparteiisch. Du weißt schon, was ich meine. Er nickte. Em stellte ihr Glas ab, um mit den Händen weiter ausholen zu können. Und die Erklärung der Menschenrechte der UNO. Bücher über Grundrechte. Das, fand sie, sollte eigentlich fürs Erste reichen und könne als Grundlage dienen. Sie sagte nicht, wofür genau, aber er begriff, worum es ihr ging. Eine Generation, vielleicht zwei, und es war alles nur schimmelndes Papier, an einem fernen Ort, mit unbegreiflichen Worten darauf. Und alles verloren: Demokratie, Gleichberechtigung, Menschenrechte. Stattdessen das Recht des Stärkeren. Wir sind es den Kindern schuldig, sagte Em. Wir sind schon die Letzten, die von so etwas wissen.

Nach Wien? Sei das denn nötig? Sicher habe doch jede größere Kreisstadt, zumindest aber jede Landeshauptstadt eine Ausgabe der wichtigsten Staatsdokumente? Diese und andere Bedenken wurden laut, als Em den Vorschlag am ersten Tag des Drei-Standorte-Treffens vorbrachte. Es gehe, sagte Ernst, der Sprecher der Pferdemänner, in die große Runde, ja nicht allein um die Dokumente. Der Raum, in dem die Versammlung stattfand, war hoch und fast leer. Der alte Pferdehof war wenige Jahre vor dem Ereignis zu einem modernen Komplex ausgebaut worden. Einundzwanzig Sessel standen in einem Dreiviertelkreis aufgestellt. Aus Ems Dorf waren zwölf Leute, Männer und Frauen, angereist, die Pferdeleute waren sieben, und dazu Alex und er, zählte Jakob im Geist durch. Sie hatten die Haflingerstute einem der Pferdemänner übergeben, der sie auf die Koppel zu den anderen Pferden brachte. Wenn sie sich an den fremden Ort gewöhnt habe, werde man sie zum Hengst führen, sagte der Mann. Jakob hatte Vertrauen zu diesen Leuten, denn Em und Stefan bürgten für sie. Dennoch war das Pferd eines von nur zweien, die sie hatten, um wieder nach Hause zu kommen. So viel sie wüssten, sei niemand von ihnen am Tag X in Wien gewesen, und auch danach nicht mehr, fuhr Ernst fort. Doch, Alex hob die Hand und erhielt das Wort, von uns war jemand dort. Die anderen waren überrascht. In einer Kurzfassung gab Alex Mareks Eindrücke von der Hauptstadt wieder; um Bücher oder Schriftwerke habe er sich damals aber ganz gewiss nicht geschert, fügte er hinzu. Dass er bei seinem Besuch im Dorf vergangenes Jahr gar nichts davon erzählt habe, sei aber merkwürdig, ließ sich eine ältere Frau mit kurzen Haaren vernehmen. Eine Frau neben ihr lächelte.

Marlies stand jetzt auf und bat ums Wort. Sie war klein und rundlich, mit dunkelgrauem, gekräuseltem Haar und einer blauen Brille, die exakt zur Farbe ihrer Augen passte. Sie war bei den beiden Schwestern eingezogen, wie Jakob wusste, die ungefähr im gleichen Alter waren wie Marlies und sich ebenfalls mit Pflanzen beschäftigten, neben der Wollgewinnung und zahlreichen anderen Projekten. Den Blick auf Alex und Jakob gerichtet, die nebeneinandersaßen, als bitte sie um vielleicht notwendige Ergänzungen, gab sie alles wieder, was sie über Mareks Aufenthalt vor sechs oder sieben Jahren in Wien wusste. Es war nicht viel und auch nicht allzu relevant, dachte Jakob. Seither konnte alles Mögliche geschehen sein. Zumindest habe es damals, fuhr Marlies fort, noch keine nennenswert großen Gruppen gegeben, und Marek habe in den Regierungsgebäuden, Amtshäusern und Polizeistationen nichts finden können, was in irgendeiner Form auf Reste einer Staatsgewalt hingewiesen hätte. Die meisten Bauten, soweit er das habe sagen können, seien unversehrt gewesen.

Jakob schloss die Augen und versuchte, sich die Stadt vorzustellen, wie sie jetzt aussehen mochte. Die Wahrscheinlichkeit von Gaslecks in geborstenen Leitungen in den vielen alten Häusern war groß; leicht könnte sich durch die Sonne oder auch durch einen Blitzeinschlag das Zeug, das nach dem Ereignis und der es begleitenden Massenpanik überall herumliegen musste, entzündet haben. Er stellte sich die Teile einer zerborstenen Windschutzscheibe vor, die über etwas Brennbarem zu liegen gekommen waren, zum Beispiel einem Plastiksack oder Zeitungen. Ein Brennglas. Es war nur eine Frage der Zeit, bis sich so ein Feuer, von denen es viele geben musste, ausbreitete und schließlich zum Großbrand entwickelte. Die Treibstofftanks der überall herumstehenden Fahrzeuge, dazu die Gaslecks ... unwahrscheinlich, dass er die Stadt, in der er früher oft gewesen war, wiedererkennen würde. Vielleicht wäre es klug, die anderen an seinen Gedanken teilhaben zu lassen, vielleicht aber auch nicht. Schließlich wusste er in Wahrheit gar nichts, und die Schilderung einer verfallenden Metropole, die keiner gesehen hatte, wäre wohl nur schlecht für die Moral. Er hielt den Mund.

Das Hotel der Pferdeleute war riesig, etwa drei Mal so groß wie der Sonnenhof. Es gab viel Sichtbeton, zahlreiche Glastüren und Räume; und einige davon nutzten nun die Diskussionsrunden. Sie gruppierten sich zu kleineren Kreisen, um Einzelthemen zu besprechen, „Neigungsgruppen“ nannte das Em. Jede dieser Gruppen sollte zu Anfang einen Plan darüber erarbeiten, was zu besprechen und zu erreichen sei, und zum Abschluss des Treffens dann ein Resümee vorstellen. Alex saß mit einigen der Pferdemänner zusammen. Einer von ihnen hatte früher als Maschinenschlosser gearbeitet; er war gerade dabei, ein leicht verständliches Handbuch zusammenzustellen, das auf die Bedürfnisse der neuen Gemeinschaften zugeschnitten war. Das Wort, das in dieser Gruppe am häufigsten fiel, war „Nutzfahrzeug“. Es war auch eine Frau bei ihnen, die Landwirtschaft studiert hatte und deren Eltern einen großen Betrieb geführt hatten. Jakob hatte sich mit den drei älteren Frauen und dem Chemiker zusammengetan, der in Ems Dorf lebte – ein nicht mehr junger, schlanker Mann mit Vollbart und Glatze, der sich selbstironisch als Peter II vorstellte, aber sie könnten ihn, sagte er, der Einfachheit halber auch bei seinem zweiten Vornamen, Paul, nennen.

Paul leitete die Gruppe. Er erzählte von seinem früheren Job in einer Firma, die Baustoffe hergestellt hatte.

Seine Gruppe nahm sich das Problem der fehlenden essenziellen Rohstoffe vor. Karten mit jeweils einem Begriff darauf wurden ausgelost, zum Beispiel Erdöl, Kalk, Schwefel, Kautschuk, Ammoniak, Alkaloide und so weiter. Sie hatten eine Stunde Zeit, um zu ihrem Begriff Assoziationen zu finden und zwei Fragen zu beantworten: Wofür ist das gut? Und: Wie können wir es bekommen, herstellen oder durch etwas anderes ersetzen? Jakob fand die Vorgabe etwas steil, er hätte es besser gefunden, an konkrete Ziele heranzugehen, etwa die Herstellung von Seife oder Strom. Seine Aufgabe machte er allein an einem Tisch auf einer der Terrassen. Von hier aus hatte man einen Blick auf einen Tennisplatz (am Zuwachsen) und in einen großen, nierenförmigen Pool (trocken, mit Blättern und Erde gefüllt). Der Pool würde sich doch gewiss für etwas anderes eignen?, dachte er. Er stellte sich die Kinder hier vor; sie könnten damit sicher etwas anfangen, und wenn sie ihn eigenhändig mit Wasser aus Kübeln füllen mussten. Beim Gedanken daran lächelte er. Er füllte seine Arbeitsblätter gewissenhaft aus und ging wieder hinein. Danach hielt Paul einen Vortrag über Elektrolyse, Metallurgie sowie über verschiedene Verfahren zur Gewinnung wichtiger Stoffe, die er auch unter den derzeitigen Umständen für durchführbar hielt. Sie hätten begonnen, eine Art Teer herzustellen, mit dem sie zumindest die Straßen im Dorf instand hielten, so gut es ging, erzählte er. Jakob meldete sich zu Wort: Ist Teer nicht ein Rückschritt? Paul schnalzte mit der Zunge. Wenn er, Jakob, ihm Erdöl bringe, könne er versuchen, daraus Asphalt zu machen. Aber, er hob die Schultern, einstweilen müssen wir eben nehmen, was wir haben, oder? Darauf konnte Jakob nichts entgegnen, aber Pauls Tonfall ärgerte ihn. Dieser führte jetzt Skizzen seiner Geräte vor, die er für das Verfahren gebaut hatte, und schilderte, welche anderen nützlichen Stoffe sich damit allein aus Holz gewinnen ließen. Während er seinen Ausführungen lauschte, dachte Jakob darüber nach, warum er Paul nicht sympathisch fand. Wir dürfen nur nicht, damit schloss der jetzt, zu bequem werden. Er zog ein Stofftaschentuch hervor und wischte sich den Schweiß von der hohen Stirn. An Alex erinnert er mich, dachte Jakob. Aber Alex mag ich. Alles, was wir ausprobieren können, müssen wir auch ausprobieren und es dann weitergeben, fuhr Paul fort. Jola hätte ihre eigenen Gedanken wiedererkannt, als er abschließend sagte: Für uns würde es vielleicht sogar noch reichen, was alles so rumsteht, aber nicht für unsere Nachkommen. Die Landwirtin, die zu Alex' Arbeitsgruppe gehörte, war Pauls Partnerin und erwartete ein Kind.

Jakob war von der Organisationsarbeit hinter der Veranstaltung beeindruckt; offenbar hatten vor allem die beiden älteren Schwestern (er nannte sie insgeheim die Wollschwestern; er war nicht so gut mit Namen) und Em das Treffen geplant und einen straffen Ablauf entworfen, damit sich der weite Weg, den der Großteil der Teilnehmenden auf sich genommen hatte, auszahlte. Doch es blieb auch Raum für Pausen, und so konnte er sich mit fast allen unterhalten. In einem der Speiseräume, der wie die meisten anderen allgemeinen Bereiche des Komplexes mit Beton, Glas und Ziegeln betont nüchtern gehalten war, saßen sie an einem langen Tisch zusammen, und die Pferdemänner brachten Töpfe und Pfannen mit Essen. Es gab gutes, selbstgebrautes Bier. Sie berichteten einander von ihren Lebensumständen, ein wenig auch von ihren Vorgeschichten, aber im Wesentlichen blieben sie bei der Gegenwart. Die meisten hatten von Gewalt und Überfällen, ähnlich jenen, die sie im Sonnenhof erlebt hatten, zu berichten; mehrere der kleineren Gruppen hatten schon mindestens einmal fliehen und ihren Standort verlassen müssen, um Banden zu entkommen. Einigen schien ein eigenes Treffen notwendig zu sein, um zu beraten, wie man sich vor solchen Angriffen besser schützen könnte. Vielleicht sollte man, schlug ein Mann vor, an eine Art bewaffnete Schutztruppe, eine Miliz denken. Der Gedanke machte Jakob unbehaglich; er registrierte, dass einige der Anwesenden Waffen am Körper trugen. Seine eigene hatte er in Ems Haus gelassen – es wäre ihm unhöflich vorgekommen, sie hierher mitzubringen. Für so etwas seien, antwortete er schließlich nach längerem Schweigen, die einzelnen Gruppen zu versprengt. Sie jedenfalls kämen alleine gut zurecht. Ich sollte mir langsam Notizen machen, für die anderen, dachte er. Jola würde ihn gründlich ausquetschen, wenn er zurückkam.

(76) Jola schnippte mit den Fingern vor Mareks Augen. He, wach auf, rief sie, nun nicht mehr leise. Sie versuchte es schon seit einer Weile. Er stöhnte, wälzte sich auf die andere Seite und gab wieder keine Antwort. Bist du krank?, versuchte sie es noch einmal. Nein, ich bin nur müde, murmelte er, bitte lass mich schlafen. Eine Intervention, sagte Gabriel, nachdem sie schließlich aufgegeben hatte und zu ihm heruntergekommen war. Was

meinst du?, fragte Jola und runzelte die Stirn. Man muss ihn damit konfrontieren und ihn dann isolieren, antwortete er und klappte eine Hand nach oben auf. Ihm das ganze Zeug wegnehmen und ihn auf Entzug schicken. Sie schluckte; es klang so brutal. Und wenn das schiefgeht? Wir kennen uns doch null aus mit Entzug. Entzügen. Was weiß ich. Er zuckte die Achseln. Oder du redest mal mit ihm, Gaby, bat sie. Er schloss die Augen und nickte; auch er schien ständig müde. Vielleicht hatten sie alle Eisenmangel.

Am Abend ging sie wieder hinauf in Mareks Dachzimmer. Dorthin war er gerade erst umgezogen; hier würde er jetzt vielleicht bleiben, vielleicht auch nicht. Ali hatte genervt reagiert, als Jola mit ihr über die Sache reden wollte: Willst du im Ernst dein Leben lang Marek-Exegese betreiben? Sie hatte die Augen verdreht, unter denen sich dunkle Ringe dauerhaft eingerichtet hatten. Mia schlief noch immer nicht durch. Ja, er ist vermutlich auf irgendwas drauf, so what? Lass ihn doch, wenn es sein Leben erleichtert. Jola klopfte nicht und legte sich gleich zu ihm. Marek, hörst du mich?, fragte sie. Verwundert zog er die Luft ein. Ja, natürlich. Sie drückte die Stirn an seinen Rücken. Er klang ganz normal. Was ist denn? Er drehte sich zu ihr um und zog sie an sich; er roch nach Metall und nach Treibstoff. Nichts, flüsterte sie, ich wollte bei dir sein. Machst du dir wegen Jakob Sorgen?, fragte er und gähnte. Nein, um dich, dachte sie, aber sagte es nicht laut. Gaby meint, ich würde in Marlies eine Art Ersatzmutter sehen, fing sie schließlich an. Dass ich sie deshalb so gern hier haben wollte. Ach, es tut mir leid, stöhnte er. Ich weiß, ich habe dich enttäuscht. Aber, er stützte sich auf seinen Unterarm, damit er sie ansehen konnte, sie wollte das so. Er rieb sich über das Gesicht und blinzelte; er ist bloß müde, dachte sie, und das ist kein Wunder. Wieso?, fragte sie. Na ja. Er zog eine Hand unter ihr hervor und führte die Finger zu einer präzisierenden Geste zusammen. Sie hat gesagt, sie will lieber gleich dahin, wo mehr Leute sind, verstehst du, viele Leute. Wo etwas… Er suchte nach den passenden Worten …richtig Bedeutendes passieren wird. Ich habe versucht, sie herzubringen. Aber ich kann sie ja nicht zwingen, oder? Jola schüttelte den Kopf. Es leuchtete ihr ein, auch wenn es sie kränkte. Willst du weiterschlafen, soll ich gehen? Marek verneinte, stand auf und begann, sich anzuziehen. Sie setzte sich auf die Bettkante und schaute sich in seinem Zimmer um. Über einem Sessel hing sein Gewand, sonst gab es nicht viel an persönlichen Gegenständen; er hatte noch keine Zeit gehabt, sich einzurichten. Im Halbdunkel war sein Körper sehr hell, mit den dunkleren Flecken seiner Narben gesprenkelt. Ist wirklich alles in Ordnung mit dir? Er schloss den Gürtel und griff nach seinem Hemd. Sein Lächeln war echt und hatte nichts Bitteres. Wann wäre denn mit mir alles in Ordnung gewesen? Hör auf. Jola wandte sich weg von ihm und umfasste ihre Ellbogen. Aber lieb, dass du fragst, sagte er.

Ich denke, er kommt klar, bemerkte Jola später zu Ali, während sie dem Baby vorsichtig die Fingernägel schnitt; dass sie diese Aufgabe übernahm, brachte ihr bei Ali Punkte ein. Vielleicht konnte sie zum Dank dafür mit ihr über Marek reden, ohne angeschnauzt zu werden. Ja, und wenn nicht, es ist ja sein Leben, oder. Nicht ganz,

Jola zischte durch die Zähne, weil Mia das Händchen in letzter Sekunde zurückzog und sie sie um ein Haar geschnitten hätte. Vorsichtig holte sie es sich zurück und ging erneut ans Werk. Dabei sang sie ein einfaches Kinderlied, und das Baby lauschte fasziniert. Er hat jetzt eine Familie, sagte sie schließlich. Kinder. Ari macht ihm alles nach, einfach alles. Ja, Ali besah sich ihre eigenen Fingernägel, das ist wahr. Glaubst du, Jola zögerte kurz. Er kann sich je wieder ganz einfügen? Jola, Ali sagte es lachend, so ist er doch immer gewesen. Was heißt einfügen – du liebst ihn doch nur deshalb so sehr, weil er das eben gerade nicht tut. Kennst du dich wirklich so schlecht? Ich will ja nur nicht, sagte Jola leise, als dürfe das Baby es nicht mitbekommen, dass er zu weit geht. Dass ich ihn irgendwann finde und begraben muss.

Der Wind fuhr durch den frischen, grünen Roggen, als ob er ihn streicheln wollte. Jola hätte es an seiner Stelle auch getan: Er sah so weich aus, und die Halme bogen sich, als wüssten sie die zärtliche Berührung zu schätzen. Sie hoffte, noch vor der Dämmerung zu Hause zu sein, und gab dem Pferd zu verstehen, dass sie es eilig hatte. Als sie das Krankenhaus am Rand einer Kreisstadt erreicht hatte, band sie es an einem Fahrradständer auf dem Parkplatz fest. Sorry, dass du hier nicht grasen kannst, sagte sie, aber ich beeil mich. Sie war schon einmal in dem Spital gewesen, um ihre Medikamentenvorräte aufzustocken, und offiziell war sie auch diesmal deswegen hier. Die Korridore des Sechziger-Jahre-Baus waren noch immer blendend weiß und unangenehm niedrig. Jola schluckte das beklemmende Gefühl hinunter, als sie die Station betrat, auf der sie vermutete, was sie brauchte. Es roch noch immer unverwechselbar nach Spital, mit Unterströmungen von Schimmel und Staub. Keine Leichen. Ihre Schritte waren das einzige Geräusch. In einem verschlossenen Glasschrank fand sie, wonach sie suchte: Buprenorphin, las sie auf einer Verpackung. Substitutionstherapie. Gut. Dazu gab es ein passendes Beruhigungsmittel. Jola wickelte sich ihr Halstuch um den Kopf. Mit dem Gewehrkolben (Sorry, Mama) schlug sie das Glas ein und wartete kurz, aber es gab keinen Alarm, und es stürzte auch kein erregter Arzt im weißen Kittel herbei, um ihr das Medikament zu entwinden. Ja klar, sagte sie halblaut, und ihre Stimme klang abgehackt in dem luftleeren Raum. Super sale für Junkies. Sie griff vorsichtig durch die gesplitterte Scheibe, nahm alle Packungen mit und machte sich dann auf die Suche nach anderen nützlichen Medikamenten, Desinfektionsmitteln, Gummihandschuhen und Einwegspritzen. Verbandszeug wanderte in ihren Rucksack, scharfe Scheren, Pflaster. Es war noch reichlich von allem da; Erich und Ljuba würden sich über den Nachschub freuen. Sie nahm auch einige Infusionsbeutel mit und, wie sie hoffte, dazu passende Schläuche sowie einfache Transfusionsgeräte. Sie dachte an den jungen Mann, der auf ihrem Teppich verblutet war. Vielleicht wäre es letztendlich keine gute Idee gewesen, ihn am Leben zu erhalten, aber sie wollte gerne die Chance haben, es zu versuchen, falls es noch einmal so weit kommen sollte. Zum Schluss suchte sie auf einer anderen Station die Testkits und weitere Sachen, um die Erich sie gebeten hatte. Routinemäßig erleichterte sie kleinere Geräte um ihre Batterien, durchsuchte Spinde und Schränke, fand aber nichts Nützliches mehr bis auf Kugelschreiber und Feuerzeuge, die sie ebenfalls einpackte. Mit jedem Atemzug, den sie nahm, schien ihr die Luft in dem Gebäude dicker und abgestandener zu werden. In einem Raum mit der Aufschrift „Teeküche" sah sie vom Gang aus Teller und Gläser auf dem Tisch stehen, einen Aschenbecher voll Zigarettenstummel, auf einem Sessel eine Damenhandtasche. Auf dem Weg hinaus hatte sie Mühe zu atmen, und die letzten paar Meter entlang des mit Kunststoff ausgelegten Gangs rannte sie.

Die Luft draußen schmeckte grün und herrlich. Jola setzte sich auf den Fahrradständer, um zu verschnaufen, ehe sie wieder aufs Pferd stieg. Auf dem Heimweg entlang der langen, schnurgeraden Landstraße spendeten die Blätter der Pappeln Applaus.

Ich wünschte, du wärst hier

Kapitel zwölf

Frühling 6

(77) Schon komisch, wie wenig man sich an frühere Geburten erinnert, dachte Jola. Der Abendhimmel über den Hügeln war grünlichblau, und im Garten wurde es jetzt schnell kalt. Sie umfasste ihren Bauch, der sich hart anfühlte, während eine neue Kontraktion über seine Oberfläche zuckte; sie konnte es durch den dünnen Stoff ihres Kleides sehen. Noch ging ihr Atem ruhig. Die schwammigen Erinnerungen an Judiths, an Arons Geburt bekamen jetzt schärfere Konturen. Plötzlich fielen ihr Details ein, die sie vergessen hatte. Der Schmerz, dachte sie, prägt sich nicht ein ins Gehirn, so wie er das sonst tut. Eine Verschwörung gegen die Frauen. Langsam und wackelig stand sie auf, griff nach der Tischkante und ging zur Tür. In der Wohnküche war Alex gerade dabei, den Tisch abzuwischen. Als sie hereinkam, hob er den Blick zu ihr. Wo warst du?, fragte er vorwurfsvoll, du hast das Essen versäumt. Noch während er sprach, veränderte sich seine Stimme und hob sich zum Ende des Satzes hin in einer Weise, die Jola zum Lachen brachte. Es geht los, stellte er fest, warf das Wischtuch, ganz gegen seine Art, auf die Bank und ging ihr entgegen. Hast du Schmerzen? Ist gut, sagte sie leise und schüttelte den Kopf, das kann

noch ewig dauern ... eine Wehe faltete sie zusammen. Er drückte ihre Schulter und küsste sie auf die Wange. Ich fahr zum Erich, sagte er und lief, um seine Jacke zu holen. Wo sind die anderen?, fragte Jola leise, aber Alex war schon draußen und hörte es nicht mehr, und so stieg sie allein, sehr langsam, die Stufen zu ihrem Zimmer hinauf. Dort öffnete sie die Vorhänge, atmete so tief und ruhig sie konnte (langsam ein und alles wieder aus, murmelte die Stimme ihres Daddys im Yogakurs für Schwangere) und zog sich aus, dann streifte sie ihr Nachthemd über und legte sich hin. Sie schloss die Augen und dachte: Wie schön wäre es, das jetzt einfach zu verschlafen. Wenn ich aufwache, ist das Kind da. Die Tür ging auf, und Jakob stand im Raum. Sein Atem ging schnell, sein Gesicht riss es zwischen Schrecken und Freude hin und her. Kommt es? Die Wehen wurden heftiger; er sah es ihr an. Ich habe mir die Hände mit Seife gewaschen, sagte er und setzte sich auf die Bettkante.

Als Erich eintraf, kniete Jola auf dem Bett, die Knie weit gespreizt, und atmete stoßweise durch den offenen Mund. Er schob Jakob und Ali, die zusammengefaltete alte Handtücher auf das Bett legte, zur Seite und tauchte von unten zwischen Jolas Beine. Pass auf, sonst wirst du noch nass, keuchte sie und lachte ein wenig. Er untersuchte sie. Noch ein, zwei Stunden, denk ich. Du kannst dich hinter sie setzen und sie festhalten, wies er Jakob an. Was er ihr während der nächsten, grauenvoll schmerzhaften Wehen ins Ohr sagte, drang nicht wirklich zu ihr durch. Merkwürdig, dachte sie in einer der kurzen Pausen, dass auch die Ohren betroffen sind, aber dann schwappte aufs Neue eine finstere Welle über sie hinweg, sie krümmte sich, obwohl sie sich doch vorgenommen hatte, diesmal aufrecht zu bleiben, und schrie. Gleich wird es leichter, murmelte Erich und strich fest über ihren Bauch, abwärts. Und er hatte recht: Leichter wurden die Wehen zwar nicht, aber etwas in ihr löste sich, es war wie der Übergang von einem harten, unrunden Trab in weichen, wilden Galopp, den sie aussitzen und dessen Rhythmus sie folgen konnte. Sie spürte die Öffnung ihres Beckens, fühlte, wie sich ihr Unterleib bis zum Zerreißen weitete, und widerstand dem Impuls, dem brennenden, neuen Schmerz, den sie jetzt wiedererkannte, auszuweichen. Sie presste gegen ihr eigenes Fleisch, um das Kind, das hinausmusste, freizugeben.

Als es vorbei war und das Baby klein, rot und faltig auf ihrer Brust lag, fragte sie Jakob: Was denn jetzt? Was meinst du, keuchte er; er hielt noch immer ihre Hand, und die andere lag auf dem Rücken des Kindes. Sie schloss die Augen. Der Name. Jedes Wort war eines zu viel. Du hast gesagt, wenn du es siehst… Ja, ach so; er löste seine Hand aus ihrer und wischte sich über die verschwitzte Stirn. Jola berührte den Kopf des Babys. Oh schau, sagte sie, sie hat deine Haare.

Mai/Juni 9

(78) Für kürzere Distanzen würden sie Fahrräder benutzen, erzählte die eine der beiden Schwestern gerade. Der Satzteil „ein richtiges Dorf“ spielte in der Konversation, die mit Jakobs Eintreffen in ihrem Haus begonnen hatte, eine große Rolle, mit Abwandlungen wie „schon ein

richtiges Dorf" oder „ein richtiges kleines Dorf". Er saß mit einer Tasse Kräutertee auf der Couch der beiden und kam sich deplatziert vor. Natürlich wäre es sehr unhöflich gewesen, ihrer freundlichen Einladung nicht nachzukommen. Sie gäben sich Mühe, die Räder gut in Schuss zu halten, hörte er nun.

Die Wollschwestern (Gundi? Gudrun? Gundula? Und Ursula die andere, war das möglich? Er hatte schon zweimal nachgefragt, und ein weiteres Mal traute er sich nicht.) zeigten ihm ihren Brennofen, in dem sie Keramik herstellten. Sie führten ihn in einen weiteren Raum, wo sie Spinnräder und einen großen Webstuhl aufgestellt hatten; Letzterer war, wie Jakob feststellte, mit einer etwa kniehohen Vorrichtung aus einem gelblich schimmernden Metall verbunden. Messing?, fragte er. Gudrun oder Ursula nickte und beschrieb kurz die Funktionsweise der Dampfmaschine. Er machte anerkennende Geräusche und bat um eine Skizze, die eine der beiden Schwestern gleich anzufertigen begann. Wer hat die gebaut?, fragte er die andere Frau. Ich, sagte sie und lächelte. Ich habe Physik unterrichtet, fügte sie hinzu und zupfte an der Stoffbahn, die vom Webstuhl herabhing. Sie habe einen Bausatz dafür benützt, ergänzte sie, den sie in einer Schule gefunden habe und hier und dort – sie wies auf die betreffenden Teile – selbstgefertigte Ergänzungen vorgenommen. Schön, oder? Sie beruht, fuhr sie fort und berührte die Maschine liebevoll, auf einem ganz einfachen Prinzip, aber sie ist sehr hilfreich. Die Kämmmaschine, erzählte die andere Schwester, stehe etwas weiter weg, in der Nähe der Schafweide. Sie erklärten ihm die verschiedenen Verfahren, die sie ausprobierten, und führten ihm Stoffbahnen und Geschirr vor. Einige aus dem Dorf (natürlich nannten sie es nicht „Ems Dorf“, es war einfach *das* Dorf) würden Flachs oder besser Lein anbauen, erzählte eine der beiden. Einstweilen laufe das aber noch mehr schlecht als recht. Jakob wusste nicht, was er dazu sagen sollte und nickte einfach.

Und wie ist es bei Ihnen zu Hause?, fragte die Kurzhaarige, die ihn ein bisschen an seine Mutter erinnerte, nachdem sie ihn wieder ins Wohnzimmer und auf die Couch gebeten hatten. Haben Sie auch schon mit der Textilherstellung begonnen? Das Siezen war ungewohnt, aber auch Jakob blieb bei den alten Umgangsformen und wartete, bis sie, als die Älteren, ihm das Du-Wort antrugen. Sie schienen beide nicht daran zu denken. Wir haben so etwas nicht, antwortete er hölzern. Er berichtete ihnen von dem mittlerweile sehr umfangreichen Lager im hinteren Teil des Hotels, wo sie unter anderem Berge von Gewand horteten, Schuhe inklusive. Das schienen die Schwestern zu missbilligen; eine runzelte die Stirn, die andere schüttelte den Kopf. Sie jedenfalls, sagte die Kurzhaarige, hätten eine nahezu völlige Umstellung auf selbstproduzierte Gebrauchsgegenstände innerhalb der nächsten fünf Jahre vor. Eine Herausforderung, gewiss, sagte Gudrun/Ursula und räumte sein Häferl weg, aber es habe ja keinen Sinn, ewig der Vergangenheit nachzuhängen. Man müsse, ergänzte die andere, die alten Kulturtechniken wiederbeleben und das Wissen an die nächste Generation weitergeben. Sie verlieh ihren Überzeugungen mit lebhaften Handbewegungen Nachdruck. Zustimmend nickte er, als sei ihm dieser Gedanke noch nie gekommen. Wie sieht das denn Ihre Frau?, erkundigte sich die langhaarige Wollschwester. Jakob überlegte, wie er diese leicht schiefe Annahme richtigstellen konnte und entschied sich dafür, es sein zu lassen.

Jola sieht das im Grunde ähnlich wie Sie, glaube ich, sagte er und nahm eines der dargebotenen Kekse von einem zweifellos selbst gebrannten Teller entgegen. Ihr angestammtes Gebiet seien Pflanzenzucht und Kräuterkunde, auch sammle sie Erfahrungen auf dem Gebiet der Medizin und der Gesundheitsvorsorge. Aber es fehle ihnen neben ihren vielen Pflichten noch die Zeit, solch aufwändige und anspruchsvolle Projekte wie ihre – er wies auf die Schwestern – anzugehen. Ach ja, Sie haben ja Kinder, natürlich, die Kurzhaarige schüttelte nachsichtig den Kopf. Verträumt sah Gudrun/Ursula ihn an. Möchten Sie die nicht einmal herbringen? Ich war früher von vielen Kindern umgeben, immer. Ich vermisse das so. Eigene habe ich nie gehabt, aber ich habe immer unterrichtet, früher… Das wäre, sagte er in einem bedauernden Tonfall, wohl noch zu viel für sie, der Weg zu weit. Ihre Kinder seien noch klein. Sie haben eine so reizende Frau, sagte die Kurzhaarige etwas sprunghaft; so schnell gab sie nicht auf. So hübsch, und auch eine so talentierte Schützin. Wir waren uns nämlich nicht sicher, die Langhaarige hielt sich die Hand vor den Mund, ob sie zu Ihnen gehört oder vielmehr zu einem der anderen jungen Männer, die kürzlich hier waren. Ja, sagte er unsicher, sie, sie ist… toll. Er wählte einen Fluchtweg, indem er Fotos der Kinder hervorzog und Namen, Alter und so weiter herunterbetete. Die Schwestern waren entzückt. Das sind doch aber nicht alles Ihre?, fragte die Kurzhaarige, und Jakob merkte, dass er sich nur noch tiefer hineingeritten hatte.

Die dritte Frau, Marlies, schien sein Unwohlsein zu spüren. Sie stand auf und bot an, ihn in ihr Gewächshaus zu führen. Ihr kleiner Hund, ein schwarz-weiß gemusterter, schon etwas betagter Terrier, begleitete sie, er schnürte zwischen ihren Beinen durch und wedelte mit dem Schwanz. Hier sei alles noch sehr improvisiert, und sie habe die meisten ihrer Pflanzen zurücklassen müssen, bemerkte Marlies, als sie die schlichte Konstruktion aus Alustangen und Planen betraten. Jakob konnte sehen, wie die Erinnerung sie schmerzte. Jetzt, da er sie kannte, dachte er zum ersten Mal darüber nach, welcher Art eigentlich die Beziehung war, die Marek zu dieser Frau unterhielt. Sie hätte seine Mutter sein können; andererseits hatte sie erzählt, dass er mehrere Wochen bei ihr gelebt habe. Er fragte sich, wie Jola das wohl fand. Das Gewächshaus unterschied sich sehr von ihrem, es war größer und viel höher, außerdem dominierten hier exotische Pflanzen, während es zu Hause Bodenständiges wie Tomaten, Gurken und so weiter gab. Jakob bestaunte die grellgrünen, breiten Blätter einer Pflanze, die Marlies als ihre „Babybanane“ vorstellte. Sind wir per Du?, fragte sie mit einem Lächeln. Jakob hatte sich daran gewöhnt, mit Ausnahme von Erich immer der Älteste in der Runde zu sein; diese Frauen waren an die zwanzig Jahre älter als er, aber dennoch wirkten sie auf ihn nicht alt. Die Energie insbesondere dieser kleinen Person überraschte ihn. Jakob erwiderte ihr Lächeln. Klar. Er zeigte sich beeindruckt von ihrer Arbeit und erzählte von Jolas Bemühungen um ihr Gewächshaus und wie sehr sie um eine gesunde Ernährung der Familie besorgt sei. Sie muss, Marlies streichelte ein Pflänzchen, das ihm vage bekannt vorkam – hatte Jola nicht auch solche? –, eine besondere Frau sein. Warum? Da merkte er selbst, wie plump das herausgekommen war. Ich meine, wieso …? Sie lachte und legte eine sehr kleine Hand auf seinen Unterarm. Es ist die Art, wie ihr von ihr sprecht, sagte sie. Alle drei.

Du musst ihr bitte von mir ausrichten, dass ich mich sehr darauf freue, sie kennenzulernen, fuhr Marlies fort. Aber was hat dich abgehalten?, dachte Jakob. Als lese sie seinen Gedanken, sagte sie: Und dass ich den Umweg über euren Hof nicht machen wollte, liegt einzig und allein an meiner Sturheit. Sie ging ein Stück weiter den Gang entlang, berührte da ein Blatt und rückte dort eine Gießkanne zurecht. Ihre Stirn zog sich in Falten, als sie sich um eine gute Formulierung bemühte. Es ist so, sagte Marlies, dass mein Selbstbewusstsein, na, nicht das allerbeste war, als mich Marek abgeholt hat. Ich war, um ehrlich zu sein, ziemlich am Ende. Hab nichts mehr gegessen. War eigentlich nur noch für die Tiere am Leben. Sie machte eine Pause. Wär er nicht wiedergekommen, ich schwör, ich wär jetzt tot. Dann hab ich auch noch meine Tiere im Stich lassen müssen, meine Kuh … er hat sich um sie gekümmert, damit sie nicht leiden muss. Bei der Erinnerung daran schloss sie fest die Augen. Und Jakob, sie zupfte einen abgestorbenen Halm von einer Pflanze und zwirbelte ihn zwischen den Fingern, ich weiß ja, dass sie ihn zu mir geschickt hat. Und ich weiß auch, wie wichtig sie ihm ist. Entschuldige. Unsicher schaute sie zu ihm auf; sie war zwei Köpfe kleiner als er, was ihm zum ersten Mal richtig auffiel. Jakob nickte und senkte zustimmend die Lider. Na und so, wie ich beieinander war … da hab ich es einfach nicht geschafft, mich zu ihr bringen zu lassen. Sie war enttäuscht, sagte er, aber das wird sie sicher verstehen. Ja. Marlies lächelte wieder. Weißt du, ich komm gern einmal zu Besuch, später einmal. Möcht eure Kinder sehen und alle kennenlernen. Er hat mir viel von euch erzählt. Sie zögerte. Er ist ein guter Mensch, weißt du. Ja, sagte Jakob nach einer kurzen Pause. Er hakte die Daumen in die Taschen seiner Jeans, ging ein bisschen in die Knie und sah ihr in die Augen. Das weiß ich. Ich hab meinen Frieden damit gemacht, wenn du darauf hinaus willst. Fast etwas übertrieben schwungvoll drehte sich Marlies zu einer Kommode und öffnete ein paar Schubladen, denen sie mit Zwirn verschnürte Beutel entnahm. Bringst du ihr das bitte von mir, als kleine Entschuldigung? Das auch. Kurzsichtig betrachtete sie ein leicht vergilbtes Blatt Papier, das mit winziger Druckschrift beschrieben war. Ich hab auch Anleitungen dazu geschrieben, wie man die Pflanzen an besten behandelt. Das, sagte er und nahm die Säckchen und Zettel entgegen, wird sie sicher freuen.

Am Abend ließ er sich in die Sitzgruppe in Ems Wohnzimmer fallen und lauschte den Gesprächen der anderen. Em befragte Alex über dessen Erfahrungen in der Landwirtschaftsgruppe. Es hätten sich, berichtete er, sehr unterschiedliche Auffassungen gezeigt – ihre Vierfelderwirtschaft zum Beispiel habe zunächst für Heiterkeit gesorgt, er habe aber das Gefühl, mit seinen Argumenten dafür schließlich doch durchgedrungen zu sein. Mit halb geschlossenen Augen hörte Jakob ihm zu. Pathetischer Mistkerl, dachte er und grinste. Aber auch ein guter Kerl, und einer von uns, basta. Silvia kam Gute Nacht sagen, sie winkte mit der Hand ihres Babys und lächelte, bevor sie nach oben verschwand. Hm?, machte Jakob, er hatte Alex' an ihn gerichtete Frage nicht verstanden. Morgen holen wir den Haflinger wieder ab, oder? Die Stute? Jakob nickte. Em schenkte ihm Wein ein. Haben sie dich gegrillt?, erkundigte sie sich mitfühlend. Er schnaubte. Ja, die sind arg, ich weiß. Sie kicherte. Aber ohne die beiden wäre bei der Versammlung gar nichts gegangen, kann ich dir flüstern. Richtige Salt-of-the-earth-people. Geniale Frauen. Aber manchmal ein bisschen anstrengend. Vor allem die Heidi. Jakob stöhnte. Heidi. Und Marlies? Wie ist die so?, fragte Alex. Nett, murmelte Jakob. Nicht so anstrengend. Em gab ihm einen Klaps, wirst du jetzt bitte nicht wegdriften? Erzähl! Und er gab sein Bestes.

Juni 9

(79) Der heftige Sommerguss war vorbei, die Sonne pumpte die Felder machtvoll mit neuer feuchter Hitze auf. Jola stand auf einem Weizenfeld auf einer Anhöhe, der Traktor mit Boris am Steuer fuhr am anderen Ende langsam seine Bahnen. Vor einer halben Stunde erst hatten sie getauscht, und wie stets war Jola froh gewesen, aus dem Fahrzeug aussteigen zu können. Die Erde war noch nass und haftete an ihren Schuhsohlen, während sie sich voranarbeitete und überschüssige Pflanzen aus der schweren Erde zog. Immerhin, das geht jetzt leichter nach dem Regen, dachte sie, um sich über ihre nasse Kleidung hinwegzutrösten. Von der Hutkrempe tropfte das Wasser

auf ihre Stiefel. Ihr Rücken schmerzte. Ich muss wieder mehr Yoga machen, dachte sie ohne viel Hoffnung und richtete sich auf. Boris stellte den Motor ab und rief ihr etwas zu, und sie schaute in die Richtung, in die er mit ausgestrecktem Arm wies; in der Ferne konnte sie zwei Reiter erkennen. Sie ließ die Hacke fallen, zog die feuchten Handschuhe aus und rannte ihnen entgegen.

Da kam sie, im Laufen hielt sie ihren Hut fest, Regentropfen spritzten waagrecht von ihr weg. Jakob stieg vom Pferd ab, denn er wollte es vermeiden, auf sie herunterzublicken. Dein Bart ist wieder da!, rief sie ihm als Erstes entgegen, und er lachte und packte sie um die Taille, bevor sie ihn wahrhaftig umrennen konnte.

Wie, nach Wien?, fragte Lennart. Er war zu Besuch im Sonnenhof, weil er Alex und Jakob sehen und dabei sein wollte, wenn sie vom Dorf erzählten. Da er keine passenden Kontaktlinsen mehr finden konnte, war er wieder auf eine Brille umgestiegen, und sein kleiner Sohn grabschte danach, während Lennart versuchte, sich mit seiner Frage durchzusetzen, denn gerade redeten alle durcheinander. Sie hatten die Versammlung von der Wohnküche in die Scheune verlegt – es war aussichtslos, die Kinder wegschicken zu wollen, und am Tisch war es zu eng geworden. Jakob hatte seinen Bericht beendet und hörte nun zu, was Alex zu sagen hatte. Es geht darum, zu erhalten, was wir erhalten wollen, sagte er gravitätisch. Demokratie. Menschenrechte. Und so weiter. Und dazu brauchen wir die Grundlagen. Jola musste Ali nicht ansehen, um zu wissen, was sie von seinem Vortrag hielt. Sie verabscheute sowohl jegliches Pathos als auch Reisen ihrer Familienmitglieder. Nun musste sie Ersteres über sich ergehen lassen und dabei zusehen, wie Zweiteres sich anbahnte. Schon wieder. Auf dem Fußboden raufte Marek mit Daniel und Aron; er schien kaum zugehört zu haben, aber auf Lennarts Zuruf hin wurde er aufmerksam. Wieso nicht?, entgegnete er, und wie durch ein Wunder verstummten die anderen und lauschten ihm. Marek entließ Daniel aus dem Schwitzkasten und setzte sich auf. Noch würde es gehen, sagte er und schob eine Hand von sich, als wollte er eine glatte Fläche beschreiben. Die Straßen sollten noch halbwegs gut zu befahren sein. Nein, dachte Jola. Ihr wurde kalt. Nein, nicht noch einmal. Lennarts Blick verriet ihr, dass er dasselbe dachte. Aber die anderen schienen Feuer und Flamme. Es wäre gut, wenn unsere Gruppe das anführen würde. Know-how. Informationsvorsprung. Fakten schaffen. Blablabla. Es drang alles nicht mehr so richtig zu ihr durch.

Zu Wild passten Preiselbeeren. Man konnte sie, anders als andere Früchte, ohne Zucker einkochen. Das hatte weniger mit ihrem Zuckergehalt zu tun (fast alle anderen Früchte, aus denen sie Marmelade machten, waren süßer) als vielmehr mit der Konzentration an Gerbstoffen. Dieses Wissen war ein Erbe ihrer Großmutter, einer leidenschaftlichen Köchin und versierten Einkocherin. Tja Oma, danke, dieses geht auf dich, dachte Jola, während sie ein neues Glas mit Preiselbeeren aufschraubte, den Inhalt auf Schimmelspuren untersuchte und dann, nachdem sie ihn für gut befunden hatte, das Glas in die Mitte des Esstischs stellte.

Echt schon wieder Hirsch?, fragte Lena, die die Zeichen richtig deutete, wenig begeistert. Gut beobachtet, sagte Jola, packte die Kleine und blies ihr in die Halsgrube, bis sie lachte und kreischte: Ah, Mama, hör auf! Kannst du deine Brüder holen?, bat Jola sie. Einer muss Tisch decken und die anderen sollen mir beim Kochen helfen. Und was darf ich machen?, schmollte Lena. Du, Jola strich dem Kind die losen Haarsträhnen hinter die Ohren. Du sollst machen, wozu du Lust hast, aber nicht hier in der Küche, sagte sie. Lies was, lern was oder von mir aus geh raus spielen, du hast mir in letzter Zeit schon viel zu viel geholfen. Ab! Das Fleisch simmerte in zwei großen Töpfen, sie schnitt Gemüse dazu und suchte nach Gewürzen. Pfeffer war schon lange Mangelware, aber es gab Wacholderbeeren, sowohl frische als auch getrocknete. Den Buben überantwortete sie, nachdem sie das Händewaschen überwacht hatte, das Zubereiten der Beilage. Sie waren schon recht gut darin, sofern sie nicht um den Nockerlhobel stritten, und es blieb für Jola sogar Zeit, ein paar Seiten in ihrem neuen Buch zu lesen. Freilich nicht lange. Virginia wer?, fragte Gabriel und grabschte nach dem Einband. Finger weg, rief Jola, aber er entwand ihr das Buch, las stirnrunzelnd den Titel vor und legte es dann auf den Tisch, wobei er es zuklappte. Deine Ignoranz wird nur von deiner Grobheit übertrumpft, sagte sie böse und schlug nach ihm. Die Buben sahen kurz von ihrer Arbeit auf, lächelten milde und wandten sich wieder ab. Redet man so, wenn man das liest?, fragte Gabriel. Egal, Jola seufzte und stand auf, ich glaube, du kannst langsam die anderen holen. Es ist gleich fertig. Sie hob den vollen Mistkübel hoch, stemmte ihn auf die Hüfte und beförderte ihn hinaus vor die Tür. Später würde sie (oder vielleicht auch jemand anders) ihn beim Komposthaufen im Garten ausleeren oder, bei Bedarf, den Hühnern bringen. Es war hauptsächlich das, was früher als Biomüll bezeichnet worden wäre – alles andere, wie kaputte Gegenstände, sammelten sie in einem kleinen Raum im hinteren Teil des Hotels. Wenn es zu viel Zeug wurde, machten sie ein Feuer.

Die Abstimmung über das Thema der ersten Sitzung zum Thema Nachhaltigkeit fiel zugunsten eines Nahrungsmittel-Schwerpunkts aus, und Jola war es recht, weil es ihr als das Einfachste und auch Positivste schien. Für Essen sorgen konnten sie mittlerweile. Gesundheit, wozu sie gerne Erich und Ania sowie, wenn irgendwie möglich, auch Ljuba einladen wollte, sollte als Nächstes drankommen, gefolgt von Energiegewinnung, Landwirtschaft, Haus- und Haushaltstechnik und Gebrauchsgegenständen. Jola glaubte, dass die anderen den letzten Punkt vom Umfang her unterschätzten; vielleicht würden sie das Thema in mehrere aufspalten müssen. Die Kinder hatten schon wieder kein Papier mehr. Die große Schüssel hatte einen Sprung. Der Fotodrucker hatte endgültig den Geist aufgegeben.

(80) Das Fohlen kam in einer mondlosen Nacht. Das Sternenband der Milchstraße stand hochkant über dem Wald. Das muss ich Marek morgen erzählen, dachte Jola, während sie durch die hohe Wiese zum Stall stapfte. Sie hörte Kyra stampfen und nervös wiehern. Von diesen Lauten war sie wach geworden, denn sie hatte sie schon erwartet, sie hatte sich rasch angezogen und Erich angefunkt. Alle vier Pferde waren wach und schauten sie

irritiert an, als sie die Stalltür öffnete und eine Lampe auf dem Boden abstellte. Damit Kyra ihre Ruhe hatte, führte sie die drei anderen nacheinander auf die finstere Koppel. Die Stute versuchte, nach ihrem eigenen Bauch zu treten, ihre Zitzen waren prall und groß. Ihre Augen starrten riesig im Halbdunkel. Ja, es geht los, sagte Jola zu dem Tier. Das tut sehr weh, ich weiß. Aber schau, bald hast du ein hübsches Fohlen, und du wirst es lieben, das wird dir gefallen. Sie rieb Kyra mit Stroh ab, klopfte ihr auf Hals und Widerrist und redete, wie sie hoffte, beruhigend auf sie ein. Stunden vergingen, die Nacht wich, das Fohlen kam nicht. Jola war müde und hungrig. Sie schlief, an die Boxenwand gelehnt, beinahe im Stehen ein und begann zu fürchten, die Geburt werde Tage dauern, mit ihr als einziger Geburtshelferin. Gleichzeitig musste sie darauf achten, der Stute auszuweichen, die immer wieder in der Box umherstampfte und ausschlug. Noch bevor die Sonne aufgegangen war, kam Erich. Endlich, entfuhr es Jola, und auch die Stute wandte ihm den Kopf zu, als er den Stall betrat. Na schauts. Erich gähnte. Das werden wir bald haben. Und er behielt recht: Um neun Uhr Früh, als die Sonne bereits gleißend einlöste, was der klare Nachthimmel versprochen hatte, zog er Kyras Fohlen aus ihrem Körper, die langen, dünnen, von weißem Schleim bedeckten Vorderbeine zuerst. Wie willst du ihn nennen?, fragte Erich zufrieden, als sie den winzigen Hengst sorgsam abtrockneten. Henry, sagte Jola, ohne zu zögern. Die Stute stupste die Menschen mit dem Maul an und versuchte, sie zum Gehen zu bewegen, damit sie in Ruhe ihr Fohlen ablecken konnte.

Aber ich will nicht, dass du wieder weggehst. Ich lasse es nicht zu. Sie lagen auf dem Hügel unter dem großen Marillenbaum. Aron, Noah und Judith spielten ein Stück weiter weg mit ihren Steinschleudern. Marek zog seinen Grashalm aus dem Mund – vor den Kindern rauchte er nicht – und drehte sich zu ihr. Wer sagt, dass ich es will? Es sei denn, ergänzte er, und richtete den Blick wieder auf die Kinder, du gehst mit. Jola schwieg. Er setzte sich halb auf und rief den Kindern zu, sie sollten alle in die gleiche Richtung zielen. Sie nickten und riefen: Ja, machen wir! Das geht auf keinen Fall, sagte sie schließlich. Wieso nicht? Marek schaute sie an, während er sich wieder zurück ins Gras legte. Weil wir beide Eltern sind. Was ist, wenn wir nicht zurückkommen? Das kann ich Ari nicht antun. Und übrigens, sagte sie, wischte etwas Erde von einer Marille und biss hinein, könne sie nicht einmal Motorrad fahren. Ich nehm dich bei mir mit, wie früher, murmelte er. Spätestens jetzt wusste Jola, dass er nur so tat, als sei das Ganze eine realistische Option. Marek, überlegte sie nicht zum ersten Mal, unterschied nicht im gleichen Maß wie sie zwischen Realität und Fantasie. Oder zwischen Wahrscheinlichkeit und Möglichkeit. Du musst aber auch nicht fahren, Marek. Nur weil du es kannst, meine ich, es gibt genug Kandidaten für so etwas. Aber du, beharrte er und suchte nach einem neuen Halm zum Kauen, kennst dich am besten aus in der Stadt. Und du kannst gut schießen, viel besser als ich. Nachdenklich rieb er die Narbe auf seiner Stirn.

Jola starrte hinauf in den Himmel. Blau, so blau, und gestreift mit geriffelten Federwolken. Schwalben zogen darüber und zeichneten Klammern in das Blau, als wollten sie auf etwas Ungesagtes hinweisen. Stille, nur unterbrochen von Kinderrufen und dem Brummen von Insekten. Jola beobachtete eine Hummel, die sich an einer gelben Bocksbartblüte gütlich tat. Als das Insekt weggeflogen war, pflückte sie die Blume und reichte sie Marek. Hier, murmelte sie. Die kannst du als Ganzes essen. Es war zum Reden eigentlich zu heiß. Schweiß verfärbte ihr graues T-Shirt und rann ihr die Kniekehlen entlang. Er zupfte an der Blüte herum und steckte sie dann hinter ihr Ohr. Frag Aron doch, was er davon hält. Sie schnaubte. Er ist ein Kind. Das wäre ziemlich unfair. Ja. Du hast recht. Aber, er wälzte sich über sie, und zum ersten Mal, seit er zurück war, fand sie ihn richtig schwer, es ist auch nicht fair, dass du deine Träume begraben musst, nur weil du Mutter bist. Oder? Jola kräuselte die Lippen und zwickte ihn ins Ohr. Über wessen Träume reden wir hier eigentlich? Viola, flüsterte Marek nahe an ihrem Hals. Viola will nach Wien.

(81) Er wollte, dass sie sich auf sein Gesicht setzte. Es wurde aus Gründen der Rücksichtnahme auf seine Atmung allerdings eher ein Hocken, und sie musste darauf achten, sich ausreichend zu entspannen, während er sie mit Zunge und Lippen zu befriedigen suchte. Derart konzentriert, kam sie erst spät auf den Gedanken, sich zu revanchieren. Ups. Sie beugte sich vorsichtig vor und ging auf Knie und Unterarme, um an seinen Penis zu gelangen. Das war nicht ganz einfach, denn sein Oberkörper war um einiges länger als ihrer. Nach ein wenig Herumgeruckel konnte sie ihn mit den Lippen umschlie-

ßen, während sie das untere Ende mit einer Hand umklammerte und zudrückte. Er seufzte und hatte auch endlich die gute Idee, zwei, drei Finger in ihre Scheide zu schieben. Sie kam zuerst und stoppte ihre eigenen Bewegungen für ein paar Sekunden, bevor sie ihn ihr folgen ließ. Kurz blieben sie so liegen, dann arbeiteten sie sich zueinander zurück und küssten sich nicht – da war er empfindlich. Jola versuchte, sich nicht zu rühren. Im Zimmer stand die Luft, und sie war schweißnass. Bald genug würden sie aufstehen und irgendetwas Anstrengendes tun müssen.

Jola. Sie war noch außer Atem, aber in Jakobs Stimme war etwas, das sie genau hinhören ließ. Was? Ich weiß, dass du das nicht gern hörst, aber ich muss es dir sagen. Spuck's bitte aus, sagte sie beunruhigt. Bei der Versammlung, sagte er und streichelte sacht ihren Rücken mit den Fingerkuppen, ist mir etwas klargeworden. Er flüsterte fast, als er weitersprach. Ich glaube, dass wir keine Wahl haben. Sie versteifte sich. Worthülsen waren eigentlich nicht typisch für ihn; das hielt sie für kein gutes Zeichen. Und er schien nervös und angespannt, was angesichts dessen, was sie gerade getan hatten, umso beunruhigender war. Ich glaube, er neigte den Kopf um 45 Grad nach vorne, wie jemand, der mit der Stirn etwas vor sich wegschieben wollte, dass wir umziehen müssen. Näher zu den anderen Gruppen, ins Dorf oder jedenfalls in die Nähe. Sie hob abrupt den Kopf von seiner Schulter und stützte sich auf einen Ellbogen, ein ganzes Stück weit weg von ihm. Also das denkst du? Alles hier aufgeben, das Haus, die Felder, die Gärten – und alles von vorne anfangen? Ich glaube, es gibt keine Alternative, es… Jola unterbrach ihn. Nein. Das kannst du nicht alleine entscheiden. Das hab ich auch nicht gesagt. Sie stand auf und begann sich anzuziehen, den Blick von ihm weggewandt. Zorn trocknete ihr die Kehle aus, sodass sie kaum mehr sprechen konnte. Sie spürte seinen Blick im Rücken, und das regte sie noch mehr auf. Hör zu, Jakob war um einen ruhigen Ton bemüht, natürlich müssten wir das erst in der großen Runde besprechen. Aber du weißt auch, wie viel dafürspricht. Ach ja, aber es gibt auch sehr viel, was dagegenspricht, und das weißt du auch genau. Jola bemerkte, dass sie schrie. Mit heftigen Bewegungen zog sie ihren BH an, zerrte die Jeans über die Hüften, als habe sie es sehr eilig, von ihm wegzukommen. Ja. Und darüber müssen wir reden. Jola. Er saß jetzt aufrecht im Bett, rieb sich die Stirn und dachte darüber nach, was er sagen konnte, um sie zu beruhigen. Du weißt, dass ich recht habe. Das war das Falsche. Jola knallte die Tür hinter sich zu.

Sie traf Ania alleine vor ihrem Haus an, sie saß auf einem Sessel in der Sonne, über ein Buch gebeugt. Erich sei, sagte Ania nach der Begrüßung und während Jola ihr Pferd festband, mit Lennart unterwegs, entweder zu einem Feld oder jagen. Das Baby saß in einem großen Henkelkorb unter der Wäscheleine auf dem Boden und spielte friedlich mit etwas, das wie ein weicher, orangefarbener Stoffkürbis aussah. Seltsam, dachte Jola flüchtig. Sie war erhitzt, denn sie war weit geritten, bevor sie den Weg zurück zu den Nachbarn eingeschlagen hatte, und versuchte nun, ihre Enttäuschung darüber zu verbergen, dass sie nicht mit Erich reden konnte. Was ist?, fragte Ania. Es war gar nicht leicht, es ihr zu erklären.

Sie gingen ins Haus, und Ania kredenzte Kräutertee. Forschend blickte sie Jola an. Du glaubst, er will sie auf diese Art loswerden? Die anderen? Jola richtete den Blick auf etwas weiter oben an der Wand, das sie nur halb bewusst wahrnahm. Ich glaube, Jakob hofft immer noch auf etwas, das er vor langer Zeit haben wollte. Fast gehabt hätte. Der Tee war heiß und schmeckte nach Honig und Thymian. Ein eigenes Haus. Eine Frau. Seine Kinder. Ich weiß, dass er darüber nachdenkt. Sie rieb sich mit der Handfläche die Stirn und spürte den Abdruck, den der Hut hinterlassen hatte.

Sag mir du, wie sollen wir je wieder ein solches Haus finden wie das, das wir jetzt haben? Er sagt ja selber, dass die alten Gebäude schon zu kaputt sind, zu verschimmelt, was weiß ich. Jola machte eine Pause. Ich kenne ihn. Er wird ein neues Haus bauen wollen. Und da wird dann kein Platz für alle sein. Für alle, echote Ania. Ihre schlanken Finger umfassten den Teebecher, sie tippte nachdenklich dagegen. Eine Zeitlang schwiegen sie. Aber was genau stört dich daran so? Man könnte doch mehrere Häuser bauen, nah beieinander? Damit sich die Kinder immer sehen können? Ja!, rief Jola. Die Kinder. Wie genau sollten wir die aufteilen? Sollen alle zur leiblichen Mutter? Oder zum Vater? Und was machen wir mit Noah und Lena? Hat er etwas in diese Richtung gesagt?, fragte Ania. Nein, Jola kaute auf ihrer Unterlippe herum. Er hat überhaupt nicht viel gesagt. Also weißt du es nicht, sagte Ania schlicht. Jola wünschte wieder, Erich wäre hier. Aber du, Ania gab nicht auf, was willst du? Wäre es wirklich so abwegig, mit ihm und deinen Kindern zusammenzuwohnen und die anderen, so oft du willst, zu besuchen? Aber wie soll das denn gehen? Jola war den Tränen nahe. Was ist mit… Jetzt denk nicht an die anderen: Du. Was würdest du wollen? Für einen Moment war ihr danach, das Mädchen anzufahren: Und seit wann geht dich das was an? Wieso glaubst du, dass du das verstehen kannst? Aber sie beruhigte sich schnell und atmete tief ein. Dann legte sie die Hände vom Tisch auf den Schoß und dann wieder auf den Tisch, verschränkte die Finger und drehte sie hin und her. Sie ist nicht zu unterschätzen, dachte sie, wirklich nicht. Danke fürs Zuhören, sagte sie. Und für alles. Ania winkte ab und legte die Hand auf Jolas. Ich verstehe dich schon. Aber. Darf ich dich noch was fragen?, unterbrach Jola. Natürlich, frag. Warum in aller Welt, Jola wies auf einen hölzernen Gegenstand, der in der dunklen Zimmerecke ihr gegenüber hing, habt ihr einen Herrgottswinkel?

Sie verabschiedete sich, noch bevor Erich nach Hause kam, stieg aufs Pferd und ritt langsam nach Hause. Nach Hause, dachte sie. Lennart fehlte ihr. Marek war im Garten und setzte ein paar späte Gemüsepflanzen. Jola stieg ab, klopfte dem Pferd ein paarmal auf die Schulter und ließ es dann laufen – es würde seinen Weg zum Stall schon alleine finden, und das Abzäumen konnte ein bisschen warten. Marek richtete sich auf und klopfte sich Erde von den Knien. Sein Gesicht war dunkel von der Sonne. Sie wusste, dass er nach Wien wollte. Es war die letzte Gelegenheit, zumindest würden nicht mehr viele kommen, nicht auf diese Weise. Und vielleicht war es auch das Richtige; das, was er brauchte. Die Angst verursachte ihr Herzrasen und sickerte in ihre Fingerspitzen. Sie trat zu ihm und küsste ihn, so drängend, dass er sie verwundert ansah. Gleich löste sie sich wieder von ihm und fluchte. Was hast du denn, flüsterte er. Fast grob drückte sie ihn mit beiden Handflächen von sich weg, drehte sich um und ging ins Haus. Herrgott nochmal!, rief sie, als sie mit dem nackten Fuß gegen einen Spielzeugleiterwagen stieß.

Sie fand Jakob im kleinen Speisesaal, wo das Spielzeug eigentlich hingehörte. Hier kam fast nie jemand her, aber jetzt saß er mit Lena und Judith vor dem alten Spinnrad. Es hatte im Hotel einst der Zierde gedient und verstaubte nun seit Jahren in einer Ecke. Was macht ihr denn da?, fragte Jola, und die Mädchen sahen auf, aber widmeten sich gleich wieder ihrer Tätigkeit. Bringst du ihnen das Spinnen bei?, fragte sie mit gespielter Heiterkeit. Nein. Jakob sah zu ihr auf. Sein Blick war etwas unsicher, aber er verriet ihr auch, dass er seine Meinung nicht geändert hatte. Wir nehmen es auseinander. Er wies auf ein paar hölzerne Kurbeln, Schrauben und andere Einzelteile, die vor ihnen auf dem kleinen, quadratischen Tisch lagen. Lena polierte eines davon mit einem Staubtuch, und Judith schien Skizzen anzufertigen. Wir lernen, wie man es nachbaut!, rief sie, wandte sich aber gleich wieder von ihrer Mutter ab. Ihre entschiedene Reserviertheit sollte wohl zum Ausdruck bringen, dass Jola in ihren Augen hier fehl am Platz war. Wir kommen allein zurecht, bedeutete es, und wir machen etwas Wichtiges, wofür wir dich nicht brauchen, Mama. Jakob lächelte. Maschinenbau, Aufbaukurs 1, sagte er und neigte den Kopf über Judiths Zeichnungen.

(82) In dem Date, das bald darauf anberaumt wurde, wurde Mareks Forschungsreise nach Wien beschlossen. Er würde noch im Sommer abreisen; wer ihn begleiten sollte, war derzeit offen. Vielleicht mag Em mitkommen, oder jemand anderes aus dem Dorf, sagte Marek. Sie sollten, wenn möglich, zu dritt oder zu viert sein, schlug er vor. Er bot an, vorher zu den anderen Gruppen zu fahren und alles mit ihnen zu besprechen. Dann könne auch festgelegt werden, was genau ihnen allen wichtig sei. Alex nickte zustimmend, Jakob notierte etwas, Ali schüttelte den Kopf. Sind wir fertig? Jola sprang auf und wollte sich in Richtung Waffenkammer davonmachen, aber Jakob forderte sie auf, sich noch einmal hinzusetzen. Verärgert lehnte sie sich an die äußerste Kante ihres Sessels und wippte vor und zurück. Ja, was denn noch? Er beugte sich vor, das Protokoll in den Händen. Plötzlich sahen alle im Raum sie an. Wir wollten dich fragen, sagte er, und seine Augenbrauen zogen sich zur Mitte zusammen, ob du auch mit willst.

Aron bat sie, mit ihm zu den Ziegen zu gehen. Ali hatte ihm beigebracht, sie zu melken, und seit er es einigermaßen gut konnte und die Ziegen nicht mehr vor ihm die Flucht ergriffen, weil seine kleinen, unsicheren Hände an ihren Eutern ihnen auf die Nerven gingen, wollte er es jeden Tag machen. Zurückhaltend stand Jola an den Zaun gelehnt; sie war kein großer Ziegenfan. Sie lehnte den Stecken, den sie bei sich hatte, an den Zaun und sah ihrem Sohn bei der Arbeit zu. Ernsthaft hantierte er mit dem Milchkübel, wusch sich gründlich die Hände, bevor er das Euter einer Ziege anfasste, und griff dann vorsichtig, aber beherzt zu. Die Milch spritzte in zwei dünnen Strahlen in das bereitgestellte Gefäß, und Aron sah zu seiner Mutter hinüber. Ich kann es, schau!, rief er. Ja, rief sie zurück und lachte, du machst das so gut, ich könnte das nie. Mama, sagte er. Du musst dich nur bemühen, dann kannst du alles. Ach ja? Jola beugte sich über die verschränkten Arme hinweg zu ihm hin, sie hatte eine Yoga-Position eingenommen: Adlerarme und Flamingobeine; sie war belustigt über seinen gönnerhaften Ton. Denkst du wirklich, ich kann alles? Er schaute sie ernsthaft an. Ja. Sicher. Du und Marek, ihr könnt alles schaffen. Warum gerade wir?, Jola runzelte die Stirn, und ihre Position geriet ins Wanken. Aron zuckte die Achseln. Keine Ahnung. Ihr habt die Solarsachen für den Strom gebracht und das Windrad, ohne dass etwas passiert ist. Jola richtete den Blick auf den Hügel hinter dem Haus. Von hier aus konnte man es nicht erkennen, aber das kleine Windrad stand noch dort und lud langsam und zuverlässig jeweils eine von zwei passenden Batterien auf, wie eine Henne, die ein ihr untergeschobenes Ei bebrütete. Keiner war nachher verletzt, Aron sagte das mit Nachdruck, und ihr seid auch nicht viel zu lange weggeblieben. Also find ich's gut, dass ihr jetzt wieder zusammen wegfahrt. Jola war überrascht. Ari. Das ist noch gar nicht sicher. Woher weißt du das überhaupt? Er zuckte die Achseln. Sie stabilisierte ihren Stand. Okay, sagte sie. Wenn er mit dir unterwegs ist, sagte Aron ruhig, passiert ihm nichts. Also kein Unfall und auch nichts anderes. Du kannst auf ihn aufpassen. Er warf ihr einen wissenden Blick zu. Dann kann ihm auch keiner weh tun. So wie damals. Sie schluckte. Ja. Kinder wussten immer alles. Und wenn ich größer bin, fahre ich mit dir, sagte Aron, und damit war das Gespräch für ihn beendet. Gib mir die Kanne, sagte Jola heiser, die ist dir doch zu schwer. Aber er ließ den Griff nicht los, und sie durfte ihm auch nicht beim Ausleeren in das größere Sammelgefäß helfen. Nicht ein Tropfen ging daneben.

Wenn du das wirklich machst, rede ich nie wieder ein Wort mit dir. Die glimmende Zigarette im Aschenbecher war das Einzige, das die Nacht erhellte. Jola hatte sich ein paar Tage Bedenkzeit ausgebeten. Nicht nur die Überraschung über Jakobs Vorschlag hatte sie in der Versammlung verwirrt; auch die offenkundige Tatsache, dass die anderen gemeinsam darüber beratschlagt haben mussten, gab ihr zu denken. Fast hätte sie vor ihnen allen zu weinen begonnen, und sie hatte noch immer nicht ganz begriffen, was das zu bedeuten hatte. Rührung über das großherzige Angebot? Oder Angst vor der eigenen Courage? Sie würde lernen müssen, Motorrad zu fahren, und sie würden lange weg sein, viel länger als sonst. Ali zog nur zwei-, dreimal an ihrer Zigarette, bevor sie sie ausdämpfte, mit schlechtem Gewissen, weil sie zum einen noch stillte und zum anderen vermutete, dass sie wieder schwanger war. Wie schmecken die?, fragte Jola ausweichend. Wie Scheiße, sagte Ali und nahm rasch einen Schluck aus Jolas Weinglas. Jola grinste. Wenn du schnell trinkst, wirkt's nicht, oder? Ich meine es ernst, flüsterte Ali. Tu es nicht, bitte. Wozu? Warum gerade du? Em kann fahren, die Pferdeleute können es machen, oder irgendwer sonst. Aber nicht du. Und warum nicht ich? Jola streckte sich auf der Bank aus und zog die angewinkelten Beine an den Körper heran; der Rücken tat ihr weh vom stundenlangen Bücken über Gemüsebeeten und Sträuchern. Fast alles im Garten war gleichzeitig reif: Gurken, Paprika, Beeren, Salat, Kohlrabi und Unmengen von Tomaten. Erst vor einer halben Stunde waren sie mit dem Reinigen der Gläser für das Einkochen und Einlegen fertig geworden. Vor ihrem inneren Auge sah Jola sich selbst, wie sie, Jahr um Jahr, über Einmachgläser gebeugt in der Küche stand und Etiketten aufklebte. Sie sah sich, wie sie, hochschwanger und ein Kleinkind auf der Hüfte wippend, in einem Kochtopf rührte, die Hühner fütterte, Pflanzen ausdünnte und Salben anrührte, während noch mehr Kinder um sie herumwuselten und ihre Haare grau wurden. Ich bin die Einzige, die sich in Wien halbwegs gut auskennt. Sie richtete sich wieder auf, hob die Stimme beim Sprechen und malte mit den Fingern Gänsefüßchen in die Luft, um klarzumachen, dass sie jemanden zitierte. Ich weiß, wo die Nationalbibliothek ist und die Universität, und ich kenn mich mit Büchern aus. Ali schnaubte. Ja, ich hab den Blödsinn gehört, den Jakob gesagt hat. Aber trotzdem ist es einfach nur verrückt. Nachdenklich schob Jola den Aschenbecher ein Stück von sich weg. Irgendwie kam es ihr vor, als hätten sie dieses Gespräch schon mehrmals geführt. Was ich dir noch nicht erzählt habe … Raus damit!, befahl Ali erregt. Ich wusste, da ist noch was! Jola erzählte von Jakobs Überzeugung, dass sie umziehen müssten, und ihrer Reaktion darauf. Es ist, als würde er mir das mit Wien jetzt im Tausch oder so anbieten.

Ali sagte eine Zeitlang nichts. Sie griff nach einer zweiten Zigarette, zündete sie an und dämpfte sie gleich wieder aus. Ich hab so ähnliche Diskussionen mit dem Alex, seit er im Dorf war, sagte sie schließlich. Ja. Keine Ahnung. Vielleicht ist es wirklich besser. Was weiß ich. Jola starrte sie an. Niemand durfte Ali je Vorschriften darüber machen, wie sie ihr Privatleben gestaltete; Kritik vertrug sie schlecht, und an ihrer Meinung, war sie einmal gefasst, hielt sie fast immer eisern fest. Doch wenn es um wirklich wichtige Entscheidungen ging, schien sie diese nur allzu gern den Männern zu überlassen. Ali spürte den Blick. Na was?, fuhr sie auf. Du sagst auch immer, dass wir unser eigenes Ding machen sollen. Nicht nur das Alte verbrauchen. Also lass ihn halt sein Haus bauen, wenn er das so braucht. Das dauert doch eh wahrscheinlich zehn Jahre, oder? Und wo, Jola beherrschte sich, um nicht laut zu werden, wohnen dann bitte die anderen? Und die Kinder? Zum dritten Mal glomm orangefarbene Glut neben ihr auf. Dann. Ali blies dankbar den Rauch aus, bauen wir halt mehrere Häuser. Drei vielleicht. Rote, mit Ziegeldächern. Ich will in den Südhof. Jola schnaubte. Aber du weißt schon, was er damit bezweckt, oder? Ein, zwei Minuten vergingen, bis Ali eine Antwort wagte. Hm. Ich weiß, woran du denkst. Ihr Grinsen blieb unsichtbar im Dunkeln. Du kannst vielleicht nicht immer alles haben. Da redet ja die Richtige, rief Jola aus. Ja!, lachte Ali. Aber eines hast du übersehen. Sie machte eine ihrer speziellen Kunstpausen, bis Jola ihr den Gefallen tat, zu sagen: Rück's raus, oder ich geh gleich rein. Na ja, sie sind auch Freunde, sagte Ali. Die haben einander gern. Jola machte ein Geräusch, das Skepsis ausdrücken sollte, und dachte nach. Eine Weile blieben sie noch sitzen und sagten nichts mehr, dann standen sie von der Bank auf. Jola, raunte Ali und berührte ihre Freundin an der Schulter. Der Mond schob sich hinter den Bäumen hervor und machte ihr Gesicht erkennbar; es war blass und voll Sorge. Bitte, pass auf dich auf da draußen. Ein Leben ohne dich … Jola nahm ihre Hand und drückte sie. Ich dich auch.

Jola sammelte mit Kehrschaufel und Rechen die Hinterlassenschaften der Pferde auf der Koppel ein. Keines der Kinder ließ sich blicken; das hier gehörte nicht zu den beliebtesten Arbeiten. Immerhin gab es ihr Zeit zum Nachdenken. Für die Kinder, sagte sie laut zu sich selbst, wäre es vielleicht wirklich besser. Mehr Menschen, Gleichaltrige. Und andere Erwachsene, Lehrerinnen und eine echte Krankenschwester. Alte Menschen, die Geschichten erzählen und von denen sie lernen können. Viele Tiere. Sie mühte sich, einen noch dampfenden Haufen Pferdeäpfel auf die bereits recht volle Schaufel zu befördern. Und es ist wärmer dort, das Wetter besser. Es gibt den großen See. Aber, sie stützte sich müde auf den Schaufelgriff, dafür weniger Wild. Jedenfalls weniger großes. Kaum Wälder und keine Berge. (Der Wald wird dir fehlen, Schatz. Aber Viecher gibt's überall.) Jola schaute dem Fohlen zu, wie es um seine Mutter herumsprang. Weil es noch früh war und recht kalt, trug sie über dem T-Shirt einen Mantel aus künstlichem Rauleder. Es war ein ulkiges Ding im Stil der Siebzigerjahre, hellbraun mit cremefarbenen Ärmelaufschlägen und Kragen aus Fellimitat. Der Mantel gefiel ihr, auch wenn er nichts Besonderes war, sondern ein billig hergestelltes Stück aus einem asiatischen Sweatshop. Als sie sah, dass Jakob sich der Koppel näherte, bereute sie, den Mantel angezogen zu haben; er hatte ihn ihr im letzten Frühling mitgebracht, und er mochte es falsch verstehen, dass sie ihn jetzt trug. Seit wann, dachte sie, während sie weiter mit dem Rechen Pferdeäpfel von der trockenen Wiese kratzte, muss ich mich bei ihm vorsehen? Soll ich dir helfen?, fragte Jakob im Herankommen. Steht dir gut, der Mantel. Passt zu deinen Haaren. Er stützte die Unterarme auf den Koppelzaun und machte ein freundlich-neutrales Gesicht. Er hat ein bisschen zugenommen, dachte Jola. Sie lehnte das Angebot ab und deutete auf die Wiese: Bin schon fertig, danke. Den Pferdemist kippte sie auf den Haufen an der anderen Seite des Zauns, lehnte Rechen und Schaufel dagegen und wischte sich die Hände an den Knien ab.

Das Licht wechselte von Orange zu Gelb, es mochte acht Uhr sein. Er griff nach ihr, aber sie drückte sich rasch von ihm weg und schwang sich auf die oberste Querlatte des Zauns. Sie wollte auf ihn heruntersehen, so wie sonst gewöhnlich er auf sie. Du, unbeirrt folgte er ihrer Bewegung, schob die Hände unter ihren Mantel und zog sich zu ihr heran, sodass er selbst zum Teil davon umhüllt war. Ich?, echote Jola. Sie spürte, wie seine Arme sich um sie herum anspannten, als wollte er sie am liebsten vom Zaun heben. Fahr halt nach Wien, wenn du willst. Jakob legte die Wange an ihren Bauch und streichelte ihren Rücken. Und dann?, fragte sie. Stimmen wir ab im Date, ob wir umziehen oder nicht, murmelte er. Wie wir es immer machen. Bist du damit einverstanden? Seine Hände waren warm. Jola stellte sich vor, wie der Mantel sie beide einhüllte und ganz den Blicken der anderen entzog. Ich weiß nicht, sagte sie. Ich muss nachdenken. Er tauchte mit dem Gesicht zwischen ihre Brüste und murmelte etwas. Es kitzelte, und sie lachte. Was?, rief sie. Es ist nur so, wiederholte Jakob und hob das Gesicht zu ihr, dass ich dich viel zu sehr liebe. Er erwartete keine Erwiderung und redete weiter: Hast du schon mal erlebt, dass ich jemanden im Stich lasse? Sie schüttelte den Kopf. Glaubst du, es geht mir darum, jemanden loszuwerden? Sie zog die Schultern hoch. Ich weiß nicht, Jakob, sagte sie und hielt seinem Blick stand. Kannst du da bitte runterkommen, damit ich nicht zu deinem Bauch sprechen muss?, bat er. Sie schüttelte wieder den Kopf. Okay. Er wandte sich zum Gehen, aber sie hielt seine Hand fest und sagte leise: Nein, ich glaube nicht, dass du jemanden im Stich lassen willst. Er zog sie vom Zaun herunter, umarmte sie wieder und lehnte seine Stirn gegen ihre; seine Arme lagen schwer auf ihren Schultern. Hast du jetzt, fragte er nach einer Weile, eigentlich dieses Kupferding drin? Das von Ania. Jola grinste. Hier? Im Ernst? Nein, nein, sagte er schnell, ich meine nur, wegen... Oh Gott, rief sie aus und hob die Hände zum Gesicht, bitte... Nein, murmelte er, und Röte stieg ihm in die Wangen, auch nicht wegen... unterwegs; das ist deine Sache. Er schüttelte den Kopf. Ich frage nur, begann er wieder, weil das so etwas Endgültiges hat. Fünf Jahre. Pause. Weißt du, fing er an, und sie unterbrach ihn: Ja, ich weiß.

August 10

(83) Es hatte Überwindung gekostet, zu den Lederjacken zu fahren. Sie war Marek langsam und vorsichtig

auf ihrem Motorrad gefolgt, denn es war erst ihr zweiter längerer Ausflug, seit sie es lernte. Als sie ankamen, hatte bereits die ganze Gruppe in dem verwilderten Garten vor dem Haus, das sie offensichtlich gerade herrichteten, Stellung bezogen: Kübel standen herum und eine Leiter, und etwas, das aussah wie eine Betonmischmaschine. Die Leute wirkten mitgenommen: Einer der Männer, die sich zu einem Halbkreis formiert hatten, trug eine Beinprothese, einem weiteren fehlte ein Ohr. Aus dem Haus, das zumindest von außen recht gut erhalten aussah, traten jetzt die beiden Frauen. Die Größere und Ältere blinzelte kurz gegen das Licht, dann ging sie auf Jola zu. Sie streckte die Hand aus, und Jola ergriff sie. Ich bin Chris, sagte sie. Chris war schwarz, hatte kurzes Haar und einen sehr festen Händedruck, und sie war offensichtlich hochschwanger. Ihr kantiges Gesicht mit den zahlreichen Falten schien zu einer viel älteren Frau zu gehören. Ihr Blick war gerade und fest. Die anderen hielten sich im Hintergrund, verschränkte Arme und misstrauische Blicke. Aber Chris bat sie, sich auf eine Bank vor dem Haus zu setzen. Marek wirkte entspannt, er klatschte die Hände der Männer ab, küsste die Frauen auf die Wangen, setzte sich und winkte Jola zu sich. Im tiefsten Dialekt, zu dem er fähig war, fragte er nach einem Bier; die Spannung löste sich, in die Gruppe kam Bewegung. Einer der Männer verschwand im Haus, die anderen ehemaligen Lederjacken stellten sich vor, ernst, reserviert, aber nicht unfreundlich. Die zweite Frau war klein und trug eine Wollhaube; sie musterte Jola und wies auf ihre Jacke: So eine hatte ich auch einmal, sagte sie. Jola sah an sich herunter, dann grinste sie. Marek hatte auf der Lederkleidung bestanden, zur Sicherheit. Das Bier, das einer der Männer in einem Krug herausbrachte, schmeckte gewöhnungsbedürftig, aber Jola trank ihr Glas in einem Zug leer. Ben!, schrie Chris in Richtung des Hauses, und sogar Marek fuhr beim Klang ihrer Stimme zusammen. Wo bleibt der Rest? Der Angesprochene erschien in der Tür, mit einem Körbchen Brot und einem weiteren voll Obst; er stellte beides auf den Tisch. Bitte sehr, sagte er und ging wieder hinein. Marek sah Jola an, lächelte und zog eine Schulter hoch. Jola erkannte die leeren Mehlsäcke neben der Eingangstür als ihre eigenen; sie nahm es Marek nicht übel. Chris war sehr mager, ihre Wangenknochen drückten sich durch die Haut, und die meisten der anderen sahen auch nicht gut genährt aus. Sie blieben nicht lange. Jola ließ ihnen eine Skizze des Weges zum alten Biohof da – es mochte dort noch etwas zu holen geben, sie selbst war seit Jahren nicht mehr dort gewesen. Danke, sagte Chris, und lächelte sie an, das ist nicht selbstverständlich. Sie gaben sich die Hand. Ein guter Anfang, fand Jola.

Am Abend vor der Abreise machten sie ein Feuer auf der Wiese und feierten Abschied. Ali, die sich endlich damit abgefunden hatte – ein Mal noch, sonst, und das verspreche ich dir, sind wir geschiedene Leute! –, spielte Mundharmonika, und Lennart begleitete sie mit der Gitarre. Em sang dazu. Obwohl sie fast keines der Lieder kannten, tanzten die Kinder zu jedem von ihnen, in Paaren oder alle zusammen. Rosa wollte von Jakobs Schultern hinunter zu den Geschwistern. Sie nahm Daniel bei der Hand, damit er mit ihr näher zum Feuer ging. Aron ist schon so groß, flüsterte Marek Jola zu. Aron hielt Lena an der Hand, und sie drehten sich, bis sie nicht mehr konnten und den Eltern vor die Füße ins Gras purzelten. Lena lachte, stand auf und lief weg. He warte, rief Aron ihr nach, aber sie tanzte schon mit Noah. Marek nahm seinen Hut ab und setzte ihn seinem Sohn auf. Hmmm, du bist ein toller Tänzer. Von wem er das hat?, fragte Jola scherzend. Wir konnten das doch beide nie. Sprich für dich, sagte Marek, stand auf und mischte sich unter die Kinder, und nach und nach hüpften und drehten sich fast alle, auch die Erwachsenen, rund um das Feuer. Na, du nicht? Erich ließ sich neben Jola ins Gras fallen und ächzte. Ich schau lieber nur, sagte sie und prostete ihm zu. Mit einem Seitenblick auf sein Glas registrierte sie, dass seine trockene Phase offenbar vorbei war. Sie steckte einen noch unreifen Apfel auf einen Zweig und hielt ihn über die Glut, möglichst weit weg von den Flammen, und ließ sich mit der Antwort Zeit. Ich hab's nicht so mit Tanzen. Der Boskoop hatte heuer fast alle seine Früchte viel zu früh abgeworfen, ohne dass sich ein Grund dafür finden ließ. Vielleicht war der Frühling zu trocken gewesen, dachte Jola. Auf jeden Fall schwammen sie bereits jetzt in säuerlichem Apfelmus. Das nächste Mal, sagte Erich und wies auf den kleinen, grünen Apfel, machst du Most draus. Ich zeig dir, wie das geht, ist ganz einfach. Ania, Lennart und Erich hatten sich entschieden: Sollten ihre einzigen Nachbarn tatsächlich wegziehen, würden sie sich ihnen anschließen.

Die Einzigen sind wir ja nicht, dachte Jola. Ein weiteres Treffen mit Chris' Leuten würde folgen. Sie hatte

Erich gebeten, einmal nach ihnen zu sehen, vor allem wegen des Kindes, das bald kommen würde. Seit Wochen bereiteten Marek und sie die Reise vor, die in dieser Art vielleicht die letzte sein würde: Der Treibstoff, der noch überall unter Tankstellen in großer Menge lagerte, würde nicht mehr lange zu gebrauchen sein; ihn zu filtern wurde immer aufwändiger. Mareks Suche nach Motorrädern mit Diesel- oder Elektromotor war bisher erfolglos gewesen, aber er war zuversichtlich, dass sie in der Hauptstadt solche finden würden. Er hatte Jola ein Fahrzeug besorgt, das in seinen Augen einfach zu handhaben und nicht zu schwer war; dennoch konnte sie es kaum wieder aufrichten, wenn es umgekippt war. Alles am Motorradfahren, der Lärm und die Geschwindigkeit, die Körperhaltung und die umständliche Kleidung, blieb ihr fremd. Das Heraufpumpen und Filtern des Treibstoffs an verfallenden Tankstellen war ihr ebenso zuwider wie der Geruch der Abgase. Sie sagte Marek nichts davon, aber er spürte es wohl. Schau, sagte er während einer Übungsfahrt auf der Landstraße, das Ding macht genau das, was du willst. Kannst du das von irgendeinem deiner Pferde behaupten? Sie musste zugeben, dass das nicht so war. Er war geduldig, und sie lernte allmählich, mit dem Fahrzeug umzugehen, aber es fühlte sich nie ganz richtig an. Der Helm drückte auf ihren Zopf, und sie dachte darüber nach, ihn abzuschneiden.

Tom spielte ein Solo auf der Mundharmonika. Er war der Abgesandte der Pferdeleute für die Reise in die Hauptstadt – zusammen mit Em würden sie zu viert sein. Die unterhielt sich mit Boris und Alex, jetzt legte sie den neuerdings kurz geschorenen Kopf in den Nacken und lachte. Vicki war mitgekommen, um sie zu verabschieden; es fiel ihr sichtlich schwer, Em gehen zu lassen. Ali und Lennart steckten die Köpfe zusammen, wohl um sich darüber zu beraten, was sie als Nächstes spielen sollten, und Jola konnte nicht anders, als Ania aus dem Augenwinkel zu beobachten: Das gefiel ihr eindeutig nicht. Ihr schönes Gesicht war in Sorgenfalten gelegt. Gabriel starrte sie von der anderen Seite des Feuers an. Judith zog ihn an den Haaren, damit er aufstand und mit ihr tanzte. Belustigt wandte Jola sich wieder Erich zu, aber die nächste Melodie ließ sie verstummen, bevor sie etwas zu ihm sagen konnte. Lennarts Augen waren geschlossen, als er den Anfangsakkord des Liedes spielte; eine blonde Strähne fiel ihm ins Gesicht, das er tief über die Gitarre beugte. Ich wünschte, du wärst hier. Ich wünschte, ihr wärt hier.

Der Hügel bot eine weite Fernsicht auf die umgebenden Ortschaften. Man musste nicht unbedingt sehen, dass die Häuser verfallen und die Autos verrostet waren, wenn man es nicht wollte. Mit ein wenig Zusammenzwicken der Augen verschwamm das Bild, und man konnte sich vorstellen, dass die mehrheitlich weißen, in der Sonne aufblitzenden Fahrzeuge bald von Eltern, Angestellten und jungen Leuten in Gang gesetzt würden. Dass aus den Häusern jederzeit ein Vater mit seinen Kindern, eine alte Frau oder eine Schülerin treten würde, auf dem Weg in den Kindergarten, die Schule, den Supermarkt. Eine Menschenfamilie, die sich nur für einige Zeit verborgen gehalten hatte und die jeden Augenblick wieder auftauchen würde. Ein böser Traum, der endlich zu Ende war. Aber sehr gut funktionierte das Illusionsspiel nicht mehr, stellte Jola fest, als sie das Motorrad anließ, den Blick fragend auf Marek gerichtet. Er nickte, klappte das Visier seines Helms hinunter und gab der kleinen Gruppe das Zeichen zum Aufbruch.

That's life in Dystopia

Dank

Ich möchte den Menschen danken, die mich während der Arbeit an diesem Buch unterstützt haben, allen voran meinem Mann Georg, der mir viele Stunden lang zugehört, mir den nötigen Freiraum verschafft und Liebe und Selbstvertrauen gegeben hat. Solange du mein Leser bist, werde ich weiterschreiben.

Ich danke meinen Töchtern Anna, Flora und Josie, die meine Geschichten mit Begeisterung und Neugier gelesen haben und die mir zu frischen Sichtweisen verholfen haben – danke für Eure Einfälle, Eure milde Kritik und Eure überschäumende Freude über meinen Erfolg!

Dank geht an meine Freundin Bettina Büttner-Krammer. Dein Rat, deine Aufmunterung, so manche konstruktive Nachfrage und viele Gespräche, E-Mails, Telefonate und Krisenspaziergänge haben mir mehr geholfen, als du ahnst.

Ich bedanke mich bei Josefa Filzmoser, Griseldis Grillmayer, Elfie Kainz-Kazda und Reinhard Kraxner, die den ersten Entwurf begleitet und mir zahlreiche wertvolle Hinweise gegeben haben.

Ich danke Karin Peschka für viele gute Ratschläge und Ermutigung, Elisabeth Nikbakhsh, die ihr Wissen über Pferde mit mir geteilt hat, Martin Steinmüller-Schwarz für seine Expertise in Sachen Solartechnik und Günther Eisenhuber für seine Unterstützung bei der Suche nach einem Verlag.

Und mein Dank gilt Silke Dürnberger und Mona Müry für das verständnisvolle wie inspirierende Lektorat und die wertschätzende Aufnahme bei Müry Salzmann.

Bibliografische Information der Deutschen Nationalbibliothek
Die Deutsche Nationalbibliothek verzeichnet die Publikation in der Deutschen Nationalbibliografie; detaillierte bibliografische Daten sind im Internet über http://dnb.de abrufbar.

Salzburg – Wien
Lektorat: Silke Dürnberger
Gestaltung: Müry Salzmann Verlag
Druck: GGP Media GmbH, Pößneck
ISBN 978-3-99014-246-2
www.muerysalzmann.com

Thomas Oláh
Doppler
Roman

ISBN 978-3-99014-239-4
224 S., 11.5 x 18 cm
gebunden mit Schutzumschlag
EUR 24,–

Nominiert für den Deutschen Buchpreis sowie den Österreichischen Buchpreis / Debüt

Niemand im Dorf spricht viel, das Leben hier erzählt sich selbst, unüberhörbar.
„Wollen wir?"
„Gehen wir's an."

Ein Reifenplatzer. Als erstes fliegen die Boccia-Kugeln durch den Fahrgastraum, dann Mutti und Vati. Der unversehrt gebliebene Junge wird zu den Großeltern verbannt, sein Exil heißt: Frankenhayn. Ein Schelm, wer dabei an Frankenstein denkt – wiewohl das Dorf, in einer weinseligen Gegend Österreichs zu verorten, und sein Personal durchaus schaurige Züge aufweisen ...

Flora S. Mahler
Die Zeitforscherin
Roman

ISBN 978-3-99014-245-5
160 S., 11.5x18 cm
gebunden mit Schutzumschlag
EUR 24,–

Die biografische Maschine, wo stellen wir sie also auf? Ja, da, genau da vorn!

Die Zeit überlisten, ob das geht? Ina glaubt daran, drückt ihr doch etwas schwer aufs Herz: einen Augenblick will sie einholen, und der hat mit ihrer Mutter zu tun, die vor zehn Jahren gestorben ist.
Was als Roadtrip beginnt, entpuppt sich als brillantes Vexierspiel, in dem die Grenzen zwischen den Welten und den Zeiten verschwimmen. Vertäut ist die voltenreiche Handlung an einer bewegenden Mutter-Tochter-Geschichte, die vor Augen führt, was Frau-Sein bedeutet, über die Generationen hinweg.

Anton Thuswaldner (Hg.)
Ein Gegenkanon
Bücher, die auf der Strecke bleiben, und solche, die auf der Strecke bleiben sollten

ISBN 978-3-99014-228-2
176 S., 11.5 x 18 cm
gebunden mit Schutzumschlag
EUR 24,–

Mit Texten von Raphaela Edelbauer, Jürgen Egyptien, Franzobel, Michael Krüger, Sabine Scholl, Franz Schuh, Brigitte Schwens-Harrant, Ilija Trojanow u. a.

Wer Bücher liest, erstellt sich seinen eigenen literarischen Kanon. Dieser entspricht nicht unbedingt dem offiziellen, der die großen Namen der Unangreifbaren versammelt. Prominente Vielleser:innen haben sich Gedanken gemacht und schichten den Kanon kurzerhand um. Wer ist überschätzt, welche Bücher sind verzichtbar, und welche sollten im Gegenzug die noch ausstehende Beachtung finden?

Sandra Reichert
Der Himmel muss warten
Roman

ISBN 978-3-99014-231-8
208 S., 11.5x18 cm
gebunden mit Schutzumschlag
EUR 24,–

„Statt bumm bumm zu machen, könnte mein Herz den Dienst quittieren, übergehen ins verheißungsvolle zack hops. Ob aus Gewohnheit oder Begriffsstutzigkeit: Es schlägt blind weiter und stellt mir den Tod als größere Aufgabe."

Für das große Thema der Psyche und ihren Erkrankungen hat Sandra Reichert einen ganz eigenen Sound geschaffen. Frech, frei und mit einem gerüttelt Maß an Selbstironie präsentiert sie ein außergewöhnlich starkes Romandebüt. Und mit Maria Parker einen Charakter, der sein Publikum mit offenem Mund zurücklässt, aus Verwunderung, aus Bewunderung.

Yvonne Zitzmann
Die Füchse haben Gruben, die Vögel haben Nester
Roman

ISBN 978-3-99014-230-1
224 S., 11.5 x 18 cm
gebunden mit Schutzumschlag
EUR 24,–

Wann ist es Zeit zu gehen? Ist der richtige Moment gekommen, wenn der Schuh drückt oder wenn noch ein Daumen breit Platz ist? Und ist es am Ende nicht egal, wohin man geht, Hauptsache, man geht nicht allein oder ist dort, wohin man geht, in guter Gesellschaft?

Ein Dach überm Kopf ist keine Selbstverständlichkeit, diese Erfahrung betrifft längst nicht mehr nur die Schwächsten. In ihrem „Wohn-Krimi“ spannt Yvonne Zitzmann einen Bogen vom Leben im Danzig der Vorkriegs- und Kriegsjahre über die Zeit im geteilten Deutschland bis ins Heute, wo die Immobilienhaie fröhliche Urständ feiern.

Mein Proust-Moment
Was die Erinnerung großer
Autorinnen und Autoren
zum Blühen bringt

ISBN 978-3-99014-221-9
144 S., 11.5x18 cm
gebunden mit Schutzumschlag
EUR 19,–

Mit Texten von Anna Baar, Bernd-Jürgen Fischer, Anna Kim, Peter Kümmel, Julya Rabinowich, Martin Walser, Josef Winkler u. a.

Was für Marcel Proust die Madeleine, ist für andere, ja ... was? Namhafte Autorinnen und Autoren der Gegenwart verraten uns in diesem Buch, welcher Geruch, welcher Geschmack sie unversehens zurückkatapultiert, in die Kindheit, ins Reich der entschwundenen Erinnerungen.
Ein sehr persönliches Lesebuch, zum Schmökern, Schenken und Schwelgen – in den Erinnerungen der anderen und, wer weiß, auch in den eigenen.

www.muerysalzmann.com